*À tous ceux qui ont aimé et perdu,*
*et qui sont assez courageux pour recommencer*
*– vous êtes bénis et vous êtes beaux.*
*Je vous souhaite le bonheur.*

*À tous les soldats blessés – merci pour*
*votre dévouement, votre bravoure,*
*et vos cœurs remplis d'amour.*
*Je vous souhaite la joie.*

# 1

*1er février 1814*
*Londres, Angleterre*

*Tout le monde sait que, quels que soient ses origines, son visage, ses attraits, une veuve en possession d'une fortune était la proie de gens malhonnêtes. Quant à moi, j'avais été dépouillée de tout, même de ce que j'avais de plus précieux. Le moment était venu de défier l'autorité, de frapper et de gagner.*

J'avais failli être prise.

Le souffle court, je m'adossai à la porte fermée de la chambre d'enfant. Je contractai le ventre, fermai les yeux, serrant fort les paupières, et attendis que quelqu'un pousse la porte.

*Si proche, pour finir capturée...*

Les palpitations de mon cœur égrenaient les folies de mon existence. Si pleine de souvenirs – les glissades sur la rampe d'un escalier, le bavardage farfelu de sœurs, le murmure d'un inconnu dans le soleil couchant, le flou de signatures sur un contrat de mariage, puis une lettre d'amour bien écrite… une lettre de suicide – mon âme était sur le point d'exploser.

Des rires me parvinrent de dessous la porte, puis le bruit lancinant des pas s'éloigna. Peut-être une domestique était-elle entrée dans une chambre, au bout du couloir. Je déglutis pour dénouer ma gorge serrée. L'amertume se dissipa lentement, brûlante.

Cette maison était la mienne. Ces domestiques travaillaient autrefois pour moi. Maintenant, j'en étais réduite à pénétrer subrepticement dans Hamlin Hall.

Secouant la tête, je cessai de penser à mes échecs et me concentrai sur ma mission, sur mon unique objectif, mon Lionel. Les pieds glissant dans mes bottes empruntées, je me dirigeai vers son berceau sur la pointe des pieds et jetai un coup d'œil furtif à mon bébé.

Ses grands yeux noisette se fixèrent sur moi.

Il tendit ses toutes petites mains, mais n'émit pas un son, ne gazouilla ni ne pleura. Je m'apaisai en me disant que mon malin petit garçon n'avait pas envie que j'aie davantage de problèmes, et non qu'il avait appris à se rassurer par lui-même quand on le délaissait.

Hélas ! mon cœur connaissait la vérité : Lionel était captif, et c'était ma faute.

Je repris mon souffle et me forçai à sourire. J'étais heureuse de voir le visage de mon garçon.

—Mon petit homme. Tu as faim ?

Je déboutonnai le plastron de la chemise de nankin que j'avais empruntée, puis déroulai le bandage que j'avais enroulé autour de ma poitrine. Il aplatissait mes attraits, me faisait ressembler à un homme.

Je pris Lionel dans mes bras et lui offris mon sein.

—Hamlin Hall est différent, ce soir, monsieur Jordan. Est-ce de votre fait ?

Mon petit homme tétait si fort ! Mes lointaines inquiétudes concernant la fréquence à laquelle il avait été nourri refirent surface.

Mon ventre se noua encore davantage.

—Je suis désolée.

Je n'avais pas été maligne, et maintenant, mon Lionel en souffrait.

Il aspira bruyamment, comme s'il mangeait une cuillère de bouillie de flocons d'avoine liquide. L'idée, amusante, apaisa mon esprit… pour un temps.

—Ce soir, tu fais un gros repas.

Il y avait du changement en perspective pour nous. Je le sentais. J'en étais sûre.

—Ta maman est à nouveau une espionne. Mais ce soir, j'ai failli être percée à jour alors que j'essayais de récupérer mes documents de fidéicommis. J'ai dû regagner les souterrains à toutes jambes, franchir à toute vitesse la porte dérobée de l'escalier. Le vieux majordome était trop ivre…

On traînait quelque chose de lourd dans le couloir. Le nouveau tapis ! Il serait abîmé.

Des chuchotements étouffés s'élevèrent.

Avais-je bien entendu ? Le tapis était-il déchiré ? Il avait été importé des Indes orientales. Mes joues s'empourprèrent.

Les tapisseries ouvragées de soies rouille et or entrelacées que j'avais installées pour redonner vie à cette maison vieille de deux cents ans allaient être mises en lambeaux, ou mises au rebut… comme moi.

Un juron sonore retentit, suivi d'une plainte claire au sujet d'un invité – un *Rep* quelque chose ? Reynolds ? Remington ? Son arrivée, disait le domestique, était imminente.

S'agissait-il d'un agent de police de Londres ? D'un magistrat de Bow Street ?

Ou d'un administrateur de l'asile d'aliénés ? N'importe lequel de ces hommes pourrait venir me chercher.

Je tremblais de la semelle de mes bottes jusqu'au col de ma chemise de grosse toile. Ils m'avaient arrachée, moi, la maîtresse de Hamlin Hall, à cet endroit, à Lionel. Ma robe de deuil en bombasin d'un noir de jais, auparavant si convenable et raffinée, était froissée et tachée tandis qu'ils m'entraînaient de force.

Les domestiques et Markham, l'oncle de feu mon époux, avaient dit que j'avais l'air d'une folle, d'une démente aux yeux jaunes. Je me rappelle avoir sangloté comme une démente, mais l'espoir dans mon cœur me disait : *Coopère, tout se passera bien.*

Ce n'étaient que des mensonges. Que des leurres. Tous faits pour m'anéantir.

Cette fois, je ne me laisserais pas faire, je me battrais.

J'étais victime d'une guerre – une guerre menée contre les mères, en particulier les mères nées à l'étranger. J'avais le couteau de Papa à ma ceinture. Forgé dans l'or et la topaze blanche, ce bel objet ne demanderait qu'à leur faire signe. Je les accablerais de menaces et prendrais un air fou et menaçant.

Mais serais-je en fait capable de blesser ou de tuer quiconque ?

Mon père, le roi du Sucre, aurait dû forger un pistolet d'or. Quelque chose que j'aurais pu utiliser sans trop d'efforts et à une distance impitoyable, pas de tout près, pas à quelques centimètres d'un homme, de là où je verrais ses yeux.

Les yeux, comme ceux de mon Lionel, étaient ce qui causait ma perte. Ils emmenaient mon cœur meurtri à l'aventure, dans un endroit agréable, où les gens étaient des gens bien, où j'étais aimée pour moi-même.

Soudain, dans un grand bruit, quelque chose tomba et se brisa. Le son semblait venir de tout près. Un vase ?

L'une des affreuses sculptures de cette maison pleine de secrets ?

—Allez chercher le reste de ses affaires en bas sans casser quoi que ce soit d'autre.

—Il va arriver d'un jour à l'autre. Repington va…

Les coups et les voix d'hommes paraissaient plus proches.

—Allez, Lionel. Tète plus vite ! murmurai-je dans ses boucles fines.

J'essayai de prendre un ton assuré.

—Mon garçon, je sortirai comme je l'ai fait toute la semaine. Une journée de moins nous sépare du jour où je mettrai la main sur mes documents et où je pourrai financer notre voyage en bateau. La sécurité, mon fils. Nous l'aurons bientôt.

Une ombre glissa sur le seuil, sous la porte.

Ma belle assurance m'abandonna. La panique me submergea comme la marée du soir. Cette pièce n'avait pas d'autre issue. Ma présence allait être découverte.

—L'ordre public, Repington. Il se chargera du *problème*.

Cette voix, à l'accent écossais canaille – le majordome ivre, l'un des nombreux domestiques qui avaient travaillé à Hamlin Hall ces quatre dernières années. Jouait-il avec moi ? M'avait-il reconnue, la veille, et m'avait-il tendu un piège ?

L'insolent aurait mérité d'être fouetté avec une bonne badine de l'île, une épaisse feuille de palmier.

Je baissai les yeux vers le petit garçon qui tétait mon sein.

—Nous allons gagner. Nous serons réunis.

Mon bébé bâilla.

—Je suis contente que l'idée t'enthousiasme.

La bouche de Lionel s'étira, et il fit un rot. Ses yeux se fermèrent.

—Tu m'as assez vue, c'est ça ? Exactement comme ton père !

S'il avait vécu et qu'il était revenu et s'était répandu en excuses, aurions-nous pu tout recommencer ?

Je déposai Lionel dans le berceau, puis entrepris de reboutonner mon déguisement. Je devais ressembler à un homme pour quitter Hamlin.

—Je vais récupérer ta garde et cette gentille comtesse, la dirigeante de La Providence de la veuve, m'apporte son aide.

Le pouce dans la bouche, mon garçon avait l'air tellement paisible.

Peut-être me croyait-il, mais depuis sa naissance, il n'avait pas connu une grande liberté. Il en allait de même pour moi depuis ces quatre dernières années, en Angleterre.

L'épouse peu sociable de Colin.

L'épouse étrangère de Colin.

La fleur exotique de Colin ne pouvait trouver grâce aux yeux de la bonne société. Mon bébé se mit à pleurer. Ses cris retentissaient comme une trompette qui jouerait faux.

Je regardai le rebord extérieur de la fenêtre. Si je sortais par là, je pourrais passer inaperçue, mais c'était de la folie, même pour une fille douée pour l'escalade. Si je tombais, on pourrait lire dans le *Morning Post* : « Une veuve folle habillée en homme saute d'une fenêtre du troisième étage. »

— S'il vous plaît, Monsieur. Je dois aller voir le bébé. Il a peut-être besoin de faire un brin de toilette.

Une voix de femme aux syllabes claires et nettes. La porte s'entrouvrit.

Une fille grande comme moi ne serait pas entrée dans l'armoire. Je me détournai, ouvris la fenêtre plus largement et, me tenant en équilibre sur le vieux fauteuil à bascule, descendis sur le rebord.

— Madame Kelly, le petit bâtard attendra. Mais vous avez besoin d'un homme fort pour vous protéger du fantôme de Hamlin Hall. Venez me border.

La voix plus grave, suffisante et amusée, était celle de Markham. Cette voix pleine d'une jubilation malveillante hantait mes cauchemars. Il eut encore un petit rire. Mon sang se glaça dans mes veines, et la douleur qui me transperça était pire que la première neige pour une fille des îles.

Je devais me dissimuler à son courroux. Les bottes pendantes, je me remis d'aplomb et me sauvai par la droite. Les bords irréguliers des pierres mal équarries s'accrochaient à mon pantalon, mais je m'en sortirais. Je m'étirai et repoussai la fenêtre, la refermant tout contre le chambranle.

La porte de la chambre d'enfant grinça, ses gonds gémissant comme si elle avait été ouverte en grand. Markham accompagnait peut-être la bonne d'enfants.

Me tenant raide et silencieuse contre le mur, j'attendis et espérai ne pas voir son visage. Je songeai à prier Agassou, le dieu protecteur du Démérara, mais je ne savais pas s'il avait la mainmise sur le territoire anglais… ou sur les rebords de pierre.

Une main de femme ornée de fanfreluches se referma sur le loquet de la fenêtre.

—Un moment, monsieur Markham. L'air de la nuit n'est pas bon pour le bébé.

Mon cœur fit un bond. Si Mme Kelly passait la tête par la fenêtre, elle s'apercevrait de ma présence.

Cependant, la dame resta là, immobile, ses doigts élégants posés sur le chambranle de la fenêtre.

—Madame Kelly, dit Markham, qu'est-ce que vous regardez fixement ? Il ne s'est tout de même pas remis à neiger ?

Mon cœur martelait ma poitrine comme le tambour d'un chanteur des rues, un chanteur accompagnant son instrument en poussant des cris pour enflammer la foule ou provoquer une rébellion.

—Non. Rien, Monsieur. Je ne vois rien.

La fenêtre se referma en claquant.

La porte gémit.

En dehors de mon cœur affolé, tout était silencieux.

Je desserrai mon étreinte sur le rebord de la fenêtre et portai une main à mon cœur battant la chamade.

Je n'avais pas été prise.

Je n'étais pas à nouveau livrée en pâture à Markham. Je n'étais pas tombée, je n'avais pas basculé… pour le moment.

Inspirant puis expirant, je balançai les pieds comme si j'étais assise sur les quais à regarder les bateaux arriver au Démérara. L'espace d'un instant, il me sembla sentir l'air frais de la mer. Rentrer au pays avec Lionel, c'était là mon rêve, maintenant. Et nous serions heureux et en sécurité, je n'aurais plus à me déplacer furtivement ni à me cacher, je n'aurais plus à vivre selon des règles qui n'avaient aucun sens.

Transportée de joie, soulagée, je ris. J'avais accompli ma mission de la soirée. Lionel avait été nourri, et j'avais encore le temps de retourner chez lady Shrewsbury avant que celle-ci ne s'aperçoive de l'absence de la veuve indisciplinée. Je tendis la main vers le carreau, mais la fenêtre refusa de bouger.

Elle était fermée.

Non ! Non ! Non.

Non ?

Trois étages. Que faire ?

Casser la vitre et se faire prendre ? À Bedlam[1] !

Rester ici et être prise dans la lumière du jour ? À Bedlam !

Sauter et être retrouvée morte ? L'idée même de sauter était insensée.

Attendre que le fantôme de mon rêve ou l'un de ceux de Hamlin Hall vienne me chercher pour me faire descendre en flottant dans les airs ? Encore une idée folle.

Rester là était impossible. Il me faudrait obtenir de l'aide – ou me livrer à Markham.

Mon ventre se noua à l'idée d'être à nouveau à sa merci. Si ma mère était encore en vie, elle lui aurait jeté un sort pour que la malchance le poursuive.

Cependant, les absurdités magiques des Antilles ne valaient pas mieux que les histoires populaires anglaises

---

1. Le Bethlem Royal Hospital, également appelé Bedlam, est un hôpital psychiatrique londonien.

de fantômes, et rien de tout cela ne pouvait expliquer pourquoi Markham était continuellement vainqueur – il avait ma maison, mon fils, ma dignité.

Je frappai le rebord de la fenêtre du plat de la main. Les doigts me cuisaient, et ma détermination vacillait. Mais il fallait vivre et continuer à se battre.

—Lionel, ta mère n'est pas folle. J'ai essayé.

Je m'apprêtais à casser la vitre à l'aide de mon couteau quand une lueur attira mon attention.

Les yeux plissés, je tournai mon regard vers les bois, au-delà du portail en pierre de Hamlin Hall et j'aperçus à nouveau la lueur. Je posai mon couteau et mis mes deux mains en visière.

Le clignotement se répéta, une lumière puis l'obscurité, une lumière puis l'obscurité. Un signal ?

Il était régulier, comme ceux des gros bateaux qui avançaient dans la baie plongée dans le brouillard. Se pouvait-il que ce soit Jemina Saint-Maur qui me fasse signe ? Mon amie avait insisté pour m'accompagner et monter la garde, ce soir. Quelle femme courageuse !

Je ne pouvais pas me rendre et mettre ainsi Jemina en danger.

Transpirant à travers ma chemise, j'ouvris ma livrée. Mes coudes battant l'air effleuraient les feuilles de l'épais lierre grimpant, les longues lianes que j'avais admirées le jour où Colin m'avait amenée à Hamlin. Je tendis le bras pour en toucher une. Elle était solide et noueuse comme un arbre. Comme un cocotier.

Soutiendrait-elle le poids d'un garçon manqué assagi ? C'était maintenant ou jamais. Je calai une botte dans le mortier entre les blocs de pierre.

À trois, j'attraperais le gros tronc de la plante. Un.

Deux.

Deux et demi.

Deux et un tiers.

Trois.

Je me lançai et me cramponnai à la liane comme si c'était la taille de Papa.

Le lierre oscilla mais rebondit comme un ressort.

Haletante, je descendis petit à petit, prenant pied à intervalles réguliers.

Le parfum herbacé des feuilles se mêlait à l'odeur de ma transpiration. Le mélange me rappelait l'été – quand je m'éclipsais par la fenêtre de ma chambre pour échapper aux tâches ménagères, pour me dérober aux interminables essayages de robes, pour éviter les prétendants venus faire la cour aux filles du roi du Sucre.

Cela signifiait quelques heures sans entendre les critiques de Maman, sa toux, le silence atroce qui s'installait quand elle ne toussait plus.

Posant une main après l'autre, trouvant une prise pour un pied puis pour l'autre, je descendis jusqu'à ce que l'une de mes bottes, puis l'autre, touchent le sol. Je croisai les bras sur la poitrine et vérifiai que mon cœur était toujours entre mes côtes.

Mais il n'y était pas.

Il était dans un berceau minable, trois étages plus haut.

La haie d'aubépine à la hauteur de mes hanches accrochait de petits pétales blanches sur mon pantalon. Les fleurs réfléchissaient la clarté de la lune, donnant à mes vêtements d'homme l'aspect de la dentelle. Maman devait me regarder en riant, de là-haut.

Je frottai mon pantalon pour en faire tomber les fleurs, et traversai la grande pelouse en direction du portail, en direction de Jemina.

Soudain, un cri strident retentit, suivi d'un grondement de tonnerre. Je m'arrêtai net.

Un roulement de tambour me parvint alors. Il me burina intérieurement, martelant ma colonne vertébrale. Je cherchai mon couteau à tâtons mais il n'était plus à ma ceinture.

Je l'avais laissé sur le rebord de la fenêtre.

*Fille têtue et impatiente !* La réprimande de Maman résonnait dans ma tête. Le sol se mit à trembler sous mes pieds.

Un cavalier rapide ouvrit la voie à une, deux, trois voitures attelées. Elles franchirent à toute allure le portail de pierre de Hamlin.

Les hommes galopèrent dans ma direction, pistolets et fusils dégainés, des fusils à long canon, conçus pour la guerre.

Les cailloux qui volèrent sur le passage du premier cheval me cinglèrent les tibias, mais l'attelage de tête se dirigea vers moi en trombe. Ses grandes lanternes latérales m'aveuglèrent, me paralysant comme un insecte hypnotisé par la lumière.

Je ne pouvais ni bouger, ni détourner le regard. J'avais survécu à l'asile d'aliénés et au rebord de fenêtre en hauteur pour finir piétinée.

Je ne capitulerais pas, pas moi, pas cette fois.

Je me redressai et fis face aux assaillants.

# 2

## La détermination d'une mère

La puanteur acide de l'écume des chevaux et l'odeur de poix brûlée me firent froncer le nez. L'attelage approchait encore, dans ma direction, mais je refusai de céder. Je ne m'étais cachée que trop longtemps.

Le sang de mon père qui coulait dans mes veines m'empêchait de m'évanouir. Il parlait constamment de l'insurrection de l'Américain Samuel Adams, et ses paroles restaient gravées dans mon cœur. Je comprenais ses déboires, sa quête rebelle de vie et de liberté.

Chaque fois que je prenais mon fils dans mes bras, que je sentais sa peau contre la mienne, je devenais une révolutionnaire. Pour lui, pour sa vie, pour sa liberté, je chargeais.

Le cocher me lança un juron mais fit un écart à droite.

J'étais sauvée, mais je savais au nombre de pistolets que j'avais vus que la bataille n'était pas gagnée. Serrant les poings, mains gantées, je me rappelai mon déguisement et fis signe aux voitures de se diriger vers les marches. Je jouai le rôle d'un valet et fis ce que faisaient ces domestiques quand mon mari arrivait de la ville. Je continuai à leur faire signe, agitant les bras et pointant le doigt.

Les soldats coururent tout autour de moi, fonçant sur l'entrée. Quelques-uns coururent vers l'entrée secrète des souterrains. Ces envahisseurs connaissaient Hamlin, le connaissaient même très bien. Il m'avait fallu plus de deux ans pour apprendre ses secrets.

Mon front était trempé de sueur. Ma perruque poudrée devait absolument rester en place. Le maquillage de théâtre appliqué par petites touches sur mon visage devait tenir, ou je ne pourrais jamais franchir libre les portes de Hamlin.

—Toi ! Occupe-toi de la portière.

Un valet d'écurie montra du doigt l'attelage qui avait failli me renverser. Je hochai la tête et raidis ma démarche pour paraître plus brutale. Je hochai la tête et raidis ma démarche pour paraître plus brutale, et j'adaptai mon expression. M'évader serait impossible si je ne réussissais pas cette épreuve. Rassemblant mes forces, j'ouvris tout grand la portière de la voiture.

Un homme en descendit d'un bond. Grand et mince, il avait l'air en colère.

—Il semble que nous soyons arrivés. Une première victoire, monsieur le Duc ?

L'autre homme, à l'intérieur, s'avança vers la portière à grand-peine, comme s'il n'arrivait pas à prendre appui sur la banquette capitonnée. Il haussa les épaules et tripota maladroitement une montre en or brillante.

—Vingt-trois heures tapantes. L'heure idéale pour prendre d'assaut le château.

Il eut un petit rire.

—Et, oui, c'est une victoire. Vous ! Ne restez pas là à me regarder, les bras ballants. Aidez-moi à descendre.

Mon nom n'était pas *Vous* ou, du moins, il ne l'était pas la dernière fois que je l'avais écrit. Je pointai le doigt sur ma poitrine.

—Moi ?

L'homme imposant s'avança péniblement un peu plus près de la portière et exposa une jambe enveloppée d'épais bandages.

—Oui, vous.

—Bien, Monsieur.

Je dus résister à une forte envie de vérifier qu'aucun cheveu noir ne s'échappait de dessous ma perruque blanche et de rajuster ma livrée pour voir si elle n'était pas mouillée. J'avais à nouveau une montée de lait et j'étais agitée comme le hochet en argent que Lionel aurait dû avoir dans son berceau, celui que Markham avait vendu.

—Vous êtes un peu maigrichon, mais assez grand pour cette tâche.

—Pour quoi faire ?

—Pour m'aider à ne pas perdre l'équilibre. Vous me servirez de béquille. Allons, finissons-en !

D'abord un *vous*, et maintenant, une *béquille* ? Je fis la grimace et m'efforçai de ne pas rester bouche bée devant les mouvements lents qu'il faisait pour se déplacer, essayant de ne pas penser à ma petite sœur s'effondrant çà et là tandis qu'elle apprenait à marcher à quatre pattes. J'essayai, sans succès, de retenir les larmes qui me montaient aux yeux tant ma famille me manquait.

L'homme plus mince revint.

—Je vais vous faire apporter une vraie béquille dans un instant. Doucement ! Napoléon n'est pas là, il n'y a que Markham et un bébé.

—Et tous ses laquais corrompus, Gantry. Nous savons qu'il a engagé des renforts.

L'autre homme secoua la tête et se tourna vers moi.

—Laquais, ne laissez pas tomber le duc sur la tête. Cela n'arrangerait rien.

Moi, un *laquais* ? Celui de Markham, jamais.

—Je n'en ferai rien, Monsieur.

Je tendis la main dans la voiture, comme une petite fille, comme une petite fille effrayée qui s'attendait à ce qu'une grosse araignée poilue lui grimpe sur la main. Les ducs ne mordaient pas et ne tissaient pas de toiles collantes, n'est-ce pas ?

Il attrapa le bras que j'agitais et se hala jusqu'à l'ouverture.

—En plus d'avoir le bras mollasson, celui-ci a le sens de l'humour, Gantry !

Le duc eut un rire franc et vigoureux. Il n'avait pas l'air si méchant, quand il ne ricanait pas comme un écolier. Puis, il retrouva son sérieux.

—Mes soldats cernent Hamlin Hall. Markham ne peut pas s'échapper. Pas cette fois, pas avec mon pupille.

—Exact, Repington.

Gantry haussa les épaules et se dirigea vers la deuxième voiture.

Repington ? Feu le grand-père de Colin ? Comment cet homme pouvait-il porter son nom ? Il avait l'air bien trop réel pour un fantôme.

Était-ce l'homme dont les domestiques avaient dit qu'il viendrait arranger les choses ?

J'ignorais quel nouveau complot avait commencé, mais cette personne me tenait par le bras, et il était venu chercher Markham.

Mais qui était son pupille ? Lionel ?

—Je ne suis pas du genre à attendre, dit le duc. Trêve de bouffonneries ! Croyez-vous pouvoir m'aider à ne pas perdre l'équilibre ? À en juger par vos regards insistants, vous avez remarqué que j'étais blessé. Je dois entrer dans cette maison sur-le-champ.

L'espoir se mit à couler dans mes veines, me regonflant, faisant flotter mon cœur comme une lanterne de papier mue par une flamme. Je passai la tête sous son bras.

—Je suis un laquais non corrompu, monsieur le Duc. Je peux vous aider en attendant que l'on vous apporte une béquille digne de ce nom.

Le rire du duc résonna, plus riche, comme un porto corsé. Puis il pesa sur moi de tout son poids.

Pouah !

Tout l'air sortit de mes poumons d'un coup, mais je ne fléchis pas. Je ne pouvais pas me le permettre. Le duc était là pour arrêter Markham.

Nous fîmes un pas ensemble et il trébucha.

— En temps normal, j'exècre que l'on me vienne en aide, mais je déteste encore plus attendre.

Je le comprenais.

Attendre n'était pas non plus mon fort. Foncer tête baissée presque sans la moindre hésitation était ma spécialité. Peinant sous son poids, je craignais que, cette fois, mon défaut me soit fatal.

Le duc et moi chancelâmes, chacun essayant de conduire l'autre jusqu'à l'entrée majestueuse de Hamlin.

— Vous avez beaucoup de courage, laquais, mais mettez-vous au diapason. Ce sera plus simple.

Rien ne fut *plus simple* quand je m'exécutai. La soumission n'était pas chose aisée pour moi.

J'acquiesçai néanmoins, comme je l'avais fait avec Colin, et me rapprochai encore de lui. Le bras musculeux du duc m'écrasa le visage contre son torse. Le maquillage blanc tacha son manteau d'un noir d'ébène.

Puis je l'entendis se mettre à compter. Le rythme était puissant comme celui d'une conga. J'oscillai avec lui. Ce rythme devint notre musique. Ne me démenant plus pour lui indiquer le chemin le plus court, je marchai au pas, chacune de mes longues enjambées égalant deux de ses petits bonds.

Ma récompense résidait dans son parfum. Son grand manteau recelait un parfum capiteux et familier. Il n'évoquait pas mes savons lisses et doux, mais quelque chose qui sentait le miel, avec un soupçon de clous de girofle.

—Je suis lourd, jeune homme, et vous êtes maigrichon. Votre employeur, ou plutôt, ancien employeur, ne doit pas vous donner des gages assez importants pour que vous vous remplissiez le ventre.

—Je suppose que vous mangez à votre faim, monsieur le Duc. Vous êtes imposant.

—Je suppose que oui.

Le duc eut un petit rire, mais qui semblait forcé, comme s'il cherchait à dissimuler ses tressaillements de douleur alors que nous trébuchions sur des pierres cachées sous la neige qui commençait à fondre.

Je sentis sa crispation comme j'avais senti son rire. Il souffrait plus qu'il ne voulait bien le laisser paraître.

Je raffermis mon bras autour de lui. Il avait fait de moi une béquille, et je ferais une béquille convenable. Il venait chercher Markham. Cela ne pouvait être qu'une bonne chose.

Oui, si près du duc, je sentais les muscles contractés de son ventre et devinais la minceur de sa cuisse. L'homme était blessé, mais ni indolent, ni paresseux.

Une autre bouffée de son parfum me parvint, plus intense, plus nette. Je savais ce que c'était : un mélange de bon cigare, de tabac et de rhum.

Je pris une nouvelle inspiration. Oui, il s'agissait bien de rhum, et de rhum coûteux. Ce ne serait pas bien que je me cramponne à lui, que je respire son manteau pour voir si c'était du rhum du Démérara, mais en quatre ans, je n'avais rien connu qui me rappelât autant mon pays que cet arôme.

—Vous n'êtes peut-être si maigre que cela, fiston. Vous avez l'air de réussir à me faire tenir droit.

Tous deux un peu haletants, nous nous arrêtâmes devant les quatorze marches parfaitement dessinées qui menaient à Hamlin Hall. Le clair de lune et la lumière des torches éclairaient les grosses pierres en voûte du portique qui surmontait les portes. Hamlin était majestueux et isolé, une beauté solitaire dans la campagne.

—Quelqu'un a allumé le grand lustre, dit le duc. Parfait !

C'était la plus grande et la plus impressionnante suspension en fer forgé que j'aie jamais vue. Jeune mariée en août 1810, je m'étais tenue sous ce lustre et j'avais regardé mon mari partir pour Londres le soir où il m'avait abandonnée ici.

Il m'avait dit que c'était pour ma protection, pour mon bien-être, pour le sien, et pour une centaine d'autres raisons fallacieuses, mais j'avais été contrainte de rester à Hamlin et d'accepter ses allées et venues.

—Quelle maison !

La respiration du duc était bruyante et sa voix, empreinte de nostalgie, mais j'avais quant à moi peine à respirer.

Colin et moi avions eu une union faite de malentendus, échangé un monceau de lettres couvertes d'excuses peu sincères, partagé un matelas fait pour deux mais qui n'avait presque toujours accueilli qu'une seule personne.

Puis, Markham m'avait annoncé que Colin était mort. Le tout avant mon vingt-quatrième anniversaire.

—Nous avons repris notre souffle, fiston. Allons de l'avant, maintenant.

Le duc esquissa un mouvement pour m'entraîner avec lui, mais je ne pouvais bouger.

—Comment, Monsieur ? Comment allons-nous faire pour aller de l'avant ? Les obstacles… Ces marches sont trop raides.

—Fiston, il suffit de mettre un pied devant l'autre. C'est comme cela que je fais, même si j'ai besoin d'une béquille.

Où était *ma* béquille ?

Je n'en avais pas, je n'avais rien pour m'enlever mon sentiment de culpabilité. J'étais responsable du suicide de Colin. Ma dernière lettre l'avait poussé dans la Tamise aussi certainement que ses idées sombres.

—Jeune homme, vous êtes épuisé. Vous voyez, vous ne supportez pas mon poids. Revêtez votre armure !

Je le regardai, les yeux écarquillés.

—Comment, monsieur le Duc ?

—Resserrez votre étreinte. Je ne veux pas tomber, pas le soir où j'attrape ce vaurien. Markham sera expulsé dans l'heure. Il sera éloigné de mon pupille.

C'était là la béquille dont j'avais besoin : le duc arrachant Lionel à cette crapule.

Peut-être aurais-je dû lui dire qui j'étais, une veuve déguisée en homme et… et me faire mettre à la porte de Hamlin, moi aussi.

J'émis un grognement et me forçai à faire un pas, puis un autre.

Le duc, cet homme à la forte carrure, d'un mètre quatre-vingt-quinze au moins, sauta à cloche-pied sur la première marche. Marquait-il un temps d'arrêt pour moi ? Est-ce que je le ralentissais ?

Je pris une voix plus grave.

—Continuons. Je crois que je ne vais pas vous laisser tomber, Monsieur. Pas encore.

—Vous avez un bon sens de l'humour, pour une béquille.

Le duc sortit sa montre de gousset.

—Il ne s'est écoulé que cinq minutes. Nous sommes encore dans les temps.

Gantry apparut devant nous avec un bâton de bois qu'il brandit comme une épée.

—Tenez, Repington. Ce sera mieux qu'un laquais pour garder l'équilibre.

Le duc le laissa le lui glisser sous le bras que je tenais levé. Se tenant debout sans mon aide, il me libéra et trouva la force de monter la marche suivante.

—Le périmètre est-il bien gardé ?

—Oui. Vos hommes prennent le contrôle du parc environnant en ce moment même.

Du parc environnant ? Jemina ? La sueur qui perlait sur mon front aurait tôt fait de faire partir ce qui restait de mon maquillage. J'allais être démasquée, et Jemina serait traînée jusqu'au portail.

—Repington, dit Gantry, voulez-vous que j'aille voir ce qui se passe à l'intérieur ?

Le duc hocha la tête.

—Bonne idée. Allez-y. je serai dans le salon à vingt-trois heures onze.

Il ouvrit à nouveau le couvercle de sa montre en or.

—Dans six, non, cinq minutes.

Gantry siffla quelque chose à voix basse, puis il monta les marches.

Toutes les fenêtres étaient illuminées. Hamlin Hall était soumis à une inspection complète, ou était attaqué. Mais qu'en était-il de mon Lionel ?

Le duc se tourna vers moi. Ses yeux bleus limpides pétillaient, réfléchissant les flammes des torches, et il me regarda intensément comme s'il pouvait mettre mon âme à nu.

—Quel est votre nom, soldat ?

Je toussotai.

—Moi ?

Dans le doute, disait lady Shrewsbury, il valait mieux rester le plus proche possible de la vérité. Le nom de Maman ferait l'affaire.

—LaCroy, Monsieur.

Le duc renifla et agita le nez.

—Je sens une odeur de lait ou de savon. Avez-vous approché une vache, LaCroy ? Pour la traire ?

Sa question semblait à mi-chemin entre un ordre et une plaisanterie.

Mais comment répondre sans trahir mon sexe ?

Entre ma nervosité et la peur qu'un soldat ne traîne mon amie jusque-là… je transpirais à grosses gouttes.

Je remarquai alors que mon maquillage blanc avait sali l'aisselle du duc.

Gardant les bras le long de mon corps, je passai d'un pied sur l'autre.

—Eh bien, voyez-vous… ce qui… Oui, Monsieur.

Dans le doute, acquiescer à tout sauf à avoir vu un fantôme. En matière de mascarade, c'était la deuxième règle de la comtesse, mais à laquelle j'avais ajouté mon propre amendement pour éviter de finir à l'asile.

—LaCroy, c'était une plaisanterie, cela n'exigeait pas vraiment de réponse. Mais faites passer le mot : je vais avoir besoin de nouveaux domestiques, y compris d'une nourrice. À en juger par les comptes rendus, le vieux Markham n'en a pas employé, et il paraît que c'est mieux d'allaiter un bébé si on veut qu'il devienne un solide gaillard.

Il avait pensé à engager une nourrice pour Lionel. Je laissai échapper un profond soupir. Mon garçon serait en sécurité, cette nuit au moins.

Le duc monta une autre marche et souffla.

—Merci, LaCroy, mais vous êtes renvoyé. Tout le personnel de Markham va être renvoyé.

—J'ai déjà échoué dans mon rôle de valet ?

—Vous êtes très capable, mais vous avez travaillé pour Markham. Je ne peux risquer aucune complication ou problème potentiel de loyauté dans mes troupes si je veux prendre un nouveau départ.

Il fit un autre pas laborieux.

—Mais je peux faire une exception pour vous si vous me jurez tout de suite de m'être loyal.

—Je ne jure pas. Ma mère m'a élevée mieux que ça.

C'était la seule leçon de Maman qui m'était restée, celle-là, et celle m'intimant de ne pas bouger quand je recevais un coup de feuilles de palmier couvertes d'épines sur les jambes.

—Je préfère être renvoyée et me présenter à nouveau demain.

Le duc avança encore. Cette fois, il grommela un juron en atteignant la marche du dessus.

—Eh bien, si vous revenez demain matin, vous serez engagé. Faites bien passer bien le mot. Seules des personnes disciplinées, des personnes loyales travailleront à Hamlin Hall. LaCroy, je me souviendrai de ce nom. Et de votre humour. Vous avez ma permission de partir. Vous ne serez pas tourmenté par mes hommes.

Titubant dangereusement, le duc continua à monter clopin-clopant, marche après marche, en direction du portique.

Une petite partie de moi avait envie de rester pour m'assurer que l'homme ne dégringolerait pas tête la première dans l'escalier de pierre. Et une petite partie de moi avait envie de voir Markham payer pour toutes les souffrances qu'il avait causées.

Toutefois, j'avais eu la chance de m'en sortir. C'était suffisant.

Le changement de personnel qui allait avoir lieu serait peut-être une opportunité. La comtesse me permettrait peut-être de me faire employer pour m'occuper de Lionel jusqu'à ce que je puisse le revendiquer comme étant mon propre fils.

Il n'était pas normal que j'en sois réduite à devenir une domestique, mais ce serait toujours mieux que d'entrer furtivement dans la maison la nuit. Je me retournai pour jeter un coup d'œil au troisième étage et à la chambre d'enfant, et je me heurtai à un soldat.

—Halte !

L'homme brandit une arme contre mon front et l'odeur de poudre me parvint. Elle me souleva l'estomac. Elle me fit me souvenir. Ces hommes n'étaient pas des hommes comme les autres. C'étaient des guerriers sous le commandement de Repington.

Un autre soldat arriva et me fit signe d'avancer.

—Le duc nous fait signe. Ce valet a eu la permission de partir.

Me tournant à demi, je vis le duc, qui se tenait toujours sur les marches. Il fit un geste du bras dans une sorte de salut. Il avait autorisé mon passage. Peut-être cet Anglais avait-il un certain sens de l'honneur. Peut-être pouvait-on compter sur lui pour tenir parole. J'espérais qu'il protégerait mon fils, cette nuit.

—Allez-y, dit le soldat.

Il rejoignit les autres, qui déchargeaient les voitures. Encore des armes. Toutes allaient être entreposées à Hamlin, avec mon bébé.

Les poings serrés, la tête baissée, je repartis en direction du portail, en direction de Jemina, espérant qu'elle était restée cachée. J'aurais besoin de son aide quand je reviendrais le lendemain pour me battre pour mon fils.

## 3

# Une victoire loin du champ de bataille

Busick Strathmore, duc de Repington, monta énergiquement jusqu'au premier palier du majestueux escalier de pierre de Hamlin Hall. Enfin, *énergiquement* était une exagération. Sa courageuse ascension, aidée par un mauvais bâton, consista en une succession de petits bonds.

Il n'en était pas moins vaillant, car il n'avait pas fait de chute et n'avait eu besoin de l'aide de personne.

Il se remit en marche, avançant pas à pas, jusqu'en haut, sans tomber, et assurément sans paraître faible. Ou du moins était-ce ce qu'il croyait, jusqu'à ce qu'il aperçoive son ami et confident, le prudent lord Gantry.

L'expression du vicomte, qui se tenait près des portes, trois marches plus haut, était figée en une grimace crispée.

—Vous êtes sûr que vous n'avez pas besoin d'aide ? Tout le monde a besoin d'assistance, même un grand commandant.

—Je prends juste mon temps. N'approuvez-vous pas ma prudence ?

—Si une incursion avec quinze soldats saccageant une demeure rurale pleine d'ivrognes et de fomenteurs de troubles est l'idée que vous vous faites d'une manœuvre mûrement réfléchie, je n'aimerais pas du tout voir ce que cela donne quand vous êtes imprudent.

Las et contrarié que quelqu'un mette en doute l'un des stratèges auxquels Wellington se fiait, Busick posa bruyamment sa béquille en faisant encore un pas.

—Je suis efficace.

Son ami haussa les épaules.

—Oui, et je ne vois pas comment vous pourriez perdre cette fois-ci.

Busick refusait de perdre quoi que ce soit d'autre. Il retint son souffle et monta la dernière marche de ce maudit escalier.

—Gantry, dit-il avec un grognement, est-ce que mon pupille est en sécurité ? Je ne fais pas confiance à Markham. Il serait capable d'enlever le garçon.

—Le monstre est cerné. La reddition est proche.

Il considéra attentivement le duc.

—Vous gardez l'équilibre ?

—Oui, je ne dégringolerai pas. Ma caboche ne recevra aucune bosse supplémentaire.

—Solide caboche.

Gantry esquissa un sourire, posa la main sur la poignée de la porte, puis arrêta son geste.

—Vous n'êtes pas essoufflé ?

Bien sûr que Busick était essoufflé, mais il avait horreur d'admettre la moindre faiblesse.

—Cela suffit, mère poule. Gardez vos attentions pour le jeune soldat qui nous attend à l'intérieur.

Le duc agita la main pour lui faire signe d'avancer, mais il contrôla son geste de sorte à ne pas vaciller et donner raison au vicomte.

—Je savais que vous seriez parfait pour cette mission, voyez-vous. Je vous retrouverai dans le salon à vingt-trois heures vingt. Un léger réajustement puisque ma prudence me ralentit.

— Encore des horaires ? Et tout ça pour un bébé… Juste un bébé.

Gantry secoua la tête et entra dans la maison.

Ce n’était pas « juste » un bébé.

C’était tout ce qui restait du cousin de Busick, Colin Jordan, l’homme qui était comme un frère pour lui avant que la fortune, les femmes et la guerre ne viennent les séparer. Était-ce la faute de Busick si c’était sa lignée à *lui* qui devait hériter du titre de duc ? Ou si Colin et lui tombaient amoureux des mêmes belles femmes ?

Enfin, cet aspect-là des choses était probablement sa faute. Avant que la guerre ne l’ait assagi, il n’y avait pas un joli minois qu’il refuse.

Son titre et son héritage lui garantissaient de nombreuses propositions.

Son cousin ne voyait pas le mérite qu’il avait à se détacher rapidement de ces faux amours. Leur dernier différend au sujet d’une riche héritière avait donné lieu à un silence de dix ans. Puis, quand Colin avait eu des ennuis, il n’avait pu se tourner que vers Markham.

Si Busick n’avait pas été blessé, il serait venu au secours de son cousin, lui aurait à nouveau présenté des excuses et l’aurait empêché de sombrer dans le désespoir. Un trop grand nombre d’anciens combattants comme lui se débattaient avec la même décision fatale.

Ses pensées s’assombrissant, Busick se retourna pour regarder le domaine. Les torches éclairaient l’immensité de Hamlin, tandis que ses hommes prenaient position le long du mur d’enceinte de la propriété.

Le jeune valet se tenait au portail qui donnait sur le parc voisin. Busick adressa à ses gardes un dernier signal pour qu’ils laissent passer LaCroy.

Le geste de son bras fit remonter à ses narines cette odeur qu’il connaissait bien. Une odeur laiteuse, légèrement savonneuse, un peu douceâtre, imprégnait son grand manteau.

On ne pouvait pas ne pas la reconnaître.

C'était le parfum d'une mère et de son bébé. Son officier le plus haut gradé, un jeune lieutenant studieux, avait amené sa femme et leur nouveau-né au front pendant la guerre d'Ibérie.

Cela avait été une erreur, qui lui avait coûté cher.

Mais LaCroy avait probablement une femme, une femme qui allaitait son enfant.

—Tant mieux pour vous.

Maussade, plus que n'aurait dû l'être un guerrier victorieux, Busick entra dans Hamlin Hall, puis s'arrêta sous le gigantesque lustre en fer forgé. Les branches travaillées dans un style richement orné de rubans et de filigranes se dressaient dans l'air de manière imposante, telles une pieuvre prise dans un filet cristallin.

Maintenu très haut par des cordes et des poulies, le lustre étincelant, plus éclatant que le soleil, illuminait les murs bleu glacier du hall.

Du bleu ?

Pas un blanc cru ? Hmm.

Il chassa son agacement de son esprit.

—Une guinée supplémentaire pour celui qui a abaissé le lustre et qui l'a allumé !

Aucun de ses hommes ne répondit et la récompense n'empêcha pas les domestiques que ses soldats avaient tirés de leurs lits de maugréer. Tous ces hommes – avec leurs bonnets de nuit, leurs barbes non tondues et leurs postures avachies – furent alignés pour recevoir des gages avant d'être renvoyés.

Aucun problème de loyauté. Aucun.

Busick passa devant eux et ralentit le pas quand il arriva devant les niches des statues. Cela faisait dix ans qu'il n'avait pas vu les trois énormes guerriers de marbre, des soldats romains classiques portant armures et lances affûtées.

Un juron associé à son titre et à son nom poussa Busick à regarder la rangée de domestiques renvoyés.

—Quelqu'un m'a appelé ?

Un homme corpulent se dégagea des soldats. Contrairement à la plupart des autres domestiques, il portait une livrée argentée et une perruque poudrée comme LaCroy.

—Oui, monsieur le Duc. C'était moi.

Busick fit signe à ses hommes de laisser le grognon s'avancer.

—Vous êtes ?

—Charmers, monsieur le Duc. Je travaillais pour votre grand-père. Je suis le majordome, maintenant.

Ce Charmers n'avait rien de charmant, mal fagoté dans ses vêtements froissés.

—Je ne me souviens pas de vous.

—J'étais aide-jardinier pour votre grand-père.

—Eh bien, étant donné l'état négligé de la pelouse, je présume que vous avez eu à faire dans la maison ?

—Il a beaucoup neigé, mais Colin Jordan m'a nommé à l'intérieur. Je suis content que vous soyez ici. Il y a trop d'égarements. J'espère que vous êtes venu remettre de l'ordre dans tout ça.

S'il avait connu le grand-père de Busick, feu le duc de Repington, l'homme devait tout savoir des scandales des Strathmore. Alors, quel genre d'ordre recherchait-il ?

La pacification d'un père invalide ?

La main ferme offerte par Grand-père ?

Les frasques de Mère ?

—Monsieur le Duc ?

Le jardinier devenu majordome s'approcha de Busick et tapota son manteau pour en faire tomber une poudre blanche.

— J'ai entendu dire que vous aviez été grièvement blessé à Badajoz ou à Saint-Sébastien.

Pas plus blessé ni brisé que ceux de ses hommes qui avaient survécu. Ses soldats étaient resplendissants dans leur uniforme cramoisi. À moins de les regarder très attentivement, personne ne pouvait voir qu'il leur manquait des doigts ou un membre.

— À Badajoz. Vous êtes renvoyé.

— Mais… Mais, monsieur le Duc…

— Vous êtes renvoyé. Retournez dans la file ou renoncez à vos gages. Markham ne va pas tarder à être jeté dehors. Vous pourrez le suivre. Il aura peut-être besoin de vous chez lui.

Busick traversa vivement le hall et entra comme un ouragan dans le salon. Il resta un instant sur le seuil, remarquant d'autres changements. Dans un coin, un piano-forte à la patine vert olive exotique avait pris la place d'une armure. Un nouveau sofa et un buffet venaient compléter le décor.

De nouveaux meubles et un papier peint jaune aux murs ?

S'il n'avait pas su que sa mère, lady Bodonel, avait Hamlin Hall en horreur, il aurait cru qu'elle était là, préparant la demeure pour l'une de ses légendaires réceptions. L'idée lui nouait le ventre, réveillant des émotions qu'il aurait préféré oublier.

Quand Busick avança dans la pièce, il changea d'avis. C'était bien trop élégant et conventionnel pour sa mère. Le motif de fleurs de lys jaune pâle, soie de maïs, les fauteuils bleu outremer et le sofa assorti n'étaient pas ostentatoires, mais chaleureux.

Le salon constituerait une excellente base pour son quartier général. C'était là qu'il mettrait au point des tactiques militaires, qu'il instruirait son pupille, et peut-être même qu'il planifierait un retour triomphal sur le champ de bataille.

La guerre d'Espagne continuait de faire rage.

Napoléon n'avait toujours pas capitulé.

On avait besoin de stratèges autant que de fantassins.

Essoufflé, le bras un peu engourdi par la pression de la béquille, Busick se dirigea vers le bureau de son grand-père et se laissa tomber comme une masse sur le fauteuil. Il passa la paume de sa main sur le coussin d'un rouge profond du siège que l'on avait récemment pourvu de ressorts neufs, puis il sortit sa montre de gousset. Vingt-trois heures vingt-trois. Il était en retard de trois minutes sur son nouveau programme. Agacé, il renversa la tête en arrière dans son fauteuil. Il apprenait encore à ne pas s'épuiser si facilement. Un tacticien qui se fatiguait vite n'était d'aucune utilité à quiconque.

La porte se referma dans un claquement.

Le vicomte entra d'un pas énergique dans la pièce, les poings serrés.

Gantry se défit de sa cape marron foncé comme l'aurait fait un magicien, la faisant tournoyer dans l'air avant de l'envoyer valdinguer sur le sofa. On aurait dit l'une des aquarelles de la mère de Busick, le brun de la terre contre le bleu de la mer ; il ne manquait que des nus, des marins en tenues légères ou des sirènes.

—Je n'arrive pas à y croire, Duc.

Busick aurait dû se lever pour son ami, son compagnon d'armes, mais son dos ne lui permettrait pas de se mouvoir rapidement, pas s'il comptait se rendre utile et non rester alité, souffrant.

—Que s'est-il passé ? Est-ce que Markham s'est échappé ? Et mon pupille ?

Son ami défit la ceinture de son épée, et celle-ci tomba sur le sol dans un fracas métallique.

—Non, la canaille ne s'est pas enfuie, et le bébé a l'air d'aller bien, quoiqu'il soit un peu maigrichon pour un enfant de trois mois.

—Maigrichon ? Je savais qu'on ne pouvait pas faire confiance à Markham. Mais si le garçon est en vie, pourquoi avez-vous l'air d'avoir vu un fantôme ?

Le sourire méprisant de Gantry aurait pu glacer l'air et n'importe laquelle des apparitions qui, d'après les rumeurs, foulaient le sol de Hamlin.

—J'ai posté un garde à la porte de la chambre d'enfant. Il n'arrivera rien à Lionel Jordan, mais votre oncle Markham… Eh bien, je l'ai trouvé en train d'essayer de séduire la gouvernante. La malheureuse s'est enfermée dans l'armoire et fait une crise d'hystérie. Il s'habille. Ils ne vont pas tarder à descendre tous les deux.

On ne pouvait laisser personne entre les mains de Markham, surtout pas des domestiques du sexe féminin. Un homme d'honneur n'aurait jamais mis dans son lit une femme qu'il employait. Les domestiques devaient être en sécurité, et leurs gages dépendaient de leur compétence à remplir leurs fonctions, pas à satisfaire lubies et faveurs sexuelles.

Busick frappa le bureau du plat de la main.

—Ce lubrique de Markham prépare toujours un sale coup. La gouvernante est-elle saine et sauve ?

—Oui. Il n'y a pas que Markham tout nu qui l'a effrayée. Elle était bouleversée, elle marmonnait quelque chose au sujet du fantôme de son défunt mari, pas sur les agissements du rustre.

—Alors vous ne les avez pas interrompus ?

Gantry secoua la tête.

L'ami de Busick avait un don pour interrompre les couples en train de se livrer aux plaisirs charnels. Et il avait beaucoup souffert de la frivolité de sa deuxième épouse et des infidélités que les rumeurs lui prêtaient.

Le vicomte se dirigea vers le buffet et se servit un verre de brandy.

—Votre oncle n'est pas coupable d'avoir violé la gouvernante, cette fois-ci.

Busick passa le pouce sur la balafre la plus profonde sur l'écritoire du bureau.

—Markham n'est pas mon oncle. C'était l'oncle paternel de Colin Jordan.

—Oui, votre pauvre père et la mère de votre cousin étaient frère et sœur.

—C'est exact. Je n'ai rien en commun avec Markham. Je ne l'appelais « mon oncle » que pour m'attirer ses bonnes grâces, Jordan et moi ayant perdu nos pères très jeunes, mais cet homme n'est qu'un bon à rien, et il l'a toujours été. Le fréquenter n'aboutit qu'à des manigances pour l'argent ou les loisirs.

—L'argent et les loisirs ne sont pas des vices. Vos poches sont pleines, et avant la guerre, vous vous êtes adonné à un certain nombre de loisirs.

Busick se laissa aller en arrière dans son fauteuil, souriant pour lui-même en pensant à l'historique de ses *loisirs*.

—Ah, les choses qu'un homme peut se permettre en temps de paix !

Un homme qui tenait sur ses deux jambes.

—Oui, les loisirs avaient leur place dans mon existence. Nous verrons si mon carnet de bal se remplit une fois que j'aurai remis de l'ordre à Hamlin et que je serai tout à fait rétabli.

—Votre convalescence dure depuis plus d'un an, n'est-ce pas ?

Elle durait depuis près de deux ans.

—Oui.

—Je vous suis dévoué, monsieur le Duc. Vous avez dit avoir été blessé lors du siège de Badajoz. Je m'attendais à ce que vous soyez un peu faible à cause de votre jambe, pas à ce que vous puissiez à peine marcher. La fracture était-elle si terrible ?

C'était pire qu'un os cassé. Bien pire.

—Je ne suis pas du genre à me plaindre, et les paroles ne changeront rien. Je vais être plus solide maintenant que nous ne sommes plus sur les routes. Nous ne sommes plus aussi jeunes que nous le croyons.

—Monsieur le Duc, vous devriez arrêter de vous appuyer sur cette jambe si vous ne voulez pas finir boiteux à vie.

—Raison de plus pour rester à l'écart de Londres. Maintenant que nous avons retrouvé l'enfant, Hamlin est l'endroit idéal pour que je finisse de me rétablir. Je n'aurai aucune obligation mondaine ici.

Il ne recevrait pas non plus la visite de sa mère et de son dernier ami.

—Vous allez donc continuer à vivre en ermite ?

—Oui, à plus forte raison parce que mes amis rendent si attrayante la vie conjugale.

Gantry desserra le nœud de sa cravate. Puis il défit le ruban écarlate de son catogan, libérant des cheveux châtains bouclés qui avaient grand besoin d'être coupés.

—La vie conjugale a ses bons côtés, quand il y a de la confiance.

Gantry soupira, et Busick imagina des flammes sortir des narines de dragon du vicomte.

—Vous et votre pupille allez donc vivre ici, à la campagne ?

—Bien sûr, et votre résidence familiale n'est pas très loin.

—Certes, mais mon père s'y trouve. Je préférerais rester ici ou retourner chez ma sœur, à Bath, pour aller récupérer mes filles. J'avais besoin de m'éloigner un peu, notre expédition fut une distraction bienvenue.

Gantry empoigna le tisonnier.

—La paternité est difficile quand tout est sens dessus dessous dans votre vie. Vous m'avez l'air drôlement prêt pour jouer le rôle de père, Repington.

—Oui, répondit Busick. Je me suis préparé à cette tâche, j'ai étudié tous ses aspects d'un point de vue stratégique. Je me suis entretenu avec toutes les dames qui ont par le passé rempli mon carnet de bal, les dames que j'ai laissées épouser d'autres hommes.

Les sourcils de son ami n'auraient pu s'affaisser davantage.

—Vous avez fait *quoi*, monsieur le Duc ?

—Un grand nombre de mes anciennes conquêtes sont aujourd'hui des amies, plus ou moins. Parmi elles, il y a des comtesses, des duchesses, ou des dames respectables à l'élégance innée, et à elles toutes, elles ont des dizaines d'enfants. Leur sagesse cumulée est inestimable.

Se pressant le crâne, Gantry ferma les yeux.

—Alors, chacune de ces tourterelles vous a prodigué ses conseils ? monsieur le Duc, vous avez de la chance. Un homme moins chanceux que vous aurait fini enduit de goudron et de plumes.

—J'ai reçu les salutations les plus chaleureuses…

Busick leva l'index.

—… et une seule menace de mort. Jupiter m'a été favorable.

—Vous avez beaucoup de chance.

—Je me suis préparé pour m'engager dans l'éducation de cet enfant comme je l'ai fait pour toutes mes missions, en rassemblant le plus possible de renseignements. Mes amies se sont montrées très obligeantes. Même la menace de mort aurait pu donner lieu à un bon exercice d'entraînement si je n'avais pas craint de me rompre le cou en sautant d'une fenêtre.

—Comme je le disais, vous avez beaucoup de chance.

Gantry se tourna et s'appuya à la cheminée.

—Votre cousin a-t-il eu de la chance, lui aussi, dans ses choix ?

—Je ne sais pas. Après la mort prématurée de nos pères, j'ai bénéficié de l'influence de mon grand-père. Il a eu son oncle Markham. Si Jordan et moi avions mis de côté nos différends, et s'il m'avait suivi dans l'armée, je l'aurais protégé. J'aurais…

Busick eut soudain la gorge sèche.

Il se revoyait en train de fermer les yeux de son lieutenant tombé au champ d'honneur, et ce souvenir l'ébranlait. Il déglutit péniblement, pour s'éclaircir la voix.

—J'aurais essayé de protéger mon cousin. Ce qui est fait est fait.

—Voilà une autre chose sur laquelle nous sommes tous d'accord. On ne peut pas changer le passé.

La voix de son ami, empreinte de tristesse, n'était plus tout à fait maîtrisée. Ce n'était plus le Gantry pragmatique.

—Quand les gardes nous amèneront Markham et sa compagne, nous le presserons de nous dire où se trouve Mme Jordan, la veuve de mon cousin.

—Cela fait six semaines que Markham vous a fait parcourir l'Angleterre de long en large pour la retrouver et retrouver l'enfant alors qu'il avait le bébé depuis le début.

—Je me demande ce qu'il a fait à cette femme…

—Que voulez-vous dire, monsieur le Duc ?

—Aucune mère, à moins d'être folle, n'abandonnerait son enfant, et jamais, au grand jamais, à quelqu'un comme Markham.

Gantry se frotta le menton. Il avait une barbe de deux jours, mais les renseignements de dernière minute qu'ils avaient eus les avaient contraints à ne pas s'arrêter – à voyager toute la nuit en changeant de chevaux le moins souvent possible – afin d'arriver à temps pour attraper Markham.

Busick imaginait à peine à quel point lui-même devait être débraillé. Le lendemain, il serait tiré à quatre épingles : rasé, cravate impeccable, chemise repassée.

—Vous croyez que Markham lui a fait du mal, monsieur le Duc ?

Busick hocha les épaules.

—Je le crois capable de se débarrasser de toute personne se trouvant en travers de son chemin, mais il y a aussi des femmes qui partent. C'est une possibilité.

Lui tournant le dos, Gantry attisa les braises dans la cheminée.

Des cendres de noyer blanc voletèrent dans l'air. Ce feu crépitant était revigorant. Busick avait bien besoin d'être revigoré. Le passé était trop âpre, impossible à oublier, comme l'odeur du lait d'une mère.

—Duc, vous avez entrepris cette invasion de Hamlin comme une bataille. Vous n'auriez pas pris cet endroit d'assaut avec des gardes en armes à moins d'avoir soupçonné quelque acte criminel.

On aurait bel et bien dit une guerre, dès les premiers faux indices sur l'endroit où se trouvaient le bébé et la mère, qui les avaient conduits d'abord en Écosse, puis à Bath. C'était un combat pour se montrer plus malin que Markham.

Cependant, Busick n'était pas sur un champ de bataille.

Il était en Angleterre, toujours en convalescence, et il s'apprêtait maintenant à élever le fils de son cousin.

—C'est une bonne chose que Markham ait maintenu le garçon en vie. Je suis content que nous ayons pris le contrôle de la situation.

—Eh bien, vous avez réussi ! Et je dois admettre que cet endroit, Hamlin Hall, est une demeure agréable, à l'intérieur confortable.

Et dont la décoration avait été refaite.

Busick s'étira, s'enfonçant plus profondément dans le coussin neuf du fauteuil.

—Oui. On pourrait même considérer cela comme un foyer.

—Je sais que vous aimez gagner, monsieur le Duc, mais nous aurions pu avoir recours aux tribunaux et non à une garnison de vos anciens fantassins.

—Ils avaient besoin d'une mission, et les tribunaux sont trop lents. Je ne peux pas attendre qu'ils fassent exécuter le testament de Jordan, car Markham pourrait faire preuve de négligence envers l'enfant. Il pourrait lui faire du mal pour m'empêcher de prendre le contrôle, il serait même capable de le vendre. Je connais Markham. Il ne se soucie que de lui-même.

—Et vous, monsieur le Duc, vous aimez gagner. Vous avez besoin d'autres passe-temps.

—Eh bien, maintenant, j'ai un pupille sur lequel veiller.

—Que gagnez-vous avec le bébé ? Le titre de meilleur tuteur de tous les temps ?

Gantry retira sa cravate et la jeta sur la cape dont il s'était débarrassé.

—Il n'y a rien à gagner à élever des enfants, mais tout à perdre.

Busick essaya de changer de position dans son fauteuil, mais cela lui fit trop mal au dos, et si le vicomte s'en apercevait, il allait abandonner sa diatribe morale pour reprendre son rôle de mère poule.

—Je ne perdrai rien là-dessus. Je fais ce qu'il convient de faire.

Gantry s'adossa de nouveau à la cheminée.

—Vous êtes un homme bien.

—Et vous, vous avez fait un excellent travail. Allez, bousculer Markham. Plus vite il sera parti, plus vite vous pourrez choisir un lit, et plus vite je pourrai commencer ma nouvelle campagne pour élever Lionel Jordan.

Gantry hocha la tête.

—Comme vous voulez.

Le vicomte quitta la pièce, toujours second meilleur lieutenant qui ait jamais servi sous les ordres de Busick.

La porte resta entrouverte et Busick ignora les plaintes en provenance du hall et passa les doigts le long du pied sculpté du bureau d'acajou. Les initiales que Colin et lui y avaient gravées étaient toujours là. Les lettres CAJ en cursive ; les lettres BGS en majuscules. Il repensa à l'avis de décès étrange dans le *Morning Post* de Londres, au mois de décembre, suivi de recherches exaspérantes par ses notaires, qui avaient abouti à cette quête insensée.

Pour Lionel, Busick ferait grand cas de la moindre menace. Chaque fois qu'il avait fait une erreur sur le champ de bataille, quelqu'un en avait payé le prix. Quand il s'était trompé au sujet d'une femme, il avait reçu une invitation à son mariage.

Pour l'enfant de Colin, il ferait preuve de prudence, aurait bon caractère, se montrerait même ennuyeux. Si l'effort de guerre n'avait pas besoin de ses compétences, il les utiliserait pour protéger Lionel. Par Jupiter, il ferait les choses convenablement, cette fois, en commençant par expulser Markham de Hamlin Hall.

# 4

# La Providence de la veuve

Je m'accrochai à un arbre pour observer Hamlin Hall. La transpiration enfiévrait mon front, faisant une pâte collante des taches de maquillage qui restaient sur ma figure. J'avais besoin de retirer cette peinture. J'avais besoin de redevenir celle que j'étais d'habitude, sans fard, le teint frais.

Mais il y avait bien trop de mouvement à Hamlin.

Les gardes entraient et sortaient, s'extirpaient même du passage secret des souterrains.

Toutefois, aucune voiture n'était encore partie, aucune de celles du duc, ni aucune de celles de Markham.

—Descends, Patience. Nous devons y aller. J'ai continué mes signaux jusqu'à ce que les attelages passent le portail. Je les ai vus au loin avec la longue-vue de la comtesse.

—Ils risquent de partir avec Lionel, Jemina. Retourne chez lady Shrewsbury, toi, dis-je, indiquant le sentier. Nous ne devons surtout pas être toutes les deux attrapées.

—Oh, non ! Je n'irai pas toute seule.

La jeune femme me tira par la botte.

—Si tu es surprise sur la propriété, tu ne reverras plus jamais ton fils. Descends. Une veuve doit se montrer maligne. C'est ce que dit toujours la comtesse.

Jemina, souffrant d'amnésie, avait tendance à répéter comme un perroquet les opinions d'autrui. Si seulement elle avait pu de la même façon ressentir les émotions ! Elle aurait alors compris l'intensité de ma rage, la profondeur de mes peurs. Elles étaient immenses, plus vastes que l'océan.

—Je me suis assurée que tu n'étais pas blessée, mais je dois rester pour Lionel.

—S'ils l'emmènent quelque part, tu ne pourras pas les en empêcher. Écoute-moi, Patience. Je sais que je n'ai pas toujours les idées claires, mais j'ai fini par comprendre que nous devions nous unir pour gagner. Descends, et retournons chez lady Shrewsbury. Elle saura quoi faire.

Je ne voulais pas entendre cela. Je ne voulais pas de la logique. Je voulais être invincible, l'espace d'un instant, entrer dans Hamlin, exiger mon bébé, puis repartir.

Cela relevait du rêve.

J'empoignai la branche au-dessus de ma tête, la serrant de toutes mes forces.

—Mais mon fils…

—Nous l'avons trouvé. Nous le trouverons encore !

La jeune femme effacée à laquelle j'avais été enchaînée à l'asile, celle qui ne parlait qu'en chuchotant, criait maintenant. Je détestais et j'adorais cela, chez Jemina : elle disait ce qu'elle estimait être la vérité et agissait en conséquence, coûte que coûte.

Résignée, je descendis.

—Allons voir si Shrewsbury en a fini avec moi. Tu crois qu'elle va me renvoyer à l'asile ?

Jemina me prit dans ses bras et me serra étroitement contre elle.

—J'irai aussi. Ce n'est pas comme si j'avais retrouvé la mémoire.

C'était grâce à elle que j'avais été libérée si rapidement. Quand l'avocat de la comtesse était venu chercher Jemina

Saint-Maur, celle-ci avait refusé de partir à moins que je ne sois moi aussi libérée.

—Je te dois tout, Jemina. Sans toi, je serais encore là-bas à regarder les spectateurs me jeter des pièces de monnaie sur la tête. Tu as survécu deux ans à Bedlam. Je ne sais pas comment tu as fait. J'étais continuellement en larmes, et mon emprisonnement n'a duré que dix jours.

—J'ai eu de la chance, je suppose.

Les rais de lumière qui émanaient de la lanterne de Jemina montraient la sincérité dans le regard vide et froid de mon amie. L'asile et l'amnésie lui avaient volé sa vie, une vie dans laquelle elle avait un ou plusieurs enfants et un mari qui aimaient probablement de tout cœur cette douce jeune femme.

La partie de mon cœur qui se rappelait l'amour de mes sœurs se dégela.

Une totale confiance en des personnes qui tenaient véritablement à moi était ce qui m'avait cruellement manqué au cours de ces années de solitude dans cette bonne vieille… horrible Angleterre.

Je hochai la tête, agitant rapidement le cou.

—Je vais me montrer plus intelligente, Jemina, pour toi.

Écartant de son visage les cheveux roux flamboyants qui s'échappaient de son chignon, Jemina tira sur le lourd châle gris qui lui enveloppait les épaules.

—Eh bien, allons voir la comtesse.

Le sourire de Jemina était si innocent, si confiant ! Elle avait trouvé la paix. Peut-être l'absence de souvenirs, le fait de ne pas se rappeler ce que l'on avait perdu, valait-il mieux que le regret du passé.

Je savais quant à moi exactement tout ce qui m'avait été pris.

Espérant apercevoir un signe indiquant que tout allait bien, je ne cessai de regarder dans la direction de Hamlin par-dessus mon épaule. Je ne distinguai rien dans les ténèbres, sur tout le trajet de trois kilomètres jusqu'à la propriété de lady Shrewsbury. Le crissement des grillons et le hululement d'une chouette couvrirent le crissement de la neige sous mes bottes et le craquement des brindilles emportées par la tempête de la semaine passée.

Ce n'étaient pas là de très bons signes.

Mon éternel optimisme déclinait, mais je décidai qu'il faisait tout simplement trop sombre pour voir un arc-en-ciel ou une autre manifestation d'une déesse de l'espoir.

La porte de la cuisine était entrouverte, exactement comme nous l'avions laissée. Nous entrâmes furtivement. La maison était calme et silencieuse. Avant que j'aie eu le temps de refermer la porte, une allumette craqua.

Puis une autre.

Et encore une autre.

Bientôt, une vague de bougies scintillantes forma un cercle dans la cuisine vert pâle. C'était comme si le grand lustre de Hamlin avait été abaissé et que Jemina et moi étions prises en son milieu.

Nous étions les accusées nous tenant en silence dans la lueur des flammes, devant les visages renfrognés des membres de La Providence de la veuve.

Ce n'était pas là le signe que j'avais espéré.

Les membres de la Société secrète de vengeresses, des femmes de toutes tailles, de toutes formes, nous lançaient des regards furibonds. Ces veuves ne dirent rien.

Pas un mot d'étonnement ou de condamnation, pas de *on vous y prend.*

Les visages roses, rougeauds, bruns ou hâlés – tous gardèrent les lèvres pincées.

Puis la porte claqua.

L'irrévocabilité de la chose arrêta mon cœur. Le parfum raffiné de l'eau de rose s'abattit sur moi, faisant ressurgir mon sentiment de honte.

Lady Shrewsbury, fondatrice du groupe, se tenait sur le seuil. Elle avait refermé la porte. Ses cheveux blond cendré enroulés sur des papillotes, la comtesse croisa les bras.

—Patience Jordan. Jemina Saint-Maur. Nous vous attendions.

J'ouvris la bouche mais la refermai aussitôt. Il n'y avait rien à dire.

Nous avions enfreint les règles du groupe en nous en allant sans permission.

—Je suis déçue.

La comtesse secoua la tête. Le mouvement fit voleter les manches de son peignoir couleur mangue. Les perles iridescentes à sa gorge reflétaient la teinte joyeuse, comme les fleurs somptueuses d'un flamboyant.

La petite dame plantureuse aurait pu être une déesse qui se réveillait à peine ; mais faisait-elle partie des bienveillantes, ou de celles qui étaient capables de détruire l'humanité d'un seul regard ?

Les yeux baissés, je me plaçai devant Jemina.

—C'est moi qui suis à blâmer, lady Shrewsbury. Mme Saint-Maur est innocente. Je l'ai détournée du droit chemin.

La comtesse poussa un profond soupir las.

—Que vais-je faire de vous ?

Son ton, aigu et sec, était exactement le même que celui de ma mère, qui reflétait ses nombreuses déceptions que lui inspirait sa cadette – qui avait déchiré l'ourlet d'une robe, renversé du thé sur l'un des associés lubriques de papa. Enfin, à la suite de cet *accident*-là, la grimace de Maman avait brièvement laissé la place à un sourire. Un sourire furtif, comme elle en affichait rarement avec moi.

—Madame Saint-Maur, dit la comtesse, vous et les autres pouvez aller vous coucher. Je dois m'entretenir seule à seule avec Mme Jordan.

Jemina fronça les sourcils, mais elle quitta la pièce à contrecœur, à la suite des autres.

—Je suis désolée, Madame.

Je m'empressai de prononcer ces mots, mais m'attendais à des réprimandes.

Je n'en reçus aucune.

Quand je levai les yeux vers la comtesse, j'avais l'impression d'avoir quinze ans, et de rester bouche bée face au visage blême d'une autre dame à l'expression désapprobatrice, trop fatiguée par la maladie pour énumérer les manières dont son garçon manqué de fille l'avait couverte de honte. Les yeux d'un noir d'ébène de Maman recelaient la même tristesse que les yeux ambrés de lady Shrewsbury.

La comtesse s'approcha.

—Je veux vous aider, mais vous ne cessez de transgresser les règles. Votre situation est-elle pire que celle de n'importe quelle autre veuve, ici ? La fortune de votre père vous fait-elle croire que vous êtes trop bien pour nos règles ?

Je n'avais jamais été « trop bien » ni spéciale. J'avais été différente, découragée, et seule, avant de rencontrer Jemina. Les larmes me montèrent aux yeux, mais je ne pouvais ravaler davantage de chagrin. J'allais exploser.

—Je suis horrible et exécrable, mais *je suis une mère*. Cela ne me rend pas meilleure que qui que ce soit ici, mais cela me rend plus prête à tout.

La comtesse laissa ses bras retomber le long de son corps. On voyait ses alliances en or sous ses manches en dentelle, une pour chacun de ses trois maris.

—Votre situation est-elle plus désespérée que celle de la veuve que sa famille a mise à la rue sans pension de veuvage et sans moyen de mettre un toit sur sa tête ? Ou que celle de la mère dont les fils de huit et dix ans, qui refusent de répondre à ses lettres, ont été emmenés par la tante de son mari ? Ou que celle de la dame dont les filles ont été envoyées à l'étranger ? J'instaure des règles raisonnables pour votre protection, madame Jordan. Vous compromettez la sécurité du groupe quand vous les enfreignez.

—Les règles ! Les règles me tuent.

Je cachai mon visage mouillé de larmes dans le creux de mes gants. La laine fine ne pouvait éponger mon chagrin.

—Depuis que j'ai mis le pied sur ces rives, je n'ai fait que respecter les règles, que faire ce que tout le monde me disait de faire. J'ai été une bonne épouse. Ma maman aurait été fière de la maison que j'ai tenue.

Je m'essuyai le visage, encore et encore. De la poudre cendrée formait une croûte sur mes gants, sur mes manches.

—Et vous, vous n'appréciez pas les efforts que j'ai fournis pour me conformer aux règles ? Je me suis même exercée, encore et encore, jusqu'à ce que je perde mon accent du Démérara. Et vous voyez ma récompense, Madame ? Mon fils m'a quand même été pris. Les règles ne servent à rien.

Je frottai mes yeux brûlants pour en faire partir mon maquillage qui avait coulé. J'aurais voulu ne plus rien voir, mais je voyais très bien. Le visage de la comtesse affichait cette expression déroutée, l'expression de Maman.

La peine que cela m'inspirait, mes souvenirs d'elle pesaient trop lourd. Mes jambes se dérobèrent sous moi. Ma livrée se gonfla comme la voile d'un bateau alors que je m'effondrais aux pieds de la comtesse. Enserrant les jambes de lady Shrewsbury, je m'y accrochai fermement, comme aux jupes de Maman.

Je ne pouvais pas la lâcher.

J'avais besoin de son pardon.

J'en avais besoin tout de suite.

Mes excuses répétées s'embrouillèrent et je pleurai sur l'ourlet du vêtement de la dame.

—Je ne sais pas combien de fois Lionel a été nourri. Ses fesses sont toutes rouges et couvertes de petits boutons parce qu'il est négligé. Ce soir, je l'ai laissé allongé sur des draps souillés. Des draps souillés ! Je ne veux pas vous décevoir, madame la Comtesse, mais comment puis-je rester loin de lui et le laisser souffrir ?

Lady Shrewsbury se pencha vers moi, et je me crispai, m'attendant à recevoir une gifle, mais elle passa ses bras autour de moi et me serra étroitement contre elle.

Le pardon.

Ni mérité. Ni négocié. Ni même exprimé, mais éprouvé jusqu'à la moelle. C'était ce qu'offraient les bras de lady Shrewsbury. Je me cramponnai à elle, baptisée dans son eau de rose et sa bonté.

— Tout va s'arranger, Patience. Vous êtes impétueuse, mais bonne. Souvenez-vous-en.

Je ne saurais dire combien de temps je restai dans les bras de cette dame, mais son étreinte respirait l'amour, l'espoir. Ce soir-là, cela suffit à réunir recoller quelques-unes de mes pièces brisées.

La comtesse jeta ma perruque et ébouriffa mes cheveux crépus. Elle prit ensuite un linge en dentelle et m'essuya le visage pour en faire partir ce qui restait de maquillage.

— Vous êtes spéciale, Patience. Chacune de mes veuves l'est. Mais pour redresser des torts, nous devons être plus malignes que cela. Vous prenez trop de risques. Ce soir, vous auriez pu anéantir toute chance de récupérer la garde de votre enfant.

Je me redressai et m'essuyai les joues.

— Je suis désolée, mais ce soir, je n'ai pas à me demander si Lionel a mangé. Je ne serai jamais désolée pour cela.

La comtesse passa son bras sous le mien et m'attira vers la table de la cuisine. L'énorme meuble en noyer, avec ses solides bancs d'un côté et de l'autre, était au centre de La Providence de la veuve. C'était l'endroit sacré où les femmes se rassemblaient pour s'encourager mutuellement et comploter.

—Lionel n'aime pas le biberon, Patience. Ma veuve Mme Kelly m'a dit qu'elle avait du mal à le faire boire.

J'étais stupéfaite. La comtesse avait une espionne à Hamlin.

—Vous…

—Asseyez-vous, Patience. Il est temps que vous sachiez tout.

Lady Shrewsbury alla s'asseoir sur l'élégant klismos à l'extrémité de la table, qui avait un dossier en forme de harpe, comme ceux du salon de Hamlin.

Je frissonnai, imaginant malgré moi Colin dans cette pièce, en train de broyer du noir, de vaquer à ses occupations, ne voulant pas être dérangé, ayant besoin de distance. Ses allées et venues durant toute notre vie conjugale me hantaient, tout comme mes nombreux regrets.

L'angora d'une blancheur de neige de lady Shrewsbury, la minette qu'elle gardait à ses côtés, me regarda en remuant la tête. L'œil vert et l'œil bleu d'Athena voyaient tout. J'en étais convaincue. Elle savait que j'étais crispée, redoutant ce que sa maîtresse s'apprêtait à me révéler.

—Mme Kelly a dû faire face aux avances de M. Markham et à la grossièreté du personnel actuel, pour s'occuper de votre bébé. Mais tout est en place pour que nous agissions.

Abasourdie, à peine capable de maîtriser les battements frénétiques de mon cœur, je m'écroulai sur le banc. Je ne savais plus quoi penser, sinon que l'omnisciente Shrewsbury était une version anglaise d'Erzulie Gé-Rouge, déesse aux yeux rouges de la vengeance. Avec son laquais félin, son klismos en guise de trône et ses vêtements majestueux, cela aurait pu être elle, si les dieux mettaient des papillotes.

Les sourcils froncés, je me tenais au bois usé de la table.

—Une espionne ? Markham ? Qu'est-ce qui est en place, Madame ?

—Le thé est l'une de ces choses anglaises civilisées. Je crois que nous devrions en préparer, puis discuter de mes plans pour assurer votre avenir, à toi et à Lionel.

—Je ne veux pas de thé. Je veux des faits. Savez-vous qu'un duc a pris le contrôle de Hamlin Hall ?

—Oui, je le sais. C'est moi qui l'ai envoyé chercher.

Mes oreilles avaient dû cesser de fonctionner. Je me tripotai les lobes, et me trouvai avec du maquillage cendré sur les pouces.

—Quoi ?

—J'attendais Repington. Cela fait partie de mon plan. Je prie pour que vous ne l'ayez pas gâché.

Quelque chose n'allait pas.

Lady Shrewsbury souleva Athena et se dirigea vers l'arrière-cuisine. Elle affichait un grand sourire, qui semblait vouloir dire *Je sais quelque chose que vous ignorez.*

Le feu et la nervosité explosaient dans mon ventre. Je faisais confiance à la comtesse et aux soldats armés que l'on avait fait venir pour entourer mon bébé. Cramponnée à la table, j'essayais de comprendre tout cela, mais je n'étais sûre que d'une chose : je n'arrivais plus à distinguer les bonnes personnes des mauvaises.

# 5

## Un véritable tuteur apparaît

Busick pianota avec son pouce sur le bureau. Plus de quarante minutes s'étaient écoulées depuis que le dernier éclaireur était entré dans la pièce pour faire son rapport. Le ratissage de toute la propriété s'était avéré vain. On n'avait trouvé aucune veuve, seulement des malles dans les souterrains, et un tas de noix de coco.

C'était étrange, mais cela n'avait rien d'infâme.

Se massant les muscles de la nuque, il se laissa aller en arrière dans son fauteuil. S'il avait pu le faire, il aurait posé une botte sur le bureau pour être un peu plus à l'aise, mais il ne pouvait pas être à l'aise, pas alors que toutes ses pensées étaient tournées vers Colin.

—C'est ici que tu as été le plus heureux. Ton fils le sera aussi. Pour ton garçon, je serai un père, celui dont nous avons tous deux manqué. Je te le promets.

La porte s'ouvrit brusquement, dans un bruit mat retentissant.

Markham, ce démon, entra, l'air furieux.

—Qu'est-ce que cela signifie ?

Une main posée sur le bureau et non sur le fusil qu'il avait au côté, Busick sourit.

—Il est de mon devoir de vous informer que nous n'avons plus besoin de vos services. Allez, prenez un verre, puis quittez Hamlin Hall pour toujours.

L'homme avait l'air furieux, mais il se retourna et se dirigea droit sur le buffet. Avec sa patine, le meuble en noyer ciré devait être un phare pour les ivrognes.

Markham l'agrippa comme s'il avait envie de le soulever et de le lancer. L'homme dégingandé jura tout haut, puis il saisit une carafe en cristal. Il se servit et se resservit, vidant un premier verre de brandy, puis un deuxième. Au troisième verre, il s'approcha du bureau.

Ses cheveux gris cendré, clairsemés, étaient en bataille. Il marmonna entre ses dents et but à grand bruit.

—Vous envahissez ma maison. Vous…

—Ce n'est pas votre maison. C'est celle de Lionel Jordan, le fils de Colin Jordan.

L'homme vida d'un seul trait le contenu de son verre, puis il le posa violemment sur le bureau. Le verre tournoya, l'on aurait dit qu'il allait se briser.

—Ce n'est qu'un bébé ! Il n'est pas à même de gérer les affaires de Hamlin Hall.

Busick tendit le bras et arrêta le verre mouvement.

—Mais vous non plus. Allez-vous-en immédiatement, avant que je ne vous fasse jeter dehors.

—Je suis son tuteur. C'est à moi de veiller sur ses intérêts.

—Non, certainement pas. Vous le savez très bien. Les instructions que mon cousin a laissées dans son testament étaient claires. Pourtant, vous m'avez envoyé sur des fausses pistes à travers toute l'Angleterre pour rien, pour éviter de me remettre l'enfant. Cessez de feindre l'indignation. Vous ne dupez personne.

La main de Markham se mit à trembler.

Très bien. Le ton ferme de Busick faisait toujours son petit effet.

Les yeux gris de la canaille se détournèrent, puis il sourit.

—Eh bien, vous devez admettre que je vous ai bien eu. Je ne pensais pas que vous viendriez ici avant encore un mois. Ça m'apprendra à ne pas écouter les bavardages.

—Allez-vous-en tout de suite, Markham.

Le démon regarda autour de lui comme s'il avait égaré quelque chose.

—Attribuez à votre oncle un certain mérite. Le petit bâtard est en bonne santé, et j'ai tenu cette épouvantable femme à l'écart.

—Vous n'êtes pas mon oncle… *Cette épouvantable femme ?* La mère du garçon ? Où est-elle ?

Le sourire de Markham s'élargit, puis il se détourna et passa devant le majestueux piano-forte avant de s'arrêter. Il semblait distrait par le miroir doré accroché au-dessus de la cheminée.

—Partie, je suppose. Jordan l'avait établie comme si elle était digne d'être la maîtresse ici. La donzelle est même allée jusqu'à refaire la décoration de Hamlin comme si c'était chez elle.

C'était donc à Mme Jordan que l'on devait le nouveau décor.

—Comment a-t-elle pu se le permettre ? Mon cousin manquait toujours d'argent.

—Oui, mais le père de Mme Jordan l'a bien établie, avec des fonds, une abondance de fonds dans lesquels puiser. J'ai entendu dire qu'elle avait même caché un petit pécule par ici. Elle se méfiait des banques anglaises. Drôle d'étrangère !

*Étrangère ?*

— Lady Bodonel ne la tenait pas en haute estime.

Mère l'avait donc rencontrée. Tout ce que Busick avait vu, c'était un nom sur une feuille de papier, « Mme Jordan », aucune autre information, comme si elle n'existait pas ou qu'elle n'était qu'une pensée après coup dans les documents légaux.

Il tapota le bureau.

—Mme Jordan se méfiait peut-être de vous. Elle craignait peut-être que vous ou mon cousin ne vous empariez de son argent. Vous deux avez toujours été incapables de gérer les finances.

Markham défit sa cravate fripée et se remit à marcher.

—L'argent était à lui, ou aurait dû l'être. Je lui avais dit de faire pression sur elle dans l'intérêt de nos affaires, mais il avait refusé.

Colin avait conservé une certaine décence, mais il avait toujours détesté demander de l'aide. Busick détestait cela, lui aussi. Il changea de position dans son fauteuil.

—Un homme doit pallier ses propres manques avant de pouvoir s'empêtrer dans ceux des autres.

—Mais votre cousin n'aurait pas eu à mourir s'il avait pris son argent.

—Il n'avait pas à mourir de toute façon. C'est le choix qu'il a fait. Où est sa veuve ?

—Mme Jordan ? Je n'en sais rien. Elle était très abattue après la naissance. Elle représentait un danger pour le bébé, tant elle était déprimée, tant elle s'en voulait de ne pas avoir aidé Colin. Quatre années passées toute seule à Hamlin, avec les fantômes qu'on lui attribue, l'ont peut-être rendue folle.

L'homme se tourna vers Busick.

—Je me suis souvent demandé comment vous aviez fait pour ne pas perdre la tête, avec toutes les morts dont vous avez été témoin. Vous avez assisté à de nombreuses batailles, n'est-ce pas ?

*Eh bien, eh bien !* C'était donc là son petit manège, il continuait à jouer avec les nerfs des gens. Une femme qui avait survécu à un accouchement et à la mort de son mari pouvait assurément devenir la victime des manigances de

Markham. Busick frappa du poing sur le bureau, et le verre vacilla à nouveau.

—Où est-elle ? Où… est… Mme Jordan ?

—Elle s'est enfuie, monsieur le Duc. Si elle ne l'avait pas fait, je l'aurais chassée d'ici dans l'intérêt de l'enfant.

Abandonner un nouveau-né ? Non, quelque chose n'allait pas. Busick avait envie de se lever et de donner un coup de poing à Markham pour lui faire ravaler ses mensonges, mais cela l'aurait obligé à lui dévoiler sa jambe blessée. Il se contenta donc de sortir son pistolet et de le poser sur le bureau.

—Qu'avez-vous fait d'elle ? Dites-le-moi tout de suite, ou vous en subirez les conséquences.

Le sourire sur le visage maigre du démon s'évanouit.

—Peut-être que si je restais à Hamlin, j'arriverais à me rappeler quelque chose.

—Votre présence n'est plus nécessaire.

—Votre décision est-elle irrévocable ? Monsieur le Duc, je suis sûr de pouvoir me montrer utile.

—Dehors, Markham. Je la retrouverai moi-même.

—Vous ne voulez pas d'elle, je vous assure. C'est un danger pour la petite pièce d'or à l'étage. Nous pourrions travailler ensemble. Je pourrais vous aider à administrer Hamlin. Peut-être même vous aider à remplir de nouveau vos coffres, ceux qui ont été vidés par l'entretien de la maison de votre mère.

—Ma bourse se porte très bien, mais j'ai remarqué votre pelouse mal entretenue, les sentiers négligés. Je déblaierai sans votre *aide*. Je pourrais vous offrir une pièce ou deux si vous me disiez où me mettre en rapport avec la mère de Lionel.

Markham écarquilla les yeux.

—Je pourrais faire bon usage de l'une de vos pièces, mais je ne ramènerai pas cette femme ici. Elle a fait pendouiller le bâtard par-dessus la rampe de l'étage. Elle va lui faire du mal avant que la succession ne soit réglée.

*Pendouiller ?* Et tout était déjà réglé, non ?

Ou Markham essayait-il encore de provoquer des querelles pour avoir le contrôle de Hamlin ?

Busick referma les doigts autour de la crosse du fusil.

—Je me chargerai de régler la succession avec Mme Jordan quand je la retrouverai.

—Elle est dangereuse, monsieur le Duc.

—Toutes les femmes ne sont-elles pas un peu dangereuses ?

Markham enfonça ses mains dans ses poches.

—Celle-ci a failli tuer le bébé. Cet enfant est tout ce qu'il reste de Colin.

L'oncle de son cousin était malfaisant, mais il aurait fait n'importe quoi pour Colin. Cette femme représentait peut-être un réel danger. Il tirerait cela au clair.

—Busick Strathmore, duc de Repington, vous êtes dans la fleur de l'âge. Vous devriez faire la cour aux mondaines de Londres, pas être ici, à la campagne, avec un bébé. Vous et Colin aviez tous les deux beaucoup de succès auprès des dames. Un enfant vous fera obstacle.

—Faire la cour aux dames ne fait pas partie de mes projets pour le moment.

Oui, c'était un baume approprié pour l'amour-propre de Busick, et cela valait mieux qu'être dorloté ou qu'inspirer la répulsion à cause de ses blessures actuelles. Il n'encombrerait jamais une femme d'un mari malade. Il ne ferait jamais d'une épouse une infirmière.

—Renouez votre cravate. Quittez Hamlin avec un semblant de dignité. Et honte à vous pour avoir essayé de déflorer une domestique.

—C'est une belle bonne d'enfants, mais son humeur a brusquement changé. Mais croyez-moi, la fleur de cette femme s'est fanée il y a bien longtemps.

Markham croisa les bras, ce qui fit paraître son gilet vert bouteille plus froissé.

—Vous voyez, Neveu ! Nous pouvons nous entendre comme au bon vieux temps. Nous…

—Je ne suis pas votre neveu. Et j'en ai assez de vos petits jeux. Je vous ai trouvé. Je trouverai Mme Jordan.

—Mais, monsieur le Duc, les créanciers de votre cousin sont aussi les miens. Ils ont des attentes. J'ai dépensé tout mon argent pour engager des domestiques pour s'occuper de Lionel. Je suis assurément en droit de m'attendre à une certaine générosité.

—Je suis sûr que vous expliquerez tout à vos créanciers quand ils vous rattraperont. Peut-être se laisseront-ils émouvoir, mais pas moi. Allez. Suivez vos domestiques…

—Aaah ! À l'aide ! À l'aide !

Le cri perçant provenait du hall.

Busick saisit sa béquille. Une dame était en danger. Ses hommes pouvaient-ils avoir trouvé Mme Jordan ?

Il passa à côté de Markham et se dirigea vers le hall.

Debout sous le grand lustre, il leva les yeux et vit, sur le palier du deuxième étage, une femme agiter un tisonnier en hurlant.

—Vous, là, attention !

Gantry commença à monter l'escalier.

—Un fantôme ! C'est un fantôme. Je l'ai vu, cette fois !

La jeune femme laissa tomber le tisonnier mais continua à reculer.

Busick jeta un coup d'œil par-dessus son épaule pour regarder la porte du salon. Markham ne l'avait pas suivi.

La jeune femme chancela, perdit l'équilibre et dégringola jusqu'en bas des marches recouvertes d'un tapis bordeaux. Elle roula et s'arrêta contre la béquille de Busick.

Le vicomte descendit en courant et lui saisit le poignet.

Markham apparut. Il s'empressa de les rejoindre et s'accroupit à côté d'elle.

—Madame Kelly, allons, revenez à vous ! C'est la bonne d'enfants.

Gantry lâcha le poignet de la jeune femme.

—Elle est en vie. Je sens son sang circuler dans ses veines.

Busick, qui avait retenu son souffle, se remit à respirer normalement. Reculant pour laisser de l'air à la jeune femme qui était tombée, il pointa le doigt sur ses troupes, faisant venir deux de ses hommes.

—Allez enquêter. Il y a peut-être d'autres conspirateurs.

Les deux soldats montèrent l'escalier d'un pas énergique.

Busick regarda la jeune femme tandis que Gantry l'aidait à s'asseoir. Une lueur brillait dans ses yeux. À Londres, dans les réceptions, certaines jeunes filles utilisaient de la belladone pour faire briller leurs yeux. À fortes doses, cela pouvait rendre une personne influençable. Markham avait-il encore recours à ses vieilles ruses ?

La blonde et menue Mme Kelly retrouva ses esprits et se redressa d'un coup.

—Que s'est-il passé ? demanda Markham. Êtes-vous blessée ?

Elle s'agrippa au gilet de l'homme.

—Je l'ai vu, cette fois. Ce n'étaient pas que des bruits ou quelque chose de bizarre. Je l'ai vu, de mes yeux vu ! On aurait dit un homme enveloppé dans un linceul. Dans l'ombre. De mes propres yeux ! J'ai vu le fantôme de mon défunt mari. Il déplore tout ce que j'ai perdu.

Markham passa un bras autour d'elle, mais elle le repoussa.

—Madame Kelly, vous êtes en état de choc à cause de tous ces soldats dans la maison. Vous êtes responsable de ce tumulte, Repington. Excusez-vous, monsieur le Duc. Manifestement, l'un de vos hommes en armes lui a fait peur.

Gantry secoua la tête, retourna à la file des domestiques qu'il était en train de congédier et continua à donner une guinée à chacun d'entre eux.

—Ce sont des bouffonneries dilatoires, monsieur le Duc.

Ses cheveux blonds s'échappant d'un chignon fait à la hâte, elle se tourna vers Busick.

—Non. C'était le fantôme. Dites-lui, Markham, parlez-lui du fantôme. Des objets qui disparaissent. Des bruits.

L'homme semblait s'être calmé. Il haussa les épaules.

—Mme Kelly est la bonne de l'enfant, monsieur le Duc. Vous renvoyez tout le monde, mais elle devrait rester. Elle peut s'occuper de l'enfant.

Ne voulant pas d'une bonne d'enfants qui débitait des histoires de fantômes, Busick secoua la tête. Les jeunes femmes attiraient les ennuis. Les jeunes femmes désorientées, encore plus. Il n'engagerait que des vieilles matrones imposantes, c'était ce dont Hamlin avait besoin.

—Vous êtes renvoyée. Je n'ai pas besoin de quelqu'un qui raconte des sornettes à proximité de mon pupille. Gardes ! Mon amie lady Shrewsbury loue une maison à environ trois kilomètres d'ici. Emmenez-y Mme Kelly. Vous lui direz que c'est le duc de Repington qui vous envoie. Elle vous recueillera et veillera à ce que l'on prenne soin de vous.

La jeune femme suivit ses soldats et s'écarta de Markham lorsque celui-ci essaya de lui prendre le bras.

Quand les portes se furent refermées derrière eux, Busick se détourna et regarda ses hommes ouvrir et refermer les portes des chambres du deuxième étage.

—Repington, vous devriez au moins me laisser rester jusqu'au matin.

—Non. Disparaissez. Gardes !

Un autre de ses hommes s'avança vers Markham, braquant son fusil sur sa tête.

—Ce n'est pas fini, dit Markham, pointant son doigt osseux en l'air. Si vous tombez malade ou que vous êtes trop fatigué pour vous occuper d'un bébé, envoyez quelqu'un me chercher.

—Conduisez-le à la limite du domaine. Ne revenez que lorsqu'il sera hors de portée de tir.

La porte claqua enfin derrière le scélérat, mais Busick savait que ce n'était pas la dernière fois qu'il entendait parler de lui. L'homme n'était pas doué pour grand-chose, mais il l'était pour la vengeance.

Les pleurs sonores d'un bébé retentirent dans le hall.

—Votre bébé, monsieur le Duc, dit Gantry.

Ils se dirigèrent tous deux vers l'escalier, mais une centaine de marches semblaient les séparer de la chambre d'enfant, au troisième étage. L'envie de rappeler Mme Kelly était forte, mais le vicomte avait déjà commencé à gravir les marches.

—Je m'en occupe, pour cette fois.

Se sentant un peu inutile, Busick regarda son ami monter l'escalier.

—Demain, nous engagerons de nouveaux domestiques, Gantry, vous verrez. C'est mieux ainsi, pour la sûreté de l'enfant.

—Si vous le dites.

Secouant la tête, le vicomte monta jusqu'au troisième étage et disparut au bout du couloir.

Quand Busick se retourna vers ses soldats, l'un d'eux salua. Un autre avait l'air fatigué. Ils avaient manqué d'activité ces derniers mois.

—Montez la garde à tour de rôle, soldats. Je vous promets que Hamlin sera de nouveau sur pied d'ici la fin de la semaine. Et nous retrouverons également notre organisation militaire.

Ce n'était pas un ordre mais une promesse, faite à ses hommes et à lui-même. Après un dernier salut à son commandant, Busick regagna le salon. Il balaya la pièce du regard, pour voir si Markham avait emporté l'un des trésors que recelait Hamlin Hall.

Tout était à sa place, même la carafe en cristal contenant le brandy. Se déplaçant lentement, il avança dans la pièce et déplaça légèrement le miroir, qui était maintenant de travers.

Étrange. Markham avait-il essayé d'emporter cet énorme cadre doré ? Secouant la tête, Busick poussa la cape de son ami et se laissa tomber sur les coussins du sofa, posant sa jambe valide sur l'accoudoir. Il poussa un profond soupir et se détendit.

Quand il rouvrit les yeux, Gantry se tenait près de lui, portant un bébé à bout de bras.

—Votre Lionel, monsieur le Duc.

Busick se redressa et prit le garçon dans ses bras. Il était petit, avait une grosse tête et un sourire édenté. La panique l'envahit lorsqu'il sentit les battements du cœur de l'enfant contre son gilet.

—Que dois-je faire ? Je veux dire, merci, Gantry.

Son ami eut un petit sourire narquois.

—Je suis sûr que vous trouverez sur la liste rédigée par vos bonnes amies des conseils judicieux sur la façon d'apaiser un bébé tout éveillé.

—Oui, bien sûr. Bonjour, Lionel. Je suis… Repington ?

Gantry se dirigea vers la porte, secouant si fort la tête qu'on aurait dit qu'elle allait tomber.

—Bonne nuit, monsieur le Duc. Monsieur Jordan.

Ne voulant pas faire au vicomte le plaisir de lui montrer que se trouver seul avec le bébé était un peu perturbant, Busick continua de porter Lionel comme s'il tenait un tromblon fraîchement huilé et nettoyé. Toutefois, celui-ci sentait un peu mauvais. Il devait avoir besoin d'un peu plus d'huile.

—Nous allons engager des domestiques, Gantry. Dès que le jour se lèvera, nous nous mettrons à leur recherche.

Le vicomte s'adossa à la porte, bâillant comme si tout l'air dans ses poumons s'en échappait d'un coup.

—Je prendrai la relève dans quelques heures. Ne broyez pas le garçon et ne le faites pas tomber. Et, tenez…

Il revint vers lui et lui tendit un linge.

—Vous aurez peut-être besoin de ceci.

Busick le prit et le posa comme une couverture sur l'enfant aux yeux écarquillés.

Gantry marmonna tout bas quelque chose comme *amateur.*

—Ce n'est pas pour cette extrémité-là. C'est une couche pour le sécher quand il fera pipi, ou pire. Bonne nuit, monsieur le Duc.

*Pipi, ou pire ?*

— Un bassin. Gantry, apportez-moi celui du bureau.

Son suffisant ami s'exécuta et le posa au pied du sofa.

—Bonne nuit.

Il referma la porte derrière lui et Busick se trouva seul avec le garçon qu'il avait passé ces dix dernières semaines à chercher. Il le souleva en l'air.

—Nous voilà tous les deux ! Je suis ton tuteur, Lionel.

Le petit garçon ne pleura pas. Il semblait soutenir son regard de ses grands yeux noisette aux longs cils. Son teint était olivâtre clair et ses lèvres roses étaient retroussées en une petite moue. C'était plutôt mignon, si Busick en venait à remarquer ce genre de chose.

Il installa le garçon au creux de son bras. Juste avant qu'il n'ait pu trouver une position plus confortable sur le sofa, l'enfant se mit à faire pipi.

—Nous voilà tous les deux, mon petit. Nous voilà tous les deux !

Busick retira la couche qui couvrait le derrière de Lionel et le tint au-dessus de la cuvette.

—Demain à la première heure, j'engagerai une dame pour s'occuper de toi. Une nourrice, une domestique juste pour toi !

Attendant que l'enfant ait fini d'uriner, il se dit qu'il allait avoir fort à faire pour répondre à tous ses besoins.

—Lionel Jordan, nous gagnerons cette guerre ensemble. Nous allons te trouver une vraie nourrice et te ferons respecter des horaires. Mes amies disent qu'il est important d'avoir des horaires pour élever convenablement un enfant.

L'enfant cligna de ses grands yeux, innocents et émerveillés.

—Nous allons très bien nous entendre, jeune homme.

Avec une vieille nourrice en guise de valet pour le garçon, une nourrice qui respecterait les horaires et les règles, il leur serait impossible d'échouer. Busick tapota et sécha son pupille, et il résolut d'en engager une au plus vite.

# 6

# Quand les femmes conspirent

Assise à la table de la cuisine devant une tasse vide, je patientais et attendais le retour de la comtesse. Le neveu de la dame, l'avocat qui nous avait libérées, Jemina et moi, de l'asile, avait fait irruption. M. Thackery n'était pas le même que dans mon souvenir. Je ne me rappelais pas que l'homme de corpulence moyenne faisait à peu près ma taille. Je le croyais plus grand. Je présume que tout le monde me paraissait plus grand quand j'étais enchaînée à un mur.

La comtesse et lui avaient quitté la pièce pour avoir une conversation privée.

Mon espoir était que lady Shrewsbury ne changerait pas d'avis et qu'elle n'était pas en train de donner à l'avocat des instructions pour me faire de nouveau interner à Bedlam.

La porte s'ouvrit brusquement. Elle entra dans la pièce en riant.

—Thackery est vraiment un amour ! Il vous fait ses amitiés et vous fait savoir qu'il souhaite que vous soyez plus appliquée et fassiez preuve de plus de prudence. Il a travaillé dur pour obtenir votre libération.

Le doute m'assaillit. Mon cœur sombra, et je m'attendis à entendre les mots fatidiques : *Vous allez y retourner.*

Je comptai jusqu'à dix, retins mon souffle, mais aucune condamnation ne vint.

De ma voix la plus douce, je dis alors :

—Je veux juste mon fils. Dites-moi comment faire pour reconstruire ma vie. Dites-moi comment reprendre mon bébé à l'armée que vous avez envoyée.

Lady Shrewsbury se pencha vers moi et prit mes mains entre les siennes.

—C'est moi qui ai fait venir le duc de Repington, mais le militaire qu'il est a amené ses troupes. Je lui ai dit que Lionel Jordan, son pupille, se trouvait à Hamlin Hall. C'est lui le véritable tuteur de votre fils d'après le testament que mon neveu a découvert quand nous avons fait des recherches sur votre identité. Mme Saint-Maur n'est pas le témoin le plus fiable, mais elle avait raison à votre sujet.

—Jemina est un amour. Je lui dois tout.

—C'est vrai, mais concentrons-nous sur vous, Patience. M. Markham a semé de faux indices pour que Repington vous traque *vous* et le bébé à travers toute l'Angleterre.

—Repington était le grand-père de Colin, et il est mort. L'homme que j'ai rencontré ce soir est bien en vie.

—Oui, le grand-père de Colin, le cinquième duc de Repington, est enterré dans la crypte familiale. Le sixième duc de Repington est bien vivant, mais vous devez le savoir, comme vous l'avez rencontré ce soir.

Oui, il était bien vivant, et grand et claudicant. Je tirai sur ma livrée, m'efforçant de desserrer le bandage sous ma chemise.

—Je l'ai bel et bien rencontré, mais en tant qu'un valet appelé LaCroy, qu'il a congédié.

L'éminente dame haussa les épaules et Athena se secoua comme pour l'imiter.

—Vous avez réussi à perdre votre emploi lors de la première entrevue ?

—Il a prétexté d'un besoin de loyauté pour renvoyer tout le monde, mais il s'est laissé duper par mon déguisement.

—Dans ce cas, ce débauché invétéré n'est plus ce qu'il était. Il peut d'habitude détecter une présence féminine les yeux bandés.

—Débauché *invétérrré* ?

Je roulai le R, chose que je faisais quand j'étais surprise.

—Vous voulez dire, un coureur de jupons ? Que va-t-il apprendre à mon bébé ? Hamlin Hall sera-t-il rempli de femmes légèrement vêtues ?

—De femmes légèrement vêtues ? Le duc a peut-être un penchant pour elles en privé, mais les débauchés dans son genre aiment s'attaquer à des proies difficiles, madame Jordan, pas à celles que l'on peut acheter.

La comtesse me tapota la main.

—Vous allez devoir vous montrer digne de votre prénom et faire preuve de patience. Votre imprudence attire toutes sortes d'ennuis. Cela m'apprendra à aider vos semblables.

La remarque me coupa le souffle.

La confiance et l'espoir que m'inspirait la comtesse se dissipèrent. J'étais de nouveau cataloguée comme *une autre*.

Depuis que lady Shrewsbury m'avait recueillie, on ne m'avait pas une seule fois fait sentir *autre*. De Markham ou du majordome, je protégeais mon cœur tendre en portant une carapace. Face à la comtesse, une femme que j'admirais, j'étais à nu.

Ce qui me restait de fierté s'évapora.

—Mes semblables ?

—Oui. Les étrangers. Les personnes nées en Angleterre sont bien plus prudentes.

Je retirai mes gants et baissai les yeux vers mes mains brunes.

—Alors, vous ne voulez pas dire les nègres ou les mulâtres ?

Avec Athena qui ronronnait dans ses bras, la comtesse vint se pencher au-dessus de la table.

—L'injustice a le même visage pour toutes les femmes, le même. Vous êtes une veuve flouée et laissée dans le dénuement par l'ignoble famille de votre mari. Mon but est de vous rendre, à vous et à toutes les veuves lésées, la place qui vous revient.

Elle sourit et mon cœur perçut à nouveau l'acceptation, la compréhension, et même l'amour.

—Prenons une tisane ! Même les habitants du Démérara aiment la tisane. Je vous ai laissée face à une tasse vide assez longtemps.

Le rhum épicé ou le punch à base de pétales sucrés de fleurs d'hibiscus étaient les boissons les plus appréciées au pays, mais une tisane bien chaude était très agréable.

—Mme Kelly est ici.

—Quoi ? Ils ont trouvé votre espionne ? Qui va s'occuper de Lionel ?

—Calmez-vous, Patience.

Après avoir déposé Athena sur son trône, lady Shrewsbury se dirigea vers l'âtre. Elle en retira une casserole d'eau bouillante.

Elle attrapa ensuite sur une étagère en hauteur une boîte laquée brillante et la posa sur la table.

—Le duc me l'a envoyée. Il espère que je vais m'occuper d'elle. Elle était désorientée et a fait une chute dans l'escalier.

L'escalier d'honneur ? Il était raide, mais tellement beau quand l'on avait astiqué la rampe et les pilastres en acajou.

Je versai l'eau bouillante dans la théière, puis, après avoir attendu un moment, servis le liquide doré dans les tasses d'une blancheur immaculée.

—Mon neveu m'a confirmé que le duc de Repington s'était non seulement emparé de Hamlin Hall, mais qu'il avait aussi pris des dispositions pour y rester à long terme.

J'espère que le duc fera tondre les pelouses au printemps. Je détesterais vivre à côté d'un domaine mal entretenu.

Je faillis faire tomber ma tasse.

—Les pelouses ?

Je me levai d'un bond.

—Si cet homme est convenable, je devrais aller le trouver et lui dire qui je suis.

—Ce n'est pas si simple que cela.

Lady Shrewsbury agita les mains pour me faire signe de me rasseoir.

—Le duc n'est pas facile. Il s'est emparé de Hamlin Hall avec un bataillon armé et il a congédié tout le personnel. Il ne distingue pas les bons domestiques des mauvais. Il a rendu un jugement hâtif. Nous ne pouvons pas prendre le risque qu'il en fasse autant avec vous.

—Mais, madame la Comtesse, si j'y allais tout de suite…

—C'est un taureau, un taureau vigoureux. On ne peut pas raisonner un taureau. Il faut abattre ses soupçons, l'accabler de prévenances et lui prouver sa loyauté.

La comtesse caressa l'épaisse fourrure d'Athena.

La chatte se roula sur le dos comme pour exiger : *Gratouille-moi ici.* Athena avait plus de contrôle sur sa vie et sur son petit corps que moi.

—L'honnêteté n'est-elle pas la meilleure voie, Madame ?

—Vous n'obtiendrez rien de bon en lui disant que vous vous êtes infiltrée dans Hamlin déguisée en valet.

—Mais la vérité…

—La vérité n'est pas toujours suffisante.

La comtesse se rassit, son visage se fit sans expression, ses lèvres s'étirèrent presque jusqu'à disparaître.

—Patience Jordan, pourquoi avez-vous abandonné votre fils ?

—Je n'ai pas abandonné Lionel !

—Vous êtes donc restée constamment à ses côtés, ma chère ?

—Madame, vous savez très bien que je n'avais pas…

—Répondez à la question. Êtes-vous restée constamment à ses côtés ?

Je regardai la tisane dans ma tasse. Je n'y trouvai aucune aide.

—Non.

La comtesse se pencha en avant.

—Où êtes-vous allée quand vous avez abandonné votre fils ?

—Je n'ai pas…

Je savais ce qu'elle me poussait à admettre. Cela me faisait horreur, mais je devais le reconnaître. Mes épaules s'affaissèrent, je toussotai.

—À Bedlam. Près de cinq semaines après le jour où l'on m'a annoncé que mon mari s'était suicidé, on m'a jetée à l'asile.

—Si j'étais mon neveu, j'aurais les mains derrière le dos et je paraderais comme un paon, présentant un argument gagnant devant le banc des jurés. Je vous presserais d'avouer la raison pour laquelle vous avez été jetée à l'asile. Était-ce un répit dans votre chagrin, Patience ? Un accident ? Une conspiration ?

—C'était une conspiration. J'étais désorientée.

—Ce n'est pas ce qu'indiquent les papiers d'admission. Mon neveu a dû rédiger quelques documents pour contrecarrer les dépositions des témoins affirmant que vous représentiez un danger pour vous-même et pour votre enfant. Des déclarations sous serment indiquent que vous vous sentiez tellement coupable de la mort de votre mari que vous avez prétendu avoir vu son fantôme, que vous avez pris votre bébé et que vous avez failli sauter par-dessus la balustrade de l'escalier. Les escaliers de Hamlin Hall sont raides. Une chute aurait pu vous tuer, vous ou le bébé.

Ayant envie de me cacher à l'idée que j'aurais pu faire du mal à Lionel, je pris mon visage dans mes mains.

—Il nous a enfermés dans la chambre d'enfant pendant des semaines. J'ai fait ce que j'avais à faire pour conserver mes forces et mon lait pour Lionel. Je ne ferais jamais de mal à mon bébé. Jamais. Je donnerais ma vie pour le protéger.

—Je sais, ma chère. Vous êtes une bonne personne, Patience. Vous êtes une très bonne mère, mais le duc verra le compte rendu comme un rapport militaire. Tant qu'il ne vous connaîtra pas, il y croira. Cet homme ne vous laissera jamais vous approcher de l'enfant. Vous devez me faire confiance. Il faut que nous nous montrions plus malignes que cela pour l'emporter sur la traîtrise de Markham.

Ma tasse trembla entre mes paumes.

—Pourquoi Markham fait-il cela ? J'étais bonne pour son neveu. Je suivais les règles. Hamlin était impeccable. Je faisais brûler dans le grand lustre les bougies à la cire d'abeille les plus coûteuses, pas celles bon marché au suif, pour accueillir Colin à la maison comme un héros victorieux, comme si tout allait bien. Je faisais semblant de ne pas remarquer ses absences, sa passion du jeu. Je l'accueillais même dans mon lit quand il revenait, alors même que je le soupçonnais d'avoir couché dans les draps d'autres femmes. Pourquoi Markham me déteste-t-il ? Est-ce à cause de ma peau ?

—Ce n'est jamais aussi simple. Oui, vous étiez une bonne épouse, mais c'est pour l'argent et le pouvoir que les veuves sont lésées. Si nous trouvons lequel des deux a séduit Markham, nous aurons notre réponse.

La comtesse resservit de la tisane.

—Buvez, madame Jordan. Ce n'est que de la camomille.

Je regardai fixement ma tasse pleine. Je n'avais pas imaginé que son contenu puisse avoir été altéré, mais mon cœur ne soupçonnait jamais spontanément le pire.

C'était mon talon d'Achille.

J'étais trop sensible.

Je voyais l'amour le plus profond là où il y avait de la tolérance.

Le beau héros, mais pas l'ombre de ses démons.

Je bus une gorgée de tisane, regrettant presque qu'il ne contînt pas quelque chose pour émousser ma douleur.

—Je ne veux plus avoir affaire à Markham. J'ai des ressources, indépendamment de Colin. Si je peux entrer dans Hamlin et récupérer mes documents de fidéicommis, Lionel et moi pourrons vivre à l'abri du besoin.

—Oui, si le duc vous le permet. Mais Lionel est maître de Hamlin et a encore une plus grande fortune. Comprenez-vous les termes de votre contrat de mariage ou du testament de votre défunt mari ?

—Pas vraiment.

Je croisai les bras.

—C'était mon père qui s'occupait de ces choses-là.

—Ce n'est pas étonnant que les femmes soient lésées. Vous devez connaître les détails. Feu votre père avait des doutes quant à l'engagement de votre époux. Il a inclus des termes assez étranges dans le contrat de mariage.

La comtesse fit bouffer la dentelle blanche de son peignoir.

—Si vous donniez naissance à un fils, votre mari devait percevoir quatre mille livres lorsque l'enfant atteindrait l'âge de quatre mois, et dix mille livres supplémentaires quand il atteindrait l'âge de trois ans.

—Seulement un fils ? Et si j'avais donné naissance à une fille ?

—En tout et pour tout cinq mille livres lorsqu'elle aurait eu cinq ans, rien de plus. Je crois que votre père voulait s'assurer que M. Jordan et vous continueriez à faire tout votre possible jusqu'à ce que vos efforts soient couronnés de succès, pour ainsi dire.

Colin savait-il cela ?

S'il l'avait su, il aurait pu attendre quelques mois et rembourser ses dettes sans rien me devoir.

—Cet argent venait-il des fonds que Papa avait placés sous mon contrôle ?

—Non. Quant à la fortune dont Lionel a hérité, elle reste jusqu'à sa majorité sous le contrôle de son tuteur.

Elle était donc entre les mains de Markham.

Je me hérissai, le cœur battant de plus en plus fort – ce sale fouineur malveillant ! Mon mari, mort en décembre, ne cessait depuis sa tombe de récompenser cet oncle épouvantable.

Je pris une gorgée de tisane pour éteindre le feu de ma gorge, mais rien n'aurait pu éteindre les flammes qui consumaient mon âme.

—Le duc de Repington est le véritable tuteur de votre fils. Je crois que Markham rechignait à le lui confier parce qu'il espérait percevoir le paiement dû le mois prochain. C'est une bonne chose que le duc ait obtenu par la force la garde de l'enfant.

—Comment faire pour récupérer mon fils ?

—Il nous faut des preuves des machinations de Markham.

Ses yeux ambrés s'adoucissant, la comtesse me prit la main et la serra dans la sienne.

—Pour le dire sans détour, personne ne croira que vous ayez été sa victime, pas sans preuves. Les préjugés contre vous parce que vous êtes une étrangère, une mulâtresse, une négresse, une femme, une veuve, sont insurmontables. Si l'on découvre que vous vous baladez en vêtements d'homme et que vous entrez par effraction dans les maisons, vous serez renvoyée à l'asile.

—Il doit bien y avoir un espoir. J'ai survécu jusqu'à présent. Je n'ai pas perdu la tête. Cela doit bien signifier quelque chose.

La comtesse murmura quelque chose à Athena et posa la boule de neige sur la table. La chatte s'approcha de moi, miaula, puis me lécha les doigts. Ce contact était doux et apaisant, comme les gazouillements de Lionel la première nuit où je m'étais introduite en cachette dans Hamlin et qu'il m'avait reconnue, qu'il s'était rappelé comment téter.

—Je vous en prie, ne me dites pas d'abandonner, madame la Comtesse. Je ne le peux pas.

—Jamais, Patience. Nous n'abandonnons pas. Nous devons gagner la confiance du duc. C'est un homme bien. Dès qu'il a été informé de la mort de votre mari et de l'existence d'un enfant, il s'est mis avec acharnement à la recherche de Lionel. C'est un homme logique, mais sceptique. Il croira le pire, quoi que son visage avenant semble indiquer. Puisqu'il a besoin de domestiques, vous et Mme Saint-Maur vous ferez passer pour tels à Hamlin. Vous gagnerez sa confiance tout en cherchant des preuves contre Markham.

—Des preuves ? Mais, Mme Kelly n'a-t-elle pas réussi à trouver quelque chose ?

—Non. Entre le peu de temps qu'on lui accordait pour s'occuper de Lionel et le fait qu'elle devait repousser les avances de Markham, elle n'a rien pu trouver. C'était difficile, pour elle, et l'anniversaire de la mort de son mari aura lieu le mois prochain.

Le libidineux, l'épouvantable Markham dirait ou ferait n'importe quoi pour essayer d'abuser d'une femme.

—Il faudra que je remercie Mme Kelly, mais pensez-vous que quelqu'un d'aussi habile que Markham ait pu laisser des preuves de ses agissements ?

La comtesse se rassit dans son fauteuil, faisant glisser ses perles dans sa paume.

—Il n'a pas quitté Hamlin, alors même qu'il savait que le duc le recherchait. Il doit bien y cacher quelque chose.

Mon avenir avec Lionel dépendait-il de la découverte d'un secret dans une maison remplie de choses secrètes ?

M'effondrant en avant, je posai la tête sur la table, à un endroit noirci qui avait dû être abîmé par une marmite de soupe chaude.

—Vous croyez que cela y sera encore quand Markham sera mis à la porte de Hamlin ?

—Faites-moi confiance. Il y a quelque chose là-bas. Et, connaissant le duc, Markham pourra s'estimer heureux s'il part avec son manteau sur le dos. Il va le secouer la tête en bas pour vérifier qu'il ne part pas avec la moindre fourchette en argent.

L'espoir renaquit dans mon cœur. Je désirais la justice plus que la vengeance.

L'angora qui tournait autour de ma tête, remuant son derrière dépourvu de queue, fit naître un sourire sur mes lèvres et dissipa le froncement de mes sourcils. Je la chassai en direction de la comtesse.

—Je ferai ce que vous me dites. Être proche de Lionel est ma priorité.

Lady Shrewsbury fit un petit *Psitt !* entre ses dents, et la minette duveteuse trotta vers elle puis lui sauta sur les genoux.

—Retournez à Hamlin Hall en tant que domestique, prenez soin de votre fils, et trouvez les preuves dont nous avons besoin pour prouver la culpabilité de Markham.

—S'il n'y avait pas de gardes, je retournerais tout de suite à Hamlin en courant, je prendrais Lionel et je m'enfuirais.

—Écoutez-moi très attentivement, Patience. Le duc a traqué Markham. Il vous traquera aussi et reprendra le fils de son cousin. Puis il vous fera interner, ou emprisonner. Il en a le pouvoir. Tous les tuteurs de sexe masculin en ont le pouvoir.

La comtesse secoua la tête, ses papillotes s'agitant tandis qu'elle se levait avec Athena dans les bras.

—Je sais que vous avez envie de vous enfuir. J'ai perçu votre désespoir. Si nous faisons les choses correctement, vous récupérerez la garde de votre enfant. Vous êtes l'une des miennes, Patience Jordan. Je ne vous laisserai pas fuir.

Lady Shrewsbury cala Athena au creux de son bras.

—Votre fils a besoin de vous à Hamlin. Je vous y emmènerai demain matin, et j'userai de mon influence auprès du duc pour vous faire engager comme nourrice. Pendant que vous vous occuperez de votre fils, vous gagnerez la confiance de cet homme, et je sais que vous trouverez le moyen de démasquer Markham. Le suicide de Colin vous tourmentera peut-être même un peu moins. J'ai entendu vos cauchemars. Vous ne connaissez pas le repos.

Se pouvait-il qu'il y ait une autre raison que moi, autre chose qui ait aggravé la mélancolie de Colin ?

Je pris la théière et m'apprêtai à en retirer les fleurs de camomille.

—Je vais laver la vaisselle et ranger les tasses.

—Cette mascarade fonctionnera. Allez dormir. Les choses paraissent toujours meilleures le matin.

Embrassant Athena, lady Shrewsbury se dirigea vers la porte.

—Je m'attends à vous voir demain matin, madame Jordan. J'espère que vous serez là.

—J'emprunterai le nom de LaCroy pour notre comédie.

Lady Shrewsbury hocha la tête ; elle esquissa même un sourire.

Bientôt, le bruit de ses pas s'évanouit.

Tout redevint silencieux.

J'étalai les fleurs de camomille sur un torchon propre, puis je lavai les tasses, rinçai simplement la théière et rangeai le service à thé dans l'arrière-cuisine. Je m'assis ensuite lourdement sur le banc, et posai la tête à l'endroit où la théière avait diffusé sa chaleur, juste à côté de la marque laissée par la marmite de soupe. J'éprouvais de la reconnaissance envers La Providence de la veuve, mais je voulais retrouver ma vie, que toutes ses pièces soient rassemblées.

Je servirais ce duc de Repington pour servir Lionel, mais seulement pour rendre mon fils assez fort pour prendre la mer. Dès que j'aurais récupéré mes documents de fidéicommis, nous fuirions l'Angleterre. Il était temps de vivre selon les règles que me dictait mon cœur. Ce devait être là la chose la plus intelligente qu'une veuve puisse faire.

# 7

# La chambre à coucher d'un homme

Je me tenais au pied des marches de Hamlin Hall, un peu étourdie après une nuit si courte. Mon esprit était submergé de peur à l'idée que mon fils avait passé la nuit dans une maison pleine d'hommes en armes.

Pourtant, mon cœur, si aisément fourvoyé, me disait que l'homme que j'avais rencontré la veille protégerait mon bébé.

J'aurais dû lui dire la vérité et implorer sa clémence.

Jemina vint se tenir à mes côtés, soufflant au creux de ses mains nues.

—C'est vraiment une belle maison, à la lumière du jour. La nuit, tout est beaucoup plus inquiétant !

Elle rit et tendit les mains, ses pouces se touchant, comme si elle pouvait prendre la mesure des changements.

—Je présume que c'est par ici.

La regardant rapidement du coin de l'œil, je hochai la tête. Je ne pouvais faire plus tant j'avais le ventre noué. Je regardai fixement la porte d'entrée à deux battants de Hamlin Hall, avec ses poignées brillantes en cuivre jaune. Le doute m'assaillit. Je tripotai les franges de mon châle entre mes doigts moites.

—J'ai aidé le duc de Repington à atteindre ces marches, hier soir. Il m'a dit qu'il voulait des domestiques loyaux. Ce n'est pas exactement ce que nous sommes. Nous usons d'une autre supercherie.

Jemina haussa les épaules.

—Ce qu'un homme dit et ce qu'il pense sont souvent deux choses différentes, Patience. Cela, je me le rappelle très bien.

Oui, tout comme les vœux prononcés devant un pasteur. Je regardai Jemina les yeux plissés.

Mon amie pouvait être effrayante, parfois.

On aurait dit qu'elle pouvait lire dans les pensées. Peut-être les bons moments de la vie qu'elle avait oubliée perçaient-ils de temps en temps l'amnésie. J'avais perçu les mauvais moments dans ses murmures, à Bedlam. Jemina avait beaucoup souffert.

J'esquissai un pas en avant, pour me tenir juste devant mon amie et être seule avec mon ancienne demeure.

Par un froid matin de novembre, Colin m'avait amenée ici et il m'avait même aidée à gravir les marches couvertes de neige. J'étais une jeune mariée nerveuse, et lui était grand et beau, avec ses cheveux d'un noir de jais. Je l'avais aimé, dès nos premiers badinages. Il m'avait tant fait rire, dans le coucher de soleil du Démérara. Une fille qui pleurait la perte de sa mère avait besoin d'humour.

Cependant, une fois à l'intérieur, j'avais découvert l'homme, ses conflits intérieurs, ses sombres pensées. Il avait fait de son mieux pour m'imposer comme maîtresse de maison, mais seulement ici. Il ne m'emmenait jamais hors du domaine. J'étais autant à la merci de ses humeurs et de ses peurs que lui-même.

Et maintenant, j'étais à Hamlin Hall en visite, dans l'espoir de devenir domestique.

Une nourrice ne pouvait pas dire à un valet d'abaisser le grand lustre. Elle ne pouvait pas lui demander de trouver les belles bougies à la cire d'abeille et de les allumer, pour faire semblant de recevoir des invités raffinés. J'allais recevoir des ordres et continuer à me renier, mais qui étais-je sur ces rivages anglais ?

Une simple veuve ?

Une mère désespérée ?

Plutôt une femme qui se sentait coupable de ne pas avoir contesté certaines choses, de ne pas avoir changé certaines choses.

—Je suis prête à rentrer à la maison.

—Tu ne parles pas de Hamlin Hall, n'est-ce pas, Patience ?

Jemina se tenait à nouveau à mes côtés. Je ne pouvais pas admettre à haute voix que cet endroit n'était plus ma maison, que ce n'était plus chez moi. Les pièces que j'avais décorées m'emplissaient d'amertume.

La salle à manger avec mes menus – jamais assez anglais.

La salle de bains, avec les bains au lait pour mon teint – jamais assez clair.

Les couloirs qui résonnaient et renvoyaient le roucoulement de ma prononciation – jamais assez correcte.

Jamais, jamais, jamais assez.

—Jemina, je suis ici, et je vais gagner, cette fois.

Lady Shrewsbury nous rejoignit.

—Mesdames, dit-elle, rajustant son grand chapeau de paille orné d'un ruban rose, il est temps de nous attaquer à l'étape suivante de notre plan.

Elle joignit les paumes, élégante avec ses gants lilas et sa robe violet foncé ornée de boutons en cuivre.

La comtesse était très distinguée. Jemina et moi portions des tenues de domestiques.

Je m'efforçai de ne pas me laisser accabler par le doute et écoutai la prière de lady Shrewsbury.

—La Providence de la veuve, c'est une sainte demeure, qui la protège, lui apporte soulagement et bienveillance.

Elle prit nos mains dans les siennes et mena notre brigade en tabliers et charlottes dans l'escalier.

—Maintenant, allons ! À l'assaut !

Les portes s'ouvrirent avant même qu'elle ne frappe. Un garde, vêtu d'un uniforme militaire rouge, ouvrit, un pistolet à la main. Il l'abaissa aussitôt.

—Comment avez-vous passé les gardes au portail ?

—Peu importe, jeune homme. Nous sommes venues voir le duc de Repington. Je suis une vieille amie, et il a terriblement besoin de nos services.

—Le commandant n'a pas mentionné de visiteuses. Revenez plus tard.

—Dites-lui que lady Shrewsbury est ici. Il me recevra.

—Je vais demander.

L'homme referma la porte.

Je croisai les bras sous mon châle, cachant mes poings.

—Il n'a même pas pensé à nous conduire au salon. Colin y faisait attendre ses visiteurs, même s'il ne voulait pas de moi dans cette pièce.

Un souvenir de la dernière visite de mon mari, à la fin de l'été, s'imposa à moi. Markham et lui s'étaient querellés avec un homme dans cette pièce. Je n'avais encore jamais entendu Colin hausser la voix. De tels mots, tellement vulgaires !

—Ce soldat était grossier, dis-je, roulant le R.

Je frappai ma bouche qui roucoulait.

—Le premier garde avait de meilleures manières.

—Je le connaissais, dit la comtesse. J'ai aidé la sœur de cet homme à s'occuper de quelques documents administratifs. L'impact de La Providence de la veuve est considérable.

Jemina referma une main sur mon coude.

—Patience, tu trembles.

C'était vrai, et aucun châle n'aurait pu le cacher.

—Nous sommes si proches de Lionel. Et maintenant, subir ces contrôles et devoir être si prudentes !

Lady Shrewsbury me frotta l'épaule.

—Vous devez vous calmer. Il faut que nous impressionnions le duc.

Voilà un autre homme qui entendait me juger ! Je hochai la tête et me forçai à sourire, à contrecœur, les lèvres pincées.

La porte se rouvrit.

—Le duc vous recevra à 10 heures. Revenez à ce moment-là.

—C'est dans deux heures, dit lady Shrewsbury. Ceci est inaccept…

Elle fut interrompue par les pleurs sonores d'un bébé.

Les pleurs de Lionel.

Il vagit un moment, puis s'arrêta, comme si quelque chose le muselait.

J'esquissai un mouvement, mais la comtesse saisit la manche de ma robe. Sa poigne était la seule chose qui m'empêchait de me ruer à l'intérieur.

—Jeune homme, dit la comtesse, depuis combien de temps le bébé pleure-t-il ? J'ai ici une nourrice qui peut se rendre utile.

—C'est par intermittence, Madame, répondit le soldat. Il vient juste de recommencer son raffut, il y a trente minutes.

—Son *raffut* ?

Le souffle coupé, je me libérai de l'étreinte de la comtesse et me faufilai sous le bras du garde. Glissant sur les carreaux de marbre, sous l'ombre du grand lustre, je me trouvai au milieu d'un campement. Une multitude de tentes se dressaient dans le hall et des drapeaux s'étendaient jusqu'aux dieux de pierre, les trois statues de guerriers près de l'escalier. L'armée du duc avait installé son camp chez moi.

Lionel poussa un autre cri perçant.

—Attendez, madame LaCroy, dit la comtesse. Faites preuve d'un peu de patience, je vous prie !

J'en étais incapable.

Pas alors que mon bébé pleurait.

Je rassemblai ma robe et montai l'escalier à toute allure jusqu'au deuxième étage. Les pleurs de Lionel semblaient provenir de cet étage, et non de la chambre d'enfant, au troisième étage.

—Descendez, femme ! Arrêtez-vous !

Des soldats s'élancèrent à ma poursuite. Jemina barra le chemin à l'un d'eux en virevoltant devant lui dans sa jupe gris foncé.

Je me tournai vivement vers la gauche, puis vers la droite. Dans quelle direction aller pour retrouver mon enfant ?

Lionel recommença à pleurer, mais moins fort, cette fois. Il était bien au deuxième étage, dans l'une des chambres. La chambre à coucher du maître de maison ?

Les gens couraient après moi, montant bruyamment l'escalier.

Ils allaient me traîner dehors.

Pas une nouvelle fois ! Je tournai à l'angle et entrai dans la chambre d'où semblaient provenir les sanglots de mon bébé.

Je refermai la porte derrière moi et m'immobilisai.

Lionel, mon bébé, était là… dans les bras d'un homme qui le berçait… dans mon lit. À travers le voilage argenté du baldaquin, je distinguai une silhouette masculine penchée sur Lionel. Son bras puissant à demi couvert d'un épais peignoir bordeaux enveloppait presque toute la grosse tête de mon bébé.

—Tu n'es pas encore une fois mouillé, quand même, mon garçon ? Je suis à court de chemises. Allons, allons, mon petit soldat, tu vas bientôt avoir ton lait !

Mon esprit affolé se calma. L'homme essayait d'apaiser Lionel, il ne le punissait pas.

Je fis un autre pas dans la pièce, regardant fixement l'homme, mon bébé, et les murs d'un blanc fade autour d'eux. C'était l'une des rares pièces dont je n'avais pas refait la décoration, que je n'avais pas cherché à rendre plus chaleureuse. La peinture ne pouvait recouvrir les mensonges.

—Allons, mon garçon… Nous nous entendions si bien !

Cette voix… Grave aux tonalités riches.

L'ombre et la silhouette de cet homme à demi caché dans les draps du lit étaient grandes et imposantes.

Et elles me disaient quelque chose.

Ce devait être le duc que j'avais rencontré la veille au soir.

Je plissai les yeux pour mieux voir à travers les rideaux et en être sûre.

Oui, c'était bien lui. Son souvenir – le souvenir de son bras puissant sur mes épaules, des muscles de son torse sous ma joue – me laissa la bouche toute sèche.

Le bébé se calma, empoigna le velours du peignoir qui glissait de l'épaule nue du duc, marquée de cicatrices. L'homme était rude, viril, et je me demandai en regardant ses cheveux bruns parsemés de mèches blondes si, comme le velours, ils changeraient de couleur si je passais les doigts dedans.

—Doucement avec ma manche dans ta bouche ! Enfin, je suppose que ça fera l'affaire en attendant que ton lait arrive… mais mon valet ne va pas être content. Voyons voir ! L'une de mes chères amies m'a dit que la poésie avait un effet apaisant sur les bébés.

Le duc se frotta le menton.

—*Il y avait une vieille dame de…* Non, cette chanson n'est peut-être pas appropriée.

J'avais envie de rire, mais je me sentais trop lésée pour cela. C'était Colin qui aurait dû être dans mon lit, avec notre fils dans les bras, à me donner de mauvaises pensées

– être pelotonnée contre une épaule nue et écouter sa douce voix grave fredonner.

C'étaient de *très* mauvaises pensées, mais l'image était si plaisante ! Je la chérirais au plus profond de mon cœur.

Je secouai la tête et toussotai.

—Monsieur. Monsieur le Duc, je veux dire. Je crois que le bébé a besoin d'être nourri, maintenant.

L'homme sembla sursauter et il tira sur la couverture pour couvrir sa jambe, comme si c'était cela et non son torse nu et les poils qui dépassaient du revers de son peignoir qui était indécent.

—Qui est là ?

Je contournai le lit jusqu'à l'endroit où les rideaux étaient écartés.

—Je suis là pour vous apporter mon aide, monsieur le Duc.

—Une lavandière ? Qui fait irruption sans prévenir !

Il me regarda de la tête aux pieds, mais ma tenue de femme de chambre était impeccable. Le coton bleu à carreaux était repassé, modeste et propre, sous mon tablier blanc.

Le duc souffla.

—Je ne sais pas comment Markham entendait être réveillé par ses domestiques, mais il y a eu quelques changements à Hamlin, la nuit dernière.

Fronçant le nez en entendant le nom de la canaille, je me redressai.

—Je ne suis pas une lavandière.

Il me jeta un nouveau coup d'œil avant de reporter son attention sur Lionel.

—Eh bien, qui que vous soyez, vous devez partir. Vous n'êtes plus employée ici.

—Le petit est-il mouillé, Monsieur ? Je vois qu'il est emmitouflé dans une… chemise ?

—Dans l'une de mes meilleures… et, non, je ne crois pas. Il a faim. J'ai envoyé un valet de pied trouver les vaches. Il ne va pas tarder à revenir avec du lait. Le premier biberon sera…

Le duc tendit la main pour prendre sa montre sur la table de chevet.

—… dans vingt minutes. Maintenant, veuillez vous en aller, s'il vous plaît.

Je tendis les bras.

—Je suis sûre qu'il a faim, monsieur le Duc. Je peux me rendre utile.

Lionel recommença à pleurer et il sembla tendre les mains vers moi comme il l'avait fait la nuit précédente. Il avait sûrement entendu et reconnu ma voix.

—Vous voyez, Mademoiselle, vous l'avez à nouveau détraqué.

Le duc agita le pouce au-dessus de Lionel.

Le bébé s'y cramponna et le téta.

—Le petit et moi sommes bons amis. Si vous étiez lavandière, je souhaiterais que vous soyez douée pour enlever les taches. C'est la deuxième chemise que le garçon salit, et il faudrait peut-être aussi nettoyer son côté du matelas.

—Le bébé a dormi ici, avec vous ?

Le duc leva la tête avec un sourire fier.

—Comme je vous le disais, nous avons fait connaissance. Maintenant, si vous permettez. Eh bien, voyez-vous cela ! Ses yeux ont changé comme ceux de mon cousin. Ils sont d'un noisette plus foncé, maintenant.

Mon père aussi avait les yeux noisette. De qui Lionel tenait-il les siens ?

—Monsieur…

Les deux battants de la porte de la chambre à coucher s'ouvrirent brusquement, dans un grand *boum !* La comtesse, Jemina et deux soldats apparurent.

Le duc déplaça les draps sur sa jambe coincée dans la couverture. Il laissa pendre son autre pied comme s'il se tenait prêt à enfiler les bottes parfaitement alignées contre le lit.

—Soldats, retournez à vos postes. Je peux m'occuper moi-même de femmes dans ma chambre à coucher.

Les soldats rirent et s'éloignèrent. La porte se referma avec un bruit sourd.

—Lady Shrewsbury ? Cette femme est-elle à vous ?

—C'est l'une des domestiques que je vous ai amenées dans le but de vous les recommander, monsieur le Duc. Non, ne vous levez pas, vous semblez bien occupé.

—Je n'en avais pas l'intention, Madame, étant donné que c'est ma chambre à coucher et que vous vous êtes imposées.

Il jeta un coup d'œil dans ma direction tout en jouant avec la petite paume de Lionel.

—En temps normal, je serais ravi d'accueillir dans ma chambre à coucher tant de charmantes dames, mais pas devant mon pupille. Je me dois d'avoir un peu plus de moralité, maintenant.

L'homme se rengorgeait comme un papa tout fier, tapotant le nez de mon Lionel.

—Lady Shrewsbury, pouvez-vous, je vous prie, escorter ce beau harem hors de ma chambre à coucher ? Hmm… Voilà des mots que je n'aurais jamais cru prononcer !

La comtesse me regarda d'un air peiné en passant devant moi pour aller se tenir à son chevet.

—Mme Kelly, la jeune femme que vous m'avez envoyée, dit que vous avez congédié tous les domestiques. Vous allez avoir besoin d'aide, en particulier avec le petit que vous avez dans les bras.

Mon bébé se mit à crier plus fort.

Le duc le berça un peu plus vite.

—S'il te plaît, fiston, nous nous entendions si bien ! Ce doit être toutes ces intruses…

—Fiston ?

Lady Shrewsbury tendit les bras et prit Lionel.

—Monsieur le Duc, vous êtes un fin renard ! Vos vieilles habitudes de débauché ont fini par vous rattraper, et maintenant vous vous retrouvez avec ce petit bout !

Le duc eut un bon rire franc et je me sentis encore plus lésée, jalouse, même.

—Je ne suis pas du genre à divulguer mes secrets d'alcôve, madame la Comtesse, mais ce jeune garçon est le fils de mon défunt cousin. Je ne suis qu'un simple tuteur. Pas d'amours perdues, pas cette année, pas encore.

Toutes ces inepties, et Lionel qui avait faim ! Je regardai mon amie pour voir si elle pouvait m'aider, mais Jemina aurait aussi bien pu être un réverbère.

Elle se tenait au pied du grand lit, raide et immobilisée devant un fauteuil roulant. Elle semblait ne pas pouvoir en détourner son regard.

Je me frottai le front.

—Monsieur le Duc. Lady Shrewsbury. Laissez-moi prendre le bébé. Le petit a faim. Je le sais.

Lionel se mit à pleurer de plus belle.

Le duc esquissa un mouvement pour le prendre, mais lady Shrewsbury sembla ne pas le remarquer. Elle se retourna et fit sauter Lionel dans ses bras.

—Mesdames, je lui apprends à respecter des horaires, et vous chamboulez tout.

Il regarda à nouveau sa montre en or.

—Le lait va bientôt arriver. Veuillez sortir, s'il vous plaît.

Je défis mon châle et quelques boutons de ma robe pour révéler ma tunique mouillée.

—Le lait pour le petit est ici.

Le regard du duc se posa sur moi.

—Oh…

Ce fut tout ce qu'il dit, mais il me dévisagea longuement, avec un sourire impertinent qui le faisait paraître beaucoup plus jeune.

—Ah, oui, Madame, bien sûr.

Il tira sur le pied de Lionel.

—Allez-y, nourrissez-le !

Ayant enfin obtenu la permission, je poussai un soupir et m'empressai de me diriger vers mon fils, mais je trébuchai alors sur les bottes.

Agitant les bras, j'atterris tête la première sur le lit. Ma joue heurta de plein fouet le torse que j'avais admiré.

# 8

# Une chute malencontreuse

Un torse nu. Un torse nu. J'avais atterri sur le duc ! Il n'y avait aucun endroit où poser mes mains qui ne soit cicatrices, muscles, épaules minces ou ventre ferme.

—Désolée. Désolée. Monsieur le Duc.

Il n'y avait aucune règle, aucun protocole pour cela.

Il passa le bras autour de mon dos et me maintint immobile.

—Ne bougez pas, Madame.

Il n'y avait aucune règle pour me dicter ce que j'étais censée éprouver entre ses bras. Les joues me cuisaient.

—Arrêtez de vous débattre, enfin ! Ma jambe est blessée. Vous allez aggraver les choses.

*Aggraver les choses ?*

Comment était-ce possible ?

J'étais affalée sur lui. Son souffle ne sentait pas le rhum sucré comme la veille au soir, il était acidulé. J'arrêtai de m'agiter. À chacun de mes mouvements, il accentuait la pression de ses paumes.

Mes jambes s'enfoncèrent davantage dans la mollesse du matelas et des oreillers qui entouraient le duc.

Je levai les yeux et croisai son regard. L'amusement se lisait dans ses yeux malicieux, bleu clair zébrés de gris.

—Voilà, c’est bien ! Vous m’avez écouté.

—Oui, écoutez le duc, jeune femme, dit lady Shrewsbury. Il est censé être un expert au lit.

L’homme rit et fit glisser ses mains entre ma taille et mes hanches. Il rit encore.

Ce n’était pas amusant d’être aussi maladroite, surtout pour une femme comme moi, raffinée et plutôt bien coordonnée. Je ne ferais jamais une chose pareille délibérément. Je recommençai à m’agiter pour m’écarter de lui et lui montrer que je n’étais pas la jeune fille docile pour laquelle il me prenait.

—Holà ! Je croyais que nous étions d’accord pour que vous ne bougiez pas ?

Je remuai encore et sentis l’odeur de l’œuvre de Lionel, ainsi que le parfum boisé et terreux du duc.

—Je suis désolée, monsieur le Duc, mais je veux m’en aller.

—Dans un instant, dès que vous vous serez calmée, je vous soulèverai du lit.

Il baissa la tête vers moi. Nos nez se touchaient presque.

—Nous sommes-nous déjà rencontrés, Mademoiselle ? C’est la question convenable à poser quand on est au lit ensemble.

—C’est Mme LaCroy, monsieur le Duc. Elle est très douée avec les bébés.

La comtesse gazouilla quelque chose à Lionel, comme elle l’avait fait avec Athena, la veille au soir.

—Mme LaCroy éprouve une telle passion pour les enfants qu’elle en oublie toutes ses bonnes manières.

—LaCroy ? Bien sûr.

Il hocha la tête.

—C’est une situation un peu compromettante. Vous vous rappelez, lady Shrewsbury, quand je vous ai parlé de cette dame qui avait essayé de…

Je posai les mains sur son torse pour m'écarter de lui, mais mes doigts s'emmêlèrent dans son peignoir, dévoilant une épaule.

—Je dois me libérer, monsieur le Duc. Le bébé a faim, et moi, je… je fuis.

—Cela ne va pas du tout.

Il glissa à nouveau les mains sur mes flancs.

Il les referma autour de mes hanches, et j'en eus le souffle coupé. Il me souleva comme si j'étais aussi légère qu'une plume, et me posa sur mes pieds.

—Je suis vraiment navrée, Monsieur.

J'ajustai mon tablier, et m'aperçus que d'autres boutons s'étaient défaits. Quand je jetai un coup d'œil au duc, je vis que son sourire s'était élargi.

—Tous ces soubresauts ! Je suppose que nous sommes tous les deux en mauvaise posture, LaCroy.

Les joues cuisantes de honte, je pris le bébé des bras de la comtesse.

—Je vais l'emmener dans la chambre d'enfant.

—Vous pouvez nourrir mon pupille ici. Inutile de faire preuve de pudeur maintenant que vous m'êtes tombée dans les bras.

Il croisa les bras sur sa poitrine.

—Vous n'êtes pas la première, même si cela requiert habituellement un peu plus d'efforts de ma part. J'aime mériter mes conquêtes.

Il pointa le doigt et sa voix se durcit comme il prit un ton d'autorité.

—Utilisez le fauteuil dans le coin de la pièce, Mademoiselle. Je ne quitterai pas des yeux mon pupille.

Je n'avais pas le choix. Je n'étais même pas sûre d'avoir été engagée. Je m'assis lourdement dans le fauteuil dans le coin, glissai Lionel sous mon châle et lui donnai la tétée. Ses pleurs s'arrêtèrent, et je m'efforçai d'oublier cette nouvelle humiliation.

—Monsieur le Duc, dit la comtesse, Mme LaCroy fera une excellente nourrice. Elle n'est pas toujours aussi maladroite.

Il se frotta le visage, passa lentement la main sur sa mâchoire.

—Je crois avoir rencontré votre *mari*, hier soir, LaCroy.

—Je vous demande pardon, Monsieur. Mon mari est mort. Voyez-vous des fantômes ?

Son expression se radoucit.

—Eh bien, c'est à moi de vous présenter mes excuses. Je suis désolé. J'ai rencontré et, euh… renvoyé votre… votre beau-frère, hier soir. Dites-lui… Dites-lui…

Il tourna la tête.

Je sentis son regard se porter sur moi. J'étais démasquée, je le sus à la façon dont son sourire s'étira jusqu'à disparaître.

Lady Shrewsbury s'approcha de Jemina et lui donna une petite tape sur la main pour qu'elle arrête de tortiller les rideaux du lit.

—Le beau-frère de notre chère Patience LaCroy est rentré chez lui après être venu voir comment elle se portait. Il ne viendra plus.

La comtesse lissa ses gants.

—Il doit veiller sur sa propre famille, et je lui ai assuré que vous engageriez Mme LaCroy. Ne faites pas de moi une menteuse et ne laissez pas une femme sans protection, alors que vous êtes en mesure de l'aider.

Le duc tripota maladroitement la ceinture de son peignoir.

—Alors comme ça, il est parti, hmm ? Mon pupille et moi sommes encore en position de faiblesse. Avec une femme qui me tombe entre les bras, et une autre qui me donne des ordres d'une voix douce dans ma chambre à coucher, je… Voilà encore des mots que j'aurais cru ne jamais prononcer !

Lady Shrewsbury ouvrit les rideaux du lit.

—Cela doit être dur pour un militaire de céder du terrain à ses faiblesses.

—Eh bien, heureusement que LaCroy ne travaille pas pour Napoléon. Les coudes osseux sont une vraie torture.

*Osseux ?* Il n'y avait rien d'osseux chez moi. Pas depuis ma grossesse.

Quand je levai les yeux pour le regarder d'un air méprisant, je remarquai l'attitude du duc. L'homme se tenait toujours dans la même position, à demi étendu, les bras croisés, l'air songeur. Quelque chose n'allait pas.

Je déplaçai mon gourmand petit garçon.

—La comtesse a des lettres de recommandation. Si vous pouvez me pardonner ma maladresse, monsieur le Duc, je… nous vous servirons bien. Nous vous serons loyales.

—Loyales ? J'apprécie effectivement la loyauté et l'honnêteté.

Son regard était insistant, presque comme s'il me sommait de retourner auprès de lui.

Le seul homme par lequel je me devais de me laisser ainsi examiner était mort. Je refusais de baisser les yeux ou de me faire modeste et discrète pour lui. Je soutins son regard avec aplomb.

Le duc se hissa un peu plus haut dans son lit, faisant jouer ses épaules pour se rapprocher de la tête de lit sculptée, mais il retomba sur le matelas.

—Vous êtes pardonnée, LaCroy. Lionel vous a pardonné. Il a l'air content de boire à grand bruit.

C'était vrai, mon garçon était content. Et moi aussi. Je savourai ce moment, consciente qu'il ne durerait pas.

Le duc joua avec la ceinture de son peignoir, entortillant et tirant sur le délicat velours bordeaux, mais il ne bougea toujours pas.

—Mesdames, descendez. Quand je me serai rasé et que je serai tout habillé, nous pourrons envisager que je vous emploie.

Lady Shrewsbury commença à tirer sur les rideaux de voilage, puis elle fit signe à Jemina d'en faire autant.

—Il faudra les laver. Et ce garçon a besoin de lait maternel tous les jours. Regardez comme il est maigrichon ! Le lait de vache ou la bouillie ne suffiront pas. C'est ce que je vous ai écrit dans ma lettre.

Elle lui avait donc écrit pour lui donner des conseils quant à la façon de s'occuper de mon Lionel ? La comtesse n'avait pas mentionné cela, la veille au soir. Je me hérissai, mais gardai le silence.

Le duc se frotta le menton.

—Ce n'est pas judicieux d'avoir deux jeunes femmes dans une maison pleine de soldats… mais je n'ai jamais fait les choix judicieux avec les femmes. Très bien ! Vous êtes toutes les deux engagées. Maintenant, allez-vous-en ! Attendez… Qui est-ce que j'engage à part LaCroy ?

Lady Shrewsbury souleva le menton de Jemina.

—Voici Mme Saint-Maur. Elle sera votre femme de chambre, et elle va s'occuper de vos draps immédiatement.

Jemina fit une révérence.

—Je suis bonne en cuisine, mais Mme LaCroy est douée pour le pain, Monsieur.

—Je suis sûr qu'elle est douée pour bien des choses. Qu'elle a de nombreux talents cachés.

Je tapotai le dos de Lionel, qui fit un rot sonore.

Fière de lui, je refermai ma tunique.

—Merci encore, monsieur le Duc.

—Très bien. Mesdames, je présume que lady Shrewsbury est en mesure de vous montrer ce que vous aurez à faire ici, à Hamlin. Vous rendiez souvent visite à mon grand-père, et vous assistiez aux réceptions de ma mère, lady Shrewsbury.

—En effet, lady Bodonel organisait de belles soirées, et feu le duc, votre grand-père, était un vrai personnage. Il aurait fait un très bon mari pour moi. Votre père aussi était un homme bien.

La colère brilla dans les yeux du duc, comme si la comtesse l'avait réprimandé. Je ne comprenais pas pourquoi, mais je pouvais sentir son changement d'humeur depuis l'autre bout de la pièce.

La comtesse entraîna Jemina vers la porte.

—Si mes souvenirs sont bons, la chambre d'enfant se trouve au-dessus de nous, au troisième étage. Mme LaCroy, vous ferez office de nourrice.

—Mme LaCroy, Lionel Jordan aura besoin que l'on s'occupe de lui jour et nuit… Qu'adviendra-t-il de votre propre enfant si vous vivez ici ?

—De mon propre enfant ?

Je ne voulais pas mentir. Lionel était dans mes bras. Comment aurais-je pu le renier ?

Je tournai les yeux vers la comtesse. *À l'aide !*

—Il est douloureux pour Mme LaCroy de parler de ceci, monsieur le Duc, dit lady Shrewsbury, mais l'enfant n'est plus. Il nous a quittés.

La grimace du duc s'exacerba.

—Je suis navré, Madame.

Sa voix empreinte de pitié me brûla les oreilles. Je préférais ses ordres et ses remarques enjôleuses. Me blottissant contre Lionel, je le serrai contre ma joue.

—Je travaillerai dur, et ce sera un honneur pour moi de servir Lionel Jordan… et de vous servir. Ce garçon va prendre un bain de lavande et avoir une couche propre. Je crains qu'il ne soit sur le point de souiller également cette chemise-là.

Repington croisa les bras.

—Mesdames, j'ai un grand nombre de soldats à demeure…

—Tout ira bien pour mes femmes et elles ne chercheront pas de compagnie, mais maîtrisez tout de même vos hommes. Mesdames, nous allons visiter Hamlin Hall. Monsieur le Duc, je reviendrai avec leurs lettres de recommandation.

Jemina hocha la tête et quitta la pièce. La comtesse la suivit.

La porte se referma avant que je ne puisse passer devant l'étrange fauteuil roulant.

—Madame LaCroy, attendez.

Je me retournai, tenant mon bébé contre mon sein comme un bouclier.

—Oui, monsieur le Duc ?

—Madame LaCroy, y a-t-il quoi que ce soit que vous souhaitiez me dire ?

Je ne ferais aucun aveu. Je secouai la tête.

—Bien. Avez-vous quelque chose à me demander, Madame ?

Je secouai encore la tête.

—Rien du tout.

Il hocha la tête, mais son expression demeura impassible.

—Dans ce cas, vous serez responsable de Mme Saint-Maur. J'apprécie les femmes qui ne posent pas trop de questions.

—Eh bien c'est parfait, monsieur le Duc. Je n'aime pas en poser.

—Je ne sais pas vraiment comment prendre cela, madame LaCroy.

—Je ferais mieux de rejoindre mes compagnes.

—Pourquoi vous hâter, alors que vous connaissez déjà Hamlin ? N'est-ce pas, LaCroy ?

S'il croyait que j'allais me démasquer, il se trompait. Je serrai plus étroitement mon fils dans mes bras.

—Grâce à la présence du bébé, je me sens en effet à l'aise ici. Ce garçon a besoin d'un bain, Monsieur, et cette chemise d'un bon nettoyage, un peu plus à chaque minute qui passe.

—Je n'aime pas perdre de temps, mais une mystérieuse jeune femme, une jolie jeune femme, dans une maison pleine d'hommes, a quelque chose d'inquiétant. J'avais espéré engager une dame beaucoup plus âgée, une matrone. Vous et votre amie n'avez rien de matrones.

L'humeur de Repington était difficile à déterminer : il semblait un peu enjôleur, un peu en colère. Cependant, je n'avais pas l'intention d'entrer dans son jeu, alors je me contentai de hausser les épaules.

—Ce sera tout, monsieur le Duc ?

Il se pencha en avant.

—Êtes-vous sûre de n'avoir rien à me dire ?

—Oui. Je suis prête à me mettre au travail.

Son expression, jusque-là tout en fierté masculine et en autorité, se radoucit.

—Eh bien, quand je serai habillé, je vous rejoindrai pour que nous passions en revue les règles et ce que j'attends de vous. Les règles sont nécessaires, quand on travaille pour moi.

—Oui, on dit que les règles sont nécessaires. Au revoir, monsieur le Duc.

Je me dirigeai furtivement vers la porte. Plus que quelques mètres, et j'échapperais enfin à son regard scrutateur.

—Quelque chose me dit que vous ne respectez pas les règles, La… Croy.

La façon dont il avait prononcé mon nom, en marquant une pause, indiquait indéniablement qu'il soupçonnait que le valet et moi n'étions qu'une seule et même personne. J'aurais dû dire quelque chose pour le persuader du contraire, mais seul un rire m'échappa. Un autre rire monta en moi, comprimant ma poitrine jusqu'à ce qu'il explose. C'était un véritable éclat de rire.

—Qu'y a-t-il de drôle ? Qu'est-ce qui vous amuse, Madame ?

Je me couvris la bouche.

—Je suis désolée, monsieur le Duc, mais je me disais que vous pensez peut-être aimer les règles mais que, contrairement aux femmes, les hommes ont la possibilité d'y contrevenir.

—Intéressant point de vue, Monsieur. Je veux dire, Madame.

Je fis une révérence.

—Si vous n'avez besoin de rien d'autre, je vais aller donner un bain à votre pupille.

—Nous poursuivrons cette discussion plus tard. Je vous donnerai l'emploi du temps du petit cet après-midi.

Je m'arrêtai et retirai la main de la poignée de la porte.

—Je vous demande pardon ?

—Oui, j'ai établi un emploi du temps. Des projets pour mon pupille.

—C'est un bébé.

—J'ai fait des hommes d'individus moins disciplinés que lui. Lionel Jordan sera à la hauteur de mes espérances. Je viendrai vous voir dans la chambre d'enfant à treize heures quinze.

—À treize heures quinze ? Pourquoi une telle précision ?

—La précision est ma force. Je vous retrouverai à ce moment-là, et nous pourrons discuter de mes autres exigences concernant M. Jordan. Vous devrez y répondre *si* vous restez.

*Si ?*

Oh là là, ce n'était pas de bon augure.

Comment un étranger osait-il me dicter la façon dont je devais m'occuper de mon Lionel ? Je sentis mon sourire se figer, puis s'évanouir tout à fait.

—Oui, Monsieur.

—Tenez l'enfant et la chambre prêts pour mon inspection.

Les domestiques devaient s'incliner devant les tuteurs. J'embrassai à nouveau mon fils.

—Oui, monsieur le Duc.

Le duc sembla essayer de se redresser, mais il retomba sur ses oreillers.

Assurément, quelque chose n'allait pas.

Je ne pus m'empêcher de poser les yeux sur le fauteuil d'invalide.

—Treize heures quinze.

—Oui, LaCroy.

Je quittai la chambre à coucher.

Jemina referma la porte derrière moi. Elle et la comtesse m'avaient attendue.

Lady Shrewsbury émit une petite interjection réprobatrice entre ses dents.

—Eh bien, cela ne s'est pas passé comme prévu, mais vous avez été engagées. Jemina travaillera en bas parmi les soldats, et vous, Patience…

—Je vais donner un bain au petit.

—Bien.

Elle caressa le bras de Lionel.

—Mais restez sur vos gardes, le duc a accepté parce qu'il était en position de faiblesse. Un commandant acceptera de perdre une bataille, mais pas de perdre la guerre. Soyez vigilante en sa présence. Veillez à faire un excellent travail, ou il vous congédiera.

Jemina hocha la tête, les sourcils froncés.

—Patience est avec son bébé, mais qu'allons-nous faire, en particulier avec tous ces hommes et leurs tentes ? Est-ce que ceci est un canon ?

Ce fou de duc avait fait de Hamlin une zone de guerre.

—Lady Shrewsbury, par où commençons-nous ?

—Rassemblez les indices que Markham a cachés à Hamlin et qui prouveront pourquoi il fallait qu'il vous emprisonne à Bedlam. Le garde du portail, celui qui nous a laissées passer, a dit que Markham s'était attardé un assez long moment. Il rechignait à partir. La crapule a caché quelque chose à Hamlin. Trouvez de quoi il s'agit.

La comtesse et Jemina descendirent l'escalier, me laissant décontenancée. Je ne savais pas quoi penser de la situation. Tout ce qui m'importait, c'était Lionel, et sa santé.

—Allons dans ta chambre.

Je montai l'escalier et esquissai quelques pas de danse sur le palier du troisième étage. Une fois dans la chambre d'enfant, je fermai la porte et balayai du regard la pièce en désordre et qui sentait le renfermé. J'allais devoir faire un grand nettoyage.

—Lionel, cette chambre sera bientôt le palais dont je rêvais pour toi.

Tenant mon bébé tout contre moi, je tournoyai et virevoltai. Il était tout sourire.

Un peu essoufflée, je le cajolai.

—Je suis ici, maintenant, avec toi, Lionel, dans la journée… et je vais faire tout mon possible pour rester avec toi jusqu'à ce que je récupère mes documents de fidéicommis, et ensuite, je nous paierai la traversée par bateau jusqu'au Démérara. Nous serons alors en sécurité.

Je retirai la chemise sale et étalai mon châle dans le berceau pour y déposer Lionel.

—C'est l'heure de ton bain, Lionel, et je vais préparer une pommade pour tes petites fesses.

J'ouvris la fenêtre pour faire entrer un peu d'air frais dans la chambre. Je vis briller la lame du couteau de Papa, sur le rebord. Je tendis le bras pour l'attraper et le glissai dans ma poche.

Il valait mieux que le duc ne le trouve pas quand il viendrait faire son inspection, car je n'aurais pas eu le droit de le garder. Il aurait certainement trouvé abominable que je possède une arme alors que je m'occupais d'un bébé.

Néanmoins, je garderais ce couteau tant que Lionel et moi ne serions pas en sûreté au Démérara.

La guerre promettait d'être longue ; et la prochaine bataille aurait lieu à treize heures quinze.

# 9

# Le vicomte et le valet découvrent le secret

Le tonnerre grondait derrière la fenêtre de la chambre à coucher. Busick grommela pour lui-même et se frotta la hanche. Ses os étaient douloureux quand la pluie menaçait.

Changement de programme. Pas d'exercice au grand air aujourd'hui. Un orage allait éclater. Enfin, un deuxième orage. Shrewsbury et ses jeunes femmes avaient été le premier.

Il s'allongea sur le bord de son lit défait. La nouvelle femme de chambre qu'il avait engagée, Mme Saint-Maur, l'avait dépouillé de ses draps avant qu'il n'ait eu le temps de réagir. C'était une bonne chose qu'il ait engagé cette domestique zélée, même s'il avait été contraint et forcé de le faire.

L'autre, LaCroy, était une autre histoire. Elle était belle, elle avait des coudes osseux mais des formes généreuses… Toutefois, elle était trompeuse.

Eh bien, certaines choses ne changeaient pas, comme le fait qu'il trouvait des attraits à une femme même si c'était une espionne ! Pour le compte de Markham, à n'en pas douter.

Busick passa la main sur sa mâchoire fraîchement rasée tandis qu'il attendait que la vive douleur dans son dos se calme. Parfois, le simple fait d'enfiler sa chemise, même assis, lui faisait mal. Son valet lui avait laissé un petit verre de rhum sur sa commode. Le rhum atténuait la douleur et lui donnait une plus grande maîtrise que le laudanum ou les autres médicaments que ses médecins lui avaient prescrits. Il avait besoin de rester attentif, lui qui était entouré d'espions et de soldats.

Il prit une profonde inspiration et se leva à l'aide de sa béquille. Une fois debout, il glissa les pans de sa chemise dans son pantalon. Voilà qui était fait ! Il avait réappris à s'habiller, presque entièrement assis, plutôt que debout devant un miroir. Quiconque aurait franchi la porte de sa chambre n'y aurait rien vu d'étrange.

Extirpant d'un coup sec son gilet de la commode, il le fit passer par-dessus son épaule et oscilla. Il devait avoir l'air d'un danseur, et d'un mauvais danseur. Il avait été assez doué pour se pavaner dans ses plus beaux atours lors des bals et des dîners. Il était doué pour bien des choses, avant Badajoz.

Il boutonna à grand-peine ses boutons et dut se cramponner au rebord de la commode pour ne pas perdre l'équilibre. Le verre de rhum fut secoué. Il dut résister à l'envie de le vider d'un trait. C'était la seule chose qui l'aidait à ne pas perdre la raison quand il n'arrivait pas à faire les choses les plus banales, mais aujourd'hui, il devait garder les idées claires pour traiter avec une espionne.

Ce n'était pas normal d'être tourné en ridicule par une femme, par une nourrice, dans sa propre maison. Loin de là.

Soudain, on frappa à la porte, et il eut tout juste le temps d'ajuster les bandages de sa jambe. Les sangles et les bandes attachées autour de sa cuisse avaient besoin d'être un peu réglées, mais un rapide coup d'œil lui permit de vérifier qu'il était décent.

—Entrez !

Gantry entra d'un pas lourd.

—Monsieur le Duc, une jeune femme vient de me tirer de mon lit. J'ai tout de suite pensé au bébé. Il y a longtemps que j'aurais dû venir vous relayer.

Le vicomte aurait eu bien besoin de se raser.

Les yeux mi-clos, il tourna la tête d'un côté et de l'autre.

—Où est le bébé ? Qu'avez-vous fait, monsieur le Duc ?

*Ah !* Quel bonheur de savoir quelque chose que Gantry ignorait ! Busick étira son épaule engourdie et prit sa cravate sur le haut dossier de ce satané fauteuil d'invalide.

—Le bébé se porte bien. Vous devriez regagner votre chambre et dormir quelques heures de plus. Vous avez l'air égaré.

Gantry se frotta les yeux.

—Si ma mémoire est bonne, je vous ai laissé en compagnie d'un bébé, monsieur le Duc. Qu'avez-vous fait de lui ?

Le vicomte referma la main sur la poignée de l'un des tiroirs de la commode.

—Vous ne l'avez pas rangé comme une cravate, n'est-ce pas ?

—Bien sûr que non.

Busick posa la main sur le tiroir richement sculpté pour le maintenir fermé.

—Je ne l'ai pas non plus plié comme une chemise. Pour qui me prenez-vous ?

Gantry prit le verre de rhum et le vida.

—Je suis désolé, je ne suis pas bien réveillé… mais *vous*, vous êtes debout et rasé. Où est M. Jordan ?

C'était le moment de paraître calme et de faire comme s'il ne venait pas d'empêcher son ami d'ouvrir le tiroir. Il aurait sans doute fallu plus de rhum que ce verre n'en avait contenu pour engourdir l'esprit du vicomte.

—Le bébé va bien. Il est à l'étage du dessus avec la nourrice, celle que j'ai engagée mais que je dois maintenant renvoyer. Pourriez-vous m'aider à enfiler ma veste ? Mon valet l'a laissée là-bas, sur la colonne du lit.

Le visage de Gantry trahissait les questions qui se bousculaient dans sa tête, mais il s'exécuta, alla chercher la veste et la lui tendit.

Busick passa un bras dans l'habit indigo et fit un petit saut pour mettre l'autre manche en place, puis il prit une profonde inspiration.

—Avec un peu de chance, la pluie va s'arrêter et, demain, nous pourrons faire faire de l'exercice aux troupes au grand air. Mon pupille pourra peut-être même les regarder.

Gantry se passa une main dans les cheveux et écarta de son visage ses boucles trop longues.

—Premièrement, il ne pleut pas encore. Deuxièmement, votre pupille ne sait pas marcher. Troisièmement, pourquoi renvoyer la nourrice que vous venez juste d'engager ? Ce n'est pas cette Mme Kelly ?

—Non, ce n'est pas elle. C'est une nouvelle nourrice.

À en juger par la douleur que Busick éprouvait à la cuisse, il allait pleuvoir dans la journée ; mais il ne pouvait pas dire cela sans susciter des questions au sujet de sa blessure.

—Mon valet est un excellent barbier. Il pourrait arranger vos cheveux et vous rendre une allure plus militaire.

—J'ai fait mon temps de service. Ma femme aime mes cheveux… longs.

Gantry passa d'un pied sur l'autre et baissa les yeux.

—La longueur ne me dérange pas.

Busick remarqua que c'était la première fois depuis des semaines que son ami évoquait sa femme.

—Nous savons tous les deux comment éviter certains sujets, mais sachez que vous pouvez tout me dire.

—Et vous en ferez autant ? En commençant par me dire pourquoi vous ne pouvez pas passer une semaine ou deux à vous reposer, à apprendre à connaître votre pupille, avant de refaire des manœuvres ? Près de deux années se sont écoulées depuis Badajoz, et vous avez toujours besoin d'une béquille. En ne laissant pas à votre os le temps nécessaire pour guérir, vous retardez votre rétablissement.

Se mettre en colère n'aurait fait qu'aggraver les choses, d'autant plus qu'il avait besoin de l'aide de Gantry.

—Je me reposerai quand les choses se seront calmées, mais ce matin, j'ai engagé une nourrice et une espionne. Patience LaCroy s'est infiltrée chez moi. Il faut que vous me trouviez une autre nourrice.

—LaCroy ? Est-elle une parente du valet de Markham que nous avons rencontré hier soir ?

—Elle *est* le valet que nous avons rencontré hier soir !

—Une espionne, vraiment ?

Gantry croisa les bras et s'adossa à la commode, comme s'il ne savait pas comment réagir.

—Ce valet était une femme ? Vous en êtes sûr ?

Oh oui, Busick était sûr que Mme LaCroy était une vraie femme ! Avec ses cheveux auburn bouclés passés derrière ses oreilles délicates, ses yeux profonds couleur de topaze et sa silhouette tout en courbes… Bien sûr, elle n'avait rien révélé de tout cela au valet, mais la preuve décisive était le sillon qui marquait le menton de son visage en forme de cœur. Cela, et son propre valet qui lui avait demandé comment il s'était retrouvé avec du maquillage de scène sur son manteau.

—Oui, Gantry, ma nourrice est bien le valet d'hier soir.

—Vous en êtes sûr, monsieur le Duc ? Avons-nous à ce point manqué de compagnie féminine que nous nous soyons laissés duper ?

Busick n'avait eu que peu de temps à consacrer aux femmes au cours de l'année qui venait de s'écouler.

Il avait employé une bonne partie de son temps à éviter sa mère. Si elle avait soupçonné ses blessures, elle l'aurait accablé d'attentions et lui aurait trouvé une jeune femme à marier parmi ses relations pour obtenir ces petits-enfants qu'elle prétendait vouloir. Cependant, ce dont elle rêvait en réalité, c'était d'être invitée aux soirées fastueuses que lui aurait assurées l'union de son fils avec une dame de la haute société.

—Oui, aux deux questions. Nous sommes des ermites, et c'est une espionne. J'ignore si elle travaille pour Markham ou pour quelqu'un d'autre. Peut-être pour les créanciers de Colin ?

Le vicomte se frotta la mâchoire.

—Cela n'a pas de sens, pourquoi une espionne voudrait-elle le bébé ? Et pourquoi lui avez-vous donné le garçon ?

*Pourquoi ?* Busick se le demandait.

Sa vanité était-elle si grande ?

Ou était-ce le chagrin qu'il avait lu dans ses yeux quand il l'avait tenue entre ses bras ? On aurait dit que son monde allait s'effondrer s'il refusait de l'engager.

—J'ai le sentiment qu'elle est inoffensive mais qu'elle est ici pour fournir des informations à quelqu'un.

—Et vous êtes maintenant habillé, rasé, et vêtu de l'un de vos plus beaux manteaux, pour faire quoi ? Interroger l'espionne ?

Busick se remit à tripoter les boutons de son gilet, achevant de les passer dans les boutonnières.

—Je ne le sais pas vraiment moi-même, mais il faudra que vous trouviez une nouvelle nourrice si je n'obtiens pas les réponses que je veux.

Gantry tapota le verre vide et eut un petit sourire narquois.

—Eh bien, si vous vous préparez pour un interrogatoire, il va vous falloir des boutons de manchettes.

Il ouvrit le tiroir d'un coup sec, plongea la main dans les cravates… et trouva cette chose en métal, cette épouvantable chose.

Busick n'avait pas été assez rapide pour arrêter Gantry. Il aurait dû se rappeler que le vicomte était comme lui, qu'il n'abandonnait rien tant qu'il n'avait pas obtenu de réponse.

Le silence qui s'installa était assourdissant.

Puis Busick entendit battre son propre cœur, fort, fort, plus fort que le tonnerre au-dehors. Il compta les secondes, attendant que son ami pose ses questions.

Pourquoi ne lui avait-il pas dit qu'il lui fallait une prothèse ?

Cela faisait-il mal ? Avait-il besoin qu'on le dorlote ?

Cependant, Gantry, touchant les lanières de cuir attachées au morceau de bois sans vie sculpté de sorte à remplacer un membre, ne leva même pas la tête.

La prothèse démangeait et pinçait Busick quand il l'attachait au moignon qui lui restait à la place de sa jambe.

—Je crois que mon valet a rangé les boutons de manchettes dans le deuxième tiroir.

Gantry referma le premier tiroir.

—Vous avez raison. Il n'y en a pas dans celui-là. Vous pouvez très bien vous passer de... de boutons de manchettes. Je vais continuer à regarder.

Busick ne cilla pas. Il refusait de montrer le moindre signe de faiblesse ou d'hésitation. Il n'était pas défini par une jambe. Il était compétent et aux commandes, mais c'étaient les autres qui décidaient, avec leurs regards maussades et leur pitié mièvre, qu'il ne pouvait plus se rendre utile.

—Oui, faites donc ! Regardez dans le deuxième tiroir. Je suis très bien comme cela, mais je serais encore mieux avec des boutons de manchettes.

Gantry fronça les sourcils, mais il s'abstint de lui demander ce qu'il devait avoir envie de savoir.

Busick décida donc de lui apporter des réponses.

—Badajoz. Il a fallu un an pour que les nerfs arrêtent de me lancer comme s'ils étaient en feu, et bien des mois supplémentaires pour que je retrouve l'équilibre et que je puisse à nouveau marcher. Près de deux ans pour me rétablir en grande partie. Et il *va* pleuvoir.

Il se donna une tape sur la cuisse.

—Ce qui reste de cette jambe me le dit. Autre chose que vous ne m'avez pas demandé mais que vous voudriez savoir ?

Soudain, quelqu'un frappa à la porte.

—Puis-je entrer, monsieur le Duc ? C'est Mme Saint-Maur.

—Un instant, Madame.

Le vicomte trouva une paire de boutons de manchettes en nacre.

—Est-ce que c'est l'espionne ?

—Non, ce n'est pas elle. Enfin, il se pourrait que Mme Saint-Maur soit complice. Leurs lettres de recommandation sont sur ce fauteuil.

Busick montra le fauteuil roulant, dans lequel il avait passé un an, et dont il s'était servi lors de rechutes.

—Prenez ces lettres et menez votre enquête. Voyez si je dois les renvoyer toutes les deux.

Les coups à la porte se firent plus pressants. Mme Saint-Maur tambourinait maintenant.

—J'ai des draps propres… Ils sont lourds.

—Impossible, Gantry. Elle a retiré les draps du lit il y a à peine une heure. Elles sont de mèche.

Il commença à nouer sa cravate.

—Entrez !

La porte s'ouvrit, et Mme Saint-Maur entra avec un paquet de linge.

—Il ne me faudra pas longtemps pour faire votre lit, Monsieur… et ne faites pas attention aux piles de linge dans le couloir. J'ai beaucoup de chambres à préparer. Tous vos hommes auront leur chambre. Pas besoin de tentes.

—Où avez-vous trouvé…

—Mme LaCroy a envoyé des soldats récupérer des malles dans les souterrains, monsieur le Duc.

Pinçant les lèvres comme s'il croyait enfin ce que Busick lui avait dit, le vicomte passa les boutons de manchettes dans chacun des poignets de sa chemise blanche.

—Comment a-t-elle pu savoir qu'il y avait du linge dans ces malles ? Ou même qu'il y avait des malles dans les souterrains ? Vous devez avoir raison, monsieur le Duc, ce doit être une…

—Une femme extraordinaire, Gantry. Une femme extraordinaire. Mme LaCroy semble être un peu trop intelligente.

—Oui, elle est intelligente, Monsieur, dit Mme Saint-Maur tout en lissant les plis des draps. Elle est très intelligente et très gentille.

—Voyez-vous cela, Gantry ! J'ai engagé une nourrice intelligente et gentille.

—Ce sont de bonnes qualités.

Le vicomte attrapa le bras de Busick au moment où celui-ci essayait de passer devant lui.

—Savez-vous bien ce que vous faites ?

—Oui. Il est treize heures dix. J'ai cinq minutes pour arriver au troisième étage et aller voir ma nourrice. Pour lui souhaiter bonne chance.

Gantry fronça les sourcils, rajusta le col de Busick et le lissa.

—Pour quoi ?

—Pour que LaCroy passe l'inspection. Je crois que ce serait difficile de trouver une autre nourrice si rapidement. Ce serait dommage de devoir la congédier alors que c'est son premier jour.

Dans le miroir, Busick vit que sa remarque avait eu l'effet désiré.

Mme Saint-Maur joignit les mains en prière, mais Jupiter ne les sauverait pas. Il fallait qu'elles sachent toutes les deux qu'il voyait clair dans leur petit jeu. Il ne laisserait personne le ridiculiser.

Son ami vint à nouveau se placer devant lui.

—Croyez-vous que ce soit une bonne idée de monter cet escalier ? Je pourrais la faire descendre au salon.

Busick donna un petit coup de poing dans le bras de Gantry.

—Non, mère poule ! Et vous feriez mieux de retourner vous coucher et de dormir quelques heures de plus. Avec un peu de chance, quand elle aura terminé ici, Mme Saint-Maur ira faire un de ces pains délicieux dont elle parlait tout à l'heure. Tout le monde a besoin d'un bon dîner avant la fin de la journée.

—Oui, Monsieur…

La jeune femme fronça les sourcils et donna une grande claque au drap comme s'il s'agissait d'une personne ; il espérait qu'elle ne pensait pas à lui.

—… mais c'est Mme LaCroy qui sait faire le pain.

Il se dirigea vers la porte.

—Je vais à mon rendez-vous.

Gantry le suivit et lui posa une main sur l'épaule.

—Je suis désolé, monsieur le Duc. Sincèrement désolé.

La mâchoire de Busick se contracta, et il resserra son étreinte sur sa béquille.

—Ce n'est qu'un autre défi. Vous savez que j'aime les défis.

Son ami hocha la tête.

—Vous êtes doué pour fanfaronner.

Les paroles de Gantry le piquèrent au vif, de même que son regard. Ce n'était pas un regard qui trahissait la déférence d'un soldat pour son commandant, d'un soldat pour un autre soldat ou d'un homme pour son égal ; c'était le regard inquiet d'un médecin qui annonçait à son patient qu'il devait l'amputer d'une jambe.

Il aurait préféré un regard mécontent à un regard empreint de pitié.

—Tout va bien, Gantry. Allez dormir. Vous l'avez bien mérité.

Tout comme LaCroy méritait d'être renvoyée parce qu'elle était une espionne. Ses yeux tristes et sa belle silhouette ne la sauveraient pas.

# 10

# La chambre d'enfant

Les escaliers étaient d'horribles instruments du Diable.

C'était la nouvelle opinion de Busick à leur sujet. Gravir les marches raides qui menaient au troisième étage fut une véritable épreuve. Il accéléra le pas mais, à mi-chemin, il se fatigua et dut ralentir le rythme. Il prit une profonde inspiration, posa sa béquille, fit un effort, expira. Il répéta cet enchaînement jusqu'à ce qu'il ait atteint le troisième étage.

Il esquissa un mouvement pour sortir sa montre de sa poche et voir combien de temps il avait mis, mais il se ravisa. Puisque c'était lui qui fixait les horaires, il ne les respecterait pas, pour une fois.

Arrivé à la chambre d'enfant, il poussa la porte le plus doucement possible.

Son dépit se dissipa un peu et il perçut le parfum doux de la lavande.

Un parfum de fraîcheur. Il entra.

Des draps étaient posés en tas sur le sol, roulés en boule. Les portes de l'armoire étaient ouvertes. Les tiroirs étaient ouverts et ils avaient été vidés. C'était le chaos, comme si elle avait cherché quelque chose.

Il remarqua alors le berceau.

Il avait été ciré et parfumé à la fleur d'oranger. Son petit soldat dormait profondément dans des draps propres. Son ronflement doux évoquait à Busick la mélodie de la boîte à musique de sa mère.

La nourrice espionne lui tournait le dos, et elle regardait par la fenêtre. Elle levait le menton, et ce qu'elle voyait à travers ces grands yeux semblait la captiver.

Tandis qu'il s'avançait un peu plus dans la pièce, il ne put s'empêcher d'admirer son profil. De longues mèches de cheveux auburn, bouclés et épais, s'étaient échappées de sa charlotte et tombaient sur sa nuque délicate. Son maintien était très droit, comme si on le lui avait enseigné. Le tissu à carreaux bleus de sa tenue enveloppait des rondeurs douces délicieusement féminines.

Comment avait-il pu prendre LaCroy pour un homme ? Ses sens devaient s'émousser.

Il s'approcha encore et remarqua ses très longs cils. Ils auraient pu s'enrouler autour du petit doigt de Lionel, peut-être autour de son petit doigt à *lui*.

Combien de temps resta-t-il là à l'observer ? Lui-même n'aurait pas su le dire. Cependant, son attrait n'avait rien à voir avec sa fonction à son service.

—La pièce ne passe pas l'inspection, Mme LaCroy.

Elle ne le regarda pas. Son visage resta tourné vers la fenêtre.

—Je dois commencer par la base, monsieur le Duc. Tout doit être nettoyé et dépoussiéré. Rien dans cette pièce n'était à la hauteur de mes exigences, alors je sais bien que rien n'était à la hauteur des vôtres.

*Oh !* C'était une bonne espionne. Comment pouvait-elle savoir ce qu'il aimait ? Il enjamba l'un des tas de linge.

—J'ai horreur du désordre. Cette chambre empeste le désordre.

—Elle empestait *encorrre* bien plus. Elle n'*empesterrra* plus quand j'en *aurrrai terrrminé*.

Ses R légèrement roulés étaient apaisants comme le clapotis d'un ruisseau sur les rives. Cette femme avait manifestement passé du temps à l'étranger, mais où ? En Espagne ? Dans une colonie britannique ?

—J'espère que vous y veillerez promptement.

—Oui, Monsieur.

Il s'éclaircit la gorge, mais elle ne se retourna toujours pas. Son attention restait centrée sur ce qui se trouvait derrière la vitre.

—Je suis venu vous parler… d'emploi du temps.

—Oui, monsieur le Duc.

Sa voix était lasse, et son visage demeurait détourné.

La vanité de Busick s'affola soudain. Peut-être ne pouvait-elle pas le regarder. Peut-être ne pouvait-elle, comme Gantry, éprouver de respect pour lui à cause de ses blessures.

La colère s'éveilla en lui. Un membre manquant ne diminuait en rien ses capacités. Cela ne changeait rien à sa stature. Il s'approcha d'elle.

—Je suis votre employeur. J'exige toute votre attention. Elle m'est due.

Quand elle se retourna enfin, il vit qu'elle avait des larmes dans les yeux. Des pierres précieuses polies coulaient, et il sentit son cœur se serrer.

Il avait l'impression d'avoir interrompu quelque chose, mais quoi ? Pleurait-elle son enfant perdu ? Autre chose ?

—Qu'est-ce qui retenait à ce point votre attention ? J'ai pu traverser toute la chambre sans que vous ne bougiez.

Ses lèvres tremblotèrent et se soulevèrent, comme si elle venait de se rappeler comment sourire.

—Des souvenirs, monsieur le Duc. Certains sont un peu trop prenants. Je suis désolée de ne pas être assez attentive.

Sa voix était charmante. Busick se rappela que la comtesse avait dit qu'elle avait perdu son propre bébé et son mari. Ce devait être vrai, car une telle tristesse, ces yeux baignés de larmes, ne pouvait être feinte. Son deuil devait être récent.

Le ventre de Busick se noua et il repensa à la femme de son lieutenant tombé au champ d'honneur. Personne n'avait pu l'empêcher d'accourir auprès de son mari terrassé par un coup de canon ; et personne, pas même lui, n'avait pu la retenir quand elle avait ramassé l'épée de son mari et chargé l'ennemi.

Il cligna des yeux, sentit le parfum de fleur d'orange et chassa de son esprit les souvenirs de la guerre.

—Je vous adresse mes sincères condoléances, madame LaCroy, mais nous devons parler de notre situation.

Elle le regardait fixement, de ses grands yeux exquis, topazes ornées d'éclats dorés. Il avait la sensation d'être la cible d'un assassin. Il y avait une petite partie de lui que cela ne dérangeait pas d'être dans la ligne de tir, sous son feu à *elle*.

—Oui, monsieur le Duc. Nous ne sommes pas prêts pour votre inspection.

Elle s'approcha du berceau. Sa démarche était gracieuse, elle se tenait droite, menton levé, épaules rejetées en arrière. Elle était très grande pour une femme.

—Et monsieur Lionel n'avait pas l'air de vouloir respecter votre emploi du temps. Il s'est endormi tout de suite après son bain.

Il regarda à nouveau le bébé emmailloté dans des linges propres. Son toupet de cheveux d'un noir de jais avait été brossé et attaché avec un nœud vert. Cela lui fit penser à la coiffure de Gantry.

—Le petit a l'air d'être à l'aise, mais ce ruban était-il nécessaire ?

—Il est trop jeune pour porter un haut-de-forme, et il se p… prend les cheveux dans les ongles et se griffe. Ce nœud suffira pour le moment. Il est bien trop jeune pour sa première c… coupe de cheveux.

Sa voix était plus forte, mais elle avait un peu bégayé et quelques-uns de ses mots s'étaient emmêlés.

Il commençait à hésiter à la renvoyer. Il ne voulait pas être une nouvelle cause de déception pour elle, celui qui ferait verser des larmes à ces beaux yeux.

—À quel âge proposez-vous de lui couper les cheveux ?

—À six ans. Il aura une chevelure magnifique pour sa première coupe.

—Nooon ! Nous n'attendrons pas aussi longtemps.

Elle pivota sur ses talons. Elle avait les sourcils froncés.

—Que savez-vous de l'éducation des petits garçons ?

Comment la conversation s'était-elle portée sur lui ? Il vacilla un peu et se toucha la tempe.

—Vous n'êtes pas d'ici, n'est-ce pas, LaCroy ? En Angleterre, un petit garçon n'attend pas de porter des culottes pour avoir sa première coupe de cheveux. D'où êtes-vous ?

—D'une petite colonie de peu d'importance.

—Vous n'avez jamais été nourrice auparavant, n'est-ce pas, LaCroy ?

—Je n'en ai jamais eu besoin. *Monsieur.*

La façon dont elle avait ajouté *Monsieur* semblait indiquer qu'elle s'était reprise, se rappelant qui était l'employeur et qui était l'employée ; du moins, *pour le moment.*

—J'ai dans l'idée que mon Lionel aura ses premiers vêtements d'homme et une coupe de cheveux assez tôt. Peut-être d'ici quelques années. Avec ma formation, il va exceller.

Il posa la paume sur la tête du petit garçon. Elle était chaude, non pas à cause d'une fièvre mais grâce au repos. L'enfant était paisible.

—Il y a tant de choses à espérer avec ce petit !

Quand il la regarda, elle avait à nouveau les yeux pleins de larmes. Elle les refoula d'un battement de paupières.

— Alors, êtes-vous satisfait de votre inspection, monsieur le Duc ?

— Vous semblez être en train de mettre de l'ordre dans la chambre d'enfant.

Il passa un doigt sur le bord des barreaux sculptés du berceau.

— Pas de poussière…

— Je prends cela pour un oui, pour le moment. Il y a encore du ménage à faire.

Il valait mieux annoncer les mauvaises nouvelles à froid, de manière franche, sans émotion. Or, elle lui inspirait de l'émotion, l'idée de congédier une femme en larmes lui en inspirait, une femme qui avait ciré les barreaux du berceau et mis un petit nœud dans les cheveux de son pupille. Cela lui paraissait mal.

Il se ressaisit.

— Combien de temps pensiez-vous jouer cette comédie, valet ?

Mme LaCroy se passa une main sur le visage.

— Aussi longtemps que nécessaire.

La réponse le stupéfia.

— Je ne m'attendais pas à ce que vous avouiez aussi facilement. Faites-moi plaisir en me demandant au moins comment j'ai tout découvert !

Elle referma ses mains autour de ses coudes osseux, comme si elle avait besoin de les occuper à quelque chose.

— Si vous y tenez, faites-moi part de votre grande intelligence. Vous n'oubliez jamais un visage, surtout pas un visage que vous avez vu d'aussi près.

— Non, le fait que vous me soyez tombée dessus n'était pas… Eh bien, vos genoux et vos coudes osseux n'étaient pas plaisants. Mais vous avez raison, je n'oublie jamais un visage, même couvert de fard blanc. Surtout avec cette charmante fossette au menton. Toutefois, c'est le fait que vous sachiez où envoyer mes hommes chercher des malles qui a causé votre perte. Vous avez déjà passé du temps ici. Vous avez travaillé ici.

Il s'assit dans le fauteuil à bascule à côté du berceau et laissa glisser sa béquille sur le sol, à côté d'une coque de noix de coco.

*Une coque de noix de coco ?*

Il poussa, donna un petit coup dans l'épaisse coque brune contenant la chair blanche, secoua la tête, puis releva les yeux vers LaCroy.

— Une personne qui vient d'être engagée ne sait pas ce genre de choses. Qu'allez-vous faire avec des noix de coco ?

— Beaucoup de choses. C'est un fruit très utile.

— Je ne vois pas en quoi, Madame.

Elle le regarda d'un air furibond, serrant et desserrant les poings le long de son corps.

— Nous avons besoin de linge, de linge propre. Mme Saint-Maur a des bassines pleines de draps et de chemises à laver. Et ce bébé semble avoir dormi dans des draps sales pendant bien trop longtemps. Je me sers d'huile de coco pour soulager ses fesses. Vous avez sans doute remarqué qu'elles étaient irritées ?

— Je l'ai seulement nettoyé et langé. Ce n'était pas bien ?

— Vous vous êtes bien débrouillé, répondit-elle, esquissant un sourire. Vos chemises étaient peut-être ce qu'il avait porté de plus propre depuis des semaines.

Elle renifla, et une grosse larme coula jusqu'au bout de son nez arqué.

Il y avait des femmes qui n'étaient pas belles lorsqu'elles pleuraient, mais LaCroy l'était. Et son teint était hâlé et sain sans le fard qu'elle avait la veille. Sa peau était lisse, un peu plus foncée que celle de Lionel. Était-elle une mulâtresse ou une négresse ?

Peu importait, elle ressemblait à une rose de choix humectée de rosée matinale. Il sortit un mouchoir de sa poche et le lui tendit.

— Je vous en prie, arrêtez de pleurer. C'est tellement plus simple de renvoyer un soldat ! Avec vous, j'ai presque l'impression d'une rupture amoureuse.

Elle fronça les sourcils et fit un pas en arrière.

— Quoi ?

Il se passa une main dans les cheveux, comme pour enrayer ses pensées vagabondes.

— Vous admettez avoir travaillé ici. Vous avez délibérément essayé de me duper…

— Je vous ai *dit* que je me présenterais à nouveau au matin. C'est ce que j'ai fait.

C'était bel et bien ce qu'elle lui avait dit la veille au soir.

Busick leva une main, s'apprêtant à protester, mais il la referma finalement autour de l'accoudoir du fauteuil et se balança.

— Pourquoi vous déguiser en homme ?

Elle ouvrit la bouche, la referma sans rien dire, l'ouvrit de nouveau.

— Vous avez raison. J'ai déjà passé du temps ici. Je travaillais dur, mais je ne pouvais pas supporter Mark… M. Markham. Il a mis tout ce qui était nécessaire au bon fonctionnement de la maison dans les souterrains. Je savais exactement où il avait remisé le linge et les affaires du bébé. Malheureusement, les intempéries et l'humidité ont abîmé certaines choses. Il y a d'autres malles en bas, mais je ne crois pas qu'elles contiennent du linge. Il faudra que j'aille en ville pour en acheter davantage pour le bébé, à moins que vous ne soyez venu à Hamlin avec une réserve inépuisable de chemises.

Sa diatribe contre Markham le persuada qu'elle n'était pas à sa solde, en fin de compte. Elle était dévouée au bébé. Farouchement. N'est-ce pas ce qu'il attendait d'une nourrice ?

Il se sentait stupide. Il regarda son pupille qui dormait paisiblement.

— Cela répond à quelques-unes de mes questions, mais pourquoi vous être déguisée en homme ?

Elle eut un sourire qui fit pétiller ses yeux.

— Qu'y a-t-il de plus facile à repérer, une femme ou un homme entrant dans les souterrains et en ressortant ?

— Vous avez choisi de vous déguiser pour trouver de la literie et des affaires de bébé parce que vous haïssez Markham ? Je ne crois pas, LaCroy. Je crois…

Le bébé se mit à pleurer.

Busick voulait le prendre dans ses bras pour le consoler, comme il l'avait fait dans la nuit, mais le fauteuil bougea quand il essaya de s'en extirper.

Mme LaCroy lui barra le chemin. Sans rien lui demander, elle prit Lionel dans ses bras, le tint contre sa poitrine et le berça jusqu'à ce qu'il arrête de pleurer.

— Nous parlons trop fort.

— Renvoyer des employés est une sale affaire. Tout va s'arranger, petit soldat. La dame cachottière va partir. Je vais te trouver une nouvelle nourrice, quelqu'un qui saura être honnête.

Elle se tourna à demi et il fut pris de panique. Il était coincé dans le fauteuil, et elle s'apprêtait à allaiter le bébé. Il avait beau être un fervent admirateur du corps féminin, certaines choses devaient rester privées.

— *Il était un petit navire, il était un petit navire*[1]…

Elle chanta ces paroles d'une belle voix douce.

Lionel s'étira et accrocha son petit doigt à la lèvre pulpeuse de LaCroy.

Elle s'arrêta brusquement de chanter et regarda Busick comme s'il l'avait surprise en train de faire quelque chose de mal.

— Je vais chanter en anglais. L'anglais est mieux pour toi.

1. En français dans le texte.

Elle se remit à chanter.

— *There was once a little boat, there was once a little boat...*

— Mais c'était ravissant en français, LaCroy ! *Ohé ! Ohé ! matelot*[1]...

Le visage de la jeune femme s'éclaira, et il chanta la chanson d'une voix un peu plus forte. Des petits éclats d'or brillaient comme des étoiles filantes dans ses iris sombres.

Il aimait la surprendre.

Il repassa ensuite à l'anglais.

— *Ahoy ! Ahoy ! sailor... Sailor sailing on the high sea...*

Il s'interrompit et fit la moue.

— Est-ce vraiment une bonne idée de chanter à Lionel une berceuse sur un naufrage ? Dans laquelle les hommes, les marins, parlent de manger l'un d'entre eux ? Je ne suis pas sûr que ce soit approprié.

— Mon amie, Mme Saint-Maur, la fredonne souvent. Je suppose que si l'on y regarde de plus près, on peut se demander comment une chanson aussi triste est devenue une berceuse pour enfants.

— C'est vrai, mais peut-être a-t-elle été écrite pour les garçons. Nous avons besoin d'aventures.

Il renonça à se lever et se détendit tandis qu'elle recommençait à chanter.

Puis Lionel se rendormit et tout redevint parfait, à ceci près qu'il y avait une jeune femme, une gentille jeune femme, une femme qui s'était montrée douce pour son pupille même quand il n'était pas là pour le voir, et qu'il devait maintenant renvoyer.

— Alors, que faut-il que je fasse, LaCroy ?

Il la regarda de la tête aux pieds. Elle était soignée, dans sa robe boutonnée à carreaux bleus et son tablier blanc impeccable.

1. En français dans le texte.

— Je crois bien que je vous préfère en femme.

— Si je n'avais pas été si maladroite ou si je n'avais pas pris la peine de vous aider à monter l'escalier, vous ne m'auriez pas reconnue, et je ne risquerais pas d'être congédiée.

— J'aurais découvert le pot aux roses. Je suis très observateur. Et comme je vous ai vue de près, de *très* près… Vous ai-je déjà dit que je vous préférais en femme ?

— Oui. Eh bien, merci, je crois.

Elle sourit, mais il n'aurait pas su dire si c'était pour Lionel ou pour lui.

Cela n'avait pas d'importance. Il tendit la main pour attraper sa béquille. Il devait se tenir debout pour ce qu'il s'apprêtait à faire.

— C'est regrettable, mais nous revoilà où nous en étions hier soir. Je dois vous renvoyer.

— Comment cela, pas de serment de loyauté possible ?

— Votre mère vous a appris à ne pas jurer, vous vous souvenez ?

— Si j'avais retenu plus de choses de ce qu'elle m'a enseigné, j'aurais peut-être plus de chance. Je sais être loyale. Et regardez votre pupille, il est propre et heureux.

— Cela constituerait un précédent fâcheux. Si je fais une exception pour vous, quel écart de conduite permettrai-je ensuite ? Il est évident que vous avez travaillé ici par le passé, et j'ai renvoyé tous les autres dans ce cas.

— Eh bien, alors, engagez-moi à nouveau.

Elle reposa le bébé dans le berceau et ramassa la béquille qu'il avait essayé d'attraper en vain à cause du fauteuil qui se balançait.

Il lui saisit la main.

— Pourquoi faisiez-vous des allées et venues furtivement ? Pourquoi risquer votre emploi ici ?

Elle détourna les yeux, ces yeux lumineux.

— Parfois, je n'arrive pas à dormir. Cette propriété est bien située, à proximité de l'endroit où la comtesse m'a installée quand elle m'a recueillie.

— Et à quoi sert de vous habiller en valet ? À empêcher les hommes de vous importuner ?

Elle retira sa main de la sienne.

— Je n'aime pas être importunée, et je ne suis pas du genre à supplier, à supplier un homme dont la décision est prise. Gardez-moi à votre service au moins jusqu'à ce que vous trouviez une autre nourrice.

— Faites quelque chose pour m'assurer que vous êtes digne de confiance. Convainquez-moi. Ne voyez-vous pas que je cherche une raison pour aller à l'encontre de mes règles ?

— Je hais les règles. Je les ai en horreur. Elles m'oppressent.

— Vous ne plaidez pas votre cause, madame LaCroy.

Son cou, long et ravissant, s'inclina sur le côté. L'observait-elle ? Ses boutons étaient-ils mal alignés ?

Elle s'agenouilla devant lui.

Il sentit son cœur s'emballer. Elle était toute proche, et ses pensées restaient bloquées sur le fait qu'elle se refusait à supplier qui que ce soit.

— S'il vous plaît…

Tout sembla s'arrêter lorsqu'elle lui posa une main sur le genou. Il ne sentit pas la chaleur de ses doigts. Elle avait choisi la jambe à laquelle il manquait un genou, un tibia, un pied.

Elle ajusta la forme rembourrée, censée ressembler à un pied abondamment bandé, que son valet lui avait faite. Il l'avait déformée en tentant maladroitement de s'extraire du fauteuil. L'illusion avait fonctionné jusque-là, mais c'était terminé.

Il attendit les sempiternelles questions.

Cependant, elle ne lui en posa aucune.

Elle n'eut pas le souffle coupé, il n'y eut pas de silence gêné.

— Le nœud semble avoir glissé ; je l'ai presque, monsieur le Duc.

Il retint son souffle quand ses doigts agiles avancèrent à tâtons sur sa cuisse. Il sentit bien cela, tout comme il sentait les élancements du membre manquant, les douleurs et les démangeaisons là où la chair avait été suturée. Les médecins lui avaient dit que les tiraillements fulgurants étaient normaux et qu'ils s'atténueraient, et ils s'étaient atténués, mais ils continuaient de le tourmenter les jours comme celui-là, quand la pluie menaçait.

Son annulaire, qui portait un anneau en argent tout simple, se posa sur le nœud de ses sangles, et elle tira dessus pour les remonter et ajuster le ruban sous son pantalon.

— Je suis digne de confiance, monsieur le Duc, je me ferai un devoir de vous servir de mon mieux, et je veillerai à ce que la maison ne manque pas de linge, même si je dois pour cela mettre mon emploi en péril.

Il l'avait percée à jour, mais elle avait elle aussi découvert son secret, et elle était assez intelligente pour savoir qu'envoyer ses hommes dans les souterrains lui attirerait des ennuis.

Elle se releva, avec la grâce et la lenteur d'une reine, comme si elle ne s'était penchée que pour le démasquer. Était-elle incapable des conspirations qu'il imaginait ?

— Il est temps de nourrir votre pupille, monsieur le Duc. Je dois vous demander de sortir. Je resterai ici jusqu'à ce que vous me trouviez une remplaçante adéquate. J'irai même en ville pour vous aider à faire des provisions pour M. Lionel. Il a besoin de certaines choses.

— Faites une liste. Je m'en occuperai.

Il s'aida de sa béquille pour se lever et se dirigea vers la porte.

Elle se glissa devant lui et la lui tint ouverte.

— Sommes-nous ‘d’accord ?

Pourquoi avait-il la sensation qu’elle avait renversé les rôles ? Et pourquoi se perdait-il dans ses grands yeux, qui ne trahissaient ni dédain, ni horreur, ni dégoût ? Il franchit le seuil.

— Oui. Vous resterez un jour ou deux, mais je vous trouverai une remplaçante appropriée. Continuez à vous démener pour que la chambre d’enfant passe l’inspection. Demain, à treize heures, quand vous coucherez le bébé pour sa sieste, venez me voir dans le bureau. Nous reverrons l’emploi du temps de Lionel.

Elle hocha la tête et lui referma la porte au nez.

Il en resta tout interdit. Ses questions demeuraient sans réponse.

Pourquoi pénétrer dans Hamlin et en ressortir à la dérobée ? Quels autres secrets avait-elle découverts ? Et comment paierait-il le fait qu’il lui avait permis de rester encore deux jours ?

Gantry trouverait une autre nourrice pour la remplacer, même s’il fallait pour cela permettre à LaCroy de rester une semaine ou deux. Si on lui accordait plus de temps, la veuve ferait peut-être des aveux complets. La garder auprès de lui ne devrait pas trop lui coûter.

# 11

## Sixième jour au service du duc

Je fredonnais tout en regardant Lionel dormir dans son berceau. Il venait de prendre sa première tétée du matin, une longue tétée, plus longue encore que celle du premier jour, dans mon ancienne… dans la chambre à coucher du duc.

Les yeux embués de larmes, je pliai le reste du linge propre en écoutant le petit souffle de mon bébé.

Après avoir tout plié et rangé dans l'armoire, je m'étirai et balayai du regard la pièce qui, par le passé, avait été notre prison. Je n'avais jamais compris pourquoi Markham nous avait enfermés ici, Lionel et moi. Peut-être croyait-il que l'isolement et le chagrin m'abattraient.

Rien ne m'abattrait quand il s'agissait de protéger Lionel. Je défierais quiconque essaierait d'y parvenir.

Secouant la tête pour m'arracher à ces pensées, je concentrai mon attention sur les beaux murs bleus et sur les gros coquillages que j'avais à nouveau disposés sur l'armoire. La conque aux tons de rose et or était l'un des trésors que j'avais rapportés de chez moi. La pièce était maintenant telle que je l'avais imaginée pour Lionel, propre, avec son berceau façonné de sorte à ressembler à la couchette d'un navire. Il était le capitaine, le maître de son destin.

Je n'étais, hélas, pas la maîtresse du mien. Il faudrait que Lionel s'en sorte mieux que moi.

Quelque part dans la maison, l'une des horloges de parquet carillonna. Il était l'heure pour moi d'aller voir le duc, et de le regarder fixement tandis qu'il me poserait des questions sur le linge et les soins apportés au bébé.

Le regarder fixement n'était pas une tâche ardue. C'était au contraire assez facile, en particulier quand il portait son uniforme – un uniforme cramoisi accompagné de larges ceintures blanches enroulées autour de lui comme autour d'un paquet-cadeau. Je n'avais pas le souvenir d'avoir un jour aimé les soldats, mais ceux qui étaient de passage au Démérara n'étaient pas aussi aimables ou aussi prévenants que le duc. Il s'assurait que Jemina et moi mangions, veillait à ce que ses hommes soient courtois envers nous et nous appellent *Madame*. Ils ne proféraient aucune des insultes que j'avais entendues de la part de Markham et des anciens domestiques de Hamlin.

Je me penchai tout près de mon bébé et regardai sa poitrine se soulever.

—Être domestique dans notre ancienne maison est plus facile que je ne m'y attendais. Ce doit être parce que c'est si facile de t'aimer ! Tu crois que ta maman va réussir à rester une semaine ici ?

Lionel ouvrit la main et attrapa son pouce minuscule entre ses lèvres tendues.

Ce devait être un signe de confiance.

Je lui caressai le front.

—C'est très bien, mon garçon.

Certes, tous les bébés suçaient leur pouce, mais Lionel le faisait avec tant d'élégance ! Je prenais cela comme un symbole de chance.

Je quittai la chambre sur la pointe des pieds et refermai la porte derrière moi.

Je m'efforçais de ne pas m'appesantir sur le fait que je risquais d'être renvoyée le jour même, mais je n'y parvenais pas.

Un sentiment de culpabilité m'envahit. Je levai le menton et me concentrai sur ce qui était positif. J'étais heureuse d'être aux côtés de Lionel. Mon garçon était nourri, propre, et il suçait son pouce avec bonheur.

Sous mes pantoufles, le beau tapis bordeaux était resplendissant. Il faudrait simplement le battre pour le débarrasser de la poussière laissée par les domestiques de Markham. J'écoutai mes talons taper contre l'épais tapis et frappai dans mes mains en rythme, comme sur une conga.

J'atteignis l'escalier et fis glisser mes doigts sur la rampe fraîchement cirée. Elle était lisse et se prêtait aux glissades.

Je marquai un temps d'arrêt.

Il n'y avait personne en vue.

Le duc avait envoyé tous ses hommes dehors pour leur entraînement.

Je ne m'étais pas sentie aussi libre depuis bien longtemps. J'essayai d'évaluer où j'atterrirais si je remontais ma jupe, grimpai sur la rampe lisse et brillante, et me laissai glisser jusqu'en bas dans un bruissement de tissu, comme je le faisais chez Papa. Il n'y avait rien de tel que de filer ainsi, avec l'air de la mer qui me rafraîchissait le visage.

Au cours des quatre années que j'avais passées à Hamlin, j'avais songé à faire cela, mais la maison n'avait jamais été aussi calme. Si quelqu'un m'avait surprise, comment aurais-je pu paraître digne aux yeux des domestiques ? Je les avais déjà entendus chuchoter – *la femme de Jordan venue du Démérara, tellement bizarre, tellement exotique, tellement maussade, tellement tragique !*

Ce n'était pas moi.

J'étais drôle autrefois, un peu têtue, et j'avais un grand cœur. Je voulais redevenir moi-même. Pour une domestique qui risquait d'être congédiée pour des raisons bien plus importantes, que représentait une seule glissade sur la rampe de l'escalier ?

Je posai une paume sur la rampe et me demandai si mes doigts savaient encore comment s'y tenir pour me permettre de garder l'équilibre. Qu'avais-je donc à perdre ?

Je pliai un genou, levai une jambe.

Soudain, j'entendis un bruit, un grincement au-dessus de moi. Je reposai vivement le pied sur la marche. D'où cela venait-il ? Du grenier ? Je retins mon souffle.

Il n'y eut pas d'autre bruit. Plus aucun mouvement.

Tout était redevenu silencieux.

Toutefois, maintenant, j'étais sur mes gardes, circonspecte.

—Tu devrais le faire, tu sais.

C'était Jemina. Elle se tenait sur le palier du deuxième étage, penchée par-dessus les poteaux ornés de glands sculptés de la balustrade. Elle avait du linge plein les bras. Elle le jeta par terre pour s'appuyer au noyau de l'escalier.

—Il n'y a personne qui risque de cafarder, nous sommes seules.

N'avait-elle donc pas entendu les bruits qui venaient du grenier ?

Le sourire espiègle de Jemina s'élargit tandis qu'elle écartait une mèche de cheveux de ses yeux.

Sa voix s'éleva à nouveau, plus forte qu'avant.

—Je ne dirai rien. J'oublierai même ce qui se sera passé, délibérément.

Il n'y avait personne dans la maison. Personne ne me dénoncerait.

Je soulevai un peu ma jupe et m'apprêtai à nouveau à monter sur la rampe. J'étais tentée par le frisson, par la sensation de l'air sur mon visage quand je glisserais, les martèlements de mon cœur me rappelant que j'étais en vie.

Le grincement se fit encore entendre.

Me rappelant ma place, je lâchai ma jupe, qui retomba autour de mes chevilles.

—L'escalier du troisième étage est bien trop raide. Ce ne serait pas raisonnable, dis-je d'un ton très convenable, dans un anglais impeccable, avant de descendre les marches.

Me tenant aux côtés de Jemina, je me penchai par-dessus la balustrade et baissai les yeux vers le hall désert. Les tentes avaient disparu. Les soldats semblaient leur préférer des vrais lits. En revanche, le canon était encore là.

—Les dieux de marbre doivent être contents que les soldats aient quitté le hall.

—Quoi ? demanda Jemina, donnant un coup de pied dans un tas de draps sales. Quels dieux ?

Je montrai du doigt les statues, au-dessous. Colin disait que c'étaient trois soldats romains armés de lances et de boucliers, mais je connaissais leur véritable identité.

—C'est Agassou et ses compagnons.

Jemina jeta un coup d'œil par-dessus la balustrade, puis elle reporta son attention sur moi. Avec ses taches de rousseur et ses cheveux roux, il se pouvait qu'elle ait des origines irlandaises ou espagnoles, alors elle ne savait peut-être pas de quoi je parlais.

Elle haussa les épaules.

—Le plus grand, celui qui a une lance pointue, a l'air particulièrement cruel. Tu as bien fait de changer d'avis.

S'il avait été sculpté dans le granite noir, et non dans le marbre le plus blanc, il se serait indéniablement agi d'Agassou, présent pour protéger Hamlin.

—Nous sommes très haut.

Ma vue se troubla et je dus m'agripper à la balustrade pour ne pas perdre l'équilibre. Le soir où l'on m'avait emmenée de force, ma peau était devenue glacée, puis brûlante, et j'avais ressenti des fourmillements dans tout le corps. Puis j'avais vu quelque chose se jeter sur Lionel et moi. J'avais pris mon fils dans mes bras et je m'étais enfuie en courant le plus vite possible.

Avais-je essayé de descendre en me faisant glisser sur la rampe ? Avec Lionel ?

Non. Même avec l'esprit embrouillé, je ne l'aurais jamais mis en danger.

Jemina posa une main sur mon épaule.

—Qu'y a-t-il ? Tu as blêmi, comme si tu avais peur.

—Crois-tu aux fantômes ? Crois-tu que ceux que tu as déçus puissent revenir te hanter ?

Elle posa sur mes joues ses paumes chaudes qui sentaient bon la lavande.

—Non. Mes cauchemars ne viennent pas me chercher, alors les tiens ne peuvent pas non plus venir s'en prendre à toi.

Je serrai mon amie dans mes bras.

—Non, il ne nous arrivera rien d'insurmontable.

—Dis à ton âme que tu es en sécurité, Patience. Me répéter cela m'aide bien.

Jemina me sourit.

Peut-être pensait-elle ce qu'elle disait, peut-être même était-ce vrai pour elle, mais je n'étais pas en sécurité. Si le duc apprenait la vérité au sujet de la mort de Colin, il me retirerait Lionel pour toujours.

Les battements de mon cœur s'espacèrent. Je me libérai de l'étreinte de Jemina, me baissai et l'aidai à ramasser le linge qu'elle avait laissé tomber.

Quand nous eûmes plié les draps propres, Jemina les posa par terre avec ses autres ballots de linge.

—Tu aurais dû courir le risque, Patience, mais j'imagine que tu es trop raffinée.

—Oui, et je ne suis plus la fille agile que j'étais quand je suis arrivée en Angleterre.

—Tu es belle, ma chérie, et tu devrais être intrépide et n'avoir peur de rien. Parfois, on pense que tout est perdu, mais l'instant d'après, tout s'arrange.

Je pris le visage de Jemina au creux de mes mains et plongeai mes yeux dans ses yeux marron.

—Quand tu apprendras tout de ton passé, choisis d'être cette personne-*là*, cette fille charmante, qui est belle à l'intérieur et à l'extérieur.

Elle passa son bras dans le mien.

—C'est notre troisième jour de ménage à cet étage… On ne se rend pas compte à quel point cette maison est grande.

Elle ferma la porte d'une chambre à coucher restée ouverte.

—Aile ouest, aile est… Nous nous en sortirons.

—Au moins, tout Hamlin est habité. Pendant des années, j'ai été seule dans cette maison avec les domestiques et bien peu de compagnie… Quelques associés de mon mari sont venus en visite, mais aucun n'est jamais resté très longtemps. C'est agréable de voir Hamlin déborder de vie.

—Hmm…

La tête baissée, Jemina compta sur ses doigts, puis elle indiqua les tas de linge.

—Six. Il devrait y avoir six tas de draps.

—Tu en as laissé un à côté de l'escalier.

—Je l'ai compté. Il devrait y en avoir cinq ici. Un, deux, trois, quatre… Il n'y en a que quatre. Ça fait cinq en tout, pas six.

Depuis que je connaissais Jemina, je l'avais souvent vue se troubler, j'avais vu ses joues s'empourprer quand elle croyait avoir encore oublié quelque chose.

De l'inattention. C'était ce que disait lady Shrewsbury.

Je pris mon amie par la main et l'entraînai avec moi jusqu'à l'escalier.

—Les marches qui conduisent au premier étage ne sont pas aussi raides. Ce serait sur cette rampe-ci que nous devrions nous laisser glisser si nous étions intrépides et audacieuses.

Jemina porta ses mains à son front, inspira puis expira profondément.

—Oui, il semble que tu aies raison.

Elle hocha la tête.

—Oui… Je dois me tromper.

Elle tapota quelques-uns des solides barreaux en acajou qui soutenaient la rampe.

—Cinq ballots, pas six. Personne ne vole des draps sales.

C'était vrai, mais mon angélique amie mettait un point d'honneur à tout remarquer, comme si elle avait décidé de ne plus jamais rien oublier. Ainsi, je la croyais quand elle disait qu'il manquait des draps, que l'un des hommes du duc avait dû prendre par espièglerie ou pour des exercices de tir à la cible.

Je ramassai un tas de linge.

—Emmenons ceci à la laverie.

Jemina jeta un coup d'œil autour d'elle, puis elle se pencha pour chuchoter à mon oreille.

—Nous aurons fini de faire le ménage dans toutes les chambres aujourd'hui. Pour le moment, je n'ai rien trouvé de suspect. Et toi ?

—Rien. Il n'y avait rien dans la chambre d'enfant. Pas la moindre chose au troisième étage qui prouve la culpabilité de Markham. Nous devons inspecter le salon et les petits salons du premier étage, mais je crois qu'il est bien trop malin pour avoir laissé quoi que ce soit qui révèle sa culpabilité. Et si Markham m'avait fait interner uniquement parce qu'il me détestait ou parce qu'il me trouvait irresponsable avec Lionel ? L'un et l'autre ne pourraient-ils pas être vrais ?

—Allons, ne commence pas à te sentir responsable. Markham avait une autre motivation que sa méfiance à ton égard. Nous découvrirons de quoi il s'agit. Nous en trouverons des preuves, et nous prouverons que c'est Markham qui représente un danger pour le bébé, et non toi.

Quand j'aurais trouvé un bateau qui nous emmènerait Lionel et moi au Démérara, Jemina voudrait-elle venir avec nous ? Je ne pouvais pas supporter l'idée de la laisser sans protection. Je pris sa main dans la mienne.

—Je sais que tout va s'arranger, et je veillerai toujours sur toi comme tu veilles sur moi.

—Les liens affectifs entre les femmes ont toujours des airs de complot.

La remarque récriminatrice avait été prononcée d'une voix grave de baryton.

Baissant les yeux, je vis le duc, qui se tenait dans une niche, à côté des dieux de marbre. Son uniforme cramoisi se détachait sur le marbre blanc, comme les pétales striés d'un lis.

Maintenant, l'association du duc et de belles fleurs resterait gravée dans mes pensées. Je me frottai les tempes.

—Venez-vous des souterrains ?

Il ferma la porte dérobée dans la niche. Elle avait été conçue de sorte à se fondre dans le mur, peinte de la même couleur et ornée des mêmes moulures.

—Oui. Je voulais voir ce que ma nourrice avait découvert d'autre, là-bas.

Je me hérissai. L'homme savait très bien comment me provoquer. Pourtant, son grand sourire rayonnant atténua mon ressentiment.

—Cela fait-il longtemps que vous vous tenez là à nous épier, Monsieur ?

Il s'appuya à sa béquille.

—Assez longtemps pour savoir que vous ourdissez un complot.

Jemina écarquilla les yeux.

—Il plaisante, madame Saint-Maur. Il ne se rend pas compte du point auquel nous avons besoin de notre place et du point auquel ses taquineries sont perturbantes.

J'avais pris un ton hautain et désinvolte et cela sembla avoir les deux effets désirés : la posture de mon amie se détendit, et l'expression du duc changea. Il fronça les sourcils, l'air repentant.

—Je suis désolé, dit-il d'une voix plus douce. Alors, qu'avez-vous fait, toutes les deux, pendant que mes troupes s'entraînaient ? Vous avez échangé des commérages ?

—Nous avons changé les draps des lits, monsieur le Duc, répondis-je. Nous avons encore beaucoup à faire. Mais vous, vous apparaissez de nulle part… Peut-être est-ce vous, le conspirateur, qui essaie de voler des draps de lit ou qui veut se faire passer pour un fantôme pour nous faire peur.

—Je n'ai rien volé. Ce serait voler Lionel Jordan. Ce serait inexcusable.

Il se frotta le menton.

—Vous avez donc entendu les rumeurs au sujet d'apparitions errant dans la propriété. Vous êtes en sécurité. Je vous protégerai.

Se redressant, il partit d'un éclat de rire chaleureux.

Mon cœur s'emballa tandis que j'observais cet homme, ce soldat.

Sa veste bien ajustée sur son pantalon gris clair soulignait sa silhouette et mettait en valeur son corps musclé. Aujourd'hui, il avait autour des hanches une large ceinture bordeaux, très différente de celle en satin blanc que j'avais pris l'habitude de voir.

Il était tellement soigné ! La perfection, même si elle était probablement fondée sur des règles.

—Est-ce que je passe l'inspection, madame LaCroy ?

Mon visage s'empourpra, mais je hochai la tête avec raideur. Pendant combien de temps l'avais-je regardé fixement ?

—Nous avons encore du ménage à faire, dit Jemina avant d'entrer précipitamment dans la chambre à coucher la plus proche.

—Il est difficile de passer l'inspection, madame LaCroy.

—Je…

Je frottai mes joues brûlantes, mais regardai à nouveau l'homme que je ne pouvais nier admirer.

—Vous passez l'inspection, mais pourquoi êtes-vous entré par les souterrains ? J'aurais pu vous examiner beaucoup mieux si vous étiez entré par la porte principale. Quel spectacle de voir le duc de Repington s'avancer sous le grand lustre !

Je jetai un coup d'œil à la suspension en fer forgé et en cristal et remarquai que ses hommes l'avaient remontée sans le verre abritant les bougies.

—Bien sûr, il faudrait que je sois prévenue longtemps à l'avance pour que le lustre soit allumé en votre honneur.

Son rire était contagieux. Il m'arracha un petit gloussement.

—Voilà une réponse honnête ! Vous ne cessez de me surprendre.

Il gravit la première marche de l'escalier puis s'arrêta, comme s'il attendait que je descende.

—Il y a des jours qui sont plus libérateurs que d'autres, Monsieur. Peut-être que ma condition de veuve et votre indécision quant à la durée de mon emploi m'ont donné une attitude plus désinvolte.

—Encore plus de franchise inattendue, après avoir offert de m'accueillir en héros… Je ne sais plus où me mettre !

Appuyé sur sa béquille, il se donna une tape sur la cuisse de la jambe que je savais factice. Il portait des bottes, deux bottes.

—Madame LaCroy, vous savez pour avoir rôdé dans les souterrains que le sol y est légèrement incliné. C'est un moyen bien moins pénible d'entrer dans Hamlin quand je porte ceci.

Il se tapa à nouveau la jambe, et il y eut un *clic-clac.*

—Je me fatigue davantage avec ce membre artificiel. C'est l'une des raisons pour lesquelles je choisis de ne pas m'en servir.

Je clignai des yeux, surprise par cet aveu. Je posai mes draps et descendis l'escalier comme si de rien n'était, comme si je ne venais pas d'observer mon employeur de la tête aux pieds et comme s'il ne venait pas de me confier spontanément quelque chose de privé.

J'avais un rythme dans la tête, doux et dansant, et qui suivait l'accélération de mon pouls.

—Avez-vous passé une bonne matinée, monsieur le Duc, à vous entraîner à des incursions imaginaires dans le château ?

—Imaginaires ? répéta-t-il, haussant les sourcils. Napoléon n'a pas capitulé. S'il veut s'emparer de la Russie, il peut très bien avoir des vues sur l'Angleterre. Hamlin sera préparé. Mon personnel et mon pupille seront protégés.

Je me tenais maintenant près de lui et je regrettais de ne pas porter l'une de mes élégantes toilettes en soie, avec de la dentelle de Malines aux manches, quelque chose qui m'aurait fait paraître délicate et aussi fragile que j'avais le sentiment de l'être. Un homme comme le duc aurait alors compris à quel point je chérissais des mots tels que *protection* et *sécurité.*

—Si vous le dites, monsieur le Duc. C'est vrai que je me sens plus en sécurité.

Il se retourna et alla se placer sous le lustre. Le petit cliquetis le suivit.

Je le rejoignis. Il avait rapporté avec lui l'odeur de la neige, et quelques brindilles qui dégageaient un parfum frais et herbacé. Il avait l'air honnête et vrai.

—En sécurité avec moi, LaCroy ? Je suis content de savoir que vous avez confiance en moi.

Il se tourna pour me faire face, et je vis que sa mâchoire s'était contractée.

—Vous me faites bien confiance, n'est-ce pas ?

Nous nous tînmes ensemble, deux personnes en confiance l'une avec l'autre sous un lustre éteint. Cela ne paraissait ni curieux, ni comique. Ce moment avait quelque chose de naturel, un quelque chose auquel j'aurais pu m'habituer s'il n'avait pas été mon employeur temporaire et si je ne m'étais pas fait passer pour une nourrice.

—Eh bien, Madame ?

—Ma place étant en jeu, je ne parlerais pas de *confiance* pour décrire ce qu'il y a entre nous, mais je trouve rassurant votre état d'alerte, et je vous suis obligée d'avoir installé vos hommes dans les chambres, mais il faut qu'ils laissent les canons et leurs bottes crottées dehors.

—Ces entraînements sont très sérieux, Madame. Demain à quatorze heures, venez à nouveau me trouver dans le salon, nous discuterons d'autres changements à apporter aux horaires de mon pupille.

Cela ferait une semaine entière sans avoir été congédiée.

—Bien, Monsieur.

Il ajusta son couvre-chef, un shako.

—Je vais passer en revue les troupes depuis le balcon de derrière. Vous et Mme Saint-Maur pourriez venir me re… venir regarder mes troupes.

L'invitation était lourde de cette étrange tension qui me coupait le souffle.

—Nous avons du travail qui se fera plus efficacement dans une maison calme.

—Eh bien, dans ce cas, il nous faudra peut-être ajouter à votre emploi du temps un moment pour une revue. Continuez à éviter les conspirations, madame LaCroy. Le salon, demain, à quatorze heures.

Il m’adressa un sourire terriblement troublant, puis se dirigea vers l’arrière de la maison tout en sifflotant ma berceuse. Le faible cliquetis de sa prothèse s’évanouit.

Sa voix était forte, et non pas douce comme celle de Colin. Peut-être était-ce pour cela que j’aimais l’entendre.

Je me tournai vers l’escalier pour monter aider Jemina. Devais-je lui dire qu’on nous promettait un autre jour de travail et la protection contre Napoléon ?

Que pouvait-on désirer de plus ?

Je n’entendais plus la voix du duc, et je me demandai s’il congédiait les nourrices en chantant.

# 12

## Le salon

J'entrai d'un pas nonchalant dans le salon à treize heures cinquante. Le duc et ses hommes avaient libéré la pièce un peu plus tôt.

Ma nervosité à la perspective de cet entretien aurait dû s'atténuer quand j'avais vu la manière dont Repington et ses soldats avaient engouffré mon pain pour le dîner et mes petits pains pour le petit déjeuner. Ils raffolaient des pains à la noix de coco, de la texture douce et fondante sous la croûte généreuse.

Cependant, ce salon était celui de Colin. Il était toujours si distant après y avoir passé un moment. Il ne m'était pas permis d'y entrer quand il résidait à Hamlin, seulement quand il en était absent.

La dernière fois que je l'avais vu entrer dans le salon, il s'y était querellé avec un homme et avec Markham. Il m'avait réprimandée pour être entrée dans la pièce, même si je l'avais fait pour leur apporter du thé, à lui et à ses invités.

—Madame.

Je sursautai violemment, comme si j'avais été surprise en train de fouiller dans le bureau. Portant une main à ma poitrine, le cœur battant la chamade, je fis la révérence à l'ami du duc.

—Lord Gantry.

Son veston ajusté soulignait sa silhouette mince, mais c'était un vêtement civil et plus simple – il n'avait pas de galon, pas de large ceinture. Il ôta brusquement son chapeau, un chapeau haut de forme normal, et non un shako comme celui du duc.

—Madame LaCroy, vous et Mme Saint-Maur faites un excellent travail pour remettre Hamlin en état.

Empoignant mon tablier blanc, je fis une nouvelle révérence.

—Merci, lord Gantry.

L'homme de grande stature retira ses gants, puis il appela un soldat.

Un homme plus âgé vêtu de l'uniforme cramoisi entra dans la pièce.

—Oui, Monsieur.

Lord Gantry tint son chapeau contre son corps.

—Je ne supporte pas l'idée que des dames puissent porter des choses, en particulier de lourdes charges. J'ai aidé Mme Saint-Maur à porter au moins dix grands plateaux jusqu'à l'arrière-cuisine, hier. Capitaine, si l'une de ces dames a besoin de quoi que ce soit, je compte sur vous pour continuer à les assister. Faites passer la consigne.

Le soldat hocha la tête.

—Je ferai tout mon possible pour me rendre utile avec ma seule main valide. Le capitaine à la porte d'entrée a ses deux mains. Enfin, presque : il ne lui manque qu'un pouce. Quoi qu'il en soit, je veillerai à mettre tout le monde à contribution.

Je jetai un rapide coup d'œil au bras rembourré de son uniforme.

Le duc n'avait pas engagé des mercenaires pour se contenter de prendre d'assaut Hamlin ou de se préparer à une éventuelle invasion. Il avait engagé des hommes blessés, probablement ceux qui avaient été renvoyés chez eux après la bataille. À en juger par le sourire qu'affichait ce soldat-là, ses fossettes fières, Repington leur avait donné de l'espoir.

C'était inestimable.

C'était honorable.

Je sentis ma gorge se serrer en songeant à quel point le duc était un homme bien. Avoir encore plus de respect qu'auparavant pour l'homme que j'étais contrainte de duper était extrêmement gênant.

Je lissai mon tablier, cherchai les poches de ma robe noire et m'éclaircis la gorge.

—Merci, Messieurs. Mme Saint-Maur et moi-même nous efforçons d'être efficaces. Et, Capitaine, veuillez remercier les hommes qui sont descendus dans les souterrains pour aller chercher du linge dans les réserves.

—Refaites-nous simplement de ce pain délicieux, et nous serons à votre service !

Il abandonna sa posture détendue pour se remettre au garde-à-vous, salua le vicomte, puis se dirigea vers la porte.

Je sortis un chiffon de ma poche et entrepris d'essuyer des traces sur le buffet. Quand je me retournai, lord Gantry était toujours là.

—Désirez-vous quelque chose, Monsieur ?

—Rien du tout.

Il tripota le ruban qui retenait ses cheveux mi-longs, châtains tirant sur le brun, qui auraient été en bataille sans ce lien noir.

—Vous me rappelez quelqu'un. Le pain à la noix de coco était son préféré.

À en juger par ses yeux gris-bleu perdus dans le vague, il ne pensait pas au fait que je m'étais fait passer pour un valet : il avait perdu un être cher.

—Je suis navrée, monsieur le Vicomte, dis-je avant d'avoir pu me raviser. C'est toujours difficile de perdre quelqu'un.

Le vicomte acquiesça d'un hochement de tête.

—On ne se rend pas compte du point auquel une personne nous manquera avant qu'elle ne soit partie.

Il cligna des yeux et tressaillit en s'apercevant qu'il avait exprimé sa mélancolie à haute voix.

—Je vous prie de m'excuser.

Lord Gantry se retira précipitamment, disparaissant dans le couloir.

Je me dirigeai vers le piano-forte pour l'épousseter. Les documents de fidéicommis que mon père m'avait donnés étaient cachés dans le double fond du grand bureau, un compartiment secret que j'avais découvert alors que j'étais à Hamlin depuis dix mois, tandis que Colin était à Londres.

Il devait y avoir assez d'argent sur le compte pour que je puisse financer la traversée jusqu'au Démérara pour trois personnes.

Avec le duc qui allait arriver d'un instant à l'autre, je ne pouvais pas les récupérer maintenant et risquer de me faire prendre et de passer pour une voleuse. Bien choisir l'instant était essentiel. Quand le moment serait opportun, je les récupérerais.

Loin d'ici, je pourrais arrêter de me perdre dans mes pensées et de me poser toutes ces questions au sujet de Colin, de Colin et moi, de ce qui était allé de travers ; et il fallait assurément que je quitte Hamlin avant de commencer à me poser des questions sur les ducs qui faisaient preuve de probité et sur les nourrices qui s'entichaient d'eux.

Mon chiffon était devenu noir de poussière. La patine vert olive du couvercle du piano-forte rutilait quand on en prenait soin convenablement. Je me tournai vers le miroir pour le lustrer également.

—Vous êtes ravissante, madame LaCroy, vous n'avez pas besoin de vous regarder dans la glace pour en avoir confirmation…

Le duc était entré dans la pièce.

—… mais n’hésitez pas à essuyer les traces de doigts de Markham du miroir. Je crois qu’il a essayé de l’emporter avec lui.

—Quand a-t-il fait cela ?

—Le soir où je me suis emparé de Hamlin. Je l’ai laissé tapi ici quand il y a eu du tumulte dans le hall… mais vous connaissez le chaos dans la maison de Markham.

Il lança son chapeau sur le sofa, le faisant atterrir avec précision sur le coussin du milieu.

—Vous ne m’avez jamais dit pourquoi vous travailliez pour Markham.

Je plaçai mon chiffon sur le beau cadre doré du miroir, le fis glisser sur le filigrane délicat, veillant à en faire partir les traces malpropres.

—C’était le chaos, comme vous dites. Cet homme sait assurément comment souiller les choses.

Le duc s’avança dans la pièce. Ses mouvements étaient silencieux. La crispation de sa mâchoire trahissait l’immense effort que marcher sans faire de bruit lui coûtait.

—Vous n’entendez que ce que vous voulez entendre ? Vous n’êtes pas obligée de me le dire, mais cela fera un secret supplémentaire.

Je ne répondis pas, me contentant de redoubler d’efforts pour faire luire le miroir. Je m’aperçus qu’il oscillait. Je ne l’avais jamais remarqué. Il y avait quelque chose derrière.

Repington se dirigea vers le sofa et esquissa un mouvement pour s’y asseoir, mais il se ravisa.

—Ce sofa est très confortable et bien trop moelleux. Il est presque aussi difficile de s’en extirper que du fauteuil à bascule de la chambre d’enfant.

*Hmm !* Était-ce de cette façon que je m’emparerais de Lionel ? En laissant le duc en rade sur le sofa ? Non. Cela n’irait pas.

Il alla se tenir devant le grand bureau et s’y appuya.

—Devons-nous parler d'horaires ou de votre démission ?

—D'horaires, monsieur le Duc, à moins que vous n'ayez à nouveau changé d'avis. Il paraît que c'est ce que font les hommes dans votre position.

Il fronça les sourcils.

—Que voulez-vous dire ?

—Rien de particulier, mais les hommes de votre acabit ne sont-ils pas changeants, enclins aux caprices ?

—De mon acabit ?

—Les débauchés *invétérrrés*, Monsieur. Lady Shrewsbury nous a fait part de… votre popularité.

Son visage s'éclaira, comme le grand lustre, éclatant de force et de joie.

—Je suppose que la popularité peut rendre changeant. Asseyez-vous, LaCroy.

J'enfouis mon chiffon dans ma poche et allai m'asseoir sur le siège qu'il m'indiquait, un élégant klismos en acajou. Que j'avais commandé.

Il se frictionna la hanche.

—Je ne suis plus sûr d'être changeant… Imprévisible, peut-être. Est-ce un trait de caractère attirant ?

—Pas pour le moment, monsieur le Duc. Votre imprévisibilité est très contrariante. Vous m'offrez un emploi le soir et me le retirez au matin. C'est très éprouvant.

Il rit et se passa la main dans les cheveux. Ils étaient épais et indubitablement plus bruns que blonds, aujourd'hui. Les yeux qu'il posa sur moi étaient tout ce qu'il y avait de plus intelligent et de plus limpide. Ils étaient clairs comme de la glace ou comme des prismes de verre faits étincelants.

Il se pencha en avant.

—Je me demande quelles autres offres vous avez faites pour revenir dessus ensuite. Peu importe ! Ce n'est qu'une question de plus à votre sujet que je me poserai et qui me tourmentera.

Il joignit les mains.

—Je révise encore un emploi du temps pour Lionel. En attendant que je vous trouve une remplaçante, si je décide de vous en trouver une, il vous faudra vous conformer à mes exigences.

—Puis-je vous demander, monsieur le Duc, de bien vouloir vous décider à me congédier ou ne plus en parler ? Voulez-vous vraiment que j'appréhende de vous voir ?

—Non. Je préférerais que ce ne soit pas le cas. Je cherche une raison pour me décider définitivement en votre faveur. Mis à part votre malhonnêteté quand nous nous sommes rencontrés, vous semblez être une jeune femme très gentille et très affectueuse envers mon pupille. Vous et Mme Saint-Maur travaillez dur. Au lieu de rester inactive dans la chambre d'enfant, où personne ne viendrait vous déranger, vous descendez et vous l'aidez à la laverie et aux fourneaux. Les hommes s'extasient sur votre cuisine.

Était-il véritablement tiraillé ou jouait-il avec moi ? Je baissai les yeux et cognai le bout de mes pantoufles contre le pied du grand bureau ancien.

—Aidez-moi, madame LaCroy. Je ne veux pas que vous appréhendiez de me voir.

Sa voix était douce et suave, comme du miel.

—Je préférerais que vous aimiez passer du temps avec moi… dans le souci commun de prendre soin de Lionel.

La façon dont il me regardait semblait indiquer qu'il voulait dire autre chose. Peut-être n'était-ce que le fruit de mon imagination. Je n'avais jamais été douée pour juger des intentions ou des émotions. Ou pour juger les hommes.

—J'ai une question, Madame.

Son expression demeurait mi-repentante, mi-polissonne. Je devais absolument savoir ce qu'il avait en tête.

—Quel genre de question ?

—Une question personnelle.

—Oui, Monsieur ?

—Votre mari, comment est-il mort ? De maladie, à la guerre, de vieillesse ?

—De maladie.

C'était une manière de dire les choses qui n'était pas abominable et ne m'emplissait pas d'un sentiment de culpabilité, mais qui semblait convenable et noble.

Le duc prit ma main dans la sienne.

—Je ne voulais pas vous faire pleurer, madame LaCroy.

Étais-je en train de pleurer ? Je touchai mes joues mouillées de larmes.

—La mort de mon mari était inattendue.

—Comment auriez-vous parlé de lui à votre enfant ?

Le sujet était tellement personnel ! Je me levai d'un bond.

—Il suffit. Je vous en conjure, cessez ces questions. Elles sont très indiscrètes.

Le duc joignit à nouveau les mains, comme en prière, une prière de suppliant à un dieu anglais de la curiosité importune. Ceux d'Afrique et des îles se gardaient bien de raviver une douleur.

—Je ne voulais pas vous offenser.

—Vraiment ?

Je croisai les bras, foudroyant du regard l'homme qui était en mesure de me chasser, mais ne pus m'empêcher de continuer à le braver.

—Vous m'avez bel et bien offensée. Les intentions et les actes sont deux choses différentes.

—Je vous présente mes excuses, madame LaCroy. Je sais simplement qu'un jour, le petit garçon qui dort à l'étage posera des questions au sujet de son père. En tant que mulâtre, son chemin sera plus difficile. Je ne voudrais pas dire quelque chose qui ne ferait qu'empirer la situation, ou ne pas l'encourager comme il en aurait besoin.

Au Démérara, avec la fortune de mon père, Lionel aurait été un prince.

—Peut-être devriez-vous l'envoyer à un endroit où il serait respecté.

—L'envoyer à l'étranger, ou l'emmener de soirées en soirées pour l'exhiber, prétendant être une mère angélique.

—*Une mère ?*

Il plaça sa paume sur sa nuque, comme s'il souffrait d'un mal de tête.

—Il va bien falloir que je lui dise *quelque chose*. Je ne sais rien de sa mère, sinon que c'était la fille d'un propriétaire de plantation. J'ai grandi auprès d'un père maladif, d'un grand-père robuste, mais mon cousin, le père du pauvre Lionel… Il s'est suicidé.

Je restai assise, abasourdie par l'angoisse dans sa voix.

—Je suis vraiment désolée, monsieur le Duc. J'ai entendu dire que M. Jordan faisait preuve de négligence avec ses finances, que Markham l'avait entraîné de force dans des projets financiers peu judicieux.

Le duc poussa un profond soupir.

—Négliger ses finances n'a rien d'héroïque et ne vaut pas le sacrifice d'une vie. Ce n'est pas la même chose que de mourir pour Dieu, pour son roi, pour son pays.

La sévérité de ses paroles faisait écho à la peine que j'éprouvais, souvent tempérée par l'égoïsme que je reprochais à Colin, que je me reprochais à moi-même – car c'était égoïste de la part de Colin de nous abandonner, égoïste de ma part de vouloir qu'il reste alors qu'il était si malheureux.

Je me laissai aller en arrière dans le fauteuil, m'adossant à la harpe de l'ange du dossier.

—Je voudrais que Colin Jordan ait été plus héroïque, comme vous ou comme les hommes que vous employez.

Le duc se frotta la mâchoire.

—Je ne suis pas un héros. J'ai eu de la chance. J'avais un devoir à accomplir. C'était ce qui me permettait de tenir, mais je comprends que certains déboires puissent laisser croire à un homme que sa vie n'a plus aucune valeur.

Le combat est dur. Certains ne font pas le bon choix. Je regrette de ne pas avoir été là pour aider mon cousin.

—Vous trouverez les mots justes, dis-je.

Je n'avais toutefois pas l'intention de laisser Lionel rester en Angleterre assez longtemps pour cela.

Plongée dans mes pensées, j'entortillai machinalement mon tablier. Je revoyais mon papier à lettres blanc, la dernière lettre que j'avais écrite à mon mari, pour lui dire mes malheurs, tous mes malheurs. Je n'aurais pas dû l'écrire. Il n'avait pas pu supporter la vérité.

Des larmes se mirent à couler sur mes joues brûlantes. Je n'avais pas pensé à la manière dont je parlerais à Lionel de Colin. Je ne voulais pas que mon garçon pense du mal de son papa. Ou qu'il pense que c'était ma lettre qui l'avait tué.

—Je suis navré, madame LaCroy. Je ne voulais pas…

Essuyant mes larmes, je fis taire le duc d'un geste de la main avant qu'il ne puisse me dire des platitudes. Les preuves des machinations de Markham révéleraient que c'étaient ses intrigues qui avaient entraîné la mort de Colin, et non moi. Il était le dernier à avoir vu Colin. Ce devait être lui qui avait poussé mon mari à se jeter dans la Tamise.

—Madame LaCroy ?

—Dites à Lionel que son père était malade, et que la maladie l'a conduit à commettre une erreur. Qu'il a sombré dans des profondeurs où l'amour ne pouvait plus l'atteindre. Et que s'il avait vécu, il aurait adoré son fils. Dites cela à ce cher petit.

Un mouchoir se balança soudain sous mes yeux. Je le pris et essuyai mes larmes.

Quand je levai le visage, je vis mon reflet dans les yeux d'un bleu limpide du duc. Son regard me maintint à ma place.

Je me sentis choyée, comprise… étreinte.

Pourtant, l'homme n'avait pas bougé.

Ses bras étaient, fort heureusement, le long de son corps.

—LaCroy, je change à nouveau d'avis. Nous reconsidérerons votre place chaque mois. Gantry devra retourner auprès de ses filles dans quelques semaines. Quand il sera à Londres, il pourra s'adresser à des agences pour vous trouver une remplaçante convenable.

—Merveilleux, j'ai un mois entier devant moi.

—Nous verrons comment nous, vous et moi, travaillons ensemble. Néanmoins, j'ai encore une question à vous poser.

—N'en avez-vous pas eu votre content ?

Je lui fis signe de poursuivre, tout en reniflant dans son mouchoir.

—Où se trouvait la mère de Lionel quand vous avez été engagée ?

*Dis-lui ! Dis la vérité au duc et mets un terme à cette mascarade !*

—Monsieur le Duc…

—Oui, madame LaCroy ?

Il me lança un coup d'œil et je me trouvai à nouveau captive, prise au piège, par la peur, cette fois.

Le duc me mettrait à la porte s'il apprenait que j'avais joué une autre comédie.

Ou bien alors, il ne me croirait pas, il me prendrait pour une veuve folle qui tentait de faire passer pour sien l'enfant d'une autre. Pendant quelques instants, je me mordis la lèvre, puis je lui dis la seule vérité qu'il pourrait accepter.

—Markham la haïssait. Il a débarrassé l'endroit de sa présence. Je crois que c'est ainsi qu'il a formulé les choses.

—Ou bien elle s'est enfuie, déprimée à cause de mon cousin.

Il baissa la tête un moment.

—J'ai autre chose à vous demander.

— Autre chose ? Allez-y, je vous en prie. Parcourez-moi comme un livre amusant[1].

— Une référence à Shakespeare, *Troïlus et Cressida* ! Quelle nourrice érudite ! Quelles autres surprises cachez-vous ?

Lord Gantry apparut dans l'embrasure de la porte.

— Repington, navré de vous interrompre, mais votre colis est arrivé.

— Ah, très bien ! Madame LaCroy, il nous faudra reprendre cette conversation plus tard.

Le duc se redressa et alla s'asseoir dans le fauteuil derrière le bureau.

— Ce sera une nette amélioration pour l'extérieur.

Mon ventre se noua. J'avais été congédiée pour un colis. Je m'essuyai les yeux.

— Que faut-il améliorer ? Vous avez déblayé la neige, et même taillé les buissons qui se sont réveillés à cause de la douceur du temps.

Son sourire malicieux réapparut.

— Vous devrez attendre pour le découvrir. Vous n'êtes pas la seule à avoir des secrets. Au revoir, madame LaCroy !

J'avais été mise de côté. L'intérêt de lord Gantry et du duc pour un colis justifiait que je sois congédiée, comme je l'avais été par Colin quand j'avais interrompu sa dernière conversation houleuse.

Je me levai lentement du fauteuil et, comme une étrangère, assistai sans y prendre part à la joie partagée des deux hommes qui étalaient les mystérieux documents provenant du colis.

Je détournai les yeux et mon regard se posa sur le verre argenté du miroir.

---

1. D'après la traduction de *Troïlus et Cressida* de François-Victor Hugo, Paris, Gallimard, coll. « Bibliothèque de la Pléiade », 1959.

Celui sur lequel il y avait eu les empreintes de Markham.

Un secret se cachait derrière, et il pouvait me délivrer.

Tout ce qui importait, c'était de trouver le moment opportun pour m'en emparer. Je ne me laisserais pas distraire par les questions du duc ou par l'impression qu'il se souciait véritablement de mes larmes.

# 13

## Nuit d'orage

La tempête fit rage toute la nuit, mais ce n'était pas cela qui tint Busick éveillé.

Il but une lampée de rhum. Sa jambe lui avait fait mal tout l'après-midi, à cause de la marche énergique qu'il lui avait infligée. Maintenant, il éprouvait une douleur atroce à cause du changement de température. D'abord de la pluie, puis de la neige. Il était à l'agonie.

Son dos était raide et douloureux.

Peut-être passait-il trop de temps dehors. Cependant, l'intérieur de la maison n'était pas sans danger non plus.

Mme LaCroy était dangereuse. Elle ne cessait de le surprendre, tantôt par sa candeur, tantôt par sa révolte tranquille.

Un petit cri se fit entendre à l'étage.

La chambre d'enfant était juste au-dessus de lui. Lionel avait-il eu peur de l'orage ?

À Hamlin, Busick avait toujours du mal à dormir.

Peut-être en allait-il de même pour Lionel.

Il enfila son peignoir, avec précaution pour ménager son dos douloureux. Il ne voulait surtout pas souffrir au point de ne plus pouvoir tenir debout.

Il regarda fixement le fauteuil d'invalide.

La monstruosité à trois roues avançait mieux sur le parquet que sur les sols recouverts de tapis, mais il était stable et fiable.

Il resserra son étreinte sur sa béquille.

L'engin, avec son siège en osier, était un symbole de dépendance. Il lui donnait envie de se mettre à courir et de donner un coup de poing au destin.

Il lutta contre le désespoir qui l'envahissait, finit son rhum et se dirigea vers le troisième étage.

Tout était silencieux lorsqu'il arriva dans la chambre d'enfant.

La pièce était impeccable.

Cependant, Lionel n'était pas seul. La nourrice était pelotonnée dans le fauteuil à bascule.

Ses pieds bruns étaient nus.

Sa robe de nuit d'un blanc éclatant, ornée de dentelle et de rubans, était celle d'une dame élégante et raffinée.

Qui était LaCroy ?

Quelles étaient ses origines ?

Et pourquoi aimait-il la forme de ses petits pieds ?

Il secoua la tête pour s'arracher à ses pensées.

— Hé ! petit soldat… L'orage t'empêche de dormir, toi aussi.

Le bébé tendit le bras.

Si Busick avait été plus solide sur ses jambes, il l'aurait pris dans ses bras. Au lieu de cela, il se contenta de baisser la main vers lui pour qu'il puisse saisir le bord de la manche de son peignoir.

Le petit s'en empara et tira dessus.

Busick regarda LaCroy.

Elle soupira et se blottit plus profondément dans le fauteuil. La couverture posée sur elle avait glissé, découvrant une hanche et un peu plus de ses longues jambes.

— Quelle force, mon petit ! D'homme à homme, veux-tu garder ta nourrice ?

Le bébé bava sur le passepoil qui ornait le revers de sa manche.

Busick ne savait pas s'il devait prendre cela pour un oui ou pour un non.

Soudain, un éclair zébra le ciel. Il y eut un grondement de tonnerre.

La nourrice se leva d'un bond du fauteuil à bascule, brandissant un couteau doré.

Elle avait une lueur sauvage dans les yeux.

—Madame LaCroy ?

Elle tremblait. Des cheveux s'échappaient de sa charlotte.

—Est-ce une arme que je vois dans la chambre d'enfant ?

Elle cligna des yeux, abaissa le couteau et entreprit de s'enrouler dans la couverture.

—Vous m'avez fait peur, monsieur le Duc.

Pourquoi son ton semblait-il indiquer qu'il avait fait quelque chose de mal en venant voir comment se portait son pupille ? Il roula en boule la ceinture de son peignoir et la donna à Lionel pour qu'il la mâchonne.

—Est-ce là une nouvelle façon d'élever les enfants ? Un couteau à la main ?

—Oui, Monsieur, elle nous vient de Grèce. Ou peut-être des tribus des rivages africains. Éprouver le besoin d'être protégé ne peut certainement pas être anglais.

Les mots étaient quelque chose de dangereux. Il était impossible de rétracter un trait acéré.

La jeune femme aux grands yeux souffrait. Une plaisanterie ne conviendrait pas. Il posa une main sur la sienne, lui prit le couteau orné de pierreries, et le laissa tomber par terre.

Le tonnerre gronda, et elle frissonna.

Ce n'était pas lui dont elle avait peur, il y avait autre chose qui l'effrayait, et rien n'aurait été plus naturel pour lui que de la prendre dans ses bras.

Toutefois, il n'en ferait rien. Il aurait été dangereux de franchir cette frontière, de l'enlacer étroitement, de serrer contre lui ses formes exquises. Aurait-il su dissiper ses craintes ? En aurait-il au contraire ajouté d'autres ?

Il n'était pas un homme autoritaire. Il était un soldat, et un amateur et protecteur des belles choses. LaCroy était belle, avec sa fossette au menton faite pour recevoir des baisers, ses yeux de topaze que la passion aurait dû rendre de braise.

Traverser ce champ de bataille aurait présenté de trop nombreux risques.

L'explosion des sentiments, le feu du désir, constituait une merveilleuse façon de passer le temps jusqu'au petit matin.

Néanmoins, Lionel avait bien plus besoin d'une bonne nourrice que lui-même n'avait besoin d'explorer l'attirance qui existait entre eux.

Il se tint donc là, une main posée sur la sienne, à écouter l'orage, et à regretter que leur situation soit très différente.

Le duc me tenait la main. Je levai mes yeux vers les siens, qui semblaient tout voir.

Connaissait-il mes peurs ou s'apprêtait-il à nouveau à me renvoyer ?

Il ne dit rien, ne parla pas de l'audace que j'avais eue de le menacer d'une arme.

*Eh bien !* Je ne pouvais certes pas lui dire que j'avais été emprisonnée dans cette pièce pendant environ un mois, si peu de temps après la naissance de mon petit garçon, que j'ignorais si j'allais avoir à manger ou si j'allais un jour revoir autre chose que ces quatre murs.

Je ne pouvais même pas lui dire que j'étais désolée de devoir prendre part à la supercherie mise en scène par La Providence de la veuve.

Pourtant, je m'étais dupée moi-même pendant des années, à prétendre être une douce colombe passive. Pourquoi le duc de Repington aurait-il mérité mieux ?

—LaCroy.

Mon nom d'emprunt se posait sur ses lèvres fines comme un baiser.

—Dites-moi ce que vous avez vu quand vous vous êtes éveillée ? Ce n'était pas moi que vous croyiez voir, lorsque vous brandissiez ainsi votre couteau, du moins l'espéré-je. Dans le cas contraire, il nous faudrait peut-être reconsidérer votre place.

Sa paume rugueuse restait cramponnée à la mienne, il ne voulait pas me lâcher. Je n'avais, du reste, pas envie qu'il le fasse. Était-ce mal de ma part d'avoir envie qu'il m'enlace, comme l'éclair et le tonnerre faisaient rage derrière la fenêtre ? Était-ce horrible d'être tentée de poser ma tête sur son épaule, d'enfouir mes peurs, de me cacher en lui ?

Je fermai les yeux quelques instants. J'avais besoin d'un sauveur, je n'avais pas besoin d'un duc, d'un homme auquel je devais mentir pour être proche de mon enfant.

—LaCroy, je vous ai demandé ce qui vous avait fait peur. Vous pouvez me le dire. Vous connaissez mon secret. Vous pouvez me confier l'un des vôtres.

Ces mots, l'idée de faire confiance à quelqu'un d'autre qu'à lady Shrewsbury ou Jemina, me poussèrent à me redresser.

—Tout va bien, monsieur le Duc. J'ai été surprise, voilà tout. Je ne m'attendais pas à vous voir ici.

—J'aime surprendre les gens, je le reconnais. Cependant, vous avez vos propres quartiers. J'admire votre dévouement, mais vous n'êtes pas obligée de rester constamment avec mon pupille. Pourquoi dormez-vous ici ?

Je ne voyais pas quelle réponse vraisemblable ou sensée lui faire. Je détournai le regard et m'approchai du berceau.

Lionel s'était endormi en suçotant la ceinture de peignoir roulée en boule.

Je la lui pris et l'essuyai sur ma couverture.

—Est-ce répréhensible d'être dévouée à mon protégé ? Il est si petit et si innocent !

Le duc se tenait derrière moi.

Je percevais sa proximité. Je sentais son souffle qui sentait bon le rhum du Démérara, je sentais la douceur de son peignoir. Si j'avais fait à peine un pas en arrière, je me serais trouvée entre ses bras, qu'il veuille de moi ou non.

À peine quelques secondes s'écoulèrent, pendant lesquelles je rêvai tout éveillée de ce sauveur, d'être réconfortée, dans des bras puissants. J'imaginai la texture du velours contre ma joue, la chaleur de ce torse masculin tout contre moi, et je restai immobile, j'attendis.

Toutefois, je ne fus pas assez courageuse pour me retourner, pour demander ou pour prendre ce que je désirais.

Sa paume effleura mon épaule, puis elle se posa avec douceur sur le berceau.

—Lionel dort profondément. Vous devriez vous reposer. Dans un vrai lit, avec des oreillers et des draps, une couverture sur vos pieds nus…

Il se massa le front.

—Il est tard, et je divague. Je suis désolé, LaCroy.

J'avais besoin d'un sauveur, de quelque chose de plus puissant que le duc ou que moi, qui arrangerait tout, qui ferait disparaître la distance et la méfiance entre nous.

—Moi aussi.

Heureusement, ou malheureusement, il s'écarta de moi. Je l'entendis s'asseoir dans le fauteuil.

—Donnez-moi mon pupille, madame LaCroy.

Quand je me retournai, son visage était de marbre. Il n'avait plus rien de la douceur que j'avais vue un peu plus tôt. C'était un ordre qu'il me donnait.

Je pris mon fils, mon cher petit garçon, dans mes bras, et le déposai dans ceux de Repington.

—Allez dormir jusqu'à la prochaine tétée de ce petit soldat. Je vais rester avec lui.

—C'est trop, monsieur le Duc.

—Non. Je crois qu'une mesure de protection supplémentaire est une bonne chose et me convient parfaitement, étant donné que je dors mal, la plupart du temps.

Il me confiait un autre secret, et je ne lui avais toujours pas dit mon vrai nom.

—Allez dormir, LaCroy, dans un bon lit. Je veille sur le petit. Personne ne me le prendra. Je vais même garder votre petit couteau pour nous protéger.

Peut-être se moquait-il de moi ou essayait-il de me taquiner, mais peu importait. Lionel était en sécurité dans ses bras, emmitouflé dans son peignoir.

Cet homme avait l'air incroyablement doué et fait pour jouer le rôle, pour *endosser* le rôle de père pour mon fils.

Je me baissai pour ramasser mon couteau.

—Je sais qu'il est bien protégé, et je vais avoir besoin de ceci pour regagner ma chambre. On ne sait jamais ce qui peut rôder dans l'ombre.

—Ne me dites pas que vous croyez à ces légendes ridicules de fantômes à Hamlin ! Je vais devoir m'entretenir avec lady Shrewsbury pour mettre un terme à ces sornettes… Bon, allez-y avant que Lionel ne décide de réclamer du lait plutôt que mon peignoir.

Je me dirigeai vers la porte, jetai un dernier coup d'œil à la scène charmante qu'ils formaient tous les deux, puis je quittai la pièce.

Une fois dans le couloir, j'appuyai la tête contre le panneau de la porte. J'étais tout étourdie, mon cœur martelait ma poitrine avec la violence des trombes d'eau qui tombaient au-dehors.

Quand je partirais pour le Démérara, Lionel emporterait-il le souvenir de Repington ? Celui-ci lui manquerait-il ?

Me manquerait-il, à *moi* ?

L'attirance que j'éprouvais pour le duc allait me rendre folle. Enfin, plus folle encore.

Mes yeux s'accoutumèrent à l'obscurité. Je ne vis rien autour de moi. J'espérais faire les six ou sept pas qui me séparaient des quartiers des domestiques sans rien voir de plus.

Mon regard se porta sur le bout du couloir. Rien. Pas de fantôme. Pas de manifestation de ma culpabilité.

Je me faufilai dans la chambre à coucher que Jemina et moi partagions. Elle dormait. Je me couchai dans mon lit, souhaitant presque que Lionel se mette à pleurer pour pouvoir retourner auprès de lui et le prendre dans mes bras.

Le lendemain, il me faudrait contacter lady Shrewsbury. La Providence de la Veuve devait mettre à exécution l'étape suivante du plan, avant qu'il ne soit impossible d'arracher Lionel, ou de m'arracher, *moi*, à Repington.

# 14

# Des plans pour mon Lionel

Une semaine de rafales de pluie et de neige rendit Hamlin insupportable pour moi. La maison regorgeait d'hommes agités. Il y en avait de tous côtés, vêtus de leur uniforme cramoisi, allant et venant entre la maison et les souterrains, claquant les portes, parlant de leurs voix fortes. L'un d'eux essaya même de dresser à nouveau une tente dans le grand hall, mais la menace voilée et polie de ne plus faire de pain à la noix de coco l'en dissuada. C'était le chaos, sauf quand le duc faisait respecter l'heure de la sieste de Lionel.

Je me tenais sous le grand lustre quand une autre livraison arriva.

Les soldats chaussés de bottes couvertes de boue firent passer du bois de charpente, du chêne solide en grande quantité, par la porte d'entrée.

Lord Gantry descendit l'escalier en courant. Les manches de sa chemise étaient retroussées, et il avait encore quelques boutons de son gilet à rayures à boutonner.

—Désolée, madame LaCroy. Je sais que vous aimez que la maison soit propre. Ce devrait être la dernière grosse livraison.

Je hochai la tête et espérai que c'était vrai, mais mon cœur trembla quand un soldat faillit heurter l'une des statues.

Ces hommes ne mesuraient-ils donc pas le courroux auquel ils seraient exposés si les dieux de marbre se réveillaient ?

Il serait sans nul doute immense.

— Encore désolé, Madame.

Lord Gantry haussa les épaules. Il sourit et s'éclipsa par la porte, pas si secrète, pour s'atteler à quelque tâche confiée par le duc. Je devais absolument retourner au salon. J'étais persuadée que des preuves contre Markham s'y trouvaient. Jemina et moi avions fouillé toutes les pièces, sauf celle-là.

Cependant, si je n'y trouvais rien, s'il n'y avait rien derrière ce miroir, je compterais à nouveau sur mes documents de fidéicommis, que je récupérerais dans le bureau, pour payer la traversée par bateau jusqu'au Démérara. Lady Shrewsbury serait obligée d'échafauder un nouveau plan et de m'indiquer comment révéler au duc qui j'étais et lui annoncer que je partais avec mon fils.

Le duper m'était devenu insupportable.

Son attachement pour Lionel, savoir qu'il prenait mon bébé dans ses bras tous les soirs, qu'il lui confiait ses rêves et ses projets, me touchait profondément. J'allais m'effondrer.

Jemina arriva de l'arrière de la maison avec son seau plein d'eau et me rejoignit.

— Ces marques vont demander un peu d'huile de coude. Ah, les hommes et leur manière de traîner les talons de leurs bottes !

Je plongeai mon chiffon dans l'eau savonneuse et commençai à frotter.

Elle s'agenouilla à côté de moi sur le sol froid et dur, et nous nous affairâmes toutes deux, englouties par l'ombre du grand lustre. D'une certaine façon, chacune de nous demeurait emprisonnée dans sa situation désespérée, elle dans son amnésie, moi dans ma supercherie.

— Cela fait près de deux semaines, Patience. Nous n'avons toujours pas trouvé de preuves. Est-ce là notre stratégie suprême, d'être des domestiques ?

C'était un travail honnête pour deux femmes malhonnêtes. Je secouai la tête.

—Cette pluie bloque l'armée de Repington. Il est normal que cela ait une incidence sur nos progrès.

L'une de mes charlottes ornées de dentelle couvrait les boucles flamboyantes de mon amie, et elle avait repris l'ourlet d'une autre de mes robes de deuil pour la raccourcir afin d'en avoir une de rechange. Elle et moi, vêtue de ma robe en indienne d'un bleu éteint, étions les deux bonnes les plus sophistiquées de cette campagne.

—Il y a quelque chose dans le salon, Jemina. Nous devons nous en emparer.

—Ne pourrais-tu pas user de ton influence et simplement demander au duc de quitter la pièce ?

—De mon influence ?

—Vous deux avez l'air très intimes quand vous êtes avec Lionel. Le duc te suit des yeux au dîner… Tu ne t'en rends pas compte ?

—Il suit des yeux la corbeille à pain. Il se trouve que je l'ai à la main, c'est tout.

—Si tu le dis. C'est une belle grande corbeille.

C'était vrai. C'était ma mère qui l'avait fabriquée. Surmontée de roseaux tressés formant une poignée, elle avait un panier marron profond, assez grand pour abriter deux bébés comme Lionel.

—Le duc aime vraiment ton pain et ta corbeille.

Pour prouver que je ne m'amourachais pas du duc, je décidai d'aller tout de suite au salon. Je me redressai, lissai ma jupe, et me dirigeai vers la porte.

Alors que je levais la main, m'apprêtant à frapper, j'entendis la voix de baryton du duc mentionner le nom de Wellington, puis parler de guerre.

Puis dire quelque chose au sujet de Lionel.

Je n'avais pas pour habitude d'écouter aux portes. Enfin, j'avais tout de même entendu deux ou trois fois par hasard

Colin et Markham se quereller pour des absurdités, et j'avais surpris leur dernière conversation explosive, au salon.

Pourtant, j'étais immobilisée, désireuse de savoir de quoi le duc parlait. Wellington était le commandant des forces britanniques dans la guerre en cours.

*Était-ce pour cela que le duc entraînait ses hommes avec un tel acharnement, pour retourner au combat ? Mon cœur s'arrêta à cette pensée terrifiante.*

—Patience.

Le chuchotement insistant de Jemina me fit sursauter et je heurtai la porte.

Je me tournai vers elle et lui fis les gros yeux, mais elle me fit signe d'avancer, me donnant de l'assurance.

La porte s'ouvrit et un homme dont l'uniforme était orné des galons d'officier apparut.

—Le commandant va vous recevoir, maintenant.

Je ne pensais pas être attendue mais, ayant frappé, je n'avais plus vraiment le choix. Le ventre noué, je fis la révérence.

J'entrai, pour la première fois depuis plusieurs jours, et vis le duc assis derrière le grand bureau. Il ne portait pas son uniforme, mais une tenue informelle, un pantalon chamois et un gilet bronze orné de broderies. Mon regard se posa sur son pied bandé et je me demandai comment il pouvait songer à retourner au combat après ce que la guerre lui avait fait.

Ses mains jointes étaient posées sur une pile de papiers.

—Madame LaCroy, vous devez être presciente. J'ai amélioré l'emploi du temps de mon pupille. Mais peut-être Lionel vous a-t-il fait part de la conversation que j'ai eue avec lui la nuit dernière ?

Son sourire, chaleureux et engageant, était le même que celui qu'il affichait quand nous dansions devant le berceau de Lionel. On ne pouvait parler que de danse pour décrire ce que nous faisions chaque nuit : nous nous dirigions vers le bébé tout près l'un de l'autre mais sans nous toucher, lui glissait sur la gauche, moi sur la droite ; son souffle caressait mon cou quand il passait ; puis nous nous séparions après avoir échangé nos parfums – un mélange de rhum et de bois de santal pour lui, un parfum de lavande pour moi.

—Lionel n'a mentionné aucun changement et je ne pensais pas figurer sur votre emploi du temps.

—Exact. Nous donnons le meilleur de nous-mêmes la nuit… avec Lionel.

J'aurais dû rire, mais je ne savais pas si c'était une plaisanterie ou s'il percevait ma confusion, devinait que mon cœur battait la chamade. Nous donnions effectivement le meilleur de nous-mêmes dans le calme de la nuit. Nous prenions bien soin de Lionel. Mon garçon prenait des forces, et il agitait ses petits bras vers le duc autant que vers moi. S'il décidait de lui donner le biberon, il n'aurait plus du tout besoin de moi.

—J'ai pensé à nous et à Lionel. Avancez, je vous en prie. Vous n'avez pas besoin de vous tenir à distance respectueuse. Ce n'est qu'un entretien amical, rien de plus.

J'avais envie de me cramponner à mon piano-forte. Je me sentais en sécurité à cette distance, mais quand le duc sommait sa nourrice d'approcher, celle-ci devait s'exécuter.

Rejetant la tête en arrière, je traversai la pièce jusqu'au bureau et m'assis.

Son expression se fit pensive.

—Avez-vous déjà voyagé, madame LaCroy ?

Voyagé ? Peut-être allais-je être congédiée et envoyée à l'étranger ?

—Oui, monsieur le Duc. J'ai déjà voyagé. Je viens du Démérara.

—Mon rhum préféré vient de là-bas.

—Il y a bien plus que du rhum, Monsieur.

—Je sais. Je n'ai jamais eu le plaisir de m'y rendre, mais quelques-uns de mes amis y sont allés. Mon cousin, je crois, y était allé.

Je le regardai fixement, sans ciller. S'il faisait enfin le rapprochement, je ne mentirais pas. J'étais lasse de ce secret qui se tenait entre nous.

Sa mâchoire carrée restait parfaitement immobile ; son expression était impassible, et ses beaux yeux rivés sur moi. Il aurait été doué pour jouer au whist.

—La guerre se poursuit. J'ai écrit à Wellington, qui a besoin d'un stratège. J'étais un très bon stratège.

Je me levai d'un bond.

—Vous en avez assez de jouer les tuteurs ? Vous allez nous quitter ?

—Asseyez-vous, LaCroy, dit-il, pointant le doigt vers mon siège. Où que j'aille, Lionel me suivra. Je suis la seule famille fiable qu'il ait.

Cela ne me rassurait pas, et c'était loin d'être vrai.

—Madame LaCroy, je me demandais si vous accepteriez de nous accompagner. Les officiers ont le droit d'emmener leur famille. Lionel a besoin que l'on veille sur lui.

—Était-ce cela, votre projet secret ? D'essayer de vous mettre en danger et de mettre Lionel en danger ?

—Il faut mettre un terme à cette guerre. Tous les jours, des hommes meurent. Quand on peut se rendre utile, on se doit de le faire.

—Pourquoi vous ? N'avez-vous pas assez donné ? Et pourquoi mettre le bébé en danger ?

Le visage du duc s'empourpra.

—Je veux me rendre utile et prouver que je sais encore me débrouiller à cheval.

—Maigre consolation.

—Aviez-vous des opinions aussi arrêtées quand vous travailliez pour Markham, ou y avait-il une raison pour qu'il vous accorde des privilèges particuliers ?

—De quoi parlez-vous ?

—Vous déambulez à travers la maison comme si elle vous appartenait. Étiez-vous la maîtresse de M. Markham ?

J'eus un haut-le-cœur.

—Certainement pas. Je ne suis pas ce genre de femme. Comment pouvez-vous imaginer une chose pareille ?

—Vous êtes très jolie, madame LaCroy, vous avez des formes généreuses, et...

—La comtesse m'a dit que vous aviez connu beaucoup de jolies femmes. Ne devriez-vous pas savoir faire la distinction entre les femmes comme moi, qui sont difficiles, et celles qui ne demandent qu'à faire plaisir ?

—Vous êtes loin de ne demander qu'à faire plaisir. Mes anciennes conquêtes ne sont pas celles de Markham. Mes amies étaient des dames indépendantes qui savaient pertinemment à qui elles avaient affaire, un homme qui aimait la guerre plus que la vie domestique. Markham, quant à lui, a la fâcheuse habitude de s'en prendre aux domestiques, aux femmes en général, et de les contraindre. Je sens bien que vous êtes forte, Patience LaCroy, mais tout le monde peut être poussé à bout. Markham se plaît à pousser les gens à bout.

Ma gorge se dénoua un peu.

—J'ai subi de dures épreuves, mais je ne m'avilirais jamais avec quelqu'un comme Markham. Vous-même, vous en êtes-vous pris à des domestiques ?

—Non. Je suis très prudent avec mes domestiques.

Je vis quelque chose dans son expression, avant qu'il ne lève le visage vers le plafond, quelque chose qui semblait vouloir dire que si nous avions été sur un pied d'égalité, si nous nous étions rencontrés dans d'autres circonstances, les choses auraient pu être différentes.

Cependant, je voyais bien qu'il espérait couper court à conversation.

Colin faisait la même chose quand il voulait me faire taire. Je refusais de garder le silence. Si j'avais parlé franchement plus tôt, j'aurais peut-être pu éviter la mort de mon mari.

—Vous êtes un homme plein d'assurance, monsieur le Duc. Vous savez que c'est la substance d'un homme qui le définit, et non l'un de ses membres ; et pourtant, vous jouez cette comédie avec tout le monde, avec ce bandage rembourré. Je ne connais rien à la guerre, mais j'ai vu quantité de soldats au Démérara, et je sais que dans la promiscuité des cantonnements, vous allez avoir du mal à cacher votre amputation. Et pourquoi la cacher, d'ailleurs ? Vous avez été blessé en servant votre pays.

—Vous avez raison, Madame, et je ne doute pas de moi. Je doute des autres. J'ai passé ma jeunesse sur le champ de bataille. Les moindres doutes quant aux capacités d'un commandant peuvent entraîner des problèmes sur le terrain. C'est un désastre en perspective.

—Personne ici ne doute de vous.

—Vous, si.

—De vous, jamais, mais de votre jugement, oui. Comment pouvez-vous seulement envisager de jouer un rôle si important dans la vie de Lionel puis vous mettre et le mettre en danger ?

—Je suppose qu'emmener une nourrice rusée ne garantirait pas que Lionel et moi reviendrions indemnes.

—Non. J'aurais beau vouloir vous sauver, comment le pourrais-je ? Je ne suis qu'une nourrice, une étrangère.

—Eh bien, nous serions tous des étrangers en Espagne.

—Ce n'est pas drôle. Vous allez devoir attendre qu'une invasion dans les terres atteigne Hamlin pour faire étalage de vos stratégies élaborées. Ou bien alors, vous pourriez rendre le garçon à sa mère. Elle pourrait veiller à ce que le bébé soit sain et sauf.

—Cette fois, vous délirez, LaCroy. Je ne peux pas confier Lionel à une femme qui s'est enfuie. Quand une mère abandonne son enfant, ce n'est jamais pour une noble cause.

Je ne pouvais pas supporter d'entendre sa piètre opinion de moi, ou de l'imaginer partir pour la guerre. J'avais envie de tout lui avouer, de le gifler, de me cramponner à lui pour l'empêcher de se mettre en danger.

Au lieu de cela, je me frappai le front.

J'étais submergée d'émotions, trop tôt. Je ne pouvais pas laisser mon cœur me faire à nouveau cela. Je me dirigeai vers la porte le plus vite possible.

—LaCroy, arrêtez ! Où allez-vous ?

—Je vais vérifier qu'il y a assez de réserves pour faire face à une invasion. Si vous êtes rappelé sur le front, vous pourrez être assuré que Hamlin tournera bien sans vous. Soyez certain que les nourrices ne s'enfuient pas, pas en abandonnant leur protégé.

—Restez, madame LaCroy.

—Pourquoi ? Parce que vous ne m'avez pas demandé de me retirer ?

—Non, parce que je veux que vous restiez. Je veux vous assurer que je ne suis pas imprudent et que je prends très au sérieux les besoins de Lionel et les craintes de sa nourrice très franche. Revenez. Asseyez-vous. Faisons comme si je n'avais rien dit de tout cela. Passons en revue l'emploi du temps de Lionel pour la semaine prochaine.

Son sourire était timide mais semblait sincère, il n'avait pas l'air d'être un outil pour me manipuler.

Je retournai lentement m'asseoir et pris le papier qu'il me tendait.

Le sourire du duc s'affirma, des fossettes se dessinèrent au creux de ses joues. Les fossettes étaient quelque chose de dangereux chez un bel homme.

Je regardai l'emploi du temps et en restai bouche bée. Dix heures, onze heures, treize heures, et plus encore.

—Un emploi du temps heure par heure ? Êtes-vous sérieux, Monsieur ? Un bébé dort, mange, fait ses besoins, puis il recommence, le tout ponctué de câlins pleins de tendresse, on lui fait la lecture, on lui brosse les cheveux et on nettoie son petit visage avec de l'eau de lavande. Il n'y a aucune de ces choses sur cette feuille. Elles sont pourtant importantes.

—C'est ce que vous devez faire entre ces tâches plus sérieuses.

—Élever un bébé n'a pas besoin d'être aussi *sérrrieux*, *RRepington*, cela doit être un travail du cœur, qui se fait avec tout l'amour dont une mère est capable.

Il écarquilla les yeux et se mordit la lèvre.

Je mordis la mienne.

Je n'avais pas fait exprès de l'appeler Repington, comme si nous étions égaux ; mais après tout nous l'étions, même s'il ne le savait pas.

—C'est vrai, madame LaCroy, mais mon bébé a besoin de toutes ces choses et d'un emploi du temps.

*Son bébé ?* Lionel n'était pas son bébé. Il ne l'était pas. Ce n'était pas lui qui lui avait donné naissance, qui l'avait eu dans son ventre pendant des mois et lui avait parlé de coquillages, de noix de coco et de rêves, de beaux rêves.

—Obéir à un ordre direct vous pose-t-il un problème, Madame ?

Il me tendit à nouveau la liste que je lui avais rendue.

—Vous pouvez ajouter ces soins maternels, mais j'ai pensé qu'il serait un peu autoritaire de ma part de vous imposer des horaires pour les câlins.

—Oh, il ne faudrait surtout pas que vous passiez pour quelqu'un d'autoritaire.

—C'est ce que je veux pour mon Lionel.

*Son Lionel, encore ?* Lionel n'était pas son fils.

Je levai les yeux vers lui, m'apprêtant à lui dire ce qu'il pouvait faire de son emploi du temps, mais je me ravisai en voyant son visage.

La fierté qu'il trahissait, la fierté inspirée par mon Lionel, m'arrêta.

C'était le même sentiment que celui qu'il avait exprimé dans la chambre d'enfant, le premier jour. Mes yeux me piquaient.

La gorge serrée, je ravalai mon orgueil et posai la liste sur mes genoux.

— Je ne sais que dire. Vous êtes allé au-delà de mes espérances.

— Je dois reconnaître que j'aime à surprendre les gens.

Le duc eut un air songeur et son sourire s'évanouit peu à peu. Il me regarda comme si le flot d'émotions qui me submergeait l'avait atteint et emporté.

Il posa une main sur le bord du bureau et se pencha un peu en avant.

— Obtempérez, LaCroy. Je sais ce qu'il y a de mieux à faire.

*Non.* Non, c'était impossible. Il essayait de préparer mon petit garçon à aller à la guerre. À le faire progresser pour ne pas avoir à s'inquiéter autant pour lui sur le champ de bataille.

Je ne voulais pas que mon fils soit manipulé pour correspondre au monde du duc. Je retins mon souffle, comptai jusqu'à dix, puis lui rendis la feuille.

— Ces *rrègles* sont *rridicules*. Elles ne sont pas adaptées, pas à un bébé.

Le duc se redressa. Sa bouche se contracta comme si le mouvement lui était douloureux.

— J'estime qu'elles le sont, et elles seront appliquées. Mon petit soldat a besoin d'entraînement. Vous respecterez mon emploi du temps, et toutes mes règles.

— Mais…

— C'est un ordre.

Je me hérissai. Son ton sec ne laissait pas de place à la discussion.

— Madame LaCroy, sommes-nous d'accord ? J'ai entendu votre opinion sur la guerre, mais il s'agit de ce que je veux ici, à Hamlin.

—Cela n'en demeure pas moins inadapté.

—Nous étions convenus d'un engagement reconduit de mois en mois. Par Jupiter ! Vous êtes vraiment difficile.

—Allons, n'invoquez pas vos dieux pour qu'ils abattent leur courroux sur moi.

—Comment, LaCroy ? *Par Jupiter* est une expression, et je n'ai qu'un seul Dieu.

Il leva un doigt, puis croisa les bras.

—Êtes-vous en train de me dire que notre engagement de mois en mois est trop long et qu'il faut que je trouve une nourrice qui connaîtra sa place ?

Mon cœur naïf avait commencé à me détourner du droit chemin. C'était ridicule de ma part de voir un père de substitution en la personne du duc, alors qu'il n'était qu'un commandant en chef. Je dirais n'importe quoi pour pouvoir rester jusqu'à ce que je puisse enlever Lionel.

—Je connais ma place.

Je pris la feuille de papier et la mis dans ma poche.

—Puis-je être excusée ?

—Oui, vous êtes excusée, mais cet emploi du temps prend effet demain, madame LaCroy.

*Pense à des choses agréables, Patience. Le Démérara, le Démérara, le Démérara.*

Je le saluai et me dirigeai vers la porte.

Dès que j'aurais l'occasion de récupérer mes documents de fidéicommis, je le ferais. Tout ce qu'il me fallait, c'était un bateau affrété et une longueur d'avance. Mon fils et moi serions loin avant que le duc n'ait réussi à faire de mon Lionel son parfait petit soldat.

Et avant que je ne sois obligée de voir cet insensé repartir à la guerre.

# 15

# De nouveau en selle

Busick se coiffa de son shako noir et, comme il sortait des souterrains, mit une main en visière pour s'abriter les yeux. Il avait plu pendant des jours jusqu'à la veille, mais il ne neigeait plus. Les efforts qui avaient été faits pour nettoyer le domaine n'avaient pas été vains.

Le parc de Hamlin n'était pas idéal pour l'exercice au grand air, mais il ne pouvait espérer de meilleures conditions avant que d'autres averses ne tombent. À en juger par les nuages gris qui s'amoncelaient dans le ciel et par la pluie dans l'air, cela n'allait pas tarder.

Il s'étira, répartissant son poids entre sa jambe partiellement amputée et sa béquille, puis il porta son attention sur le balcon, cherchant des yeux la tempête appelée Patience LaCroy.

Elle tourbillonnait dans sa tête depuis quelques jours, soufflant comme un cyclone, renversant la situation, disloquant de vieux rouages poussiéreux, défiant ses ordres par sa résistance passive.

Sa *prétendue* passivité.

Elle ne se plaignait jamais. Elle était bien trop maligne pour cela. Non, elle obéissait et lui répondait par un seul mot, un oui ou un non.

L'absence de phrases complètes agaçait Busick. Le *Monsieur* ou *monsieur le Duc* qu'elle ajoutait parfois à contrecœur lui donnait l'air d'être d'une patience à toute épreuve.

Cela ne lui ressemblait pas.

Patience LaCroy était une femme véhémente et obstinée, et il avait eu un aperçu de sa compassion avant de se monter plus ferme. Elle ne voulait pas qu'il reparte à la guerre, mais l'idée de les accompagner, d'être là pour lui et pour Lionel, avait été écartée immédiatement.

Elle n'aurait pas traversé le hall pour le suivre, alors pourquoi l'aurait-elle suivi à travers l'Europe continentale ? Cela avait été de la pure folie de sa part de croire le contraire ; mais la folie et lui étaient de vieux amis.

L'un de ses officiers supérieurs s'approcha de lui.

— Vos hommes seront en position dans quinze minutes, monsieur le Duc.

— Parfait. Nous devons commencer à l'heure, Colonel.

L'homme salua de sa main valide, puis il se dirigea vers les troupes d'un pas énergique.

Busick redressa les épaules et fit quelques pas en direction de l'immense estrade qu'il avait conçue. Gantry avait des doutes, il prétendait que la structure ressemblait à ce que l'on pouvait voir devant la prison de Newgate et où l'on pendait les criminels.

Cette construction était pourtant nécessaire.

La présentation de ses troupes qui allait avoir lieu le jour même devant ses invités et sa nourrice montrerait les progrès qu'il avait faits sur le chemin de la guérison. Si LaCroy le voyait fort, maniant bien son cheval, elle verrait qu'il avait raison. Tous sauraient de quoi il était capable sur le champ de bataille.

Peut-être que leur relation s'améliorerait, et qu'elle oublierait leur querelle dans le salon. C'était là son espoir, mais les femmes n'étaient pas comme les soldats. Elles n'obéissaient pas bien aux ordres, pas quand elles croyaient mieux savoir que la personne qui les leur donnait.

Il avait oublié cela.

S'était concentré sur son rétablissement au cours des deux dernières années, il avait oublié bien des choses, notamment qu'il aimait les regards de défi, les lèvres passionnées, les visages dont les sourcils n'étaient pas froncés.

Se dirigeant vers l'estrade, Busick rétablit son équilibre et redressa sa posture. Cette journée allait décider de tout, lui permettrait de faire ses preuves et de montrer à tous qu'il était capable de commander son régiment à cheval. Il redeviendrait l'un des hommes de confiance de Wellington.

Le vicomte s'appuya contre l'estrade, tandis qu'un palefrenier, l'un des sous-lieutenants de Busick, tenait la longe d'une magnifique monture à la robe gris pommelé.

— Repington, votre grande entreprise secrète est terminée, dit Gantry, donnant un coup de coude dans l'estrade. Hier, en fin de journée. Elle a été menée à bien selon vos spécifications. Planche par planche, centimètre par centimètre. Avec le nombre de clous indiqué, à un ou deux près, de plus ou de moins.

— Un écart de deux clous, Gantry *? Avec un peu de chance, c'est encore plus solide que prévu et cela ne s'effondrera pas. On m'a dit que j'étais imposant.*

Son ami rit, et Busick fit le tour de l'estrade de douze pieds sur douze, touchant les planches qui lui arrivaient à hauteur d'épaule et constituaient le plancher sur lequel il marcherait après avoir monté les marches.

— Quand je serai là-dessus, je pourrai littéralement me mettre en selle par-derrière.

— Vous voulez dire que vous vous monterez sur votre cheval par la croupe ? Vous m'avez fait construire une extension de croupe, monsieur le Duc *?*

Busick tendit le cou et fronça les sourcils.

—Je ne formulerais pas cela de cette manière. Je peux aussi passer par le côté, enfourcher mon cheval dès le début évitera tout problème d'équilibre.

Gantry haussa les épaules et lui tendit les rênes.

—Si vous le dites. Sans plus attendre, voici votre belle monture. Croupe incluse, selon vos instructions également.

S'efforçant de se rappeler qu'il s'agissait de son ami, Busick retira un gant à l'aide de ses dents. Il le tint ainsi un instant, puis le lâcha involontairement. Se baisser pour le ramasser promettait d'être délicat. Il allait devoir répartir son poids entre sa solide béquille et l'appendice mécanique attaché à sa cuisse.

Il ne tomberait pas aujourd'hui, ni devant Gantry, ni devant ses invités, qui n'étaient pas encore arrivés. Où étaient LaCroy et Lionel ? Il ne voulait pas commencer avant qu'ils soient bien installés dans les fauteuils qu'il avait prévus.

Prenant son temps, il jaugea le cheval du regard et enfouit une main dans sa crinière argentée. Les crins rudes, épais et parfaitement démêlés, étaient superbes. Cela faisait deux ans qu'il n'avait pas monté. Avoir l'occasion de le faire à nouveau l'enthousiasmait.

—Splendide ! Tu es splendide. Regarde-moi la courbe de ton épaule… Sapristi ! le galbe de tes jambes rendrait n'importe quel Anglais jaloux. Pas de canon gonflé, pas d'entorse du boulet. Tu es la monture que j'attendais.

—Voulez-vous un peu d'intimité avec le Shire, monsieur le Duc ? demanda le vicomte avec un petit rire.

Cependant, il avait l'air préoccupé. Il avait des poches sous les yeux. Il tapota l'encolure du cheval comme s'il s'agissait d'un compagnon d'armes.

—Zeus est un cheval puissant. Il vous plaira.

—Zeus…

Busick caressa le nez du cheval.

—Eh bien, ça alors ! J'ai dit à LaCroy que j'avais un seul dieu, et voilà que vous m'en amenez un autre.

—Quoi ?

—La mythologie grecque.

—Zeus, le roi de l'Olympe… Peu importe. Ce cheval est fabuleux.

—Et avec son tempérament facile, il est parfait pour aujourd'hui.

—Facile ? répéta Busick, lançant à son ami un regard furibond. Vous croyez que j'aime ce qui est facile, ou que c'est ce dont j'ai besoin ?

Gantry fronça les sourcils et ramassa le gant.

—Nous n'avons ni l'un ni l'autre un caractère facile, mais il serait préférable que nous choisissions d'emprunter la voie la moins dure, de temps en temps.

Le tonnerre gronda au loin tandis que Busick contournait le cheval, s'écartant un peu de lui pour regarder ses jarrets et sa taille au garrot. Les Shire étaient des spécimens puissants, des chevaux de trait, et avec lesquels on partait parfois en guerre.

—Triomphe-t-on vraiment quand c'est facile ?

—On peut triompher et ne pas rendre les choses si difficiles. C'est une leçon qui est aussi valable pour moi.

—Facile, difficile, cela a peu d'importance. Du moment que le temps se maintient et que l'orage qui se prépare n'éclate pas tout de suite, je serai vainqueur, aujourd'hui.

Busick vit, par-dessus l'épaule de Gantry, LaCroy qui arrivait sur le balcon de pierre. La nourrice choisissait-elle la facilité ?

Zeus méritait son attention, contrairement à la nourrice maussade qu'il avait besoin d'impressionner. Il vérifia que la selle était bien mise, tira sur la sangle. Elle était solidement attachée.

—Il est temps de faire un essai.

Gantry lui jeta son gant et monta à sa suite les marches de l'estrade.

— Vous êtes sûr d'être prêt pour cela, Repington *?* Nous pourrions passer en revue les troupes comme nous le faisons toujours, puis rentrer pour manger ce que les dames auront préparé pour le petit déjeuner.

Busick poussa un profond soupir, secoua la tête et referma la main sur la rampe de l'escalier.

Il regarda son ami hagard – avec son teint pâle, son habit gris perle débraillé – et décida de se montrer un peu plus charitable.

— Vous manquez de sommeil. On pourrait transporter des provisions dans les poches que vous avez sous les yeux.

— Elles ne sont pas si grosses que cela… et j'ai faim.

— Ce n'est pas en mangeant que vous résoudrez vos peines de cœur, Gantry.

Gantry haussa les sourcils et enfonça ses poings dans ses poches.

— Beaucoup de choses peuvent être résolues en rompant le pain. Ou en faisant un compliment et en présentant des excuses.

Complimenter la nourrice aurait-il pu arranger les choses entre elle et Busick ? Il ne s'excuserait jamais de vouloir retrouver sa vie d'autrefois ; mais peut-être pourrait-il s'excuser d'avoir eu le ton qu'il avait eu pour exprimer sa divergence de vues.

Gantry monta les marches derrière lui et se pencha au-dessus de l'enclos encastré prévu pour le cheval.

— Comment cette potence va-t-elle fonctionner ?

— C'est très simple, répondit Busick en tirant sur son gant. Sous-lieutenant, menez le cheval devant la stalle comme si vous le mettiez à l'écurie, et faites-le reculer, dit-il au soldat. Exercez une légère pression sur ses rênes. Faites-vous respecter.

Le vicomte baissa les yeux vers le soldat.

—Ne faisons pas attendre le duc.

L'homme accéléra le pas, contourna Zeus et le fit entrer à reculons dans la stalle.

Avec le plancher entourant le cheval comme un ponton, il était aisé d'imaginer le Shire être amarré, comme un bateau à voiles. Il était temps pour Busick de faire son voyage inaugural.

—Gantry, vous avez suivi mes instructions à la lettre. Je peux marcher sur trois des côtés, et même vérifier à nouveau les rênes. Je n'ai pas à compter sur qui que ce soit pour monter, et je pourrais même faire rentrer Zeus moi-même dans la stalle, l'attacher, grimper sur l'estrade et monter sur son dos. C'est parfait. Absolument parfait.

Son ami tendit le bras vers le madrier, au-dessus de leurs têtes.

—On pourrait accrocher une corde, ici…

Il donna un coup de poing dans le bois.

—… mais pas de corde pour vous ! Vous allez vous tenir à cette traverse, la partie guillotine de votre structure, et vous laisser descendre sur le cheval ?

Une corde ? Une guillotine ? Les craintes de son ami n'étaient pas subtiles, mais elles n'ébranleraient pas l'assurance de Busick… ou pas *trop*. Il tendit sa béquille au palefrenier et fit quelques pas par ses propres moyens. Les sangles sur sa cuisse étaient serrées et elles frottaient quand il marchait, mais il se sentait stable. Les muscles de son dos lui semblaient forts et solides.

*Bien.*

— Ce n'est pas une guillotine, puisqu'il n'y a pas de lame, et, oui, je vais pouvoir me servir de la force de mes bras pour me tenir au madrier et me laisser glisser sur la selle. Je n'aurai pas besoin d'aide supplémentaire. C'est merveilleux.

—Nous pourrions, un valet d'écurie et moi, vous hisser simplement sur la selle. Cela ne serait pas difficile, et ce serait bien moins risqué.

C'était vrai, mais cela aurait fait de Busick un fardeau pour les autres. C'était hors de question.

—Pourquoi gaspiller une si bonne guillotine ?

—Demandez cela aux Français.

—*Non*[1].

Busick s'agrippa à la traverse. Avec un grognement, il se hissa un peu puis se laissa descendre sur la selle.

—Voilà ! dit-il entre deux halètements.

Il empoigna le pommeau de la selle et se tint bien droit.

—Zeus, je sais que c'est une expérience unique, même pour un cheval au caractère *facile* comme toi, mais nous allons nous habituer.

—Ce qui monte doit redescendre, monsieur le Duc. Au moins, cela ne s'est pas fait sans cérémonie. Tant mieux.

Busick raccourcit un peu les rênes, et rit pour lui-même. Le vicomte détestait avoir tort.

—*Écartez-vous !*

Gantry sauta d'un bond au bas des marches, et fit signe au soldat de lâcher les rênes.

Busick fit avancer le cheval hongre.

—Je m'occupe de Zeus, maintenant.

—Tout va bien, là-haut, monsieur le Duc ? Vous en êtes sûr ?

—Comment pouvez-vous seulement me poser cette question ? Je n'ai fait attendre que trop longtemps mes troupes et mes spectateurs.

Son ami saisit la bride du cheval.

—Vous pourriez tout de même vous entraîner en privé, avec moi seulement, et peut-être quelques-uns de vos hommes les plus fidèles.

—Croyez-vous que je vais échouer ? Vous vous trompez.

—Je m'inquiète…

Gantry fit un salut.

1. En français dans le texte.

—… mais si vous échouez, vous le ferez mieux que quiconque. Gardez la tête haute.

Le cheval fit un mouvement un peu brusque, et Busick sentit les muscles de son ventre se contracter, mais il resta en selle. Chaussant les étriers, il fit faire demi-tour à sa monture.

—Il y a une autre raison pour laquelle j'ai un public. J'ai invité lady Shrewsbury. Elle connaît toute la bonne société. Elle doit connaître votre épouse. La femme dont nous évitons soigneusement de parler peut sûrement être retrouvée par la comtesse. Je sais qu'elle vous manque. Je sais que vous voulez arranger les choses.

—Comment lady Shrewsbury pourrait-elle savoir où trouver une femme qui est une véritable énigme ?

—C'est grâce aux relations de la comtesse que j'ai pu retrouver Markham. À moins que lady Gantry ne soit retournée au Démérara, lady Shrewsbury sera en mesure de la retrouver. Elle sait comment repérer les femmes qui viennent des Antilles.

Gantry croisa les bras.

—Je n'ai pas beaucoup parlé d'elle.

—Tout est dans le fait que vous ne dites rien, que vous ne demandez rien, que vous ne dormez pas. Si vous ne vouliez plus entendre parler d'elle, vous me diriez à quel point elle est épouvantable. Vous essaieriez de vous servir de mes relations ou de celles de votre père pour voir ce que vous pourriez faire pour rompre tout lien. Il y a deux belles veuves parmi nous, et vous ne les avez même pas regardées.

—Vous voulez dire, pas de la façon dont vous regardez fixement madame LaCroy ? Ou comme vous lui jetez des coups d'œil en ce moment même ?

À l'entendre, on aurait cru que l'engouement était à sens unique. Ce n'était pas le cas. Busick en était sûr.

Les réponses monosyllabiques de Mme LaCroy ne devaient rien d'autre que son entêtement.

Tout se passait beaucoup mieux entre eux la nuit.

Ils n'avaient alors pas besoin de mots.

Ils étaient simplement deux âmes ayant une mission commune. Il avait besoin de retrouver cela, de sentir à nouveau son soutien et sa sollicitude. Les choses devaient pouvoir s'arranger, entre eux. L'un d'eux aurait dû faire preuve de souplesse, ou tous deux auraient dû le faire.

Il fit faire un autre cercle à son cheval, plus petit et mieux maîtrisé que le précédent.

—C'est une belle femme. Elle m'a remarqué, et cela faisait un moment que l'on ne m'avait pas admiré.

—Elle ne vous admire pas. Elle vous supporte. Croyez-moi ! Je sais faire la différence…

Gantry donna un coup de pied dans une plaque de neige, et ajouta :

—… et si lady Shrewsbury est capable de retrouver n'importe qui, pourquoi n'arrive-t-elle pas à retrouver la femme de votre cousin ?

C'était une bonne question ; mais la réponse était évidente.

Une bonne mère n'aurait jamais abandonné son enfant. La dame en question devait être morte, ou bien alors elle était tout simplement partie de son côté ; si tel était le cas, Lionel n'avait pas besoin d'elle.

Busick releva un peu son shako sur sa tête.

—Mme Jordan a peut-être connu une fin tragique. Markham ou les créanciers de Markham et de Colin l'ont peut-être abattue. J'ai engagé des détectives, mais ils n'ont rien trouvé. Je vais concentrer tous mes efforts sur Lionel. Il est sûrement orphelin. Je veillerai à ce qu'il ne devienne jamais la proie des Markham de ce monde.

—Ni de ses préjugés.

Gantry baissa légèrement la tête et fit tourner son alliance autour de son doigt.

—Ou des affronts subtils que votre vicomtesse a endurés par égard pour vous et que vous avez dissimulés. Lady Shrewsbury pourrait vous aider.

Busick tourna son talon valide vers le cheval et lui appuya doucement sur le flanc. Les doigts crispés sur les rênes, il encouragea sa monture à avancer droit vers le balcon. La structure de pierre ressemblait à un trapèze avec ses escaliers de chaque côté. Se penchant légèrement pour soulager sa jambe faible, il ralentit et ôta son couvre-chef.

—Mesdames…

La comtesse agita son éblouissant éventail en plumes. Son expression grave s'effaça pour faire place à un air faussement insouciant.

Il avait encore interrompu un complot.

—Vous avez l'air plein d'entrain, ce matin, dit la comtesse.

—Je me sens plein d'entrain, ma bonne dame. Bonjour à vous, madame LaCroy.

Lionel était emmitouflé dans une couverture bleue, dans le giron de la nourrice, entre les plis de sa robe couleur rouille. C'était agréable de la voir porter autre chose que du bleu ou du gris. Il s'approcha davantage, suffisamment pour bien voir ses grands yeux topaze.

—Comment allez-vous, mon pupille et vous-même, ce matin ?

Ses joues s'empourprèrent.

—Bien.

La comtesse eut un petit rire.

—Votre jambe va mieux, mais ne soyez pas imprudent, ne hâtez pas votre rétablissement.

Elle n'allait tout de même pas s'y mettre aussi ! Gantry jouait assez les mères poules comme cela. Il ajusta sa prise sur les rênes.

—L'imprudence est un concept subjectif, lady Shrewsbury. Lionel, tu monteras aussi à cheval, un jour ! J'ai hâte de te choisir un poney.

—C'est encore un bébé.

La main de Mme LaCroy s'était crispée sur l'accoudoir de son fauteuil.

—Enfin. Soit.

Sept mots en tout. C'était un progrès.

—Ce n'est pas pour tout de suite. Il doit d'abord apprendre à ramper, puis à marcher à quatre pattes, enfin à se mettre debout.

La comtesse rit.

—Le duc a pour ainsi dire passé sa vie à cheval ! Il fera un excellent professeur.

—Eh bien, je présume que je vais devoir vous montrer que je sais très bien manier ma monture. Vous apprendrez à me faire confiance.

Il souleva son shako et guida son cheval pour qu'il se tourne à nouveau vers ses hommes.

Une fois que le défilé serait terminé, il ferait en sorte de rétablir une bonne atmosphère de travail entre la nourrice. Un dernier coup d'œil à la jeune femme tendue lui indiqua que la bataille serait difficile, mais il savait qu'il en sortirait vainqueur. Il était le meilleur homme de Wellington en matière de stratégies guerrières.

# 16

# Un défilé avec de la citronnade

Espérant que le duc savait ce qu'il faisait, je berçai mon fils dans mes bras et attendis que mon inquiétude se dissipât. Mon ventre se nouait tandis que le cheval du duc gambadait au-devant des hommes qui défilaient. Les jardins de Hamlin étaient détrempés. Il n'aurait été que trop facile de glisser.

—Ma chère, dit la comtesse en s'enfonçant plus profondément dans son fauteuil et en tapotant l'accoudoir orné d'une tête de lion finement sculptée, nous sommes dehors, sur le balcon, il n'a pas encore commencé à pleuvoir, et nous avons sous les yeux un délicieux défilé militaire... Pourquoi avez-vous l'air d'être sur le point de vous sentir mal ?

Parce que je l'étais.

—Je devrais m'estimer heureuse qu'il ne s'agisse pas de l'un des exercices insensés pour le bébé préconisés par le duc. Un enfant de trois mois ne rampe pas. Il bascule. Il ne répète pas les mots qu'on lui dit. Il fait son rot. Les renvois sonores de Lionel ne forment pas des phrases.

J'étais toutefois assez fière de ces rots, qui indiquaient que son petit ventre était plein.

Le duc s'arrêta devant le bataillon composé de huit hommes. Quelqu'un cria. Les soldats, élégants dans leur uniforme cramoisi, posèrent leurs fusils sur leurs épaules et avancèrent en rangs de quatre.

Comme s'il savait qu'elle s'inquiétait pour sa sécurité, le duc décida de mener son cheval au petit galop en cercle autour du cortège.

Un faux mouvement et l'homme et le cheval auraient pu tomber.

L'équilibre du duc devait être parfait, sinon, il se blesserait. Ou pire.

Il pourrait se passer quelque chose qui révélerait sa blessure de guerre. Cet homme était si secret qu'il détestait admettre son existence. Je compatissais. Il avait horreur de s'exposer au mépris des autres et je le comprenais.

Je posai l'auriculaire sur les lèvres de Lionel.

—Si les nuages continuent à s'amonceler, il va finir par pleuvoir. La terre sera très glissante, et les hommes risqueront de tomber.

Le tonnerre gronda au loin. De plus en plus sonore, il se rapprochait.

—Eh bien, le duc sera mouillé sur son cheval, voilà tout, ma chère ! Il s'en remettra. Et Lionel a l'air très bien. Pourquoi êtes-vous si anxieuse ?

Je ne pouvais pas me permettre de répondre à cette question. Pourtant, tous mes muscles étaient contractés. Je pressentais une catastrophe. Je n'avais pas été dans cet état depuis le jour où Markham m'avait enfermée dans la chambre d'enfant, se plaignant de ce que je faisais trop de bruit et étais trop bavarde, alors que je ne lui avais même pas adressé la parole.

—Tout ceci me met mal à l'aise.

J'essayai de serrer Lionel contre moi pour me réconforter, mais la magie de ses frétillements et de ses gazouillements n'opéra pas, pas cette fois.

La comtesse sortit de son réticule ses jumelles d'opéra à monture d'or et me regarda fixement.

—Vous êtes l'une de ses cibles, mais vous n'avez pas l'air d'avoir été compromise.

Je sursautai.

—Quoi ? Qu'insinuez-vous, Madame ?

—Le duc vous a-t-il entraînée à l'écart, dans l'un des recoins secrets de Hamlin, pour vous donner une leçon particulière, impliquant des baisers et des promesses en l'air ? En Angleterre, on appelle cela être compromise.

—Il m'a fait la leçon au sujet des emplois du temps, mais jamais dans un recoin, et il n'y a certainement jamais eu de baisers.

Cependant, mes joues s'empourpraient quand il me complimentait pour mon pain, et j'avais également rougi quand il avait insisté pour que Lionel et moi assistions au défilé de ses troupes, ce matin.

Je me penchai vers la comtesse.

—Je n'attends de promesses de personne, à part vous. Il faut que je reste à son service assez longtemps pour que La Providence de la veuve trouve le moyen pour moi de récupérer la garde de mon fils. Il veut l'emmener avec lui à la guerre.

Lady Shrewsbury posa ses jumelles.

—Vous devez avoir mal compris. Vous… Oh là là !

Serrant Lionel contre ma poitrine, je me levai d'un bond et balayai le domaine du regard.

—Qu'y a-t-il ?

—Je voulais juste prouver quelque chose, répondit la comtesse avec un gémissement plaintif. Vous vous êtes entichée d'un homme en uniforme. N'y en avait-il pas au Démérara ?

—Si, nous avions des soldats. De nombreux soldats de chez nous. L'un des frères de votre régent, aussi. Le prince William Henry était connu pour se pavaner sur nos rivages, danser et s'enivrer dans les hôtels de l'île.

Je me rassis, prenant un air dégagé, comme si je n'avais pas l'ombre d'une préoccupation.

—Je ne suis pas entichée. Je suis soucieuse.

Jemina arriva sur le balcon avec un plateau en argent chargé de verres et d'une cruche.

—Elle n'est pas entichée. Elle refuse simplement d'admettre qu'elle apprécie le duc, c'est tout.

Elle posa bruyamment le plateau sur la table.

—Citronnade ?

La comtesse se servit un verre du liquide jaunâtre et acide et en sentit le contenu comme s'il s'agissait d'un médicament.

—C'est très citronné.

Remontant ses manches gris foncé, Jemina s'assit dans le fauteuil disponible à côté des nôtres.

—*Très*, très citronné.

Sa voix était enjouée et ferme, elle n'avait plus rien d'une petite souris. Elle avait pris de l'assurance depuis qu'elle avait commencé à travailler à Hamlin. C'était une bonne chose, car c'était une femme bien.

Lady Shrewsbury posa son verre de côté.

—Avez-vous trouvé quoi que ce soit ? Cela fait maintenant un peu plus de trois semaines que vous êtes ici. Le paiement de votre père ne va pas tarder à arriver. À ce moment-là, la raison principale pour laquelle Markham vous veut vraisemblablement du mal disparaîtra.

Jemina faisait la moue à chaque gorgée qu'elle buvait de son breuvage.

—Nous n'avons rien trouvé, mais nous n'avons pas pu fouiller le salon. S'il y a quoi que ce soit dans cette maison, cela se trouve sûrement dans cette pièce.

Je m'efforçai de suivre la conversation mais ne cessais de tourner la tête vers les jardins. Le duc faisait à nouveau des allées et venues à vive allure. Je retins mon souffle jusqu'à ce qu'il ralentisse.

La comtesse toussota.

Je sentis le rouge me monter aux joues.

—Non, nous n'avons rien trouvé pour le moment. Je suis sûre qu'il y a quelque chose dans le salon, mais il y a toujours le duc ou lord Gantry dans la pièce, ou alors la maison est pleine de soldats.

—Vous devez impérativement fouiller cette pièce. Markham est encore au village. S'il avait ce dont il a besoin, il serait déjà parti. Il y a quelque chose dans cette maison qui retient son attention. Nous devons absolument trouver de quoi il s'agit.

La canaille restait à proximité.

Jemina tendit les doigts comme si elle comptait.

—Il n'y a personne dans la maison en ce moment, et il y a peu d'hommes dans les jardins. Ont-ils disparu aussi ?

—*Aussi ?* répétai-je, prenant la main de Jemina dans la mienne. Qu'entends-tu par *aussi ?*

—L'une des miches de pain que nous avons faites a disparu. Il n'y en a que huit dans la cuisine. Nous en avons pétri et tressé neuf. Toutes cuites à la perfection dans l'âtre, d'un beau brun doré, dois-je ajouter.

Il y avait aussi les draps qui avaient disparu.

Avaient-ils été volés ? Je repensai aux bruits bizarres que j'avais entendus dans le grenier.

Y avait-il un voleur dans la maison ?

Ou Markham parvenait-il, d'une façon ou d'une autre, à pénétrer dans Hamlin ? L'inquiétude qui me nouait le ventre se changea en une peur bien plus profonde.

La comtesse referma la main sur nos mains jointes. Ses bagues en or tintèrent contre l'alliance de Jemina et contre la mienne.

—Tranquillisez-vous, très chères. Le duc a renvoyé quelques-uns de ses hommes, ce matin. Ils sont retournés auprès de leurs familles. Il n'a plus besoin d'autant d'hommes qu'avant, maintenant qu'il a pris le contrôle de Hamlin. Un soldat a dû prendre une miche de pain en guise de repas pour le trajet de retour jusque chez lui.

Lady Shrewsbury se leva et s'approcha de la balustrade.

—Monsieur le Duc a un plus petit contingent. Les soldats qui défilent sous nos yeux suffiront à tenir à distance Markham et les gens de son espèce. Un plus petit nombre d'hommes signifie…

—Moins de choses à nettoyer ? Moins de choses qui disparaissent ?

Jemina leva son verre comme pour porter un toast.

—C'est merveilleux. Les soldats ont laissé un escabeau sous le grand lustre. Ils n'ont pas fini de l'installer. Il manque même plusieurs globes en verre.

*Quoi ? Le grand lustre, à moitié propre ?* Je baissai les yeux vers Lionel et pris sur moi pour ne pas fulminer. Je voulais que tout rentre dans l'ordre, que tout redevienne comme quand j'étais aux commandes de Hamlin.

—Le lustre devrait être muni de tous ses globes.

Lady Shrewsbury regarda un moment le domaine.

—Je vous assure que vous aurez toutes deux davantage de liberté pour fouiller le salon. Peut-être même ce soir, quand tout le monde dormira.

La comtesse se mordit la lèvre, plissa les yeux et posa une main sur le revers orné de perles de son manteau.

—Je suis navrée de devoir vous dire cela, Patience, mais nos amis londoniens ont découvert que le montant des dettes de Colin Jordan était ahurissant. Rien que dans quelques maisons de jeu, la somme totale dépasse les deux mille livres. Hamlin est peut-être même grevé de dettes. Mon neveu vérifie actuellement ce qu'il en est.

Je fermai les yeux. Je cherchais à ne pas me laisser affecter par l'imprudence de Colin. Sans l'argent de mon père, nous aurions été complètement démunis.

—De toute évidence, mon mari n'avait plus un sou quand il s'est suicidé. Je croyais pourtant que Hamlin était spécial pour lui parce qu'il l'avait hérité de son grand-père.

—Le désespoir change les choses. Mon neveu cherche la trace d'une transaction financière. L'hypothèque n'est plus une simple conjecture. Les dettes de jeu sont plus pressantes. Les détenteurs de ces reconnaissances de dette ne sont pas du genre à accepter les excuses. Markham les enverra se faire payer ici.

Le plan de bataille du duc nous protégerait peut-être contre les créanciers.

Soudain, Jemina se redressa, les yeux écarquillés, comme si elle avait vu un fantôme.

—Est-ce pour cela que Markham se tapit au village ? Va-t-il essayer de s'emparer de Lionel pour demander une rançon ?

La comtesse se pencha et couvrit les pieds de Lionel, qui s'étaient échappés de sous la couverture.

—Markham ne fait pas le poids face aux hommes de Repington.

Jemina mélangea sa boisson avec une cuillère en bois, qui fit tinter la cruche en verre.

—Mais s'il arrivait quoi que ce soit au duc, ce serait Markham qui deviendrait le tuteur de Lionel.

Je regardai Jemina. À en juger par la façon dont elle tenait la cuillère et sa tasse, levant le petit doigt, soit elle venait d'un milieu aisé, soit elle enseignait l'étiquette, comme une véritable gouvernante, par exemple. Mon amie à la perspicacité effrayante avait sa place à Hamlin.

Mon cœur fit un bond dans ma poitrine quand le duc glissa un peu, dans un virage. Je ne restais certes pas insensible, face à lui. Je bouillonnais intérieurement, mais m'efforçais de ne pas me laisser submerger par mes émotions.

Le duc fit un autre saut. Je fis mine de boire ma citronnade pour lui lancer un autre coup d'œil à travers mes cils baissés. Comment dissuader un homme de faire une folie ? En n'arrêtant pas de lui faire des remarques, en lui écrivant des lettres… En lui demandant les choses avec subtilité. En le suppliant. En se soumettant.

Rien de tout cela n'avait fonctionné avec Colin.

Rien n'avait brisé l'emprise de sa mélancolie ou de sa foi en Markham, de l'idée qu'il se devait d'être loyal à ce crétin.

Mon ventre noué devenait douloureux. Je ne pouvais tenir ma langue plus longtemps.

—Cela doit cesser. Je devrais dire la vérité au duc, et tout lui dire au sujet de Markham. Il faut qu'il prenne plus de précautions.

—Tranquillisez-vous. Repington aime le risque, mais ce n'est pas un imbécile.

La comtesse vint se rasseoir.

—Il a réduit ses effectifs, mais il ne les a pas réduits à néant. Il aime se faire admirer, mais il s'habitue à la vie ici, à Hamlin. Lui dire la vérité maintenant serait inopportun. Nous avons besoin de prouver que Markham veut se débarrasser de vous. Ce sont les hommes qui sont les tuteurs. Les mères, en particulier celles qui ont usé de supercherie, n'ont pas voix au chapitre.

—Eh bien, la mère que je suis fera entendre sa voix. Nous devons en finir avec cette mascarade.

—Je pense que tu as raison, dit Jemina entre deux gorgées de citronnade, qui lui laissèrent une petite moustache au-dessus de la lèvre supérieure. Et il ne te renverra pas. Qui dévisagerait-il si tu n'étais plus là ?

—Peut-être prêterait-il plus attention à ce cheval si je n'étais plus là.

Je serrai mon bébé contre moi comme s'il risquait de glisser entre mes bras. Je ne voulais plus avoir à respecter les règles du duc ou celles de la comtesse. J'avais besoin de mes documents de fidéicommis. Lionel était maintenant en suffisamment bonne santé, assez pour prendre le bateau.

— Lady Shrewsbury, il nous faut plus de chiffons et de linge de maison. Pouvez-vous convaincre le duc de nous laisser aller en ville ? Peut-être Jemina et moi pourrions-nous y découvrir quelque chose. Mon mari allait souvent à Londres.

J'envoyai des baisers à mon fils et lui fis une grimace qui lui fit pousser un cri aigu.

— Tu n'aimerais pas aller en ville ?

— Je vais voir ce que je peux faire, dit lady Shrewsbury, mais je doute qu'il vous laisse emmener Lionel. Vous sous-estimez grandement le pouvoir d'un nouveau père, en particulier d'un homme bien décidé à prouver quelque chose.

— Qu'a-t-il à prouver ? C'est lui qui a le pouvoir. C'est lui le tuteur légal de Lionel.

— Le père de Busick Strathmore, lord Bodonel, était maladif. Puis il s'est rompu le cou lors d'un accident de cheval.

— Pardon ?

— Oui ? Il a été infirme pendant des années. Tout le monde se bat contre quelque chose, dit lady Shrewsbury, me prenant la main. Vous n'avez aucune raison de vous inquiéter. Le duc est en bonne santé. Il sait manier un cheval. Ne voyez-vous pas qu'il s'amuse ? Avec Markham qui se tient toujours prêt à frapper, il ne se risquera pas à quitter Lionel des yeux.

— Je ne sais pas.

La comtesse soupira, comme si elle savait qu'elle s'adressait à une fille obstinée.

— Attendez de voir, Patience. Vous allez obtenir la garde de votre fils. Vous devez apprendre à faire confiance.

— J'ai confiance en vous, en Jemina, et en ma propre force. N'est-ce pas suffisant pour avoir gain de cause ?

La comtesse prit son verre de citronnade. Elle le but tout entier, et sa bouche se plissa.

—Une femme doit exposer ses revendications et se battre pour ce qui lui est dû. Vous êtes combative, Patience. Vous aurez gain de cause, ma chère. Vos prières, celles d'être en sécurité avec votre fils, seront exaucées. Nous devons continuer à faire preuve de vigilance. La Providence de la veuve triomphera.

Je plaçai la joue toute douce de Lionel contre la mienne. J'acquiesçai peut-être d'un hochement de tête, mais mes pensées étaient tournées vers les documents qui se trouvaient dans le salon et que je devais absolument récupérer.

—Mon neveu a demandé conseil à des pairs à la Cour de la chancellerie. Tous lui ont dit que des preuves de la duplicité de Markham faciliteraient les choses. Elles pèseraient plus lourd que votre internement.

Le conditionnel n'était pas la même chose que le futur.

Lord Gantry monta l'escalier d'un pas pressé.

—Lady Shrewsbury, madame Saint-Maur, madame LaCroy…

Il inclina brièvement la tête et s'arrêta devant la comtesse, roulant son chapeau entre ses mains comme si sa nervosité avait eu raison de lui.

—Puis-je m'entretenir avec vous, Madame ? Le duc dit que vous êtes douée pour retrouver les gens, et j'ai décidé que c'était ce que je devais faire.

—*Moi*, retrouver des gens ?

Elle s'éventa le visage et le regarda d'un air faussement modeste, l'air de la déesse impérieuse aux yeux rouges.

—J'ai quelques relations. Qui recherchez-vous, Monsieur ?

—Puis-je vous parler en privé, lady Shrewsbury ?

—Oui, marchons un peu. Mme LaCroy et Mme Saint-Maur s'occuperont pendant que nous ferons un tour.

Elle lui prit le bras. Son long manteau pourpre orné d'un col de dentelle voleta autour de ses bottines élégantes.

—Le mouron rouge et le mouron jaune ont percé la neige. Ils symbolisent l'espoir, la lutte contre l'emprise de l'hiver… Le jardin est l'endroit idéal pour échanger des confidences.

L'allusion qui nous était destinée, à Jemina et à moi, était claire. Nous regardâmes la chère dame entraîner lord Gantry vers les marches de pierre.

Jemina se leva.

—Allons fouiller le salon, Patience. Nous n'avons pas beaucoup de temps.

Je me levai à mon tour et murmurai à Lionel :

—Tu veux aider Maman à chercher un secret ? Bien sûr…

Le duc apparut soudain au bord du balcon.

—Madame LaCroy, j'ai renvoyé les troupes. Vous voyez ? Il n'y a aucune inquiétude à se faire. Restez ici. Je reviens tout de suite.

Tant pis pour mes recherches !

Le duc n'avait pas fini de se faire admirer ; et moi, je n'avais pas fini de craindre pour sa sécurité.

# 17

## Dans le coin avec vous

Depuis le balcon de pierre, je regardai le duc mener son cheval en direction de la structure en bois qu'il avait fait ériger. C'était une horreur au milieu du domaine redevenu impeccable, mais il galopait vers celle-ci d'un air réjoui.

Un valet lui tendit sa béquille et il revint vers moi à toute allure.

Je me tournai vers mon amie.

—Nous irons plus tard, je suppose. Nous fouillerons le salon quand tout le monde dormira.

Jemina lissa sa robe anthracite.

—Le duc essaie de t'impressionner. Montre-lui que cela fonctionne. Il fera alors plus attention.

Elle fit glisser vers moi le plateau sur lequel était posée la boisson.

—Donne-lui donc un verre de citronnade. C'est rafraîchissant, après une dure chevauchée. Je vais aller servir le petit déjeuner avant que les soldats ne rentrent à la maison.

Mon amie rentra, mais ses paroles me firent réfléchir. Si admettre que j'étais impressionnée et inquiète faisait ralentir le duc, cela serait une bonne chose.

—Tenez, madame LaCroy !

Le duc s'approcha de la balustrade et me tendit sa béquille.

—Prenez ceci !

Tenant Lionel d'un bras, je saisis la béquille sous l'autre.

Il fit signe à un valet, mais sans cesser de me regarder droit dans les yeux.

—Avez-vous apprécié la revue ? Mon pupille a-t-il été attentif ?

Lionel coinça sa petite main sur mes lèvres. Les yeux du bébé étaient vifs et pénétrants. Peut-être avait-il effectivement tout regardé.

—Oui, je crois.

—Trois mots. Était-ce une torture ?

—Non.

Un soldat s'approcha du cheval gris pommelé et prit ses rênes.

Le duc passa la jambe par-dessus le pommeau de la selle, jusqu'à ce que ses bottes soient devant lui, puis l'inconscient sauta, atterrit sur le sol avec un petit tressaillement de douleur et se redressa.

Je refusais de le laisser faire une chute. Je me dirigeai vers lui avec Lionel dans les bras, traînant la béquille derrière moi.

—Vous ne tomberez pas, pas si je peux vous aider.

—Femme, je ne…

—Chut !

Je lui glissai la béquille sous l'aisselle.

—Voilà.

Il m'attrapa la main avant que je n'aie pu m'écarter de lui.

—Vous m'avez dit plus de mots qu'hier sur toute la journée, mais cessez de vous inquiéter. Il n'y a qu'un seul enfant à Hamlin, et il se trouve dans vos bras. Ce n'est pas moi, mais j'envie sa situation.

Le duc retira ses gants et posa le pouce sur le petit nez de Lionel.

—Tiens-toi bien, petit soldat ! Accroche-toi à elle. C'est difficile de se lier d'amitié avec elle.

*D'amitié ?* Mon visage s'empourpra.

—Je suis désolée.

—Je ne tomberai pas, LaCroy. Je suis au commandement, mais je suis raisonnable. Je sais reconnaître la valeur d'une femme inquiète.

Un coup de tonnerre éclata.

L'air sentait bon la pluie.

Et la chaleur de son regard brûlait comme un éclair.

—Au moins, vous avez pu voir mon régiment avant que le temps ne se dégrade. Par Jupiter ! Nous avons battu l'orage.

J'étais tellement heureuse qu'il soit sain et sauf que je remerciai les dieux.

Mon cœur battait la chamade, égrenant les secondes comme l'horloge de parquet de la salle à manger. Je me tenais trop près du duc, avec Lionel pris entre nous deux. C'était comme notre danse devant le berceau, sauf qu'il ne bougeait pas, et moi non plus.

Ce moment presque familial me terrifiait.

Mon cœur s'habituait aux choses bien trop vite. Je m'écartai du duc et, serrant mon bébé contre moi, montai précipitamment les marches de pierre.

—Il y a de la citronnade sur le balcon, monsieur le Duc. Permettez-moi d'aller vous en chercher un verre. Vous avez l'air d'avoir chaud.

—Encore plus de mots !

Il eut un petit sourire satisfait qui dessina des fossettes au creux de ses joues, et me rejoignit sur le balcon d'une démarche arrogante, en héros. Il avait l'air très stable, et ne s'appuyait qu'un peu sur sa béquille.

Je lui servis un verre de la boisson préparée par Jemina, puis m'assis dans un fauteuil avec Lionel dans mon giron.

Le duc prit le verre que je lui tendais, le vida d'un trait et fit la moue, comme Lionel.

—Très acide. Vous n'aimez pas les démonstrations de force ?

—Si. Je veux simplement que vous fassiez attention, que vous preniez votre temps. Qui d'autre que vous pourrait établir les emplois du temps exigeants de Lionel ? D'ailleurs, il a été nourri et il est prêt pour sa sieste. Je ferais mieux d'aller le mettre au lit pour obéir à vos ordres les plus récents.

—Nous pouvons assouplir son emploi du temps, aujourd'hui.

Le duc ôta son chapeau, enfonça ses gants dedans et le posa sur la table, puis il s'assit lourdement dans un fauteuil.

—Je suis content que vous vous souciiez de moi, madame LaCroy. Je ne crois pas vous l'avoir dit, l'autre jour. J'aurais dû le faire. Je sais que j'ai été impoli.

Il tendit la main vers moi et passa son pouce rugueux sur la peau de mon front pour la lisser.

—Je ne veux pas que vous fronciez les sourcils à cause de moi.

Mon cœur fit un bond dans ma poitrine. Je me sentais à la fois ensorcelée et stupide. Je me rappelais avoir eu ainsi le souffle coupé auparavant. Cette sensation de vertige signifiait que j'étais tombée amoureuse de Colin ; et maintenant, elle signifiait que je faisais preuve de stupidité, une fois de plus. J'avais des sentiments pour le duc.

—Est-ce que c'est un ordre ?

—Oui.

—Vous voyez, les réponses les plus courtes sont les meilleures.

Tressaillant un peu en déplaçant son poids, il me prit Lionel des bras. Cela lui allait très bien, d'avoir mon fils dans les bras.

Mon bébé tendit le bras et donna une tape sur la médaille du duc, une médaille en forme d'étoile ornant l'écharpe qui barrait son torse puissant. Je ne la lui avais encore jamais vue. Il s'était fait particulièrement beau pour nous.

Persuadée que personne ne tomberait, je posai mes poings serrés sur le jupon de ma robe couleur rouille. C'était l'une de mes anciennes tenues les plus sages et modestes. Ce n'était pas une robe de grand deuil, loin de là. Je ne voulais pas être vue en deuil au défilé du duc.

Jetant un rapide coup d'œil en direction de la porte, et du grand hall vide, derrière nous, je pensai à mes documents de fidéicommis. Peut-être pourrais-je laisser mon fils en sécurité avec le duc, comme dans la chambre d'enfant, et en profiter pour aller dans le salon.

—Lionel, tu dois croire en tes capacités en dépit des peurs et des doutes des autres, n'est-ce pas, LaCroy ?

Je regardai le duc, plongeai mes yeux dans son regard d'un bleu glacier.

—Je suis peut-être coupable de m'inquiéter davantage que les autres pour vous, parce que je connais votre blessure. Je l'admets. Mais je m'inquiéterai toujours pour votre sécurité. Vous êtes le tuteur de Lionel. Il est impératif que vous soyez en sécurité.

—Tu aimes les médailles, Lionel… Crois en toi, et tu en gagneras. Crois en toi, même si personne ne croit en toi, et tu gagneras toujours.

*Gagner, gagner !* J'en avais assez d'entendre parler de victoire, surtout quand mon camp perdait sans cesse.

La comtesse et lord Gantry nous rejoignirent.

—Vous aviez fière allure sur votre cheval, monsieur le Duc, dit-elle en lui prenant Lionel des bras.

Le petit gazouilla. Il avait des petites fossettes au creux des joues ; des fossettes comme celles de Repington ?

Lady Shrewsbury cajola mon bébé comme s'il s'agissait de son angora.

—Lord Gantry, vous avez deux filles… L'une d'elles est-elle aussi petite ?

L'homme se rengorgea, tout fier, et son sourire s'élargit tandis qu'il aidait la comtesse à s'asseoir.

—Elles l'ont été, mais maintenant, elles ont trois et quatre ans. Je vais aller les chercher chez ma sœur le mois prochain.

Le vicomte avait l'air plus détendu. Quoi qu'il ait pu confier à la comtesse, cela semblait l'avoir libéré. Il y avait quelque chose d'apaisant chez Lady Shrewsbury.

—Ma chère, dit-elle en me tapotant la main, pourquoi n'iriez-vous pas chercher du papier, pour que nous puissions faire une liste des choses dont vous avez besoin ?

—Bien, Madame.

Le duc tendit le bras pour me barrer le passage.

—Je peux subvenir à ses besoins.

—Je n'en doute pas, répondit lady Shrewsbury tout en servant à lord Gantry un verre de citronnade, mais elle a besoin de choses personnelles.

Le duc se leva de son siège et alla se placer dans l'embrasure de la porte de la maison.

—Il n'y a rien que je ne puisse pas lui procurer.

—Ce n'est que du papier, Monsieur. Vous savez ? Ce dont vous vous servez pour faire vos emplois du temps. Je peux aller en chercher une feuille pendant que vous vous asseyez et que vous reprenez un verre de cette délicieuse citronnade.

Il fronça les sourcils et fit la moue.

—Non, merci. Restez, Madame.

—Allez-y, madame LaCroy, dit la comtesse. Asseyez-vous, monsieur le Duc. Mme LaCroy a besoin de choses que vous connaissez certainement bien, mais je suis sûre qu'elle préférerait que vous ne vous occupiez pas de ses corsets.

—Oh… des corsets, fit le duc, remuant les lèvres silencieusement.

Tous deux me donnaient des ordres comme si j'étais une poupée de chiffon docile, mais voir le duc évoquer mes sous-vêtements dans un murmure était plus que je n'en pouvais supporter. En un mouvement vif, je me glissai sous son bras, prenant soin de ne pas le toucher, de ne pas même frôler sa veste.

—Quelle vivacité ! Je vous suis, madame LaCroy. J'ai quelque chose à vous demander.

Le duc m'emboîta le pas. Je ne récupérerais pas mes documents aujourd'hui, pas avec lui sur les talons.

Fatiguée d'être à fleur de peau, je m'arrêtai et il se heurta à moi.

Il me passa un bras autour de la taille, comme pour m'éviter de perdre l'équilibre.

—Je suis désolé.

Je ne l'étais pas. Son torse était puissant, son étreinte, agréable. Sa médaille me rentrait dans la colonne vertébrale. Les branches piquantes de l'étoile étaient tout ce qui m'empêchait de tourner la tête vers lui.

—Vous ne risquez plus de tomber, jeune fille ?

—Êtes-vous las de me tenir, Monsieur ?

Il me relâcha.

—Non. Si. Il faut que nous parlions.

Pourquoi parler maintenant, alors que j'étais dans tous mes états, et sûre de me ridiculiser ? Je me réfugiai derrière les dieux de marbre pour me protéger.

—Allez chercher du papier ministre pour la comtesse, vous. Nous n'avons pas besoin d'être deux pour cela.

Ayant l'impression qu'il allait tenir compte de ce que je lui disais, je poussai un soupir de soulagement et m'adossai à la porte dérobée.

Jemina avait raison : le duc me plaisait. Et elle avait raison au sujet du grand lustre : quelqu'un l'avait levé sans le munir de tous ses globes de verre. Le travail était à moitié fait. La gaine de velours censée couvrir les poulies était tirée, exposant le mécanisme. Quel manque de soin !

Soudain, le duc fit irruption dans la niche où je me tenais.

—Madame LaCroy, nous devons nous entretenir immédiatement.

C'était vraiment gênant qu'il me domine de toute son impressionnante hauteur, et qu'il me plonge dans l'ombre.

*Beau travail, Agassou* ! Rien ne pouvait me protéger des beaux yeux du duc.

—Que voulez-vous, monsieur le Duc ?

—Reconnaissez que je ne suis pas imprudent.

—Non.

Il renversa la tête en arrière, évitant de justesse le pied chaussé d'une sandale du dieu inférieur.

—Reconnaîtrez-vous que je me suis bien tenu en selle ? J'étais bien stable sur ma monture. Les Shire sont doux et robustes, à la foulée fluide, comme moi.

—Vous n'êtes pas tombé. C'est bien.

—Je vous ai vue m'observer, LaCroy. Vous pourriez manifester plus d'enthousiasme.

*Était-ce la même chose d'observer* et de *s'inquiéter ?*

—Eh bien, vous n'êtes pas flatteuse. Ou peut-être détestez-vous simplement avoir tort ?

—Les deux.

Il se passa une main dans les cheveux, le geste attirant l'attention sur ses mèches les plus blondes. Il restait à distance respectueuse, ce que je trouvais exaspérant. Il se tenait juste assez près pour recevoir une gifle, mais assez loin pour que je puisse l'admirer dans son uniforme, pour que je puisse admirer le lustre de sa médaille.

Je me couvris les yeux.

—Cette conversation est-elle terminée, monsieur le Duc ?

Il poussa un soupir. Son souffle sentait bon le citron, comme une brise insulaire.

—Au moins, vous ne m'avez pas fait que des réponses d'un seul mot.

—Non.

Il soupira encore. Il serra les poings le long de son corps, puis les desserra.

—Pourquoi faut-il que vous soyez si difficile ?

—Vous voulez que je vous flatte ? Eh bien, monsieur le Duc, vous êtes fait *pourr* monter à cheval.

Il me regarda d'un air furibond, les sourcils froncés, le menton levé, l'air guindé et hautain.

—Vous ne pouvez pas faire mieux ? Vous étiez plus convaincante quand vous faisiez semblant de vous soucier de moi déguisée en valet.

Peut-être était-ce son ton de défi. Peut-être étaient-ce les jours entiers passés à obéir à contrecœur à ses règles concernant mon fils. Ou peut-être avais-je envie qu'il remarque que je n'étais pas une poupée de chiffon. Que l'on n'aurait pas dû me donner des ordres. Je ne serais plus la laissée-pour-compte que j'étais pour Colin, qui m'avait crue trop délicate pour être vue à Londres, n'importe où ailleurs qu'à Hamlin. Balivernes !

Je saisis Repington par son écharpe et le poussai un peu contre les dieux de marbre. Espérant qu'ils se mêleraient de leurs affaires, je posai les paumes sur les revers de sa veste et massai le lainage rugueux entre mes doigts.

D'une voix basse, sensuelle comme celle d'une chanteuse, je dis :

—Je n'avais encore jamais vu personne d'aussi habile à manier sa monture. monsieur le Duc, je succombe à l'admiration !

Il haussa les sourcils. Me voyait-il, maintenant ? Était-il choqué ?

—C'est ce que vous pouvez faire de mieux, Madame ?

Pouvais-je faire mieux ? Je m'approchai encore un peu. Nos ombres s'enlacèrent. Du bout du petit doigt, j'effleurai un à un les boutons de cuivre de sa veste – *ting, ting, ting* !

—Je ne suis pas sûre de ce qui est le mieux que je puisse faire. Je ne sais plus de quoi je suis capable.

Son petit sourire narquois mourut sur ses lèvres et ses yeux s'assombrirent. J'y vis alors le reflet d'une femme sauvage, d'une dévergondée, et être aussi libre me parut merveilleux.

—Votre veuvage vous a-t-il libérée, ou est-ce le fait de travailler pour moi qui vous a incitée à la révolte ?

—Les deux.

—Une réponse de deux mots !

J'arrêtai mes doigts sur la médaille que Lionel avait touchée.

—Est-ce ce que vous voulez, une autre flagorneuse impressionnée par votre personne, par votre pouvoir ?

—Non.

—Oh, maintenant, c'est à votre tour de faire des réponses d'un seul mot.

Je me penchai vers lui et arrêtai ma joue si près de la sienne que je pus sentir son souffle sur ma peau. Je savais qu'il me sentait haleter. Je savais qu'il ne s'agissait plus de jouer la comédie, qu'il était temps de m'abandonner au désir que j'avais longtemps nié.

Cependant, je n'étais pas en face de Colin qui se détournait de moi.

Il me semblait que le duc ne sourcillerait pas si je posais mes lèvres sur les siennes.

Soudain, j'entendis des pas au-dessus de ma tête.

Je reculai vivement, battant en retraite.

—La maison se remplit, monsieur le Duc. Demandez à vos soldats de s'acquitter de leurs tâches ménagères.

Ils n'ont pas remis tous les globes de verre du lustre, et ils ont laissé l'escabeau dans le hall.

La mâchoire du duc se contracta.

—Alors comme ça, vous en avez fini avec moi ? Vous me congédiez ? Vous préférez me parler de soucis domestiques plutôt qu'admettre que vous aviez tort. Je vous croyais plus honnête que cela.

—Les soucis domestiques font partie de l'emploi du temps. Votre esprit méthodique devrait adorer cela.

—Dès que vous voudrez que je vous fasse la leçon sur les ordres et les horaires, je serai heureux de vous faire plaisir. Veillez à me prendre à l'écart à un moment où il y aura beaucoup moins de distractions. Je n'aime pas être interrompu.

—Eh bien, c'est impossible dans une maison qui grouille de soldats et alors que Lionel a besoin de moi. Avez-vous une réponse d'un seul mot pour les fausses promesses ?

Il porta ma main à ses lèvres et y déposa un baiser. Ses mains étaient rugueuses, mais ses lèvres étaient douces.

—Une autre réponse d'un seul mot me vient à l'esprit vous concernant. Aguicheuse.

—*Aguicheuse ?*

Je me libérai.

—Ce sont les hommes qui sont aguicheurs, ils font miroiter amour et bonheur éternel alors qu'ils ne veulent qu'un moment.

Un craquement se fit entendre au-dessus de nos têtes, net et bref comme celui d'une branche qui se cassait. Était-ce la maison qui craquait, ou le tonnerre au loin ?

—Il vaut mieux que j'aille chercher Lionel avant que l'orage n'éclate.

Le duc émit un gémissement grave.

—Je ne vous aguicherais jamais. Jamais.

—Mais vous en avez aguiché d'autres, c'est ce que dit lady Shrewsbury. À combien de femmes avez-vous fait croire au pouvoir immense d'un moment privilégié ? À combien d'entre elles avez-vous fait respecter des règles que vous avez ensuite enfreintes ?

Je lissai son écharpe froissée.

—J'aimerais être à votre place, monsieur le Duc. Celui qui détient le pouvoir. Celui qui contrôle tant de destinées. Le premier à se retirer lorsqu'il en a assez de jouer à des petits jeux.

J'avais réduit un débauché au silence sans même retirer mon corset. Je fis la révérence.

—Si vous voulez bien m'excuser, je dois aller chercher du papier comme me l'a demandé lady Shrewsbury.

—Non. Je vais y aller. C'est le moins que je puisse faire. Ce sera quelque chose de tangible, puisque vous croyez que je ne suis bon qu'à mentir et à jouer à des petits jeux.

Il commença à s'éloigner, puis se retourna, tapant sa béquille sur le sol dans un bruit sourd.

—Avez-vous seulement envisagé qu'il soit possible de changer ? Un débauché peut-il choisir de se réformer ?

—Un homme peut choisir de faire tout ce qu'il veut aujourd'hui. Et demain ? Eh bien, demain est demain. Les orages vont et viennent.

—Non. Il est possible de changer. Un homme peut être sauvé du danger qu'il représente pour lui-même. J'ai été sauvé. J'ai vu une femme, une belle paysanne espagnole…

—Monsieur le Duc, je ne veux vraiment pas entendre parler de vos exploits.

—Écoutez-moi. Tout le monde, y compris moi-même, la voyait comme le point faible de mon lieutenant et faisait peu de cas d'elle, mais cette femme…

Je vis sa gorge se contracter comme il s'éclaircissait la voix.

—Cette courageuse jeune femme… a ramassé l'épée de son mari tombé au champ d'honneur et a chargé l'ennemi pour lui, pour sa mémoire. Je n'ai pas été assez rapide pour l'arrêter. Elle est morte pour lui. Elle a tout sacrifié pour leur amour.

Sa voix se fit plus basse. Ce n'était de toute évidence pas une plaisanterie, mais quelque chose qu'il portait avec lui, dans sa poitrine.

—J'ai dû confier leur bébé aux parents de la jeune femme. Cet enfant grandira sans ses parents et ne connaîtra jamais l'ampleur de leur sacrifice.

J'avais le souffle coupé et ma propre hypocrisie me glaçait. Je m'étais attendue à une réplique spirituelle, et non à quelque chose d'aussi cru et douloureux qui m'abattrait et me laisserait sans voix.

—Un homme qui n'est pas honnête dans ses relations, qui est déloyal, ne mérite jamais ce genre de dévouement. Je veux être le genre d'homme qui peut faire naître chez une femme une passion aussi noble.

J'étais prise au dépourvu, décontenancée par la tristesse dont sa voix était empreinte. J'avais essayé de le cataloguer comme un beau débauché, un tyran obnubilé par les emplois du temps, tout cela pour justifier ou amoindrir l'attirance que j'éprouvais pour lui. Je devais admettre que ce n'était pas du tout ce qu'il était. Je m'en voulais horriblement de l'avoir dénigré. Il était honnête, et il avait choisi de l'être avec moi.

Il se tourna vers le hall.

—Retournez sur le balcon. Je vais vous apporter de l'encre et du papier. J'ai une lettre à envoyer avant que l'orage n'éclate. Il va bientôt pleuvoir… Je le sens dans mes os.

Il s'éloigna, en direction de l'escabeau abandonné.

Je restai seule dans la niche, honteuse, à écouter le grondement de l'orage qui approchait.

*Crac !*

Une détonation retentit, comme si quelque chose avait été étiré et avait cédé.

Je regardai au-dessus de moi mais ne vis rien. Je reportai alors mon attention sur le duc. Il referma l'escabeau et le coucha sur le côté.

Une personne pouvait-elle vraiment se détourner de son passé ?

Pouvais-je me détourner du mien ? Je ne faisais confiance à personne en dehors de Jemina et de la comtesse. Un homme bien aurait également dû faire exception.

Je devais lui présenter des excuses.

—Monsieur le Duc, attendez !

Il pivota sur les carreaux de marbre lisses.

—Oui ?

Je remarquai alors le vacillement des lumières, au-dessus de lui. Les prismes de verre du lustre bougèrent, projetant des étoiles filantes à travers tout le grand hall. L'installation en fer forgé se secoua et descendit de quelques centimètres.

Elle allait tomber.

Le lustre allait s'effondrer, et écraser le duc.

Il était trop tard, je n'avais plus le temps de l'avertir en criant ne serait-ce qu'un seul mot.

Je courus aussi vite que possible et le heurtai de plein fouet. Le choc le projeta en avant, et je refermai les bras autour de lui pour l'écarter du danger.

*Crr... Crr... Crac !* Ce devaient être les cordes des poulies.

Je n'aurais pas su le dire. Mon visage s'enfouit encore davantage dans l'épaule du duc. Je continuai à l'entraîner en avant.

Nous nous effondrâmes sur le sol et ma tête frappa le marbre. Le monde derrière moi sembla exploser. Des éclats de verre tombèrent sur nous, me blessèrent les doigts, se mêlèrent à ses cheveux, coupèrent son élégant uniforme. Tout autour de nous sembla devenir flou, tandis que notre élan nous faisait rouler par terre.

Je gardai les bras serrés autour de lui.

Nous fûmes couverts de poussière.

Le tonnerre de son cœur, de mon cœur, se fit plus distant.

Je cessai de respirer.

# 18

## La dernière lettre

*Je battais des mains et essayais de me réveiller, mais j'étais prise au piège. Il passa à côté de moi. Ses yeux noisette tourmentés étaient si proches de mon visage !*

*Je fus parcourue d'un frisson tandis que je suivais Colin.*

*Il s'enferma dans une pièce. J'entendis des cris, des menaces, des menaces de meurtre.*

*Quand j'ouvris la porte, Colin se tourna vers moi, son visage horriblement déformé par le chagrin. Puis je l'entendis. Sa voix était faible, mais elle se fit de plus en plus forte. « Ta faute ! C'est ta faute. C'est toi qui m'as tué. »*

Tremblante, secouée de sanglots, j'ouvris les yeux.

Une bougie était allumée, mais tout était flou. Je clignai des yeux jusqu'à ce que j'y voie plus clair.

Le simple fait de respirer me faisait mal partout.

Rien ne me semblait normal. J'étais un navire trop loin du rivage. Enchevêtrée dans un drap de lit, je nageais à contre-courant, et agitais les bras jusqu'à ce que je me trouve assise.

Je n'étais tout de même pas morte ou coincée quelque part entre deux mondes, n'est-ce pas ?

Non, pas avec des douleurs comme celles dont j'étais percluse. Je devais être parmi les vivants.

Cependant, où étais-je ?

Une fenêtre aux rideaux de mousseline fine était ouverte et laissait entrer de l'air frais dans la pièce.

Je n'étais pas dans les quartiers des domestiques, beaucoup plus sobres.

Je me frottai la mâchoire et observai les murs, la peinture jonquille.

Je n'étais pas non plus à Bedlam.

Était-ce l'une des chambres à coucher du deuxième étage ? Ce n'était pas normal du tout.

Le soleil n'apparaissait pas derrière la vitre. Je voyais un ciel nocturne parsemé d'étoiles.

On était en pleine nuit.

La chute du grand lustre. Le duc et moi l'évitant.

L'avions-nous évité tous les deux ?

À en juger par ma main bandée et par la bosse sur l'arrière de mon crâne, je n'étais pas indemne.

Et le duc ? Comment allait-il ?

Et où était Lionel ?

Je portai une main à mon cou. Le col montant de ma robe couleur rouille avait disparu. Mes membres étaient enveloppés dans de la mousseline blanche.

Mon cœur tambourinait dans ma poitrine. Il fallait que je me lève et que je comprenne ce qui se passait.

Je dus m'y reprendre à deux fois pour réussir à me mettre debout.

Ce fut une victoire de courte durée.

Le bourdonnement à mes oreilles me fit retomber en arrière. Je m'effondrai sur le matelas, tête la première.

—Ma chérie ? Tu es réveillée !

Jemina m'aida à m'asseoir puis me serra dans ses bras.

—Tu te souviens de moi, n'est-ce pas ?

—Oui. Je me souviens de toi.

Jemina me déposa un baiser sur le front.

— J'avais tellement peur que ce ne soit pas le cas ! Tes cauchemars étaient si terrifiants que je ne pensais pas que tu pourrais t'en libérer.

Je lui pris la main et la posai sur mon cœur.

— Nous autres veuves avons assez perdu. Cela suffit. Ce n'était pas malin de ma part de faire ce que j'ai fait pour sauver le duc, mais il fallait que je le fasse.

— C'était mieux que malin, c'était courageux. Le pauvre duc était très ébranlé. Il s'inquiète beaucoup pour toi. C'est pour cette raison que nous nous trouvons dans la chambre attenante à la sienne.

La chambre à coucher attenante.

Celle qui aurait été la mienne si Colin n'avait pas insisté pour que j'aie la meilleure chambre. C'était là une preuve de l'amour qu'il était capable de donner, mais il n'était pas pour autant resté à mes côtés.

Mes pensées confuses étaient trop vagues, elles dérivaient dans de trop nombreuses directions. Je m'agrippai à la colonne du lit pour éviter de chanceler.

— Où est Lionel ?

— Ton bébé a été mis au lit il y a une heure. Il va bien. Lady Shrewsbury est restée avec lui pendant que son médecin s'assurait que tu n'avais rien, et ensuite, le duc a pris la relève, et il est encore avec ton fils en ce moment même.

Le duc allait suffisamment bien pour s'occuper de Lionel. Mon geste fou avait donc été utile.

L'idée m'apporta un certain réconfort, mais ma tête m'élançait, et mon estomac menaçait de se soulever. Je me forçai à inspirer puis à expirer lentement, plusieurs fois.

— J'ai besoin de voir… de voir Lionel. Il a besoin de moi.

— Il va très bien.

Jemina se leva d'un bond et m'attrapa par le bras pour m'empêcher de tomber.

— Le duc est comme un père de retour de la guerre, qui refuse de quitter des yeux son bébé. La comtesse a dû s'en remettre à lui. Tu sais, il aurait pu ne pas être blessé, Patience, et tu aurais alors pu t'enfuir avec Lionel dans la confusion générale. Lady Shrewsbury t'aurait laissée partir. Au lieu de cela, tu as risqué ta vie.

Contrairement à ce qu'en disait mon amie, le duc aurait pu être gravement estropié par ce lustre très lourd. Il aurait pu mourir, et j'aurais alors été à nouveau responsable de la souffrance d'un homme.

— J'ai agi. Je n'ai pensé à rien d'autre. J'ai tout de suite su que je devais faire quelque chose.

Jemina approcha son visage du mien.

— Pourquoi ? Pourquoi courir de tels risques ?

Je haussai machinalement les épaules.

Je regardai les bandages autour de ma main. La coupure en dessous me brûlait, mais pas autant que la sensation qui m'avait transpercé la poitrine quand j'avais vu le lustre commencer à tomber.

— Le duc est un homme bien, répondis-je. Il ne méritait pas d'être blessé. J'aurais pu aider mon mari, mais j'ai attendu en vain qu'il me le demande. Je ne peux plus rester là à attendre des mots. Tu comprends ce que je veux dire ?

Jemina hocha la tête.

— Très bien. Tu suis toujours ton cœur.

Elle m'aida à me lever et à faire un pas.

— Penses-tu que tu dois suivre ton cœur pour le duc ?

Je ne pouvais pas l'admettre. J'avais envie de m'enfuir en courant, mais j'avais l'impression que la pièce tournoyait. Jemina était mon point d'ancrage.

— Cet homme est agaçant, il ne pense qu'aux règles et aux emplois du temps, mais il est très gentil avec Lionel. En l'espace de quelques semaines seulement, il a témoigné plus d'affection à mon fils que n'importe quel autre homme auparavant. Je lui suis reconnaissante. Je me devais de l'aider.

—C'est bien normal d'avoir de l'admiration pour le duc. Il est beau, et poli.

*Poli ?*

Ce n'était pas ainsi que je l'aurais décrit. C'était vrai, il était extrêmement beau, mais il était aussi excessivement soucieux des règles, et d'une diligence méticuleuse. Mon cœur fondait quand il chantait une chanson à Lionel ou qu'il faisait des projets pour lui.

—Il faut que je récupère mon fils avant que cela n'aille plus loin.

Jemina me suivait de près comme si elle avait peur que je tombe, ce qui était bien possible.

Nous atteignîmes la porte de communication, mais je ne pouvais franchir celle-là. Je ne pouvais pas laisser Repington me regarder comme un jeune marié dans le lit qui était autrefois le mien.

Je me détournai et me dirigeai, flageolante, vers le couloir.

—Nous allons entrer par la porte principale. Ce sera plus discret s'ils dorment tous les deux.

Je voyais encore plus mal dans le couloir faiblement éclairé. La douleur qui me martelait le crâne s'intensifiait à chacun de mes pas, mais je continuai à avancer. Je devais voir Lionel.

J'ouvris tout doucement la porte et vis son berceau. Il luisait à côté du grand lit, mais mon fils n'était pas dedans.

Mon cœur aurait fait un bond dans ma poitrine s'il n'avait pas été trop fatigué par tous les bouleversements et par le tambourinement dans ma tête.

Le duc était assis dans son fauteuil roulant. Il me tournait le dos, ses cheveux épais avaient l'air doux au toucher et paraissaient plus bruns à la lueur des bougies. Le toupet de cheveux de Lionel dépassait du creux de son bras.

Mon fils ne pleurait pas. Il faisait des bruits de succion.

—Allez, mon grand. Encore quelques petites gorgées. C'est un ordre, murmura le duc de sa voix grave. Tu n'es pas habitué à cela, n'est-ce pas, fiston ? Cette bouillie au lait tiède ne vaut pas le sein réconfortant de ta nourrice… Oh, je m'égare ! Enfin, quand tu auras l'âge, nous reparlerons de seins…

Il eut un petit rire.

J'eus envie de le gifler.

Puis j'eus envie de les prendre tous les deux dans mes bras.

—Tu pourrais peut-être m'en dire un peu plus à son sujet, Lionel, puisque tu as goûté à ses délices. Ta nourrice est vraiment une femme surprenante… La belle friponne ! Un instant, elle est exaspérante. L'instant d'après, elle l'est beaucoup moins. J'aimerais… Hum, c'est encore une conversation que je vais devoir garder pour plus tard.

Les chuintements de Lionel se firent plus forts. Peut-être désapprouvait-il que quelqu'un parle de sa mère comme cela, comme d'une femme désirable. Comme d'une femme de chair, de sang et de désirs.

Oui, le duc devait garder cette conversation pour plus tard.

Je poussai Jemina hors de la pièce. Je devais m'en aller avant que mon visage ne s'embrase.

—Je suis désolée, je suppose que Lionel n'a pas besoin de moi, en fin de compte.

—Bien sûr que si, mais il va bien. Maintenant, retourne te coucher et repose-toi.

—Comment pourrais-je trouver le sommeil ? Le duc s'attache de plus en plus à Lionel. Il ne nous laissera pas partir.

—Est-ce une si mauvaise chose ? Je te vois rougir et regarder fixement le duc. J'ai beaucoup perdu, mais il y a des choses qui ne s'oublient pas. Mes pensées ont beau être confuses parfois, je vois bien qu'il y a quelque chose entre vous.

L'expression de mon amie était parfaitement innocente, mais mes propres pensées étaient loin de l'être. Je pensais à Repington avec convoitise, je désirais ses baisers et j'espérais qu'il désirait les miens.

Cependant je tâchai de me dissuader de penser à cela. Les Anglais n'apportaient que des peines de cœur. Colin nous avait abandonnés à cause de sa mélancolie ; le duc nous abandonnerait pour partir à la guerre.

—J'en ai assez de cette mascarade. Je vais récupérer mes documents de fidéicommis. Je vais lui avouer qui je suis et quitter cet endroit avec la somme nécessaire pour prendre un bateau avec mon fils et avec toi.

—Un bateau ? Pour traverser l'océan ?

Le sourire de Jemina s'évanouit, son visage s'assombrit. Quelque chose devait lui être revenu en mémoire. Il ne pouvait s'agir d'un souvenir heureux.

—Nous verrons tout cela plus tard. Pour le moment, nous devons aller dans le salon.

Je me retournai et me dirigeai vers l'escalier d'un pas chancelant. Ma vue se troubla, mon estomac se souleva, mais je parvins à atteindre le grand hall.

Tout était calme.

Les appliques murales étaient allumées, mais l'ombre du grand lustre était absente.

Mon cœur sombra.

J'avais perdu un ami cher : le grand lustre, avec ses pendeloques de cristal scintillantes, ses globes argentés, ses branches en fer forgé noir, était la première chose à m'avoir accueillie quand j'étais arrivée à Hamlin, et la dernière chose que j'avais vue quand Markham m'avait fait partir de force.

Jemina me posa une main sur l'épaule.

—Tu n'es pas bien. Tu n'as pas les idées claires. Se rappeler ce qui a été perdu n'est jamais utile.

—Mais je me le rappelle bel et bien. Je me rappelle ma vie. Je me rappelle que cette maison a été la mienne pendant quatre ans. Et l'homme qui se trouve là-haut apprendra tout cela ce soir même.

—Et ensuite ? Nous n'avons pas encore prouvé que Markham t'avait piégée et envoyée à Bedlam. Nous n'avons rien trouvé qui prouve une conspiration.

—Cela m'est égal, à présent.

Je pris la bougie de l'une des appliques et entrai subrepticement dans le salon. J'éclairai la pièce plongée dans l'obscurité. Plus d'ombre, plus de mensonges. Plus d'impression d'être dans un cauchemar.

Je regardai mon reflet dans le miroir.

J'étais pâle.

Mes cheveux lâchés étaient en bataille.

Dans mes yeux, je voyais le regard d'une lâche. Je continuais à m'en vouloir, à en vouloir à Colin, je continuais à remuer le poison de notre union dans mon cœur, au plus profond de mon âme.

C'était plus simple de rester coincée, de revivre sans cesse le passé.

Ni le duc ni Colin n'étaient responsables du fait que je restais bloquée au même endroit. J'étais ma propre béquille. Je devais me libérer.

—Tu n'es pas obligée de rester, Jemina. Tu peux remonter te coucher.

—Je suis avec toi, Patience.

Elle s'approcha du miroir doré.

—Ce miroir est de travers. Il a dû bouger quand le lustre est tombé.

Elle posa les mains sur le cadre mais ne parvint pas à le remettre droit.

C'était le miroir auquel Markham avait touché avant d'être jeté dehors.

Je me détournai du bureau.

— Enlevons-le. Peut-être que les clous se défont. Ou peut-être qu'il cache ce que nous cherchons.

Nous comptâmes jusqu'à trois et le soulevâmes du mur, révélant la présence d'une petite porte.

Je ne l'avais encore jamais vue, mais bien sûr, Hamlin recelait de nombreux secrets.

— Ce doit être cela qui intéresse Markham.

Jemina entreprit de forcer la porte.

— Il n'y a qu'une seule façon de le découvrir.

Nous tirâmes ensemble sur la porte, qui tourna sur ses gonds dans un grincement sonore.

— Oh non ! fit Jemina. Le bruit va réveiller tout le monde…

Nous allions être découvertes.

Je savais à quel point les voix et les bruits portaient, à Hamlin.

— Dans ce cas, nous devons nous dépêcher.

Espérant ne pas me faire mordre par l'une de ces araignées velues, je glissai une main à l'intérieur de la cavité sombre.

J'y trouvai, non pas des arachnides, mais des lettres.

Celles que j'avais écrites à mes sœurs et à mon père. Elles y étaient toutes. Colin ne les avait jamais envoyées.

Je les examinai l'une après l'autre. Elles avaient été ouvertes, lues, repliées à la va-vite, et remises dans leurs enveloppes.

J'avais perdu le contact avec mes sœurs et mon père au cours de ces quatre dernières années. Mon mari avait gardé mes lettres. Il ne trouvait pas que mes mots étaient dignes d'être envoyés. *Comment avez-vous pu, Colin ?*

— Qu'y a-t-il, Patience ? Et qu'est-ce que c'est que ceci ? C'est un carnet…

Mon expression avait dû trahir mon tourment. Je me repliai sur moi-même, quelque chose que j'avais appris à faire dans ce pays.

—Je m'en occupe, Jemina.

Refoulant mes larmes, je tendis la main entre les dizaines de lettres et sortis de la cavité un carnet en cuir marron à la reliure tordue. Coincée entre ses pages à la tranche dorée se trouvait la dernière lettre que j'avais écrite à Colin.

Je donnai le carnet à Jemina mais conservai la lettre. Je la dépliai, le cœur martelant ma poitrine.

Le papier était taché de larmes, les miennes, celles que j'avais versées en écrivant cette lettre. De nouvelles larmes se mirent à couler sur mes joues.

Mon écriture était belle, mes déliés fins.

Tous mes mots, tout mon cœur, mon désir de le quitter, mon besoin de rentrer chez moi, mes chagrins : tout cela me sautait au visage.

Mes sentiments n'avaient pas changé, mais je regrettais qu'il n'ait pas eu la force de m'écouter. Je regrettais que cette lettre l'ait précipité dans la Tamise.

J'avais tué Colin, et j'en avais la preuve entre les mains.

Il était malade. Pour quelle autre raison se serait-il efforcé de me tenir à l'écart de tout ?

Assise par terre, Jemina feuilletait le carnet.

—Cela n'a aucun sens…

Elle compta sur ses doigts.

—Personne ne ferait une chose pareille.

—Quoi donc ?

—Ce sont des reconnaissances de dette au nom de ton mari et au nom de Markham.

—Oui, ils devaient de l'argent. Nous le savions déjà.

—Mais ces dettes ont été annulées.

Elle me montra les documents. Elle avait raison.

—Ce serait un certain A. Sullivan qui les aurait annulées, dis-je. À combien s'élevaient-elles ? Hamlin appartient-il à ce Sullivan ?

—Je n'ai pas fini de compter.

Au bout de quelques instants, elle se releva et me montra des sommes notées dans le carnet.

—Patience, les dettes s'élevaient à 2 804 livres ! Elles sont associées à des lieux différents, Grapes, Brooks, Watiers, et Piccadilly. De quoi s'agit-il ? Et regarde cette liste de noms d'hommes, et de sommes différentes… Et là, la signature de ce Sullivan.

Pourquoi Colin tenait-il un journal sur cet homme ? Et pourquoi le nom de Sullivan, A. Sullivan, me disait-il quelque chose ?

Mon cauchemar. Les voix. Celles qui condamnaient, menaçaient Colin. L'un des accusateurs était-il ce A. Sullivan ?

Nauséeuse, prise de vertige, j'essayai de comprendre pourquoi Colin avait de tels registres, puis je regardai à nouveau mes lettres, dans la niche, les lettres destinées à ma famille et jamais envoyées, et je songeai qu'il n'y avait peut-être aucune raison à cela. Peut-être Colin était-il tout simplement souffrant.

—Je te vois, Patience. Je vois la peur en toi. Ce doit être ce carnet et ces reconnaissances de dette que veut Markham. Ce A. Sullivan doit être au courant de tout. La Providence de la veuve doit absolument le retrouver.

En mon for intérieur, je savais que ce Sullivan était la clef, mon cœur me le disait ; mais mon cœur n'avait jamais été bon juge.

Jemina me reprit le carnet des mains.

—Remettons le miroir à sa place. Nous examinerons ceci dans notre chambre.

À nouveau j'étais perdue, j'essayais de me réveiller de ce cauchemar.

—Je ne sais pas qui était l'homme que j'ai épousé. Comment pouvait-il avoir tant de dettes, et pourquoi cet homme qu'il traquait les a-t-il remboursées ?

—C'était peut-être de l'extorsion. Ce carnet semble avoir été suffisant pour persuader ce Sullivan de rembourser les dettes.

Ce n'étaient que des conjectures de la part de mon amie, mais elle était douée pour deviner les choses.

Colin, un extorqueur de fonds ? Cela n'avait pas de sens. Markham, en revanche… Cela lui ressemblait.

—C'est sûrement Markham qui l'a fait, et qui l'a amené par la ruse à l'aider.

—Si nous retrouvions la trace de cet A. Sullivan, nous pourrions le lui demander. Il nous dirait quel était le rôle de ton mari dans tout ceci.

Ce plan ne me plaisait pas. Je n'avais pas envie d'entendre parler de la fourberie de Colin. C'était le père de mon fils ; il *fallait* qu'il y ait quelque chose de bon en lui.

Je me frottai les tempes pour apaiser mon mal de tête qui s'intensifiait.

—Je sais à quoi ressemble l'homme qui est venu ici et qui a menacé mon mari. Je crois qu'il s'appelait Sullivan. Si nous le retrouvons, il reconnaîtra que c'était Markham qui avait tout échafaudé, j'en suis sûre.

Jemina me prit la main.

—Si nous n'y parvenons pas, le fait que Markham a contracté tant de dettes suffira peut-être à influencer la Cour de la chancellerie. Il t'a fait interner parce que tu savais qu'il jouait de l'argent et qu'il ne voulait pas que tu le dises et lui fasses perdre son rôle de tuteur.

C'était logique, sauf que c'était le duc et non Markham qui était le tuteur de Lionel.

—Le père de mon bébé ne peut pas être un criminel.

—Peut-être. Quoi qu'il en soit, ce doit être ce carnet que veut Markham.

Je le feuilletai rapidement jusqu'aux dernières pages, parcourus des yeux les derniers chiffres et les dernières dates. La dernière note était datée de quelques jours avant que je ne lui donne ma lettre, un mois avant son suicide.

—Sullivan est la clef de tout ceci.

Soudain, des pas se firent entendre.

Jemina me tira par le poignet.

—Quelqu'un arrive. Aide-moi à remettre le miroir, Patience.

Je glissai mon exécrable lettre dans ma poche, puis nous poussâmes la porte grinçante pour la refermer.

Nous remîmes ensuite le miroir à sa place, mais ne parvînmes pas à le faire tenir droit. Il butait sur les clous.

Jemina rassembla les reconnaissances de dette et les mit entre les pages du carnet.

—Nous devons…

La porte s'ouvrit brusquement.

Le duc et l'un de ses soldats se tenaient dans l'embrasure.

Je ne savais pas s'il allait nous jeter dehors, Jemina et moi, mais je ne m'en souciais pas.

J'avais traversé trop d'épreuves pour être effrayée.

Je soutins le regard scrutateur de Repington, sans peur. Il y avait bien trop en jeu.

# 19

# Soyez un peu faible

Busick fit signe à son soldat de quitter la pièce.

— Je vais m'occuper de ce dérangement. Allez dormir, mon vieux.

Il s'efforça de rester calme et attendit même que l'homme soit parti pour réprimander le reste de ses troupes, ses troupes féminines.

La porte se referma derrière lui.

Il s'appuya à sa béquille, puis croisa les bras sur son peignoir de velours. Il avait des taches de bouillie sur la manche.

—Madame Saint-Maur, je croyais vous avoir demandé de me prévenir dès que Mme LaCroy se réveillerait.

—Je… Je…

LaCroy s'empressa de se placer devant l'autre veuve.

C'était exactement ce à quoi il s'attendrait de la part d'un officier supérieur.

—C'est moi qui suis responsable. Je tenais à descendre pour écrire.

—Vous devez absolument écrire à cette heure-ci ?

—Oui.

Sa pâleur extrême lui faisait craindre pour sa santé. Il fit un pas vers elle.

—Vous sentez-vous bien, Madame ?

Elle se toucha les tempes.

—Oui, monsieur le Duc. J'ai mal à la tête, c'est tout.

Elle n'était pas raisonnable, et s'il avait pu, il l'aurait prise dans ses bras et l'aurait portée jusqu'au lit pour l'obliger à se recoucher.

—Dois-je faire revenir le médecin, LaCroy ?

—Non. Si. J'ai besoin de lady Shrewsbury. Envoyez Mme Saint-Maur la chercher, je vous prie. Va la trouver, Jemina, s'il te plaît.

Il ne pouvait lui refuser cela. Le teint olivâtre de LaCroy, d'ordinaire parfaitement sain, était maintenant d'un gris verdâtre. Elle avait eu la bonté de risquer sa vie pour lui ; il lui devait tout.

—Puisque vous voulez voir lady Shrewsbury, nous allons la faire venir. Saint-Maur, allez vous habiller et envoyez quelqu'un chercher une voiture.

Mme Saint-Maur fit la révérence, les mains derrière le dos. La jeune femme sage et discrète sortit de l'ombre de LaCroy et alla vers la porte à reculons.

—Bien, Monsieur. Tout de suite.

Croisant les bras sous son épais châle, elle quitta précipitamment la pièce.

Busick reporta son attention sur LaCroy.

Son expression était impénétrable. Ses cheveux étaient dénoués, pleins de boucles serrées. Ce n'était plus la dame ordonnée, soignée, impeccable, qu'il avait l'habitude de voir.

Elle était plus ensorcelante que jamais.

Sa pâleur mise à part, elle semblait calme et maîtresse d'elle-même. Toutefois, une petite partie de lui avait envie qu'elle capitule, qu'elle vienne le trouver pour lui demander conseil, pour lui demander son aide, qu'elle compte sur lui pour arranger les choses.

—Je perçois bien trop de secrets dans vos yeux.

—Peut-être ne devriez-vous pas regarder.

Elle s'avança doucement vers le sofa et s'y appuya.

—Si vous n'avez plus de questions à me poser, je ferais mieux d'aller m'allonger en attendant la comtesse.

—Asseyez-vous et attendez-la ici. Je ne veux pas que vous risquiez d'être prise de vertige et de tomber dans l'escalier. Je n'aurais pas autant de chance une seconde fois, et vous ne vous en sortiriez pas saine et sauve.

Elle esquissa un sourire, qui mourut presque aussitôt sur ses lèvres.

—Comment se fait-il que vous sembliez toujours avoir une longueur d'avance sur tout le monde ? À faire des allées et venues furtivement, à découvrir ma blessure, à remarquer le lustre…

—J'ai de la chance, il faut croire.

Il s'approcha encore d'elle. Son parfum de lavande et de pommade évoquait à la fois son attrayante féminité et son courage.

—C'est le genre de chance qui causera votre perte. Je voulais vous voir à votre réveil… J'avais besoin de vous remercier.

Elle le regarda, les yeux plissés. Puis elle toucha l'ecchymose qu'elle avait au front.

—Nous sommes bien venues vous voir, monsieur le Duc, mais vous parliez de seins à votre pupille.

—Oh…

Il se frotta la nuque.

—En effet, cela aurait été délicat pour vous d'interrompre cette conversation.

Peut-être s'était-il bel et bien cogné la tête.

—Vous êtes très bon pour lui, mais ce n'est pas nouveau. Nous passons bien trop de temps ensemble dans la chambre d'enfant pour que vous ignoriez l'estime que j'ai pour vous et pour Lionel.

—Merci.

Le compliment faillit le faire sourire, mais cet instant de vanité était un piège. Il pointa l'index sur elle et l'agita.

—On ne change pas de sujet, jeune femme. Vous aimez le danger. Vous n'avez pas peur de tenter le destin.

Il s'approcha encore.

—Ce n'est pas raisonnable pour quelqu'un qui a été blessé à la tête de se lever si vite, mais ce n'était pas votre avis, alors vous avez poussé Mme Saint-Maur à ignorer un ordre.

—Oui. Oui, c'est exact.

Elle vacilla et il la plaqua contre le sofa pour la soutenir, puis il la prit par la taille et l'attira vers lui.

En récompense de sa galanterie, il sentit les battements rapides de son cœur contre sa propre poitrine.

—Je ne vous sauve pas d'un lustre en train de tomber, mais c'est déjà cela.

Il raffermit son étreinte. Elle était détendue entre ses bras, et il aimait à penser qu'il la réconfortait.

—Je ne veux pas que vous tombiez.

—Laissez-moi m'asseoir, monsieur le Duc. Vous me ferez la leçon ensuite.

—Vous essayez de me faire fléchir. Vous avez tort. Je ne fléchirai pas...

—Devez-vous vraiment parler ?

Elle referma les doigts sur le revers de son peignoir et posa la joue sur son épaule.

—Chut...

Il émit un gémissement, exprimant en partie sa frustration, en partie cette chose intangible qui le rendait pleinement conscient de sa respiration, de ses boucles de cheveux qui lui chatouillaient le cou, de ses doigts repliés contre sa peau.

Tenir cette femme dans ses bras était dangereux.

Pourtant, il la garda tout contre lui, laissa battre son cœur à l'unisson du sien.

—Vous aimez les hommes forts et silencieux ?

—Eh bien, vous êtes fort, mais vous n'êtes pas silencieux, alors je ne le saurai peut-être jamais.

—Mon grand-père était un homme peu loquace. Il s'asseyait à son bureau, là-bas, et il nous donnait des ordres, à moi et à mon cousin, sur toutes sortes de choses, de notre maintien jusqu'à notre calligraphie.

—Avez-vous une belle écriture ?

Busick fit jouer les muscles de sa main. La cicatrice d'un éclat d'obus passait près de son pouce.

—Non. Colin avait une belle écriture. Très belle, magnifique. Markham a tenté de s'en attribuer le mérite… Je m'égare.

—Un peu.

—Vous n'auriez pas aimé ses règles, mais je crois que vous auriez apprécié la réserve de Grand-père. M. LaCroy était-il discret ? Faisait-il ce que vous lui demandiez ?

Elle s'écarta de lui.

—Je me sens mieux.

Busick aurait dû l'écouter et se taire. Elle serait alors restée dans ses bras, et il aurait pu plonger encore ses yeux dans les siens, dans l'espoir de découvrir les secrets qu'ils recelaient. Quand l'honnêteté déconcertante de Mme LaCroy finirait-elle par se manifester au travers de l'aveu d'un désir pour lui semblable au désir qu'il éprouvait pour elle ?

Il se serait donné des claques. Les hommes de la famille Strathmore ne couraient pas après les femmes à leur service.

—Je me sens bien, monsieur le Duc, et je me sentirai encore mieux quand la comtesse sera là.

—Vous n'êtes pas obligée d'être aussi forte. Vous pouvez vous montrer faible. Je ne vous estimerai pas moins pour autant.

—*Faible ?* répéta-t-elle, s'écartant encore davantage. Non.

Il abhorrait la distance qui les séparait.

—Vous êtes la seule personne à m'avoir fait repenser mes convictions. Voilà ma faiblesse.

—Mais je ne peux pas me permettre d'être faible, monsieur le Duc. Cela m'est interdit. Je suis sûre qu'il existe une règle qui m'en empêche. On m'a appris à être forte – la compagne idéale, la maîtresse de maison idéale, et une centaine d'autres choses encore. J'aimerais pouvoir m'offrir le luxe d'être faible.

Il avança vers elle, réduisant à néant la distance entre eux.

—Il y a de la force dans une faiblesse partagée. Confiez-vous à moi.

Tout en secouant la tête, elle se dirigea vers la cheminée dans laquelle aucun feu n'était allumé et regarda fixement le miroir.

—Que je me confie à vous ? Soit. Mes pensées sont plutôt désespérées. Mon mariage n'était pas un mariage heureux. J'ai fait tout mon possible pour contenter mon mari, et pour le mettre en garde contre de mauvaises influences. Il n'a pas voulu m'écouter. Il disait qu'il me protégeait des calomnies sur notre union et sur mes origines. Je devais me tenir à l'écart du moindre affront qu'il imaginait.

—Il en est d'épouvantables.

Elle leva un doigt tremblant et le pointa sur son reflet.

—Sa femme différente, sa femme difficile… Sa femme à la peau brune.

—Alors, M. LaCroy était un gentleman. On attendait de lui qu'il épouse une femme d'un certain milieu, la coqueluche de la haute société, qui aurait eu un certain physique, de l'argent, et des relations. Vous êtes belle, mais pas dans le sens où la bonne société l'entend.

—On veut de mon argent mais on ne veut pas de mon visage.

— C'est dommage. C'est un très joli visage. Je présume que feu votre époux a dilapidé votre fortune et que vous vous retrouvez maintenant à être gouvernante ?

— C'est à peu près cela, répondit-elle, croisant les bras sur sa poitrine. C'est un peu difficile pour moi de me montrer faible quand mon mari… sa famille m'a coupée de tout le monde. J'ai du mal à accorder ma confiance.

Busick s'assit sur l'accoudoir du sofa.

— Je suis navré.

Elle regarda fixement le miroir, droit devant elle.

— J'étais forte. J'aurais pu endurer les affronts si nous y avions fait face ensemble.

— Même un homme malavisé cherche à protéger sa dame. Il n'y a rien de mal à cela.

Mme LaCroy écarta ses cheveux de son visage et essuya ses larmes.

— Il y a quelque chose de mal à cela si cet homme ne peut pas porter ce fardeau, si le poids de la mélancolie pèse déjà sur ses épaules.

La douleur dont sa voix était empreinte le transperça, comme des fragments de métal brûlants déchirant sa chair.

— Vous prenez trop sur vous.

— Savoir que je n'ai pas été en mesure d'aider mon mari alors qu'il était égaré est douloureux. En apprendre davantage sur la noirceur qui l'habitait et sur ce qu'il a fait est insoutenable.

— Autorisez-vous à être faible. Laissez un ami… Laissez-moi vous soutenir, et révoltez-vous à nouveau au petit matin.

Elle tripota le bandage qui entourait sa main.

— Est-ce que c'est un ordre, monsieur le Duc ? Cela exige-t-il un programme ? Vous me dites de me révolter demain matin. Avant les exercices d'élocution de Lionel, ou après ?

Tendu, le dos de plus en plus douloureux, il alla se tenir à côté d'elle.

Ils avaient fière allure, dans le miroir. Elle faisait la bonne taille pour qu'il puisse passer un bras autour d'elle sans se baisser. Un tout petit mouvement, et il aurait pu la tenir par la taille, frôler sa hanche, effleurer sa poitrine. L'étreinte aurait été parfaite. Hélas, cela n'aurait pas été convenable.

—Je vous ai demandé si c'était un ordre.

—Oui. Cessez de vous maîtriser pendant dix minutes. Pleurez, donnez des coups de poing, passez sur moi tout ce qui vous rend triste. Je vous dois bien cela.

Elle se tourna vers lui, le regardant fixement, avec cette expression impassible qu'elle affichait si souvent et qui l'empêchait de connaître ses pensées, de connaître son cœur.

—Vous voulez que je vous donne des coups de poing ? Est-ce ce que vous allez apprendre à votre pupille, la violence et le conflit ?

Il garda les bras le long de son corps, ne mettant pas à l'épreuve cette étreinte parfaite.

—LaCroy, nous devons améliorer nos négociations. Laissez-moi vous être utile.

Elle esquissa un sourire.

Puis elle vacilla à nouveau légèrement.

Il la rattrapa et la garda dans ses bras. Il brûlait de l'embrasser, de franchir cette limite, mais il se contenta de lui caresser la joue.

—Passez un bras autour de mes épaules et laissez-moi vous aider à vous asseoir.

Miracle des miracles, elle fit ce qu'il lui demandait ! Elle fit glisser une main sur sa nuque et se blottit contre lui.

Ils marchèrent ensemble comme ils l'avaient fait le soir où ils s'étaient rencontrés, mais sa robe de chambre ne cachait pas aussi bien ses formes que la livrée de valet.

La sensation de sa cuisse tout contre lui était très différente de celle du pantalon qu'elle portait le premier soir.

—Vous me plaisez vraiment beaucoup plus en femme. Je dis cela respectueusement.

Arrivé devant le bureau, il s'assit dessus, posa sa béquille et souleva Mme LaCroy pour la faire asseoir à côté de lui. Il garda sa main dans la sienne.

—Vous sentez le rhum et la bouille farineuse, monsieur le Duc.

Il rit et gratta les taches sur la manche de son peignoir.

—J'ai eu besoin de rhum pour calmer la douleur. Mon dos m'élance, parfois. Vous m'avez percuté assez violemment. Je ne m'attendais pas à un tel assaut.

—Si vous vous y étiez attendu, je n'aurais probablement pas réussi à vous faire bouger.

Frissonnait-elle, contre lui ? Ou le frémissement qu'il percevait était-il celui du sang qui courait, brûlant, dans ses propres veines ?

Il s'étira, fut tenté de passer un bras autour d'elle, mais reposa ses mains sur ses genoux. Sa volonté menaçait de faillir, et le bureau était solide : sans craindre de perdre l'équilibre, il aurait pu chercher à découvrir à quel point sa robe de nuit était fine.

Toutefois, il n'en ferait rien.

LaCroy n'était pas le genre de femme avec laquelle on flirtait puis qu'on laissait filer. Elle était une femme à garder, avec laquelle se quereller et composer toute la vie.

—Lionel est responsable de ces taches… Pourquoi se contenter de peu quand on a goûté au meilleur ?

Il cligna des yeux.

—Oh… Je n'aurais pas dû dire cela.

—C'était franc. Merci.

—C'est à moi de vous remercier une nouvelle fois. Vous avez risqué votre vie pour moi, Patience LaCroy, et je vous en suis reconnaissant… mais c'était insensé ! Vous auriez pu être tuée. Je ne veux pas que vous preniez de tels risques.

—Diriez-vous à lord Gantry de ne pas faire ce que son cœur lui dicte ? Le contiendriez-vous ?

*Son cœur ?* Busick était dans le cœur de LaCroy *?*

Il avait de plus en plus de mal à se retenir de la toucher, de caresser sa peau satinée. Il plongea ses yeux dans les siens et y vit une ombre, un mélange de circonspection et de quelque chose d'autre.

Il était temps pour lui devenir un homme meilleur.

Un homme dont Lionel serait fier. Il agrippa le bureau.

—Je sais ce qui se passe.

—Ah oui ? Vous avez enfin compris.

—Oui. Nous venions d'avoir des mots. J'avais dit quelque chose que j'aurais dû garder pour moi, et vous avez ensuite risqué votre vie pour sauver la mienne. C'est à ce moment-là que j'ai compris ce qu'il y avait entre nous.

—Entre nous ?

—Oui. Je vous ai blessée, avec mes ordres, mon côté irascible, mes instructions. Vous êtes amoureuse de moi. Qui voudrait recevoir des ordres dans ces circonstances ?

—*Quoi ?*

— Je m'en suis rendu compte. Ce n'est pas comme si je n'avais pas déjà vu les signes… Je suis responsable de vos blessures. Je suis responsable du risque que vous avez pris. Et mon attirance pour vous ne fait qu'aggraver les choses.

LaCroy prit un air renfrogné, un peu comme celui que Lionel affichait quand il mangeait la bouillie.

—Je crois que je ferais mieux de remonter.

—Je vous en prie… Nous pouvons être honnêtes l'un envers l'autre. Discutons de tout cela tranquillement. Il n'est pas rare que les femmes s'attachent, mais d'habitude, je suis bien plus doué pour ignorer l'attraction. J'essaie de m'améliorer et de ne détourner personne du droit chemin, mais vous êtes différente. Je me surprends à éprouver de l'attirance pour vous. Je suis subjugué.

Elle posa les mains sur son crâne, enfonça ses doigts dans ses cheveux.

—Vous êtes-vous cogné la tête, vous aussi ?

Il sentit son cœur s'emballer.

—Vous devez avoir une bosse sur la tête pour dire quelque chose d'aussi stupide, monsieur le Duc.

Il approcha son visage du sien.

—Est-ce de l'hystérie ? J'essaie de ménager vos sentiments et les miens.

Elle rit.

—Et, bien sûr, maintenant, je suis congédiée !

—Eh bien, je… je n'avais pas réfléchi à cela. Je ne veux pas vous congédier.

Elle rit de plus belle et tenta d'étouffer son rire de sa main bandée, mais sans succès.

—Je vous en prie, continuez.

Riait-elle de lui ou de la situation ? Il joua machinalement avec le poignet de sa manche.

—Nous allons devoir voir si nous pouvons continuer à travailler ensemble. Cela ne devrait être trop pénible pour aucun de nous deux. Je ne veux pas qu'il y ait de malentendus. Je tiens à votre amitié.

—Permettez-moi de vous aider, mon cher duc de Repington. Je ne suis pas amoureuse de vous, et je démissionne. Je mets immédiatement un terme à cette farce.

—Non ! Ne faites pas cela.

Il esquissa un mouvement pour lui prendre la main, mais elle sauta du bureau.

—Je veux que vous restiez. Nous oublierons tout cela, si vous voulez, comme nous avons oublié les circonstances de notre rencontre, et nous irons de l'avant comme si de rien n'était.

Elle chancela un peu et se retourna vers lui.

— Je suis désolée. Je dois à nouveau défaillir. C'est l'amour… C'en est trop. Oui, je dois vous donner ma démission.

— Vous ne pouvez pas me quitter. Le petit a besoin de vous… Je ne veux pas que vous partiez. J'aime vous avoir ici. J'aime pouvoir discuter avec vous.

— Pourquoi dites-vous toutes ces choses ? Êtes-vous sûr que mon stratagème pour vous conquérir en vous sauvant la vie n'a pas fonctionné ? Ne seriez-vous pas tombé amoureux de votre héroïne, par hasard ?

C'était possible.

Pourquoi aurait-il trouvé abominable l'idée qu'elle s'en aille, sinon ? Il prit ses mains entre les siennes.

— Mon discours était bien plus convaincant quand je l'ai prononcé devant Lionel.

— Vous a-t-il conseillé ?

— À vrai dire, il s'est endormi. Je me suis donc ridiculisé…

— Effectivement. C'est touchant, cela dit.

— Cela pourrait-il faire partie des choses dont nous ne parlerons pas ?

— Une fois que quelque chose a été dit, c'est assez difficile de l'ignorer.

— C'est pour cette raison que je n'emploie jamais de jeunes femmes dans la maison, d'habitude.

Il croisa les bras sur son torse et baissa la tête.

— C'est la première fois que je me conduis mal. Vous vous êtes montrée affable et bonne, LaCroy. Vous avez gardé mes secrets. Et moi, je n'ai rien fait sinon vous mettre en danger.

Elle lui posa les mains sur les épaules puis les fit glisser sur sa nuque.

— Je vois comment vous pourriez arriver à cette conclusion. Vous devez avoir l'habitude de voir les femmes tomber sous votre charme, mais il est temps pour moi de démissionner.

Elle faisait cela par bonté, car ce n'était pas son genre d'abandonner.

Il referma une main sur son coude et caressa son bras à travers l'étoffe fine.

—Je me sens… Je me sens assez ridicule, et maintenant, j'ai tout gâché pour Lionel. Je sais à quel point vous tenez à lui. Vous ferez ce que vous avez à faire, mais pensez à lui. J'ai besoin de vous ici, pour veiller sur Lionel et pour faire ce pain dont les hommes raffolent. Je veux, j'ai besoin que… que vous restiez.

—Je dois vous donner ma démission, car il y a autre chose que je dois faire.

Elle se pencha vers lui, jusqu'à ses lèvres, et l'attira à elle pour y déposer un baiser.

# 20

# Un baiser peut vous libérer

Quel homme arrogant, quel homme attachant ! Riant encore, je posai mes lèvres sur les siennes.

Le baiser, que j'avais imaginé rapide et chaste, se fit bientôt plus profond.

Il m'enlaça et m'attira tout contre lui, me faisant perdre l'équilibre. Je me laissai aller volontiers.

Je fus aussitôt perdue, comme ses paumes agiles glissaient sur mes hanches et ses mains expertes exploraient mes formes.

Je le laissai faire.

Je voulais être découverte. Celle que j'étais véritablement était restée cachée bien trop longtemps.

*Oh !* La pression de ses lèvres changea, exigea davantage.

Je vacillai comme il me hissait sur ses genoux. L'ordre silencieux de m'accrocher à lui me poussa à m'approcher encore plus.

Tout allait trop vite, était trop bon, altérait un trop grand nombre de mes idées sur les ducs, les rêves, les convenances. Avec dextérité, il me renversa en arrière, et je me retrouvai allongée sur son bureau, entre ses cartes et ses emplois du temps.

— J'ai toujours voulu avoir une nourrice !

Il rit et m'embrassa de plus belle.

Ne venais-je pourtant pas de me moquer de l'idée que je puisse être amoureuse de lui ?

De toute évidence, je perdais la bataille. Repington était vainqueur dans la façon dont il me touchait, dont il me regardait, comme s'il avait trouvé un trésor. Ses doigts traçaient un chemin brûlant sur ma peau, faisant campagne jusqu'à mon cœur.

Je ne pouvais pas capituler ainsi, sur le bureau du salon, la pièce où j'avais vu mon mari pour la dernière fois avant qu'il ne quitte Hamlin pour toujours.

Je poussai sur l'épaule du duc, mais mes doigts me trahirent, trouvant la peau chaude dévoilée par son col ouvert, sa chemise de nuit déboutonnée.

— Parler, nous devons parler davantage, monsieur le Duc.

Il fit glisser ma main sur son torse.

— *Non, ma chère*[1].

Son pouce effleura mes joues en feu, et il m'embrassa avec une telle délicatesse, avec une telle douceur, que j'en oubliai mon nom d'emprunt, mon vrai nom, et me trouvai prête à répondre à n'importe quel nom.

— Un instant, monsieur le Duc…

Il eut un rire riche et entendu.

Prenant son visage au creux de mes mains, je cherchai dans ses yeux quelque chose d'autre que le simple reflet de mon désir pour lui. Pourtant, c'était tout ce que j'y voyais, ou peut-être tout ce que j'autorisais mon âme à y voir. Je ne pouvais pas me permettre de me laisser emporter. Je refusais de tout perdre. Je le repoussai à nouveau, les mains posées à plat sur son torse, les doigts écartés sur ses cicatrices.

1. En français dans le texte.

—Repington, c'est impossible entre nous. Il faut que je récupère mes documents.

Il me laissa lui échapper.

—Comment ? Attendez… Quoi ?

Je contournai le bureau et ouvris le tiroir du haut. J'écartai carnets et papier ministre, vidai entièrement le compartiment secret et fis coulisser la porte.

—Revenez ici. Vous disiez que nous devions parler.

—Il semble que nous ayons fini de *parler.* Je récupère mes documents.

—Votre contrat est là-haut, dans ma chambre à coucher. Nous n'allons pas y aller maintenant alors que Lionel dort.

—Je parle de mes documents de fidéicommis, monsieur le Duc. Ceux que mon père m'a laissés.

—Madame LaCroy, quand avez-vous… Ces papiers datent-ils de l'époque où vous travailliez à Hamlin avant mon arrivée ?

—Je n'ai jamais travaillé ici avant votre arrivée. Enfin, ce n'est pas tout à fait exact. J'ai travaillé à Hamlin, je me suis chargée de la décoration de la maison et j'ai veillé à ce qu'elle soit impeccable pendant quatre ans, mais je n'étais pas employée.

—Comment auriez-vous pu travailler ici sans être employée ?

Je tirai sur mes documents pour les extraire de leur cachette. Le papier parchemin plié, couvert de termes juridiques et de sommes d'argent, était craquant.

—Ils sont toujours là ! Markham ne les a jamais trouvés.

—Pourquoi voudrait-il… Que veut-il ? Je ne comprends pas. Et je ne veux pas que vous me donniez votre démission. Nous pouvons oublier tout ceci. Nous devrions au moins essayer.

J'agitai mes documents.

—Pouvez-vous vraiment tout oublier ? Cela fait des semaines que nous sommes face à ce dilemme, que vous hésitez à me congédier. Je suis ravie de démissionner pour être à nouveau maîtresse de moi-même. C'est libérateur.

— Je ne savais pas si je pouvais vous faire confiance pour vous occuper de Lionel. J'ai vu d'autres jeunes femmes se soucier davantage des dernières réceptions et de bêtises que des enfants dont elles s'occupaient. Puis vous m'avez prouvé votre valeur. Vous êtes agaçante, réfractaire aux ordres, et belle, mais très méritante. Mais que sont ces papiers, et comment avez-vous pu vous trouver à Hamlin sans y travailler ?

— Repington, vous n'arrêtez pas de parler quand vous ne comprenez pas ce qui se passe. Peut-être auriez-vous besoin des conseils de Lionel.

Il tendit la main.

— Donnez-moi ces documents... Si je me tais, m'embrasserez-vous à nouveau ? Maintenant que vous ne travaillez plus pour moi, les choses peuvent être différentes, entre nous. J'éprouve de l'attirance pour vous. Je le cache, je lutte contre cette sensation depuis une éternité.

Il esquissa un geste pour prendre sa béquille, mais je posai ma main sur la sienne.

— J'ai besoin que vos yeux soient à la même hauteur que les miens pour vous dire ce que je m'apprête à vous dire.

Il me saisit la main.

— Vous pouvez m'embrasser à nouveau, mais je vous en prie, ne pleurez pas. Je n'aime vraiment pas quand...

— La maîtresse de Hamlin Hall ne reçoit pas de gages.

Il passa ses bras autour de ma taille, ses lèvres déposèrent des baisers brûlants au creux de mon cou.

— Je présume qu'elle est dédommagée d'autres manières, mais je ne vous ai pas offert cette place, pas encore... J'aime votre façon de ne pas mâcher vos mots. Vous êtes très directe.

— Vous ne m'écoutez pas, Cousin.

Ses bras retombèrent le long de son corps.

—*Cousin ?*

—Oui. Je suis Patience Amelia Jordan, fille de Patsy LaCroy Thomas et Wilhelm Thomas. Je suis la veuve de Colin. Ces papiers sont mes documents de fidéicommis, et ils prouvent mon identité.

—Mais elle… *Vous ?*

Il me prit mes documents des mains et les feuilleta comme s'il avait envie de les déchirer.

—Ceci…

—*Réfléchissez,* monsieur le Duc. Markham m'a pris mon fils et m'a jetée dehors. Je me suis battue pour revenir. J'ai pénétré subrepticement dans Hamlin pour nourrir mon bébé, par les souterrains, que j'ai découverts en vivant ici pendant quatre ans. Je me suis déguisée en valet pour m'occuper de mon Lionel. C'est comme cela que nous nous sommes rencontrés. Je venais juste de nourrir mon fils.

Il regarda à nouveau les papiers. Rédigés de la main de Papa, qui avait une très belle écriture, et authentifiés par son notaire londonien, ils constituaient une preuve irrécusable. Cependant, j'étais face à l'incrédule duc de Repington.

—Je ne dis pas que je vous crois, Patience LaCroy, mais si ce que vous me dites est vrai, pourquoi votre père n'est-il pas venu vous rendre visite ? Pourquoi avez-vous attendu pour me dire tout cela ?

—C'est Patience *Jordan.* Je n'ai pas eu de nouvelles de mon père depuis bien longtemps. Markham m'a arrachée à mon fils après nous avoir tenus tous les deux captifs pendant des semaines. Je ne savais pas si vous étiez différent de lui.

—Je ne suis pas Markham.

—Eh bien, tant mieux, car j'ai juré de me couper la langue si je l'embrassais un jour.

—Ne faites jamais une chose pareille, ce serait gaspiller un trésor.

Mes joues s'empourprèrent à nouveau.

—Et j'espère que vous savez maintenant que je ne ferais jamais de mal à mon enfant, que je ne suis pas folle.

—Pourquoi penserais-je que vous êtes folle ? Parce que vous étiez habillée en homme quand je vous ai rencontrée ?

Je fermai les yeux un instant, retins mon souffle, puis décidai d'avouer l'horrible vérité.

—Parce que Markham m'a fait interner à Bedlam pour que je n'aie plus jamais la garde de Lionel. Savez-vous ce que c'est que d'être coupée de la société comme si l'on n'avait aucun but, et arrachée à la seule chose qui importe ?

Il tressaillit, mais pas de douleur. C'était autre chose.

Si c'était de la pitié qu'il ressentait, je n'en voulais pas. Je ne voulais que Lionel.

—*RRepington*, dis-je, roulant les R, d'un ton sans réplique, pour qu'il comprenne que j'étais son égale. Comprenez-vous pourquoi j'ai dû vous duper ? J'aurais fait n'importe quoi pour revenir à Hamlin et m'occuper de mon fils.

—Pourquoi me le dire maintenant ? Vous êtes douée pour jouer la comédie. Vous auriez pu continuer.

Je passai une main dans mes cheveux lâchés et plongeai mes yeux dans les siens, bleus et nébuleux.

—Parce que je suis lasse de vous abuser. Parce que je pense que si je n'ai pas encore réussi à vous prouver que j'étais digne de confiance, je n'y parviendrai jamais. Parce que vous aimez Lionel comme je l'aime.

Son visage se durcit, ses muscles se contractèrent.

J'étais fatiguée de me tenir debout et j'avais des vertiges, mais m'asseoir à côté de lui ne me semblait pas convenable.

—Vous êtes ici pour obtenir sa garde ? Permettez-vous que je fasse authentifier ces documents ? Je me suis trop battu afin d'assurer la sécurité du petit pour ne pas m'en faire maintenant. Lady Shrewsbury avait-elle connaissance de cette supercherie ? Qui est Mme Saint-Maur ? La sœur de la comtesse ?

La Providence de la veuve ne devait surtout pas être démasquée.

—J'assume la responsabilité de mes actes. Jemina n'a aucun lien de parenté avec la comtesse. C'est une veuve honorable, comme moi avant que Markham ne me force la main.

—Lionel n'ira nulle part et j'ai besoin de déterminer quoi croire.

—La situation va vous être favorable. Quand Wellington vous rappellera, vous saurez que Lionel est en sécurité aux côtés de sa mère.

—Aucune décision n'a encore été prise. C'est moi qui ai la garde de Lionel. Cela n'a pas changé.

J'avais envie d'insister, mais comment l'aurais-je pu, alors que je lui révélais un tel secret ? Alors même que je me sentais libre, lui avait l'air décontenancé.

Mon cœur s'immobilisa. Les bras croisés, je refermai les mains sur mes coudes.

—Je n'en attendais pas moins de vous. Vous devrez analyser minutieusement chaque aspect du problème jusqu'à ce que vous arriviez à la bonne décision, la seule. Vous savez que ce que je vous dis est vrai.

Il posa les documents et se frotta la mâchoire, la barbe naissante qui m'avait chatouillé les joues quelques instants plus tôt.

—Si c'est la vérité, alors vous m'avez abusé à deux reprises. Combien de temps pensiez-vous faire durer cette mascarade ?

—Aussi longtemps que j'aurais pu supporter que vous me donniez des ordres et me disiez comment m'occuper de la chair de ma chair. Je devais vous prouver que je ne représentais aucun danger.

—Eh bien, vous êtes assurément dangereuse, mais pas pour Lionel…

Je ne comprenais pas ce qu'il entendait par là, mais je n'avais pas l'intention de relever.

—… et Lionel est aussi la chair de ma chair, par Colin. Et je ne me suis pas si mal débrouillé.

Enhardie, je me risquai à le toucher à nouveau et lissai le revers de son peignoir.

—Vous vous êtes admirablement débrouillé. Si Colin était là et s'il avait les idées claires, je crois qu'il serait fier de la manière dont vous vous êtes occupé de son fils. Je le suis.

—Il ne serait certainement pas fier que vous m'embrassiez ou que je vous embrasse.

Il me regarda intensément.

—Êtes-vous sûre de n'être pas amoureuse de moi, pas même un peu ?

—Pas plus que vous ne m'aimez, *RRepington.* Tout le monde sait que c'est impossible. Vous ne croyez pas à de tels sentiments.

Le sourire du duc réapparut, un sourire qui le faisait paraître plus à l'aise, plus séduisant. Cependant, il disparut presque aussitôt.

—Qu'est-ce qui est impossible ? Que j'éprouve de l'amour, ou que j'en éprouve pour *vous ?*

—Est-ce important ? Nous avons un problème commun : la garde de Lionel.

—Lionel n'est pas un problème. Nous trouverons une solution. Colin a fait de moi le tuteur de ce petit garçon. Je ne négligerai pas mon devoir.

—Ce devoir est d'assurer sa sécurité. Colin et Markham devaient beaucoup d'argent. Je soupçonne Markham de rôder encore dans les parages, dans l'espoir de récupérer la garde de Lionel. Mon père a stipulé un paiement dans mon contrat de mariage, qui doit revenir au tuteur de mon fils. Il se pourrait que Markham essaie de vous nuire.

—De quoi parlez-vous ?

—Comment se fait-il que des choses disparaissent ? Comment se fait-il qu'un lustre vieux de deux cents ans tombe subitement ? Je le soupçonne d'entrer dans la maison pour commettre des actes de malveillance.

—Ce lustre était vieux. Les choses finissent par se briser un jour ou l'autre.

—Peut-être, mais Markham est toujours au village. Le versement de mon père est de quatre mille livres, et il doit être fait le mois prochain, quand Lionel aura quatre mois. C'est une vraie motivation.

—Eh bien, cette somme permettra d'acheter un nouveau lustre.

—Repington, vous êtes en danger. Si vous étiez dans l'incapacité de remplir votre rôle, Markham deviendrait le tuteur de mon fils. Il obtiendra l'argent, et qui sait ce qu'il adviendrait de Lionel ou de moi ?

Il se pencha vers moi et m'attira contre son torse.

—Vous devriez savoir que je ne laisserai jamais rien vous arriver, à vous et à ce bébé, que je vous croie ou non.

—*Néanmoins, le lustre est tombé. Vous devriez nous mettre sur un bateau pour le* Démérara, Lionel et moi. Tout le monde serait alors en sécurité.

—Non. Personne ne quittera Hamlin. Vous ne fuirez pas la bataille, soldat !

Je ne pus m'empêcher de sourire. En dépit de tous mes stratagèmes, le duc me croyait.

—Dans ce cas, il faut que je trouve la preuve de la duplicité de Markham pour vous prouver que Lionel et vous êtes en danger.

—Non, LaCroy… Jordan… Madame. Cet homme est dangereux. Il s'en est déjà pris à vous.

Les yeux de Repington transperçaient ma poitrine et voyaient mon cœur qui fléchissait. J'étais faible face à lui ; pourtant, n'était-il pas comme Colin, qui voulait me faire obéir à ses ordres et me dicter ma conduite ? Combien de temps faudrait-il au duc pour se lasser de ma détermination… ou de mon lit ?

Je ne me soumettrais pas.

Je ne risquerais pas tout pour céder à des sentiments fugaces. L'amour ne durait pas.

Je m'écartai de lui et décidai de jouer le rôle d'une femme qui ne se souciait de rien. Je passai un doigt sur l'arête de son nez.

—Je n'ai pas l'intention d'obéir à cet ordre, Commandant. Tant que vous prenez soin de Lionel et que vous le protégez, je peux faire le nécessaire. Markham croit que je suis enfermée à l'asile, alors je ne crains rien. Je vais m'affairer discrètement à prouver sa culpabilité.

—Sa culpabilité ? De quoi le croyez-vous coupable ?

Je n'étais pas prête à dire que Markham était davantage responsable de la mort de Colin que ne l'était ma lettre.

—Je n'en suis pas encore sûre, mais je vais le découvrir.

—Allez-vous défier un ordre direct, Patience ?

Je le regardai. La lueur de l'honneur brillait dans ses yeux. Je hochai la tête.

—Mon fils et vous êtes en danger. Markham est notre ennemi. Colin ne s'est pas tourné vers moi quand il a eu besoin d'aide, alors que j'aurais pu le sauver. Il ne s'est pas dit que je ramasserais son épée et que je me battrais pour lui. Je défendrai sa mémoire auprès de Lionel en prouvant la culpabilité de Markham.

Le duc fronça les sourcils.

—C'est trop risqué, et rien de tout cela ne fera revenir Colin.

—Cela changera ce que je dirai à Lionel. Je peux réussir à le faire, sauf si vous me jetez dehors.

—Même si je le faisais, vous reviendriez furtivement déguisée en homme. Je vous ai déjà dit que je vous préférais en femme, et encore plus dans de la mousseline.

Il pressa les lèvres l'une contre l'autre, puis s'éclaircit la gorge.

—Je vais devoir vérifier certaines choses, mais je n'ai pas pour habitude de jeter les femmes dehors. En temps ordinaire, ce sont elles qui me quittent.

Je me détournai, mais il tendit vivement le bras, m'attrapa par la main et me fit tourner vers lui.

—Je suis prête à me retirer, Repington.

Il resta silencieux, me regardant fixement, et me maintint à ma place, quoique sans fermeté. J'aurais pu me libérer de son étreinte si j'avais voulu le faire.

Je n'en avais pas envie.

—Vous m'avez expliqué bien des choses, mais pas pourquoi vous m'avez embrassé. Pourquoi, Patience LaCroy… ou Patience Jordan, ou qui que vous soyez ?

Du bout des doigts, j'écartai une mèche de cheveux tombée sur son front plissé. Coiffé comme il l'était, il paraissait encore plus blond, il ressemblait encore plus à un dieu, ou à un ange.

—Pourquoi ces baisers, Patience ? Avez-vous des sentiments pour moi ? Pourquoi prendre le moindre risque pour moi ?

Sa voix me transperçait, elle réveillait presque mon cœur endormi par mon mariage malheureux. Je recommençai à jouer avec le revers de son peignoir d'un air espiègle.

—Vous disiez n'importe quoi, et je ne pensais pas que vous me laisseriez vous embrasser alors que je venais d'avouer vous avoir dupé une seconde fois.

—Vous auriez pu vous contenter de me mettre une main sur la bouche pour me faire taire, comme le fait Lionel. Vous m'aimez bel et bien, n'cst-ce pas ?

—*Non*[1].

—Mais vous m'appréciez ? murmura-t-il. N'est-ce pas ?

1. En français dans le texte.

S'il sentait les battements de mon cœur s'accélérer, il saurait ce que je ressentais. Si je n'avais pas déjà eu le cœur brisé par le même genre d'homme, un homme qui ne pouvait m'aimer que si j'obéissais, j'aurais été assez stupide pour tomber amoureuse de Repington.

—En dehors de cette pièce, monsieur le Duc, nous devons continuer à jouer la comédie. Moi dans le rôle de la nourrice, vous dans celui du commandant insensé.

—Insensé ? Qui est allé à Bedlam ? Et il n'y a rien d'insensé à exiger de l'ordre. Je ne suis pas sûr d'aimer cet arrangement. Je n'aime pas les mensonges et les faux-semblants.

—Préféreriez-vous que l'on apprenne que le commandant a été dupé ?

Je posai tout doucement une main sur sa cuisse.

—Je crois que vous vous souciez de ce que les gens pensent.

Il prit ma main et la serra contre sa poitrine.

—Ce que les gens pensent n'a pas d'importance. Seule la façon dont on est traité importe. Je vous apprécie, Patience. Vous ne me traitez pas comme un infirme. Ne commencez pas maintenant. Et vous vous trompez si vous croyez avoir les choses en main.

—Eh bien, pour le moment, c'est vous qui avez ma main.

Il me lâcha et tripota maladroitement la ceinture de son peignoir.

—Ma vieille amie la comtesse est-elle dans le secret ?

—Je suis veuve. Lady Shrewsbury a un faible pour les veuves. Elle aide n'importe quelle femme en difficulté, sans poser de questions. Ma situation est désespérée. Je suis à votre merci, comme j'étais à la merci de Markham. Les tuteurs ont tout pouvoir, dans ce pays.

—Il y a beaucoup de choses à prendre en considération, mais comme je vous le disais, je ne vous mettrai pas dehors, et je n'aurai d'ailleurs aucune raison de le faire si ces documents s'avèrent authentiques. De plus, Lionel déteste la bouillie. Il sait ce qui est bon. Je le comprends.

La plaisanterie était-elle une vaine tentative de dissimulation du désir que trahissait sa voix ?

J'inspirai profondément son parfum viril de rhum et de bois de santal.

—Vous vous rendez compte que c'est Markham, et non moi, qui représente une menace ?

—Peut-être… mais vos jolies lèvres m'ont déjà menti deux fois.

—J'ai fait ce que j'avais à faire pour Lionel.

—Est-ce aussi pour le petit que vous m'avez embrassé ?

—Repington, certains fardeaux sont plus faciles à porter que d'autres.

—J'ai bien l'impression que vous n'avez pas été accablée par leur poids… Sapristi ! Vos lèvres n'ont pas été embrassées, ou pas assez souvent. Comment pouvez-vous être la veuve de Colin ? C'était un galant homme !

Le badinage désinvolte entre nous cessa au moment où la honte, la peine et toutes sortes d'émotions sans retour me submergèrent.

La gorge nouée, je m'écartai de lui.

—Vous savez bien que Colin n'était pas lui-même, pas à la fin de sa vie. Vous pouvez rester dans la chambre à coucher principale, qui est mon ancienne chambre, mais je prends mon Lionel avec moi dans la chambre attenante.

Il tendit la main vers sa béquille comme s'il s'apprêtait à s'élancer à ma poursuite.

—Je suis désolé…

—Non. Restez ici. Lisez mes documents, priez votre Dieu, et tirez la seule conclusion qui s'impose. Je suis Patience Jordan.

—Je ne vois pas pour quoi je pourrais prier à l'instant, sinon pour qu'il n'y ait rien d'autre que la vérité toute nue entre nous. Rien d'autre.

Je ne voulais pas essayer de deviner ce qu'il voulait dire, alors je m'enfuis en direction du grand hall.

Tandis que je levais les yeux vers l'obscurité à l'endroit où le grand lustre avait été accroché, un sentiment de culpabilité m'envahit : j'avais fait les yeux doux au cousin de mon mari.

Colin ne pouvait tout de même pas être remplacé si facilement dans mon cœur, dans mon lit, dans la vie de mon fils. *Si ?*

— Si c'est toi qui étais venu nous hanter, Colin, sache que je suis désolée. Je ne te décevrai pas, cette fois.

Soudain, des lanternes de voitures attelées lancèrent des éclairs de lumière, au-dehors.

Repington sortit du salon et s'approcha de moi.

Mes documents dépassaient de la poche de son peignoir.

Les portes de Hamlin s'ouvrirent. Lady Shrewsbury et son angora d'une blancheur de neige, Jemina et l'avocat entrèrent. Ils m'entraînèrent avec eux et me firent monter l'escalier.

Le duc se retrouva tout seul dans le grand hall, bouche bée devant l'invasion. J'étais contente d'être hors de sa portée.

# 21

# Le problème qu'il y a à marcher à quatre pattes

Les hommes de Busick faisaient des allées et venues dans la neige fraîche. Il lui serait impossible de mener ses troupes à cheval aujourd'hui. L'estrade était trop glissante pour qu'il se risque à monter dessus, d'autant plus qu'il avait mal au dos. Il allait devoir faire attention, ou il se retrouverait alité pour des semaines.

Un gémissement grave lui échappa comme il s'appuyait à l'estrade. Il n'était pas du genre prudent, mais se pouvait-il que la nourrice ait raison ? Et si quelqu'un avait saboté le grand lustre ?

Il sortit sa montre de sa poche.

Onze heures moins cinq.

L'entraînement de Lionel à la marche à quatre pattes commencerait à l'heure juste. Du moins, si Patience obtempérait.

La mutinerie grondait dans ces beaux yeux sombres, mais mentirait-elle au sujet de son inquiétude quant à sa sécurité ?

Il rejoignit Gantry.

Bombant le torse, Busick s'apprêta à renvoyer ses hommes.

—Allez en patrouille ! Nous formons un plus petit contingent, alors nous devons être encore plus vigilants.

Ses hommes répondirent à son salut en faisant claquer leurs bottes.

Une fois que les troupes se furent éloignées, Gantry se tourna vers Busick.

—C'est bien que vous n'en fassiez pas trop, aujourd'hui.

Réprimant un bâillement, Busick regarda à nouveau sa montre.

—Tout le monde a travaillé très dur, hier.

Gantry hocha la tête. Ses yeux cernés trahissaient la lassitude qui le caractérisait, maintenant.

—Lady Shrewsbury a dû revenir avec un autre médecin pour Mme LaCroy, hier… J'espère que tout va bien.

Busick n'en savait rien. Il ne répondit pas et se mit à faire les cent pas sur le balcon. Il avait attendu en vain que lady Shrewsbury et Mme Saint-Maur lui disent si Patience se portait bien. La présence du bel homme qui accompagnait les dames – le *trop* bel homme, qui portait un gilet vert émeraude tape-à-l'œil – ne lui avait été d'aucun réconfort.

Il n'était pas enclin à la jalousie, d'habitude. Si une femme devait être sienne, elle le serait. Cependant, Patience était vulnérable.

—Vous avez l'air plutôt amer pour un homme qui vient à nouveau d'échapper à la mort.

—Je ne suis pas amer, je suis endolori.

—Cela aurait-il quelque chose à voir avec vos problèmes de nourrice ?

Busick s'arrêta net, frappant le sol de sa béquille.

—Qu'est-ce qui vous fait dire cela ?

—Il n'y avait pas de pain, ce matin. Il paraît qu'une femme fait du pain quand elle est heureuse.

—Ou quand on lui ordonne de le faire.

—Vous ne le lui avez toutefois jamais ordonné, et n'avez jamais eu à lui ordonner quoi que ce soit d'autre, ces dernières semaines. Par ailleurs, quand je l'ai croisée dans le couloir, ce matin, elle n'avait pas l'air contente.

—Vous l'avez vue… Elle est donc de nouveau sur pied ?

—Oui. Elle marche assez lentement.

Les nuages bas qui s'amoncelaient dans le ciel ne lui cachaient pas la vue des sièges inoccupés, de la table à laquelle la nourrice n'était pas assise.

—Je ferais mieux d'annuler l'entraînement de Lionel à la marche à quatre pattes, aujourd'hui. Elle est peut-être plus gravement blessée qu'elle ne veut bien le laisser paraître.

Le vicomte fit la grimace.

—Hum… La marche à quatre pattes pour un bébé qui n'a pas encore quatre mois ?

Son ami passa devant lui et vint se placer au pied de l'escalier.

—Laissons cela. Dites-moi, que s'est-il passé entre vous et la nourrice ?

—Rien.

—Regardez-moi, Repington. Nous sommes amis depuis des années. Vous avez été amputé d'une jambe, et vous n'en avez jamais soufflé mot. N'avez-vous pas confiance en moi ?

—J'ai confiance en vous, Gantry, je vous confierais ma vie, mais vous me connaissez… Je ne veux pas d'histoires.

Tirant sur ses cheveux, retenus par un ruban, comme s'il allait en arracher une touffe, le vicomte gémit.

—Eh bien, dans ce cas, je ne vous demanderai même pas pourquoi vous avez retiré votre prothèse.

—J'ai mal à la jambe. Cette chose est lourde. Les sangles m'irritent. Elle émet un cliquetis quand je marche. Tomber avec cet engin mécanique n'a pas fait de bien à ma jambe et à mon dos.

—Servez-vous de votre esprit créatif et concevez-en un nouveau ! Ou demandez à votre nourrice de vous concocter un remède apaisant. Il paraît qu'elle a soulagé le derrière de Lionel avec son huile de coco.

Busick ne répondit pas.

—Parlez-moi, monsieur le Duc.

—La nourrice... Elle prétend être l'épouse de mon cousin et la mère de Lionel. Je crois que c'est vrai, mais je n'en suis pas sûr. Comment puis-je lui faire confiance alors qu'elle m'a abusé ?

—Hmm... Elle a failli se tuer pour vous éviter d'être écrasé par un lustre. Quel genre de signe cherchez-vous ?

Gantry croisa les bras et se tapota le nez d'un air entendu.

—Vous êtes maussade et irritable. Hier, vous étiez nerveux comme une mère poule au sujet de cette femme. Cette agitation est-elle due au fait qu'elle vous a caché son identité ou à autre chose ? Vous seriez-vous fait rabrouer par la nourrice ? Vous a-t-elle envoyé vous coucher sans dessert ?

—Je prends toujours un dessert, cela panse généralement mes maux, mais j'ai peut-être manqué un peu de tact envers elle... au sujet de cette supercherie.

Gantry haussa les sourcils et le regarda fixement.

—Très bien, reprit Busick, j'ai peut-être manqué cruellement de tact, au sujet de beaucoup de choses, mais elle m'a dupé !

—Les femmes ont leurs raisons. Je crois que nous devrions peut-être être davantage disposés à écouter.

—Oh, vous êtes vraiment très préoccupé par vos difficultés conjugales ! Courage, mon vieux ! Nous nous devons d'avoir des principes.

—Ah, oui ! des principes. Les vôtres et les miens nous ont certainement réussi... Je me retrouve sans femme, et vous vous retrouvez irritable et sans pain. Nous avons de beaux principes.

Busick n'était toutefois pas seul. Il était encore le tuteur de Lionel, et une femme se souciait de lui.

La fausse nourrice, très vraisemblablement l'épouse de son défunt cousin, l'avait effectivement écarté de la trajectoire d'un lustre en train de tomber.

Elle l'avait aussi embrassé, la veille au soir, embrassé comme on embrassait un prétendant.

Puis elle l'avait abandonné comme on abandonnait un débauché et était montée à l'étage avec un étranger.

—Des soldats à votre solde ne constituent pas une famille, monsieur le Duc, mais une femme de caractère et un enfant que vous adorez, voilà qui a tout pour faire un excellent dessert !

—Je crois entendre ma mère. Elle essaie toujours d'arranger les choses pour compenser son comportement scandaleux. Heureusement pour moi, depuis qu'elle est avec son nouvel ami, elle ne met plus les pieds chez moi !

Busick jeta un autre coup d'œil au balcon vide et sentit son ventre se nouer.

—Vous ne comprenez pas. La nourrice m'a menti à deux reprises. Qui donc me respecterait si je laissais passer cela ?

Gantry lui posa une main sur l'épaule.

—Vous avez gagné le respect qu'on vous porte, sur le champ de bataille et ailleurs, par la façon dont vous traitez vos hommes et vos amis. Vous êtes votre pire détracteur, parce que vous vous exténuez alors que rien ne vous y oblige.

—C'est l'homme que je suis. Cela ne changera pas.

—Personne ne veut que vous changiez, mais j'aimerais quant à moi que vous soyez heureux. Vous remplissez votre vie des choses auxquelles vous êtes habitué, de soldats et d'entraînement. Mais qu'en est-il des choses que vous n'avez jamais eues, par exemple une femme qui vous aime vraiment ?

—Ne prétendent-elles pas toutes être amoureuses, jusqu'à ce que quelque chose ne se passe pas comme prévu ? Quel genre d'idiot serai-je si elle cache autre chose ?

—Je vais me renseigner pour vous, voir ce que l'on peut établir au sujet de Mme Jordan. Votre mère ne serait-elle pas en mesure de reconnaître la veuve de votre cousin ?

—Peut-être, mais il faudrait pour cela que je voie lady Bodonel.

Busick ne voulait surtout pas qu'elle s'immisce dans ses affaires ou qu'elle le traite comme elle avait traité son père quand il avait été invalide.

Il sortit sa montre de sa poche.

—Je vais inviter ma mère et votre père à venir ici… Ne formerons-nous pas un quartet malheureux ?

Gantry le regarda avec l'expression de quelqu'un qui viendrait de mordre dans un citron particulièrement acide.

—Votre mère ne ressemble en rien à mon père. Elle est fière de vous, *elle*.

—Quand elle a le temps ou qu'elle veut impressionner un nouvel ami. Non, Gantry, vous avez reçu un cadeau dont vous ne voulez pas : un père en bonne santé qui s'inquiète de vous. Je veux être ce père-là pour Lionel, sans pour autant trop interférer. Je serai une source de stabilité pour lui, indépendamment de sa mère.

—Tenez, votre nourrice arrive sur le balcon. Allez-y, et soyez gentil… Nous voulons avoir du pain, demain.

Busick se retourna et vit Patience, Patience *Jordan*, peut-être, qui tenait Lionel dans ses bras et lui roucoulait des mots doux, comme s'il ne s'était rien passé.

Elle et Mme Saint-Maur étalèrent une couverture entre les fauteuils, comme d'habitude.

Gantry ajusta la veste de Busick.

—Eh bien, Commandant, allez et conquérez !

Busick accéléra le pas, monta les marches de pierre et regarda fixement la nourrice. Sa robe d'un noir de jais semblait l'engloutir tout entière, cachant les formes qu'il avait eues dans les bras la veille au soir.

Il esquissa un geste pour prendre sa montre, mais se ravisa. LaC… Jordan… Patience était à l'heure. Il se dirigea vers son fauteuil sans jamais la quitter des yeux, et elle soutint son regard.

— Je vais y aller, dit Mme Saint-Maur. Il est temps d'aller faire les poussières.

Elle retourna dans la maison d'un pas rapide.

Patience s'assit sur la couverture, à deux mètres de lui. Elle murmura quelque chose, puis déposa le bébé sur la laine duveteuse.

Elle ouvrit la bouche mais ne se plaignit pas, comme elle le faisait d'habitude, de ce que Lionel était trop petit pour marcher à quatre pattes ; regardant froidement Busick, elle dit :

— Allez, Lionel, va voir le commandant.

Le petit garçon leva sa grosse tête oscillante et fit un rot.

*Voyons !* Son sourire s'adressait-il à lui ? Busick se tapa la cuisse.

— Viens me voir, fiston ! Tu peux y arriver. Je crois en toi. Tu en es tout à fait capable.

Le bébé bascula sur le dos, puis roula sur le ventre. Voilà qui était nouveau !

Patience esquissa un sourire et écarquilla les yeux. Était-elle fière de son fils ? Peut-être ce sourire s'adressait-il aussi un peu à *lui ?*

— Mme Saint-Maur et moi allons partir ce soir, monsieur le Duc.

*Comment ?*

Cela ne semblait pas être une requête.

Il tira son fauteuil sur la couverture jusqu'à ce qu'il se trouve à côté de Lionel, puis il prit le petit garçon dans ses bras.

— Je vous ai dit que vous n'étiez pas obligée de partir… et Lionel n'ira nulle part.

Elle ferma les paupières.

—Je n'avais pas l'intention de le prendre avec moi. Pas cette fois-ci.

—Quand et pour combien de temps ?

—Cela ne devrait pas prendre plus d'une journée.

—Vous reviendrez à la maison dès que vous aurez fait ce que vous avez à faire ?

Il vit ses lèvres trembler.

—Je reviendrai à Hamlin, mais pour moi, *la maison* est au Démérara. Si vous ne pensez pas pouvoir vous occuper de Lionel aussi longtemps, je… je demanderai à lady Shrewsbury de vous envoyer une autre veuve.

—Il n'y aura pas d'autre femme dans cette maison. La veuve qu'elle m'a envoyée a tout mis sens dessus dessous. Je saurai très bien m'occuper de Lionel.

—Je sais que vous en êtes tout à fait capable. Je ne pourrais pas m'absenter si je n'étais pas sûre que vous aimiez mon fils.

Cependant, elle s'en allait quand même.

—Puis-je vous demander où vous irez ?

—Vous le pouvez, mais rien ne m'oblige à répondre. Je vous informe simplement de ma décision.

—Je n'aime pas n'avoir pas mon mot à dire.

—Vous n'êtes ni mon père, ni mon mari, ni mon employeur, monsieur le Duc. Alors, non, vous n'avez pas votre mot à dire.

—Je vous préférais en tant que LaCroy *; au moins, vous m'écoutiez.*

—En tant que LaCroy, je devrais sortir furtivement. Je ne veux pas avoir à faire cela. Dorénavant, quand je vous dirai quelque chose, il faudra que ce soit la vérité.

—Eh bien, voilà un net progrès entre nous, vous qui ne me dupez pas.

—Non, je réserverai cela à d'autres.

Elle lissa ses manches. Un geste trahissant sa nervosité, peut-être ?

— Je n'ai fait que ce que je pensais devoir faire, Repington. Sachez que cacher mon identité a été l'une des choses les plus dures que j'aie faites.

— Vous *devez* partir, et aujourd'hui ?

— La pensée de laisser Lionel ne fût-ce qu'un instant me brise le cœur, mais vous êtes un tuteur compétent. Il sera en sécurité entre vos mains. Vous devez absolument le protéger.

— Si cela peut vous rassurer, j'ai à nouveau posté des gardes dans les souterrains.

Il rajusta la robe-tablier impeccable de Lionel.

— Vous reviendrez ?

— Bien sûr.

Elle lui sourit, à *lui*, sans aucun doute. C'était la première fois depuis leur discussion animée.

Il aimait qu'elle lui sourie.

— Je dois insister pour que vous me disiez où vous allez. Et s'il vous arrivait quelque chose ? Comment pourrais-je venir vous chercher ?

Elle se leva, s'abritant le visage d'une main.

— La luminosité est trop forte… La façon dont la neige réfléchit la lumière du soleil me fait mal aux yeux. Puis-je disposer ?

Elle avait l'air véritablement mal à l'aise.

Il lui tendit le petit, qui se tortillait.

— Rentrons dans la maison.

Il se leva et lui offrit son bras. Elle ne le prit pas, mais elle ne battit pas non plus en retraite.

Une fois à l'intérieur, il songea que c'était là que tout avait été chamboulé, moins d'une journée plus tôt.

— Vous êtes en sécurité, ici. Restez. Ne quittez pas Hamlin.

Elle ajusta la couverture autour de Lionel. Le bébé avait l'air satisfait dans ses bras.

— Je ne laisserais pas Lionel si ce n'était pas important.

— Je ne vous empêcherai pas de partir, mais vous devriez me dire ce que vous avez l'intention de faire, Cousine.

— Vous me croyez ?

— Dans l'ensemble, et je veux avant tout que vous soyez en sécurité. Ici, sous mon aile protectrice.

Un autre sourire fugace passa sur ses lèvres. Elle sembla se détendre un peu.

— Vous n'avez aucune raison de vous inquiéter. Le neveu de lady Shrewsbury, l'homme que vous avez vu hier soir, nous accompagnera, Mme Saint-Maur et moi-même. Il veillera à ce que nous voyagions en toute sécurité. Votre aile devra trouver une autre occupation.

— Vous faites confiance à un homme que vous avez rencontré hier soir ?

— C'est l'avocat qui m'a libérée de Bedlam et menée à lady Shrewsbury. Oui, je lui fais confiance.

— C'est en quelque sorte votre héros. Est-il possible que vous vous laissiez aveugler par cela ?

— Absolument pas. Maintenant, si vous voulez bien m'excuser…

Elle s'éloigna avec Lionel dans les bras, et il la regarda monter l'escalier, marche après marche, de sa démarche chaloupée.

Cela ne lui plaisait pas du tout d'imaginer Patience hors de sa portée, quittant Hamlin.

Il n'allait pas la laisser se mettre en danger.

Un stratège expérimenté perdrait peut-être une bataille, mais il ne perdrait pas la guerre. Il avait accepté de la laisser partir, mais elle n'était pas seule à pouvoir employer des tactiques secrètes.

# 22

# Observer et attendre

J'étais assise aux côtés de Jemina, dans la calèche de Daniel Thackery, un véhicule élégant à l'extérieur en ébène polie, orné de lanternes en cuivre jaune. J'avais déjà voyagé dedans, en haillons, avec Jemina collée à moi, comme maintenant.

Toutefois, aujourd'hui, elle avait bonne mine et portait une belle robe propre couleur gris pâle.

Elle prit mes mains gantées dans les siennes.

— Tout va bien se passer.

Thackery secoua la tête ; peut-être même leva-t-il les yeux au ciel.

Le neveu de lady Shrewsbury était un bel homme au teint hâlé d'un Corinthien. Il nous avait libérées de l'asile, et je lui étais reconnaissante de faire l'effort de nous escorter jusqu'en ville, alors je lui pardonnerais de nous regarder fixement, Jemina et moi, comme si nous étions stupides.

Je lâchai mon amie et refermai les mains autour de mes genoux.

— Dites-nous ce que vous avez sur le cœur, Monsieur.

Touchant machinalement les boutons de son gilet, il s'avachit sur la banquette et leva vers moi ses yeux noirs comme du charbon.

—Je fais beaucoup de choses pour ma tante, elle m'est très chère… mais traîner à travers Londres avec une femme déguisée en homme, c'est de la folie. Nous devrions faire demi-tour.

Jemina agita l'index dans sa direction.

—Cela va fonctionner. Mme Jordan a déjà joué le rôle d'un homme. Elle le fait très bien.

Il se pencha en avant, lui attrapa le doigt et l'abaissa.

—Vous êtes une créature fougueuse, n'est-ce pas ? Ne le prenez pas mal, mais ne vous ai-je pas arrachées toutes les deux à Bedlam ? C'est là que nous devrions aller maintenant, tous les trois !

Je le regardai d'un air furibond, comme si j'étais le duc, coriace et plein d'assurance.

—Je suis capable de donner le change, et d'ailleurs, c'est votre faute.

—Ma faute ? Certainement pas, Madame… Monsieur… euh…

—Vous arrivez à Hamlin d'un pas nonchalant et vous nous annoncez que A. Sullivan, l'homme qui a annulé près de deux mille livres de dettes contractées par mon mari, pouvait être le nom d'un inspecteur travaillant dans une maison de jeu. Aujourd'hui, vous dites que c'était peut-être un pasteur qui jouait avec Colin.

—Excusez-moi, je ne marche pas d'un pas nonchalant. On dit de moi que j'ai une démarche assurée. Je ne perds pas mon temps à jouer, alors je n'ai aucun moyen de savoir qui est A. Sullivan.

—Moi, oui. C'est pour cela que je suis affublée de cet accoutrement, dis-je, tirant sur mon gilet noir à rayures argentées. Si l'homme que j'ai vu se quereller avec feu mon mari est Sullivan l'inspecteur et non Sullivan le prêtre déchu…

—Pasteur, Madame. Quoique jouer la semaine et donner la communion le dimanche ne soit pas digne d'un parangon de vertu.

— Eh bien, si c'est l'inspecteur, nous saurons alors que ce carnet contient les preuves d'un complot. Nous saurons que c'est ce que Markham veut récupérer, et que c'est pour cela qu'il veut se débarrasser de moi : parce que je suis en mesure d'identifier Sullivan. J'ai été témoin de la conspiration.

L'expression de l'avocat s'affûta.

— Si ce Sullivan est l'inspecteur de cette maison de jeu de Piccadilly, l'homme responsable de recouvrer les dettes, ce carnet indique une conspiration très dangereuse. Cela ne prouve toujours pas les deux autres choses.

— C'est un début de réponse à mes questions.

Il croisa les bras et renversa la tête en arrière.

— J'espère que ce sera plutôt le pasteur. Il n'y aurait alors pas d'hypothèque sur Hamlin, et l'héritage de votre fils ne présenterait aucune difficulté.

Ce serait une bonne chose, mais si j'avais enfilé des vêtements d'homme, c'était parce que j'étais désespérée : ce Sullivan avait poussé mon mari au suicide. Ce n'était peut-être ni ma lettre à Colin, ni mon incapacité à être une épouse compréhensive qui avait eu cet effet.

Je tirai sur ma cravate blanche impeccable, puis frottai mes mains moites sur mon pantalon.

— S'il a emprunté de l'argent à ce pasteur ou qu'il en a gagné en jouant contre lui, cela ne figurerait-il pas aussi dans le carnet ? Comme ma chère amie ici présente, mon mari était précis au sujet des chiffres.

— Ses comptes rendus sont détaillés, mais sont-ils complets ? Manque-t-il quelque chose ?

Il manquait ma lettre. Je l'avais cachée dans un tiroir, dans ma chambre. J'aurais dû la brûler.

Cependant, cela aurait fait disparaître les mots trahissant mon mécontentement, mais pas ma douleur.

— Comprenez-vous vraiment ce que tout cela signifie si Sullivan est un inspecteur, madame Jordan ?

Jemina feuilleta à nouveau le carnet.

—Ce serait une preuve d'extorsion. Personne n'annule des reconnaissances de dette grâce à des paroles bien choisies.

—Est-ce important, monsieur Thackery ?

—Cela pourrait signifier que la mort de votre mari n'était pas un suicide.

Jemina et moi échangeâmes un regard. J'espérais qu'elle ne lisait pas dans mes pensées. Il ne pouvait s'agir d'un meurtre. J'avais vu le mot que Colin avait laissé, dans lequel il m'accusait de l'avoir tant déprimé qu'il avait envie de mourir. Il était rongé par l'angoisse. Son écriture, d'habitude si méticuleuse, était maladroite, peu soignée. J'avais brûlé son mot d'adieu. J'avais dû le faire.

—Mesdames… enfin, madame Saint-Maur, monsieur LaCroy. Vous devez vous poser cette question : pourquoi un homme dont les dettes ont été annulées se tuerait-il ? Un homme censé obtenir deux mois plus tard une petite fortune grâce à un contrat de mariage ? Vous lui aviez bien réécrit pour lui annoncer que vous aviez mis au monde un garçon ?

—Oui. Je n'arrêtais pas de lui écrire. Je lui ai fait savoir que je voulais qu'il revienne immédiatement pour voir notre fils, mais c'est alors que Markham est apparu et qu'il m'a annoncé la mort de Colin.

Je n'oublierais jamais ce mot d'adieu, ni l'odieux sourire de Markham tandis que je sanglotais. Jamais.

Thackery se frotta les mains.

—Merveilleux. Veuillez m'excuser, cela fait un an que je n'ai pas plaidé dans une affaire de crime capital. Je vais devoir convaincre le lord-maire de me confier l'affaire.

Le brillant avocat jubilait. Mon ventre se noua.

—Mon mari était déprimé, il souffrait de sautes d'humeur.

—C'est vrai. Quand une personne décide que c'en est fini, il est difficile de l'arrêter, mais j'ai tendance à penser que ce qui peut pousser un inspecteur à flouer sa propre maison de jeu pourrait aussi l'inciter à se débarrasser lui-même de la source du problème, de façon définitive.

Je frictionnai ma nuque douloureuse. J'avais de nouveau mal à la tête.

—À vous écouter, j'en arrive à espérer que c'est le pasteur.

Jemina me donna un petit coup de coude.

—Ne laisse pas les fanfaronnades de M. Thackery te décourager, dit-elle en se mettant à sa broderie. Tu vas identifier Sullivan, et nous retournerons à Hamlin auprès de Lionel pour décider de ce que nous ferons ensuite.

*Mon bébé.*

Lionel me manquait, mais c'était dans son intérêt que je cherchais la vérité, et j'espérais que c'était bien Markham qui était à blâmer. Si toutefois c'était moi qui étais en tort, je le reconnaîtrais, et je m'efforcerais chaque jour de me faire pardonner par mon fils.

Quoi qu'il en soit, il fallait que je sache ce qu'il en était.

Cela me réconfortait de penser que mon garçon était avec Repington. Je savais qu'il était en sécurité. Le duc veillerait à ce qu'il ne lui arrive rien, même si je flirtais avec le danger.

Thackery rajusta ses lunettes, puis il posa le carnet sur la banquette.

—Madame Saint-Maur ? Vous n'avez pas l'air très calme, vous êtes très différente de celle que vous étiez quand nous nous sommes rencontrés.

—Les chaînes de l'asile lient la langue.

Il toucha la monture de ses lunettes.

—Peut-être les cachotteries et le danger des intrigues de La Providence de la veuve vous ont-ils libérée ? Appréciez-vous cette aventure ?

— J'apprécie Patience. Si nous devons en arriver à de telles extrémités pour découvrir les pièces manquantes de la vie de son mari, alors, je suis pour ! Une femme a besoin de savoir ce qu'elle a besoin de savoir.

— C'est vrai. Mes compliments pour votre ouvrage. Vous avez massacré mon gilet et mon pantalon pour M. Jordan, ici présent… Je sais à qui m'adresser si je me trouve un jour dans une situation désespérée et que mon tailleur est occupé.

— Vos stratagèmes d'avocat et les actions de La Providence de la veuve s'étant avérés interminables, nous avons dû agir.

Le ton de Jemina était acerbe et j'avais l'impression qu'elle était lasse d'attendre, d'espérer que quelqu'un surgisse avec les informations nécessaires pour la sauver.

Je lui pris la main et la serrai dans la mienne pour lui témoigner ma solidarité. Je ferais tout pour l'aider, même si cela m'obligeait à reporter notre départ pour le Démérara.

Rester ne serait pas si terrible, cela laisserait à Lionel un peu plus de temps avec le duc, et il profiterait encore de la présence de cet homme honorable.

Le duc avait beau être insensé, avec ses entraînements, je me sentais en sécurité auprès de lui. Il ne croyait peut-être pas que quelqu'un puisse pénétrer dans la maison, mais il avait tout de même posté des gardes dans les souterrains.

Était-ce le signe que nous étions capables de travailler de concert dans l'intérêt de Lionel ?

Les lumières du village encore proche commençaient à s'affaiblir. Il nous faudrait encore une heure au moins pour atteindre Londres. Les paumes de mes mains étaient trempées.

— La justice est parfois lente, madame Saint-Maur, mais je ne vous vois pas pour autant déambuler en vêtements d'homme… Vous trouvez-vous trop petite pour cela ?

—Naïf ! dit Jemina, reprenant sa broderie. Nous risquerions d'éveiller les soupçons si nous étions déguisées toutes les deux.

L'avocat rit.

—Certes. Je ne voudrais pas éveiller les soupçons, en allant dans des maisons de jeu avec deux hommes aux jolis minois à mes côtés.

—Je ne serai pas démasquée par des hommes occupés à boire et à jouer.

—De toute évidence, cela ne fait pas assez longtemps que vous êtes un homme.

Je ne savais pas quoi faire de M. Thackery. Le seul homme auprès de qui j'estimais devoir m'expliquer se trouvait à Hamlin.

Remettant en place ma perruque poudrée, je fermai les yeux et attendis que la partie commence véritablement. Jupiter ou Agassou ne tarderaient plus à m'être enfin favorables.

Dans le salon, Busick était assis à son bureau, Lionel sur les genoux. Il commençait à en avoir assez de devoir forcer l'enfant à manger sa bouillie. Patience aurait dû être là pour donner au bébé ce dont il avait envie.

Il fit une nouvelle tentative et porta le bec du petit récipient à ses lèvres.

Lionel avala un peu de bouillie, puis il tira la langue comme s'il lui avait donné du lait caillé.

Busick renifla le mélange contenu dans le récipient au long goulot qui ressemblait à une saucière. Cela ne sentait pas mauvais, mais on ne pouvait pas dire que la bouillie au lait de vache ait une odeur appétissante.

—Allons, jeune homme, il faut que tu manges pour grandir et devenir fort !

—Monsieur le Duc ?

Gantry faisait les cent pas entre le piano-forte et le miroir, dans un sens puis dans l'autre.

—N'aviez-vous pas une femme à votre service, une femme pour s'occuper de ceci ?

Il continuait à arpenter la pièce, tenant une lettre dans son poing serré.

—J'en étais pourtant persuadé…

—Inutile de vous moquer. Elle avait quelque chose à faire.

—Elles devaient partir toutes les deux, monsieur le Duc ?

—Il fallait bien que quelqu'un accompagne Mme LaCroy Jordan. Elle ne pouvait pas quitter Hamlin toute seule.

—C'est une veuve, pas une jeune fille célibataire. Elle peut se déplacer seule sans être compromise.

Busick n'y avait pas pensé.

Elle s'était montrée très réservée et il n'avait pas voulu admettre à quel point il était inquiet. Peut-être aurait-il dû le faire.

Le soldat qu'il avait envoyé en reconnaissance chez la comtesse frappa à la porte ouverte.

Ne voulant pas perturber encore davantage le bébé, Busick ne se leva pas.

—Entrez.

—Mme LaCroy est restée à l'intérieur avec lady Shrewsbury, mais Mme Saint-Maur est partie avec l'avocat et un homme non identifié il y a environ une demi-heure.

—Mme Saint-Maur ? Savez-vous où elle est allée ?

—Dans une maison de jeu, monsieur le Duc.

—Jouer pour de l'argent ? Je ne l'en aurais pas crue capable. Bon travail ! Avez-vous chargé quelqu'un de surveiller la maison ?

—Oui, mon remplaçant est sur place.

L'homme serra et desserra le poing comme si son bras le faisait souffrir.

—Vous en avez fait assez pour aujourd'hui. Vous avez fini votre service.

L'homme salua, tourna les talons et s'en alla.

Gantry se servit un verre de brandy. Il le tint en l'air comme pour admirer le liquide ambré, mais il n'en but ensuite qu'une petite gorgée du bout des lèvres.

—Vous avez laissé Mme LaC... Jordan, Mme Jordan aller faire sa commission, mais vous la faites surveiller. Hum... Hypocrite !

—En quoi est-ce mal ? Si elle a raison et que Markham représente une menace, alors elle gagnera à ce que je la protège.

Se sentant assez content de lui et de son organisation, Busick fredonna et se balança doucement jusqu'à ce que Lionel s'endorme.

Il était de bien meilleure humeur : sa nourrice n'était pas partie pour un lieu de débauche.

—Ne trouvez-vous pas que ce n'est pas tout à fait normal que vous et moi soyons ici à veiller sur votre bébé alors que les femmes qui devraient s'en occuper sont parties, et que l'une d'elles est même dans une maison de jeu ?

—Gantry, chuchota Busick, pourriez-vous m'apporter la corbeille ?

—La corbeille ? La corbeille à pain qui est sur le sofa ?

—Oui. Mme Jordan n'a pas fait de pain, aujourd'hui. Mettez la couverture bleue dedans, et nous aurons une sorte de couffin.

Le vicomte haussa les épaules, apporta la corbeille et la posa à côté du bureau.

—Ne tentez simplement pas de mettre ceci dans une baignoire... Cela ne va pas bien se terminer, Pharaon.

—Je ne mets pas ce garçon en danger, mais je peux tenir cette anse tout en me servant de ma béquille.

Son ami alla reprendre son verre sur le buffet.

—Vous avez l'air étonnamment optimiste. Pourtant, votre nourrice n'est pas là et l'autre femme va à sa perdition.

Peut-être avait-il l'intention de finir son brandy, cette fois, mais quand Gantry était tendu, il lui fallait une éternité pour finir quoi que ce soit.

—Rappelez-moi pourquoi nous sommes ici à nous occuper d'un bébé au lieu de batifoler comme vos domestiques ?

—Eh bien, pour commencer, vous êtes encore marié.

—Lady Gantry m'a quitté, vous vous souvenez ? Je suis aussi libre que je le désire.

—Il faut néanmoins que je sois là quand ma nourrice reviendra. De toute évidence, elle est un peu dépitée. Je crois qu'elle a fait mine de partir pour prouver quelque chose.

Il déposa Lionel, qui dormait profondément, dans la corbeille, et le couvrit avec la couverture.

—Les femmes et leurs petits jeux ! Que peut donc faire un gentleman ?

Gantry leva les yeux au ciel et secoua la tête, puis il se remit à faire les cent pas de long en large dans la pièce.

En quoi était-il en proie ?

Ce n'était pas lui qui essayait de faire manger Lionel ou qui luttait pour déterminer la meilleure ligne de conduite à adopter avec Patience. Il commençait à voir surgir le spectre du mot en M, le mot *mariage*. Ce serait un arrangement convenable et pratique pour partager la garde de Lionel, pour deux personnes qui auraient besoin de vivre sous le même toit, de se voir chaque jour pour élever un bébé.

Busick avait envie de donner un coup de poing dans le pied du bureau, juste à l'endroit où il y avait cette fioriture, le *J* de Jordan et, ses propres initiales, *B.S.*

Cela ne faisait que quelques mois que Colin était mort, et la société exigeait qu'un délai respectable de dix-huit mois se soit écoulé pour que quiconque puisse concevoir un attachement pour la veuve d'un autre homme.

Bien sûr, il ignorait que LaCroy était la veuve de son cousin quand il s'était attaché à elle. C'était là sa chance avec les femmes !

De plus en plus agité, son ami accéléra le pas.

*Était-ce pour lui qu'il faisait cela ?*

— Dites-moi ce qui vous met dans cet état. Il y a un petit soldat endormi dans ma corbeille à pain, mais je suis tout ouïe.

— Six semaines, Repington ! Cela fait six semaines entières que personne n'a vu lady Gantry.

— Hier, cela faisait cinq semaines et six jours qu'elle avait disparu. En quoi est-ce différent aujourd'hui ?

Sans cesser d'arpenter la pièce, Gantry agita la lettre qu'il avait à la main.

— Ma sœur dit qu'elle lui a envoyé un cadeau d'anniversaire et des cadeaux pour les filles.

— Et rien pour vous ? Je ne savais pas que vous étiez du genre sentimental.

— Je ne veux pas d'un cadeau !

Il s'arrêta net, baissa la tête et se donna une claque sur la nuque.

— C'est *elle* que je veux.

— Dans ce cas, qu'est-ce qui vous empêche de la retrouver ? Si c'est pour moi que vous restez… n'en faites rien. J'ai les choses en main. N'est-ce pas, Lionel ?

Le bébé dormait paisiblement. Il y avait des taches de bouillie sur sa robe-tablier verte, ainsi que sur la cravate de Busick. Il ne tarderait pas à se réveiller, espérant une bonne tétée.

— Sois indulgent avec moi, fiston… Ta nourrice va bientôt revenir. Sinon, nous irons la chercher !

— *Fiston ?* Vous voilà père de famille, monsieur le Duc *!* Le père célibataire que vous êtes a-t-il réfléchi à ses projets concernant la mère de l'enfant ?

—Non. Je dois encore… vérifier…

—Vous ne devez rien vérifier du tout. Votre mère pourrait très bien la reconnaître. Elle serait enchantée de la voir au moins une fois, ne serait-ce que pour savourer les commérages au sujet de l'épouse étrangère de Colin.

La voix de Gantry se brisa. Il retourna chercher son verre sur le buffet et le vida d'un trait.

—En votre for intérieur, vous savez que Mme LaCroy est la mère de Lionel. Qu'allez-vous faire ?

—Rien. Tant qu'elle ne sera pas de retour à Hamlin.

—Et voilà pourquoi nous sommes les meilleurs amis du monde, si stupidement semblables ! J'ai essayé de ne rien faire au cours de ces quelques dernières semaines. Je deviens fou à me demander où est ma femme, et si elle a l'intention de s'en aller.

—Je croyais qu'elle vous avait déjà quitté.

—Mais non, voyons ! De s'en aller d'Angleterre. De retourner au Démérara.

—Eh bien, si vous en avez fini avec elle et si elle veut partir, laissez-la faire. Vous ne pouvez pas forcer à rester une personne qui veut partir.

—Et vous, vous ne pouvez pas rester assis là à mettre une personne à l'épreuve pour voir si elle veut rester. Vous tenez à la veuve de Colin, mais vous la provoquez uniquement pour éprouver son caractère. Vous devriez la connaître, maintenant.

Était-ce vraiment ce que faisait Busick ? Essayait-il d'évaluer l'attachement de Patience à Lionel et à lui-même ?

—Repington, cette femme a réussi à reléguer au rang de nourrice le grand stratège de Wellington, pendant qu'elle se déplace librement.

—Elle n'a pas accompagné l'avocat et Mme Saint-Maur, elle est restée auprès de la comtesse.

—Eh bien, Mme Saint-Maur ne tardera pas à rentrer de son aventure.

—Pourquoi ?

—Elle s'apercevra de son erreur dès qu'elle apprendra que seuls les hommes sont admis dans les maisons de jeu.

—Seuls les hommes sont admis dans les maisons de jeu ?

—Oui. Vous le savez bien, nous en avons visité quelques-unes.

—Non, pas depuis longtemps... *Seuls les hommes...*

Busick s'interrompit et se frotta le menton.

—Lieutenant, répétez-moi ce qu'a dit le soldat.

—Pourquoi ?

—*Répétez-moi ce qu'il a dit, mon vieux !*

—Mme Saint-Maur est partie avec l'avocat et un homme non identifié il y a environ une demi-heure. Pour se rendre dans une maison de jeu.

Busick se leva brusquement, le mouvement lui causant un élancement de douleur dans le dos.

—Les maisons de jeu ne laissent entrer que les hommes, ou les hommes *présumés !*

—Vous croyez que la nourrice se fait à nouveau passer pour un homme ?

Patience avait une idée derrière la tête, et elle la mènerait à bien.

—Envoyez quelqu'un chercher lady Shrewsbury. Elle est la clef de tout. Elle saura peut-être même où trouver lady Gantry à Londres. En tout cas, elle saura assurément dans quelle maison de jeu retrouver ma nourrice !

Gantry se passa une main dans les cheveux. Il semblait sur le point de partir en courant.

—Je vais aller chercher la comtesse moi-même.

—Dites-lui que j'ai besoin d'elle pour m'occuper de Lionel. Cela l'incitera à se hâter.

Son ami partit à toute allure et Busick baissa les yeux vers son pupille.

Parfois, les mères ne revenaient pas. Leur envie de vagabonder devait à tout prix être assouvie. D'autres avaient besoin qu'on leur coure après et qu'on leur donne des raisons de revenir. Busick ne savait pas à quelle catégorie Patience appartenait, mais elle allait très bientôt connaître son opinion.

## 23

# De gros enjeux

J'étais persuadée que l'odeur nauséabonde de la maison de jeu imprégnait maintenant mes vêtements, mes cheveux, et même ma peau. La fumée de cigare était épaisse, les jurons fusaient, on renversait de l'alcool un peu partout.

Profondément déçue, je frottai de mes mains mon habit vert émeraude dans l'espoir de le débarrasser de la puanteur de l'heure qui venait de s'écouler.

—As-tu trouvé Sullivan, Patience ? me demanda Jemina comme je remontais dans la calèche.

—Oui.

Je n'avais rien d'autre à offrir que ce seul mot. Entendre mon mari être dénigré et présenté comme le pigeon de Markham m'avait laissée sans voix. C'était à en perdre la raison.

—Je ne comprends pas, Patience… Tu as l'air souffrante.

—Les choses ont vite pris une tournure déplaisante, intervint Thackery, posant son haut-de-forme sur la banquette. Je crois que nous en avons fait assez pour ce soir. Si nous partons maintenant, je serai à l'heure pour mon rendez-vous régulier.

Jemina et moi dûmes le regarder d'un air choqué.

Il leva les mains.

—Cela n'a rien d'inconvenant ! Je lis des contes à ma fille avant qu'elle s'endorme. Je suis veuf.

Je détestais priver une enfant de son père, mais nous étions bien trop proches de la vérité pour abandonner maintenant.

—Je vous en prie… Nous ne pouvons pas en rester là.

Je croisai les bras sur ma poitrine. Je tremblais comme une feuille.

—L'homme que nous venons de rencontrer n'est pas le Sullivan que j'ai vu se quereller avec Colin, et il n'a annulé aucune dette. Il ne peut pas être pasteur… Il était répugnant. Son cigare, ses vêtements, sa bouche… Tout en lui était répugnant !

—Je suis navré, madame Jordan… mais nous avons tout de même appris certaines choses. Votre époux était connu pour jouer.

C'était une façon aimable de dire les choses. Entendre de ce Sullivan la manière dont Markham utilisait Colin, lui prenait son argent, ternissait sa réputation m'avait profondément dégoûtée.

L'avocat tapota son estomac qui gargouillait.

—Je propose de vous raccompagner toutes deux chez ma tante.

M. Thackery était resté calme, et même nonchalant, quand Sullivan, qui était ivre, l'avait grossièrement injurié parce qu'il était métis. Le cher homme ne l'avait pas frappé comme j'aurais aimé le faire.

J'avais bouilli de colère par solidarité avec lui.

—Nous n'avons pas trouvé *mon* A. Sullivan.

—Non, mais nous n'avons pas non plus été découverts. Ma réputation est sans tache. Je ne suis pas d'humeur à tenter le sort une seconde fois. Il y a des limites à la haine qu'une personne peut endurer en une soirée avant qu'il ne se passe quelque chose de fâcheux.

Je vis la fureur tourbillonner dans les yeux de Thackery, et je compris. Il ne s'agissait pas de battre en retraite, mais de se préserver. Je me demandais combien d'injures il avait dû ignorer pour maintenir sa position. Colin avait raison au sujet de Londres. À cet égard, au moins, il avait cherché à me protéger.

Jemina serra les poings.

—Non, monsieur Thackery. Non, Patience. Nous avons fait tout ce chemin ; nous devons aller jusqu'au bout. Il nous faut des réponses. Allons à Piccadilly !

Le duc serait allé jusqu'au bout, *lui*. Il ne menait pas des combats à demi et n'attaquait pas sans s'être préparé.

—Jemina a raison. Nous sommes arrivés ici sans ternir votre réputation. Ne pouvons-nous pas tenter notre chance dans une autre maison de jeu ?

Thackery poussa un profond soupir, désespéré.

—Ma réputation est importante. Contrairement à mes collègues, je ne peux pas m'offrir le luxe de pouvoir échouer. Ma situation est délicate, Mesdames.

Je le regardai fixement. Je ne parvenais pas à comprendre comment un homme, même métis, pouvait être obligé d'être aussi prudent. Les hommes avaient tous les avantages.

Quand il sortit sa montre de gousset, je pensai à Lionel et à Repington. Depuis que j'avais commencé à travailler à Hamlin, c'était la première fois que j'étais séparée aussi longtemps de mon fils. J'en avais assez des déguisements. Je m'étais suffisamment cachée avec Colin.

—Patience, tu as entendu l'avocat. Tu as entendu mon avis. Qu'en penses-tu ? Cette mascarade est-elle terminée ?

Je glissai la main dans ma poche et la refermai sur le couteau de mon père. Passant le pouce sur les pierres précieuses, je repris courage.

—Nous devons continuer. Si l'inspecteur de Piccadilly n'est pas mon A. Sullivan, alors tout sera à recommencer. Je préférerais en avoir le cœur net maintenant.

Thackery leva une main.

—Cela vous apportera-t-il la paix de savoir que votre mari était un extorqueur ? Certaines femmes préféreraient que leur mari soit un homme bien.

Je pris le carnet des mains de Jemina.

—Si ceci est bel et bien une preuve d'extorsion, alors Markham était mêlé à tout cela, je le sais. Vous avez entendu le pasteur ivre : c'était Markham qui contrôlait tout.

—Ce stratagème pourrait aussi ne rien prouver du tout. C'est une possibilité.

Je tripotai les boutons de cuivre de mon beau gilet. La beauté ne protégeait ne protégeait de rien. C'était la vérité qui était protectrice.

—J'ai besoin de savoir que j'ai tout essayé. Allons à la maison de jeu de Piccadilly.

Thackery ajusta son élégant gilet bleu vif, puis il frappa sur le toit de la voiture.

—Je pensais bien que vous diriez cela. Au moins, il y a de la nourriture correcte à Piccadilly. Vous êtes prête à prétendre une fois de plus être un homme ?

—Oui, monsieur Thackery. Je suis prête.

J'avais réussi à observer tout le monde sans être remarquée, dans cette maison de jeu. C'était un talent que j'avais acquis grâce à Colin. Cela m'attristait d'avoir si bien appris la leçon.

Je passai une demi-heure à ressasser mes pensées tandis que la calèche de l'avocat cahotait bruyamment dans les rues. À travers la vitre, je voyais le ciel parsemé d'étoiles. Leur désordre semblait refléter mes pensées.

Colin avait donc été la dupe de Markham. Mon mari avait-il beaucoup souffert ?

Comment aurais-je pu arranger les choses ?

Je comprenais maintenant mieux les mots durs que je les avais entendus échanger. Colin était perturbé à cause de Markham, mais le scélérat avait de l'emprise sur lui.

Enfin, la calèche s'arrêta. Un valet de pied ouvrit la portière, révélant un quartier chic, très différent du quartier sombre que nous avions quitté.

—Piccadilly ?

—Oui. Nous ne sommes pas loin du White's, le célèbre club pour messieurs.

Thackery fit rouler son chapeau entre ses paumes.

—C'était tout à fait brillant d'établir une maison de jeu réservée à l'élite si près d'un endroit où les pigeons titrés peuvent atterrir, se percher, et perdre leur héritage… Mon père venait souvent ici !

Il eut un rire méprisant et se laissa glisser sur la banquette pour s'approcher de la portière.

—Prêt, Jordan ?

—C'est LaCroy. Toujours, quand je joue un rôle. LaCroy.

—C'est mieux ainsi, dit Jemina. Il ne manquerait plus que des joueurs décrètent que c'est à toi de payer ses dettes.

Thackery mit son chapeau.

—Vous ne cessez de me surprendre, madame Saint-Maur, par la façon dont votre esprit fonctionne, dont vous additionnez les chiffres et pensez à tous les détails. Vous avez raison.

Ses lèvres charnues s'affaissèrent un peu, et il ajouta :

—Cela risque d'être un peu plus long que tout à l'heure. Vous ferez attention à vous ?

Enfilant son aiguille, Jemina fronça les sourcils.

—Pourquoi est-ce que cela sera plus long ? Y a-t-il une plus longue file d'attente pour entrer ? Devez-vous apprendre à Patience une poignée de main secrète ?

—Non, j'ai entendu dire que le bifteck était excellent, ici. Puisque vous me traînez dans Londres à cette heure tardive, je vais me nourrir. Voulez-vous que je vous rapporte quelque chose ? Une friandise, peut-être ?

—Je n'ai besoin de rien, répondit-elle à Thackery en me tendant mon chapeau. Veillez simplement sur LaCroy.

Elle me saisit la main.

—Tu vas avoir plus de chance ici. Nous allons enfin connaître la vérité.

J'espérais qu'elle avait raison et je le craignais tout à la fois.

Je hochai la tête, puis je suivis l'avocat hors de la calèche et montai à ses côtés les marches de la maison de jeu.

Nous laissâmes nos chapeaux au vestiaire, mais je gardai mes gants et cachai mes mains derrière mon dos.

Prenant une démarche masculine et gardant un visage de marbre, je suivis Thackery.

—Par Jupiter ! m'écriai-je, émerveillée.

Cet endroit, fascinant, n'avait rien d'un infâme tripot et ne ressemblait en rien à la maison de jeu dont nous venions. C'était un établissement propre et ordonné, équipé de meubles exquis, de klismos et de fauteuils de style égyptien.

Des valets en livrée argentée se tenaient le long des murs. Si j'avais été vêtue de mon déguisement de domestique, je me serais distinguée des autres car j'aurais été trop simple, trop ordinaire.

Mon pouls s'accéléra et se mit à bruire à mes oreilles. Il me paraissait plus fort que les vociférations de l'homme qui agitait ses cartes et se vantait de ses mises, debout à une table autour de laquelle se tenaient de nombreux autres hommes. Des hommes autour d'une longue table verte poussèrent en chœur des acclamations quand un autre fit rouler des dés.

—Oui, LaCroy. On joue aux mêmes jeux de cartes et de dés que dans l'établissement dont nous venons ! Cela m'amuse de voir à quel point le vice peut paraître différent sous un meilleur éclairage… Allons-y, voulez-vous ?

—Oui, Mme Saint-Maur a remarqué la même chose au sujet de l'éclairage…

Mes pensées se tournèrent vers Hamlin. Ses lumières me manquaient, et surtout, mon Lionel et le duc, qui restaient les mêmes du matin au soir, me manquaient.

Une partie de moi, cette femme qui avait si facilement le cœur brisé, regrettait de ne pas être aux côtés de Repington. Cela me manquait même de l'entendre aboyer ses ordres, tout en me protégeant des dangers sortis de son imagination.

—Allongez le pas, LaCroy.

Thackery eut un air agacé, mais il esquissa ensuite un sourire, frottant sa montre de gousset. Il semblait mal à l'aise, comme si nous étions toujours dans la maison de jeu minable.

Il toussota.

—Tout va bien, mon ami. Mêlez-vous à la foule.

*Mêlez-vous à la foule ?* Il devait plaisanter. Je continuai à le suivre de près, comme un petit chien, allongeant le pas, jusqu'à ce que nous arrivions sous le grand lustre.

Des pendeloques en cristal transparent scintillaient au-dessus de nos têtes. Ils saisissaient la lumière des appliques et se réverbéraient à travers toute la pièce. Ce lustre était beau et majestueux, comme le mien autrefois. Il me manquait. Hamlin me manquait. J'étais prête à partir, prête à faire la paix avec le duc, et j'espérais que nous pourrions travailler de concert dans l'intérêt de Lionel.

Thackery vint se placer derrière moi et me tapota l'épaule.

—Vous devez continuer à avancer si vous voulez profiter de tout ce que le club a à offrir, Monsieur.

J'acquiesçai d'un hochement de tête et avançai dans la direction qu'il m'indiquait, celle d'un long comptoir de bar.

— Le serveur sert justement à boire. Vous avez bien besoin d'un verre.

Le serveur portait une livrée noire et une cravate amidonnée.

Il ressemblait tant au duc ! Il me semblait sentir le rhum de Repington, l'amidon de ses vêtements.

Mon maquillage devait me brûler les yeux car ils s'embuaient de larmes.

Secouant la tête pour m'arracher à ces pensées toutes féminines, je m'efforçai de me concentrer sur des choses viriles – le jeu, les excès.

Soudain, j'entendis une voix qui me glaça le sang.

Markham.

La canaille était là.

Par-dessus mon épaule, je vis son nez haut et pincé se lever.

Le couteau dans ma poche semblait m'appeler. Je le haïssais suffisamment pour cela. D'après ce que l'on nous avait dit dans la maison de jeu précédente, il avait profité de Colin autant que de moi.

La main posée sur mon couteau, dans ma poche, je me retournai.

Le monstre se tenait à la porte. Le rictus méprisant et cet air supérieur sur son visage horriblement pâle m'emplissaient autrefois de terreur. Ce n'était plus le cas, maintenant que mon bébé était en sécurité avec Repington.

On m'attrapa par le bras. Le geste me fit sursauter si violemment que mon couteau faillit me glisser des doigts.

Thackery me tendit un verre de vin.

— J'ai peut-être oublié de mentionner que M. Markham fréquentait cet établissement. Buvez une gorgée et allez au bar.

— Il est responsable de tout ce qui est arrivé. De tout ce qui a mal tourné.

—Oui, mais vous êtes responsable de votre avenir. Détournez-vous. Laissez passer la colère. Laissez les idées claires l'emporter.

C'était là le contraire de ce que je désirais, mais je me forçai à avancer. Il fallait que je me montre maligne, plus maligne que je ne l'avais été auparavant.

Faisant tournoyer le vin dans mon verre, je regardai le liquide d'un rouge profond lécher les parois de cristal avant de retomber, laissant derrière lui des traînées roses.

Alors que je portai mon verre à mes lèvres, les poils sur mes bras se dressèrent, mes cheveux se hérissèrent sous ma perruque.

Markham se tenait à côté de moi au bar.

Je dus prendre sur moi pour ne pas recracher mon vin, pour ne pas tourner les yeux vers lui. Je baissai la tête et bus lentement. S'il croisait mon regard, il y verrait ma haine pour lui et me reconnaîtrait.

—Voilà Sullivan, LaCroy, dit l'avocat en pointant le doigt vers l'autre extrémité de la salle. Je crois que c'est à lui que vous devez vous adresser pour obtenir un crédit. Vous avez suffisamment perdu au dernier club.

Markham plaqua violemment une pièce sur le comptoir.

—Sullivan est un peu avare, ce soir.

—Je pense que mon ami va quand même tenter sa chance. Il est très persuasif. Allez-y, LaCroy.

Je posai mon verre presque vide, mais quelque chose en moi me disait de ne pas le laisser à la portée du misérable ; me ravisant, je le tendis donc au serveur. Je me forçai enfin à bouger.

—Attendez, dit Markham.

Mon cœur fit un bond dans ma poitrine.

La gorge serrée, les doigts se refermant à nouveau sur mon couteau, je le regardai par-dessus mon épaule, le mettant au défi de me reconnaître.

—Oui ?

—Dites-moi s'il vous prête bel et bien de l'argent. C'est bon à savoir, si on peut toujours faire affaire avec lui.

Je hochai la tête et m'éloignai.

C'était une bonne chose que l'imbécile ne m'ait pas reconnue. C'était ce que je me disais, mais je continuais à tenir fermement le couteau dans ma poche, me demandant si j'étais enfin prête à frapper.

Alors que je n'étais plus qu'à quelques mètres de l'homme que j'espérais être Sullivan, je revis l'entretien fatidique se dérouler dans ma tête.

*J'entendais des cris de colère. Je descendais l'escalier, passais devant les dieux de marbre, sous l'ombre du grand lustre. Je me postais derrière la porte du salon et entendais les rodomontades, les menaces.*

*Craignant pour la vie de Colin, j'entrais dans la pièce.*

*L'homme appelé Sullivan avait les mains autour du cou de Colin.*

*Le démon avait un grain de beauté sur le nez, les yeux rapprochés, les mains veinées.*

Je plissai les yeux, puis battis des paupières. L'homme qui se trouvait dans le coin de la pièce était le même homme. C'était A. Sullivan.

Il soutint mon regard et je fus prise de panique. J'étais persuadée que mon visage était trempé de sueur.

—Avez-vous besoin d'un crédit, Monsieur ? Vous a-t-on envoyé rencontrer un homme qui pourrait vous en accorder un ?

—Oui, Sullivan. Un vieil ami, Jordan, m'a dit de m'adresser à vous.

Mes paroles étaient audacieuses, et j'espérais qu'elles le pousseraient à bout.

Il serra les poings.

—Le traître est mort, et avec lui mes reconnaissances de dette ! Trouvez-vous de nouveaux amis si vous espérez qu'on vous prête de l'argent. Lui et ce roublard de Markham ne sont pas de bonnes références.

Je collai mes paumes moites contre mes jambes.

— Vous êtes en colère, presque comme s'ils vous avaient pris votre argent personnel. Ces reconnaissances de dette étaient au nom du club, non ?

Il baissa la voix.

— Comme je vous l'ai dit…

— LaCroy.

— Comme je vous l'ai dit, LaCroy, faites-vous de nouveaux amis. La mort opportune de la fripouille ne résout pas tout. Veuillez m'excuser.

L'homme passa à côté de moi d'un pas vif et se dirigea droit sur Markham.

Je restai sans voix. S'il lui disait que j'avais mentionné Colin, Markham viendrait m'aborder. Il reconnaîtrait mon visage et me démasquerait au beau milieu du club.

Je croisai les bras sur ma poitrine et sentis qu'elle collait. Mon lait allait transpercer les bandages qui me comprimaient la poitrine.

Je tirai sur mon gilet. J'avais envie de partir, mais mon regard se posa alors sur l'homme qui entrait à ce moment-là dans le club.

Le duc de Repington était venu à Piccadilly, avec ma corbeille à pain dans les mains, et celle-ci était couverte d'une couverture qui bougeait légèrement, comme si mon fils se trouvait en dessous.

# 24

# Les leçons d'un débauché

Busick regarda Patience d'un air furibond.

Aucun déguisement n'aurait pu la soustraire à sa colère.

Tenant fermement l'anse de la corbeille contenant son pupille endormi, il se dirigea vers elle d'un pas vif.

Elle ne battit pas en retraite. Elle ne chercha pas à se cacher.

Il aimait sa hardiesse.

Sa nature audacieuse était quelque chose dont il espérait que Lionel avait hérité, mais il espérait aussi que l'enfant apprendrait de lui à avoir du bon sens.

Avec une canne dans une main et la corbeille dans l'autre, il veilla à ne pas perdre l'équilibre tandis qu'il s'approchait d'elle.

Elle portait une perruque poudrée et avait le visage badigeonné de fard. Elle baissa les yeux vers Lionel, qui donnait des coups de pied dans la couverture. Elle secoua la tête.

—Repington ?

—Oui, LaCroy. Je crois que nous nous sommes déjà rencontrés.

—Oui.

Il posa la corbeille par terre et se pencha légèrement vers elle pour ajuster sa cravate.

—Vous avez un bon tailleur, mais votre gilet commence à être humide. Vous devriez peut-être sortir prendre un peu d'air frais.

—Nous ferions mieux de partir.

—Pas moi. Je suis ici pour jouer.

Il ramassa le panier de Lionel.

—J'ai été ravi de vous revoir, LaCroy.

L'expression de Patience, ses yeux écarquillés, le tremblement de son menton, le touchèrent, atténuant un peu le courroux justifié qui s'était intensifié en lui à chaque mile le rapprochant de Londres. Le trajet avait été long, en compagnie de la comtesse et d'un bébé qui refusait de manger sa bouillie.

Toutefois, Patience avait besoin qu'on lui donne une leçon.

Il passa à côté d'elle et se dirigea vers la table de jeu de dés, autour de laquelle une foule était assemblée. Les dés roulaient sur le drap de billard vert jade dans les huées et les acclamations.

—Vous arrivez au bon moment pour lancer les dés, Monsieur. Ce monsieur vient juste de tout perdre en faisant deux 1.

Le croupier laissa tomber deux dés blancs dans la paume de Busick.

Il les jeta sur la table, avec juste ce qu'il fallait d'énergie pour qu'ils roulent tout du long du feutre.

Il lui fallut deux lancers pour faire un 5. Jouer n'était pas dans ses habitudes, mais il admirait la stratégie du jeu et la possibilité de gagner contre toute attente.

Il jeta les dés et gagna plusieurs fois d'affilée.

La chance était de son côté et Lionel s'était rendormi. La petite couverture bleue ne bougeait que très légèrement.

Soudain, l'ombre de jambes fines tomba sur le panier, et la bonne odeur de savon qu'il connaissait si bien lui parvint.

—Ne pensez-vous pas avoir prouvé ce que vous vouliez prouver, monsieur le Duc *?*

Il secoua les dés dans le creux de sa paume.

—On ne peut rien prouver tant que personne n'a reconnu que c'était une mauvaise chose de se moquer de l'autorité. Quelqu'un reconnaît-il la gouvernance d'un officier supérieur ? Sa sagesse ?

—C'est à vous de jeter les dés, monsieur le Duc, dit le croupier. Vous gagnez toujours.

—Oui. Oui, je gagne toujours. LaCroy, pourquoi n'iriez-vous pas tenter votre chance à un autre jeu ? Vous aimez les jeux.

L'air contrit de Patience laissa la place à une expression de colère.

—Comme vous voudrez, Commandant… mais prenez soin du pain, Markham est ici.

À peine avait-elle prononcé ces mots que le démon apparut à la droite de Busick.

Markham siffla et eut un petit rire.

—Vous voyez ? Je savais que vous auriez envie de continuer à profiter de la vie…

—Écartez-vous de mes dés, dit Busick. Je ne veux pas de votre chance.

Patience s'éloigna discrètement, se repliant à bonne distance, sous le lustre. Busick lut la peur sur son visage. Ce n'était pas là la leçon qu'il voulait lui enseigner.

Il secoua les dés.

—Vous êtes encore là, Markham… Savent-ils que vous êtes ruiné ?

Le visage aux traits tirés de Markham s'affaissa.

—Rien n'est terminé, monsieur le Duc. Vous n'avez pas encore gagné. D'ailleurs, il paraît que vous avez un pied dans la tombe…

Busick jeta les dés et gagna encore.

—Je reste en meilleure posture que vous. Allez-vous-en, avec vos poches vides, cabotin !

Le croupier tapota la table.

—C'est à vous, monsieur le Duc. Ce monsieur vous ennuie-t-il ?

—Oui.

Le croupier agita une main et deux valets apparurent aussitôt d'un côté et de l'autre de Markham.

—Mettez cet homme dehors.

—Je vais y aller. Attendez, qu'est-ce qui bouge dans…

—Taisez-vous, Markham. Emmenez-le, dit Busick, le sourire aux lèvres.

Les deux hommes empoignèrent Markham par les bras et l'emmenèrent de force tandis qu'il se contorsionnait et se débattait.

—Ce n'est pas terminé, monsieur le Duc !

—Cela m'en a pourtant l'air. Emmenez-le et mettez-le à la porte.

La présence du scélérat ne fut bientôt plus qu'un mauvais souvenir. Busick s'excusa du dérangement auprès du croupier tout en secouant les dés au creux de sa main. Il les fit ensuite rouler sur la table.

On tapa du pied et le félicita à grands cris comme il gagnait encore.

Cependant, une voix manquait au chœur des hourras.

Il jeta un coup d'œil à LaCroy et fronça les sourcils.

Elle était assise aux côtés de l'avocat.

Il reporta son attention sur la table de jeu. Il n'avait pas fini de gagner, et il ne laisserait pas la jalousie lui arracher la victoire maintenant.

# 25

# La reddition d'un débauché

Vient un moment dans la vie où l'on se demande comment on en est arrivé là où on en est. Je jetai un coup d'œil au duc et à la corbeille à pain contenant mon bébé. Assise à côté de M. Thackery à une table recouverte d'une nappe blanche, j'essayais de comprendre comment j'avais pu à ce point me fourvoyer. Agassou ne pouvait pas me venir en aide. Les ruses de Maman, l'argent et les muscles de Papa ne m'étaient d'aucune utilité. C'étaient Repington et son Jupiter qui gagnaient. Ils avaient même vaincu Markham pour le moment.

C'était mon châtiment, et j'étais en colère et effrayée.

L'odeur des oignons et de la sauce épaisse qui accompagnaient le bifteck de Thackery faisait gargouiller mon estomac. J'aurais voulu pouvoir me baigner dans cette sauce ! Je n'omettrais plus jamais de manger avant d'aller déambuler en vêtements d'homme avec un duc railleur à ma poursuite.

—Vous sentez-vous bien, LaCroy ? me demanda Thackery. Vous êtes un peu vert.

—Mon mal de tête d'hier est revenu, et j'en ai assez d'être punie dans ce pays. Si je vous apportais mes documents, pourriez-vous faire le nécessaire pour vous procurer trois billets pour la traversée jusqu'au Démérara.

—Trois billets ?

—Pour moi-même, Lionel et Mme Saint-Maur.

Il secoua la tête et émit même un petit grognement.

—Cette traversée se ferait-elle avec la permission du duc ?

Je baissai les yeux sur l'assiette presque vide.

—Vous ne répondez pas à ma question.

—Vous devez d'abord répondre à la mienne. Je gagne ma vie en faisant respecter les lois et les décisions de la Couronne. Je ne violerais pas délibérément les termes d'un testament. Le duc est le tuteur de Lionel Jordan. C'est lui qui fixe les règles. Il faudrait que les circonstances soient extraordinaires pour que je rompe mon serment.

Où étaient tous ces hommes honorables quand je cherchais à me marier ?

—Dans ce cas, oubliez ce que je viens de vous demander. Votre tante connaît peut-être quelqu'un d'autre qui sera en mesure de faire ce dont j'ai besoin.

Thackery prit la dernière bouchée de son repas et un peu de sauce coula sur son menton.

—Vous devriez peut-être reconsidérer vos besoins.

Je lui tendis une serviette.

—Avez-vous fini ? Jemina nous attend toujours dehors. Allez-y, et raccompagnez-la. Connaissant le duc, je suppose que votre tante est là aussi.

Il prit la serviette et se tamponna la bouche.

—Avez-vous un moyen de locomotion ? Repington a l'air de bonne humeur.

Je regardai le duc. Debout, avec la corbeille entre les jambes, il gagnait encore au jeu de dés.

—Je pense avoir un moyen de rentrer.

Du moins l'espérais-je.

Le duc était un peu courbé, mais c'était sans doute parce qu'il se penchait au-dessus de la table.

Il était très élégant dans son pantalon noir et son gilet noir à rayures. Sa cravate était impeccable.

Sullivan vint soudain se placer à côté de moi.

—Le page du duc est très jeune pour qu'il l'emmène avec lui… Je croyais qu'un bon page était un nègre qui était en âge de marcher, ou au moins de suivre une dame partout avec un coussin de satin. N'est-ce pas, Thackery ? Vous savez comment cela se passe. N'étiez-vous pas celui de votre père ?

L'avocat posa sa serviette.

—Il est temps de partir.

L'exécrable Sullivan eut un petit rire.

—C'est juste une plaisanterie, Thackery. La petite chose ne fait pas de bruit et doit porter chance au duc… Il est en veine.

—Le duc de Repington est excentrique et fait ce qui lui plaît.

Ma voix était ferme, mais j'étais prête à frapper cet odieux personnage. Du reste, je ne me serais pas contentée de le gifler : ma mère m'avait appris à décocher un coup de poing.

—Allons, LaCroy, votre ami M. Thackery sait que je plaisante. D'ailleurs, j'ai intérêt à être aimable avec lui. Il paraît qu'il héritera d'un titre quand son oncle mourra enfin.

L'avocat se leva. Son visage demeurait impassible.

—LaCroy, finissez votre conversation avec Sullivan, je vais aller regarder le duc jouer et voir si sa chance s'accroît.

Dès que Thackery se fut éloigné, Sullivan s'approcha de moi.

—Assurément, de meilleures personnes se portent garantes de vous que de ces vauriens de Markham et de Jordan, LaCroy. Faites-le-moi savoir quand vous aurez besoin d'un crédit. Je suis sûr de pouvoir vous faire une offre, sans frais de gestion supplémentaires, même. Jordan vous avait-il dit cela ?

—Oui. Je le garderai à l'esprit.

—Oui, et venez me trouver seul. Je pourrai vous offrir de meilleures conditions que la maison.

Je hochai la tête.

—Je vous contacterai dès que je saurai combien j'aimerais miser.

Quand Sullivan se fut à nouveau mêlé à la foule, je me rassis. Au bout de quelques minutes, Thackery me rejoignit et prit place à côté de moi.

—Alors, LaCroy ?

—Mon mari trempait dans une conspiration pour escroquer ce club avec Sullivan. Colin était coupable.

—L'homme a-t-il mentionné l'implication de Markham ?

—Il a seulement dit que c'était un vaurien. Il a sous-entendu que Colin savait qu'il prêtait de l'argent à des conditions plus avantageuses que la maison.

—Eh bien, le carnet de votre mari doit rendre compte de ces affaires. Il a dû s'en servir pour faire annuler ses reconnaissances de dette. Sa tentative d'extorsion a abouti.

Cela ne m'était d'aucun réconfort. Comment mon mari avait-il pu mener des activités criminelles ?

La vue de mon petit ange endormi, qui commençait à s'agiter sous sa couverture, me serrait le cœur. J'éprouvais le désir ardent d'être en compagnie d'âmes honnêtes. Je traçai mentalement le chemin le plus court pour rejoindre mon bébé et le duc. Je me rendrais aux leçons que le commandant aux yeux clairs voulait m'enseigner.

—Bonsoir, monsieur Thackery.

—Je vais rester un moment pour m'assurer que vous avez bien un moyen de transport. Vous êtes sous ma protection. Je ne courrai pas le risque de vous laisser ici déguisée comme vous l'êtes.

Cette fois encore, l'avocat pointilleux me surprenait ; mais je connaissais Repington, je pouvais compter sur lui.

—Ne vous en faites pas pour moi.

J'avançai lentement vers la table de jeu et frôlai son manteau.

—Je crois qu'il est temps de partir, monsieur le Duc. Vous avez des rendez-vous et des horaires à respecter.

—Non, détendez-vous, LaCroy. Retournez vous asseoir avec l'avocat. Lionel me dira quand il sera temps de partir… à moins que vous connaissiez une raison, une bonne raison pour que je m'arrête.

Quelques gentlemen me regardèrent d'un air renfrogné, presque menaçant.

—Continuez, monsieur le Duc. Gagnez à tout prix.

Il me regarda avec un sourire plein de malice, qui semblait vouloir dire à la fois *Nous sommes deux à pouvoir jouer à ce petit jeu* et *Attendez que nous soyons rentrés à la maison !* L'un comme l'autre était mauvais pour moi et pour mon cœur qui battait la chamade.

Je m'écartai de lui avec des envies de meurtre, et me demandai si j'arriverais à m'enfuir de l'établissement sans que l'un des valets m'arrête si je m'emparais du panier posé entre les jambes du duc.

Me frayant un chemin à travers la foule, je rejoignis l'avocat.

—Pendant combien de temps le duc va-t-il me tourmenter ?

Thackery fit glisser vers moi son verre de vin. Il semblait ne pas y avoir touché.

—Vous avez l'air d'avoir plus besoin de ceci que moi, LaCroy.

Un valet s'approcha soudain de moi et me glissa un petit papier dans la paume. Je le pris d'une main tremblante.

Je reconnus l'écriture de lady Shrewsbury. Elle était dehors et voulait savoir comment tout se passait.

—Monsieur Thackery, votre tante attend dans la voiture du duc. Je crois que vous devriez aller les chercher, elle et Mme Saint-Maur, et les raccompagner à Hamlin.

—Vos négociations n'ont pas l'air de se dérouler particulièrement bien, LaCroy. Peut-être feriez-vous mieux de venir aussi. Le duc ne restera pas plus longtemps que vous.

—J'en ai assez des jeux et des déguisements, Monsieur. Je connais mes limites.

L'avocat prit quelques pièces dans son porte-monnaie et régla la note.

—Ne perdez pas courage. Un duc et un bébé vous courent après. Vous devez être une femme très spéciale. Bonsoir, LaCroy.

Alors que Thackery se dirigeait vers la porte sans se presser, j'entendis des applaudissements s'élever autour de la table de jeu.

Apparemment, le duc avait encore gagné.

Je reniflai le vin de l'avocat et en bus une gorgée. Si je voulais m'enivrer pour calmer ma douleur, je le viderais entièrement. J'avais l'impression que mon cœur avait été arraché de ma poitrine ; de toute évidence, le duc avait tout gagné.

Busick tint les dés au creux de sa paume et regarda l'avocat s'en aller.

—Allons, Repington ! dit le croupier. Ne laissez pas ce bras refroidir !

Busick jeta à nouveau les dés et gagna encore.

—Je crois qu'il est temps de m'arrêter.

—Vous devez laisser à la maison une chance de récupérer son argent, monsieur le Duc... Vous accepterez bien un dernier lancer, tout de même ?

—Lancez les dés, lancez les dés ! commença à scander un homme.

Un autre l'imita.

Ce n'était pas la même chose que d'entendre ses soldats marquer la cadence lors d'une marche, mais c'était grisant aussi. Wellington évitait les jeux d'argent, alors il en ferait autant. Il donna les dés à l'homme à sa droite, puis souleva la corbeille.

Lionel commençait à s'agiter et à faire bouger sa couverture. D'un moment à l'autre, il allait se réveiller complètement et être prêt à téter.

Busick se fraya un chemin à travers la foule en direction de Patience.

Était-ce mal d'admirer ses jambes bien galbées et la façon dont son pantalon mettait ses fesses en valeur ?

Il s'arracha à sa contemplation avant de passer pour encore plus excentrique.

— Voulez-vous que je vous dépose quelque part, LaCroy ?

Les yeux rivés sur le panier, elle ne le regarda même pas.

— Je suis prête à partir.

Elle prit le panier à une telle vitesse que, l'espace d'un instant, il crut qu'elle allait s'enfuir, mais au fond, il savait qu'elle ne fuirait pas la bataille. Elle écouterait ce qu'il avait à lui dire.

— Je vais aller chercher votre chapeau, monsieur le Duc.

Il la laissa faire, puis ils quittèrent la maison de jeu et marchèrent côte à côte dans la rue.

Elle poussa un profond soupir, qui le chamboula.

Avait-elle souffert autant que lui, en pensant au danger que représentait son stratagème ?

Sa voiture se rangea à leur hauteur et il se pencha à la portière, croyant que lady Shrewsbury allait leur servir de chaperon, mais elle n'était pas là. Ils seraient seuls dans la voiture.

Patience posa le panier de Lionel sur la banquette et s'empressa de redescendre pour venir se placer au creux de son aisselle et l'aider à garder l'équilibre. L'odeur de cigare et de savon qu'elle dégageait était un mélange intéressant. Il fronça le nez et, pris à son propre piège, le piège de sa nourrice, il la laissa l'aider à monter sur le marchepied.

—Je n'avais pas besoin d'aide.

—Vous vous appuyez de plus en plus sur votre canne. Vous ne vous êtes pas redressé depuis une heure.

La portière fut refermée derrière eux tandis qu'ils s'installaient à l'intérieur.

—Vous êtes très observatrice ! Avez-vous également remarqué à quel point je suis en colère, ou vos observations sont-elles sélectives ?

Elle ne répondit pas. Tripotant la couverture de Lionel, elle dit :

—Il s'est rendormi.

—M'ignorer ne fonctionnera pas, cette fois. Les réponses d'un seul mot non plus.

Il lui jeta un mouchoir.

—Retirez cet épouvantable maquillage. Faites ce qu'il faut pour ressembler à nouveau à la femme infernale que je connais.

Elle se frotta le visage.

—Vous n'aviez pas besoin de venir ici.

—Qui êtes-vous pour me dire ce que je peux et ne peux pas faire ? Vous ne m'écoutez pas, Patience. Pourquoi devrais-je vous écouter ?

—Vous ne m'aviez pas dit de ne pas venir ici, monsieur le Duc.

—Et vous, vous ne m'aviez pas dit que vous vous habilleriez en homme pour aller dans une maison de jeu réservée aux hommes.

—C'est vrai. Je suis désolée.

—Dites-vous cela pour m'apaiser ou parce que vous le pensez ?

—Les deux.

—Ne recommencez pas, avec vos réponses laconiques ! Je ne suis pas dans mon tort.

—Vous avez amené mon fils dans une maison de jeu. Comment pouvez-vous dire que vous n'avez pas tort ?

—Je l'ai fait pour vous donner une leçon. Pour faire entrer une leçon dans votre adorable petite tête obstinée !

—Vous n'êtes pas mon père. Je n'ai pas de leçons à recevoir de vous.

—Je suis ravi de ne pas être votre père. De la même manière, vous n'êtes pas ma mère et n'avez donc pas à vous soucier de mon maintien. Cela dit, vous êtes comme elle, à prendre des risques ! Vous êtes sur le point de devenir une débauchée imprudente. Et s'il vous était arrivé quelque chose ?

—M. Thackery était avec moi, et Mme Saint-Maur aussi.

—Vous aviez suffisamment réfléchi pour emmener un chaperon dans cette folie ? Je ne veux même pas penser à vous en compagnie d'un autre homme.

Elle haussa les sourcils. Son teint chaud habituel réapparaissait peu à peu sous l'horrible fard d'un blanc grisâtre.

—Il fallait que je vienne. Je devais retrouver un homme appelé Sullivan.

—Si vous avez besoin d'un homme, je suis là, Patience. Je n'ai pas l'intention de m'en aller.

—Pardon ?

—Vous m'avez bien entendu, Madame. Vous n'avez pas besoin de partir en quête d'aventure : si vous en aviez besoin, je pouvais vous en apporter. Et vous n'avez pas besoin non plus d'autres guides de débauche. Je suis tout à fait compétent en la matière.

Elle tira sur sa cravate comme si celle-ci l'étranglait.

—Vous croyez que j'ai quitté Hamlin parce que je m'ennuyais ?

—Je sais que je peux paraître trop stable ou ennuyeux. Je sais que j'accorde beaucoup d'importance à l'ordre.

— Beaucoup d'importance à l'ordre ?

— Oui, j'ai beaucoup de règles. J'apprécie les règles.

— Vous *appréciez* les règles ? Vous voulez dire que vous êtes *obsédé* par les règles, Repington *!*

— Je peux vous apporter ce dont vous avez besoin si vous me dites de quoi il s'agit.

Elle libéra ses cheveux de l'affreuse perruque. À la lueur des lanternes, il vit sa suprême splendeur : le désordre de ses épais cheveux bruns. Ses tresses tombèrent sur ses épaules.

Elle se tortilla pour s'extirper de son habit.

Il tendit les bras vers elle avec l'intention de l'aider, mais l'attira involontairement vers lui.

Comme elle se trouvait à genoux sur le plancher de la voiture, les bras empêtrés dans son manteau, il lui posa une main sur la joue.

— Aventure, affection… Je suis là pour cela. Servez-vous de moi, Patience. Mettez-moi à l'épreuve.

— Je dois reconnaître que j'aime repousser les limites.

Elle tendit les bras vers lui et il l'aida à se relever. Sans prendre le temps de s'en dissuader, il l'enlaça et l'embrassa.

Et après tout, pourquoi pas ? Pourquoi ne pas lui prouver qu'il était tout à fait sincère *?*

Étonnamment docile, elle se blottit tout contre lui. Ses doigts la trouvèrent sous son gilet, douce, brûlante.

Ses lèvres étaient douces et sa bouche avait un goût de baies. Il l'embrassa alors dans le cou, goûta à la peau tendre de sa gorge, cachée sous le col de sa chemise, et y goûta encore.

Un bon stratège se devait de procéder à des vérifications.

Il s'attaqua ensuite aux boutons du gilet. Il voulait libérer Patience LaCroy Jordan de ce déguisement, la débarrasser de tous les faux-semblants.

Soudain, Lionel se mit à pleurer.

Les doigts de Patience se refermèrent faiblement sur les épaules de Busick, et elle le repoussa lentement, mollement.

Le petit choisissait mal son moment pour se montrer si peu enclin à partager !

Le lien insensé qui existait entre eux ne se résumait pas à Lionel, à la commodité, à l'aventure ou même à la jalousie.

—Je dois le nourrir. A-t-il mangé un peu de bouillie ?

—Un peu, mais sans enthousiasme : il a goûté au meilleur…

Il défit un à un les derniers boutons de son gilet.

—J'en suis un fervent adepte, moi aussi.

Elle immobilisa ses doigts alors qu'ils se refermaient sur le dernier bouton.

—Ce n'est pas aussi merveilleux que vous l'imaginez. J'ai besoin d'intimité avec mon fils. Ensuite, nous devrons discuter de nous, de tout.

Les pleurs de Lionel se firent plus forts. Elle le prit dans ses bras et le tint contre sa chemise.

Le bébé, visiblement affamé, se tortilla contre elle, cherchant du bout des lèvres le tissu mouillé, comme s'il jubilait.

Busick tendit la main et caressa la joue de Lionel.

—Pour vous deux, je vais faire une halte. À un endroit où je ne vais jamais.

Il tapa sur le toit de la voiture. Elle s'arrêta, et trappe s'ouvrit.

—Oui, monsieur le Duc ? s'enquit le cocher.

—Emmenez-moi chez lady Bodonel, à Mayfair. Ce n'est pas loin d'ici.

Le cocher eut un air stupéfait, mais il acquiesça d'un hochement de tête et referma la trappe.

—Chez lady Bodonel ? demanda Patience. La tante de Colin… Votre mère ?

—La seule et unique !

Elle porta une main à son visage.

—Elle va me voir dans cet accoutrement ?

—Il n'y a pas plus scandaleuse que ma mère. Recevoir la visite de son fils accompagné d'une femme déguisée en homme avec un bébé dans les bras devrait être une broutille, pour elle.

Patience ne semblait pas convaincue.

Une infime partie de lui se demandait si elle était si agitée parce qu'elle cachait une dernière imposture.

Si elle n'était pas la veuve de son cousin, il le saurait très bientôt.

Dans ce cas, cette ultime supercherie aurait-elle raison de ce qu'il ressentait ou ferait-elle disparaître le sentiment de culpabilité qu'il éprouvait à l'idée de séduire la veuve de son cousin ?

# 26

# Une halte de dernière minute

La confusion m'étreignait la tête comme un étau. Était-ce ce qui arrivait aussi aux espions de sexe masculin, ou seulement aux nourrices veuves qui n'avaient pas pris soin de protéger leur cœur ?

Je n'aurais moi-même pas su dire ce que je ressentais, ni comment les choses allaient tourner, mais je savais que j'étais à nouveau en danger. J'étais tombée amoureuse de Colin si vite que je n'avais pas réfléchi, et maintenant, voilà que je tombais amoureuse du duc. Il me donnait le sentiment que je pouvais être heureuse, être moi-même, ne plus avoir à cacher quoi que ce soit.

Cela pouvait-il durer ? Une relation fondée sur une supercherie pouvait-elle être vraie ?

La voiture s'arrêta devant un manoir imposant. Les fenêtres étaient nombreuses et les lumières aussi, mais l'édifice n'était pas aussi grand que Hamlin.

Abritait-il aussi des fantômes ?

À en juger par la disparition du sourire de Repington et par son air agité, ce devait être le cas.

Le duc me prit la main.

—Ma mère et moi n'avons pratiquement pas de relations, bonnes ou mauvaises, mais si je devais les décrire, je dirais tout de même qu'elles sont essentiellement mauvaises. Cela va être difficile.

—Je ne suis pas fragile. Je saurai supporter ses critiques. J'ai supporté les vôtres.

Il me retint. Ses yeux, d'un bleu gris à la lueur des lanternes, semblaient implorer mon âme.

—S'il y a quoi que ce soit que je devrais savoir avant que nous n'entrions, dites-le-moi maintenant. Je préférerais que cela soit dit entre nous, entre nous deux.

Je n'avais rien à lui avouer, et je n'étais pas prête à lui dire à quel point j'avais aimé ses baisers, l'ardeur de son regard, la puissance de ses bras.

Je secouai la tête et lui offris mon épaule pour l'aider à descendre de la voiture noire et brillante. L'équipage des chevaux semblait prêt à décamper. Je n'avais pas envie d'être là, moi non plus.

Le duc me fit signe d'avancer.

—Allons-y, alors !

J'attendis qu'il se redresse et s'appuie sur sa canne pour retrouver son équilibre.

Lionel se remit à pleurer.

La patience de mon pauvre enfant était à bout, mais je n'étais pas encore prête à m'exposer et à me montrer encore plus vulnérable devant le duc.

Pourtant, ne m'étais-je pas exposée, n'avais-je pas dévoilé mes sentiments en lui rendant ses baisers ?

Je berçai doucement Lionel dans son panier. Il semblait en avoir assez d'osciller. Moi-même, j'étais lasse de mes tergiversations.

Le duc posa sa main sur la mienne sur l'anse de la corbeille. Il sourit à Lionel, qui s'étira et repoussa sa couverture.

Nous montâmes les trois marches du perron et arrivâmes à la porte, qui s'ouvrit aussitôt, comme si nous étions attendus.

J'avais laissé mon chapeau dans la voiture ; il n'aurait pas arrangé mon cas, de toute façon.

Le hall était encombré de malles de toutes tailles et de cartons à chapeaux.

Une dame un peu plus jeune que lady Shrewsbury s'arrêta au milieu de l'escalier. Blonde, plus petite que moi, à peu près de la même taille que Jemina, lady Bodonel renversa la tête en arrière et se tamponna les joues avec un mouchoir.

—Busick, vous êtes venu voir votre maman, mais sans prévenir… Enfin, au moins, c'est une visite !

Il leva les yeux vers le plafond orné de moulures.

—Je ne voulais pas interrompre votre soirée, Mère… Manifestement, vous étiez sur le point de vous esquiver à la faveur de la nuit.

—Mais non, bêta ! Je pars demain matin.

Elle descendit les dernières marches de l'escalier. Son fin peignoir couleur pêche et sa charlotte assortie étaient très délicats, tous deux bordés d'un ruban de satin.

—Vous avez choisi le bon moment pour venir me voir, juste avant mon voyage prévu de longue date.

—C'est donc de votre mère que vous tenez votre penchant pour les emplois du temps, monsieur le Duc ?

Il me lança un regard furieux.

—Retenez votre langue, Patience.

—Que vous arrive-t-il, mon fils ? Pourquoi avez-vous une canne ?

Il glissa sa canne au creux de son bras replié.

—Une petite blessure, rien qui doive vous empêcher de partir en voyage.

Je pris Lionel dans sa corbeille et parvins à le calmer un peu dans mes bras, mais je savais que cela ne durerait pas.

—Y a-t-il un petit salon que je puisse utiliser, lady Bodonel ?

Elle fronça le nez et s'approcha.

— Vous avez amené une petite jeune femme et un bébé ? Revenez-vous d'un bal masqué ?

— Vous ne la reconnaissez donc pas, Mère ?

Lady Bodonel se dirigea vers une console et sortit d'un tiroir quelque chose qui semblait être des lunettes de théâtre. S'approchant à nouveau de moi, elle m'examina alors de la tête aux pieds, avec l'expression de quelqu'un qui ne voyait pas tous les jours une étrangère habillée en homme avec du maquillage étalé sur les joues.

Je me mis à rire malgré moi. Le rire était tout ce qui me restait.

Cette femme allait prétendre qu'elle ne m'avait jamais vue, qu'elle n'avait pas bu de thé dans mon service en argent, à Hamlin.

Je me moquais de cet affront, mais pas de Repington.

Le petit sourire qu'il avait eu en regardant Lionel, sur les marches du perron, s'était évanoui. Il croyait que je lui avais menti.

*Le Démérara, le Démérara, le Démérara.* Cette incantation devait absolument m'emporter. L'une de ces malles devait se transformer en bateau et me faire traverser l'océan. Je ne comptais plus sur Agassou. Il ne m'offrirait pas sa protection.

Lionel recommença à pleurer. Je ne pouvais plus endurer ses cris affamés.

— Puis-je utiliser un petit salon pour le bébé ? Il a besoin d'être nourri.

Lady Bodonel frappa dans ses mains et un homme en livrée indigo apparut.

— Emmenez-la dans le petit salon le plus proche.

— Mère, pourquoi faites-vous semblant de ne pas connaître Mme Jordan, la veuve de mon cousin Colin ?

Lady Bodonel me dévisagea à nouveau avec ses lunettes.

— Ah, oui ! Madame Jordan, que me vaut ce plaisir ?

Je regardai Repington ; mais ce n'était pas moi que le duc regardait, et j'avais beau l'avoir défié un nombre incalculable de fois, je ne l'avais encore jamais vu si rouge de colère.

Frappant le sol de sa canne, il vint se placer devant moi.

—Pourquoi n'avez-vous pas rendu visite à la veuve de Colin ? Pourquoi n'avez-vous pas été présente pour elle dans son deuil ? Vous êtes pourtant une experte en la matière !

—Eh bien, mon fils, on m'a dit qu'elle n'aimait pas les gens. C'est ce que Markham m'a dit.

—Et vous l'avez cru ?

—J'ai été très occupée.

Elle s'approcha un peu.

—Drôle de créature, très grande, madame Jordan…

Les pleurs de Lionel s'intensifièrent. Il n'était plus possible de l'apaiser.

—J'ai besoin d'un peu d'intimité pour nourrir mon fils, Madame.

—Cette maison est la mienne, madame Jordan, intervint le duc. Choisissez n'importe quelle pièce pour vous occuper de mon pupille, de mon héritier.

Le valet s'inclina et me fit signe de le suivre.

—Oh, le fils de Colin… Une si petite chose, d'un brun jaunâtre ! Ressemble-t-il à Colin à vos yeux ?

—Hâtez-vous, madame Jordan. Nous devons partir le plus tôt possible.

Le valet ouvrit la porte d'un petit salon, alluma les appliques et me fit signe d'entrer dans la pièce.

Une fois la porte refermée derrière moi, je m'assis, me dévêtis et nourris mon bébé affamé.

Je m'efforçai de ne pas écouter la conversation dans le hall.

Les voix étaient basses, mais j'entendis le duc faire plusieurs réponses d'un seul mot, le plus souvent *non*.

Lionel tétait avidement.

—As-tu été sage avec le duc ?

La réponse semblait évidente. Son appétit était trop grand, il tétait trop goulûment.

—Tu n'as rien mangé de ce que t'a donné Repington, n'est-ce pas ? C'est très vilain, Lionel.

Lady Bodonel haussa le ton. Je n'entendais pas ce qu'elle disait, mais c'était une seule longue phrase ininterrompue, sans qu'elle reprît son souffle.

J'étais navrée pour le duc.

Ma propre mère était difficile, mais quand je lui parlais, je pouvais placer quelques mots – de colère ou même de regret.

Je n'avais pas exprimé assez de regret.

J'espérais que Lionel serait bientôt repu. Cet endroit n'était fait ni pour nous ni pour le duc.

Busick se tint le plus droit possible tandis que sa mère tournait autour de lui dans le grand hall de la maison qu'il lui louait. Une belle demeure coûteuse à Mayfair était le prix à payer pour la tenir à distance de l'hôtel particulier où il avait passé sa convalescence au cours des deux dernières années.

—Cela fait un moment que vous êtes revenu de la guerre, mon fils, et c'est la première fois que vous passez me voir, en pleine nuit, avec une femme ?

—Vous semblez choquée. Vous rappelez-vous m'avoir laissé auprès de Grand-père pendant quatre ans ? Cela m'a fait plaisir de recevoir vos lettres pour mon anniversaire, mais je m'étonne que vous ayez trouvé le temps de m'écrire, en dépit du défilé de vos amis… Un duc, un comte, un marquis…

—Vous n'étiez pas malheureux. Feu le duc aimait bien vous avoir auprès de lui.

Elle croisa les bras sur sa poitrine et se pavana dans sa robe de nuit et son peignoir comme si elle donnait une audition pour son dernier amant, faisant la moue et se tamponnant les yeux à l'aide de son mouchoir.

—Ce duc est veuf et il décidera peut-être de devenir un ami permanent.

—Mère, celui-ci n'est pas plus susceptible de s'engager que les autres. Ils s'aperçoivent tous que vous vous lassez facilement.

—Que savez-vous de l'engagement, mon fils ? Aux dernières nouvelles, vous étiez toujours célibataire et n'aviez pas même un bâtard.

Busick se massa le crâne, se demandant ce qu'il avait bien pu faire pour mériter une mère comme la sienne.

—Chaque fois que je me dis que vous ne pourriez pas me consterner davantage, vous vous surpassez.

Elle haussa les sourcils et afficha son air désinvolte habituel.

—Je suis populaire, mon fils, tout comme vous, et si j'étais un homme, on ne jetterait pas l'opprobre sur moi pour cela.

—*Dès que* Mme Jordan aura terminé, nous vous laisserons à vos préparatifs.

—Mais, cette femme, Busick ? Cette drôle de créature et son bébé ! Est-ce ce qu'elles portent, des pantalons et des habits d'homme ?

—*Mère,* Mme Jordan... était déguisée pour un bal masqué. Je me suis occupé du bébé en son absence. Je vais aller lui dire qu'il y a des langes propres dans le panier.

Sa mère tendit une main.

—Attendez un peu, elle a fait de mon fils, un commandant des forces anglaises, une bonne d'enfants ? Que vous est-il arrivé ?

Effectivement, que lui était-il arrivé ?

Il ne voulait pas reconnaître les pensées que lui inspirait Patience. Il recula et s'appuya davantage sur sa canne. Il commençait à avoir du mal à garder l'équilibre et son dos devenait douloureux.

—Elle est sous ma protection. Markham représente une menace pour elle.

—Cela signifie-t-il que vous êtes propriétaire de Hamlin Hall ?

*Oh, non ! Non...* Il imaginait les rouages se mettre en branle dans la tête de sa mère. Ses machinations, de même que l'effort qu'il devait faire pour rester debout, devenaient impossibles à supporter.

—C'est Lionel Jordan qui est le propriétaire de Hamlin, et je veillerai à ce que ses intérêts soient protégés, ce qui signifie que vos soirées n'auront pas lieu là-bas.

—De si belles réceptions ont eu lieu à Hamlin ! C'est vous qui devriez en être propriétaire. Colin n'aurait jamais dû en hériter.

—Eh bien, il en a pourtant hérité. Je me demande comment Grand-père a pu le lui léguer alors que vous essayiez constamment de l'influencer.

Le visage sans âge de lady Bodonel se ferma.

—Cet homme était malveillant.

Busick ne put s'empêcher de rire en entendant cela.

—On m'a dit que je lui ressemblais beaucoup.

—Alors, qu'allez-vous faire, Busick ?

—Pardon ?

—C'est la première femme que vous osez m'amener. Vous devez vous être entiché d'elle.

—Mon pupille avait faim. Il y a deux heures de route jusqu'à Hamlin. Elle n'allait pas se dévêtir devant moi pour le nourrir.

—Mon fils, vous devriez songer à récupérer Hamlin Hall. La veuve de Colin est un peu brune, mais elle n'est pas vilaine. Je suis sûre qu'elle serait très bien avec une robe et ces cheveux coiffés en un chignon convenable.

—Comment ?

—Épousez-la. Rendez Hamlin Hall aux Strathmore.

Le mariage n'était pas une mauvaise idée ; c'était une idée qui surgissait de plus en plus souvent dans sa tête, quand il s'imaginait élever Lionel avec Patience, mais il ne l'avouerait jamais à sa mère.

—Réfléchissez-y, mon garçon.

Il resserra son étreinte sur sa canne.

—Depuis quand vous souciez-vous de la lignée des Strathmore ? Je croyais que vous cherchiez à figurer sur un autre arbre généalogique. Vous ne changerez jamais… Vous êtes une intrigante.

—Et vous, vous êtes comme moi. Vous avez soif d'aventure, vous passez des balles du champ de bataille aux pralines dans votre lit ! Pour quelle autre raison vous seriez-vous attaché à cette créature exotique, la femme de votre cousin, originaire du Démérara ?

Il transpirait et sa main moite glissa sur sa canne. Il perdit l'équilibre et se rattrapa à la console pour ne pas tomber.

—Êtes-vous blessé, mon fils ?

—Je dois partir.

Il se fraya un chemin entre les nombreuses malles.

—Cela fait à peine vingt minutes que je suis en votre présence, et vous avez déjà essayé de me marier pour obtenir un domaine, un domaine dont vous ne vous êtes jamais souciée à l'époque où vous y habitiez, quand mon père était encore en vie.

—Eh bien, j'ai changé d'avis au sujet de bien des choses. Peut-être attendais-je que vous manifestiez un peu d'intérêt pour votre vieille mère. Je veux repartir sur de nouvelles bases.

Elle s'approcha de lui et posa une main sur son bras, mais il fit un mouvement brusque pour se dégager et trébucha sur une malle.

Il tomba et heurta violemment le sol.

Il ne perdit pas sa prothèse, mais les sangles lui rentrèrent dans la chair.

Patience sortit du petit salon en courant, la corbeille de Lionel se balançant au bout de son bras.

—Que s'est-il passé ? Repington !

En l'espace de quelques secondes, elle fut agenouillée auprès de lui.

—Avez-vous très mal ?

—Non, j'aime faire la grimace, voilà tout. Aidez-moi à me relever.

—Je vais faire venir un médecin, dit sa mère. Vous n'avez pas l'air bien, mon garçon.

Il connaissait les signes depuis la chute du grand lustre de Hamlin : son dos allait se bloquer, mais il ne fallait surtout pas qu'il se bloque maintenant.

—Patience, aidez-moi à me relever. J'aurai assez de forces pour me tenir debout si vous m'aidez.

—Nous ferions peut-être mieux de rester pour que vous voyiez un médecin, monsieur le Duc.

Sa mère vint se tenir au-dessus de lui.

—Laissez-moi prendre soin de vous, mon fils.

Elle frappa dans ses mains pour faire venir des domestiques, mais Busick refusait de rester un instant de plus.

Il saisit la cravate de Patience et l'attira vers lui.

—Sortez-moi d'ici… Je vous en supplie, ajouta-t-il tout bas.

Elle écarquilla les yeux.

Comprenait-elle ? Ou allait-elle le défier, croyant savoir mieux que lui ce dont il avait besoin ? Ce dont il avait besoin, c'était de s'en aller le plus vite possible.

—Non, madame Jordan, intervint sa mère. Je vais dire à un valet de le conduire dans une chambre. Il a trop mal pour partir.

Busick se laissa retomber en arrière. Il allait être pris au piège chez sa mère.

—À trois, Monsieur, dit Patience en posant le panier de Lionel et en le prenant par le bras. Un, deux, trois !

Elle le tira par le bras pour le faire asseoir.

—Maintenant, debout, Monsieur ! À trois, encore une fois… Un, deux, trois !

Retenant son souffle, il referma la main sur sa canne. Il dut faire un effort considérable pour endurer la douleur qui le transperça lorsqu'il se releva, mais il y parvint. Par Jupiter ! Avec l'aide de Patience, il réussit à se relever.

Elle se glissa sous son bras.

—Marchons ensemble, Commandant.

Il frappa le sol de sa canne, qui émit un son mat.

—Continuez à compter, Patience. Je ne m'évanouirai pas. Allons-y !

Prenant la corbeille de sa main libre, elle commença à avancer, pas à pas, en direction de la porte. Ils ne tardèrent pas à trouver leur rythme.

—Pourquoi vous entêter, Busick ? Je peux reporter mon voyage de quelques jours, dit sa mère. Laissez-moi m'occuper de vous. Je me suis occupée de votre père. Vous serez comme neuf en un rien de temps !

Busick n'avait jamais rien entendu d'aussi terrifiant. Il n'était pas son père, il n'était pas invalide ; et il ne laisserait jamais une femme à laquelle il ne faisait pas confiance avoir le moindre contrôle sur lui.

—Bonne nuit, Mère.

—C'est à une mère de veiller sur son fils, pas à une étrangère.

Il ignora la remarque et se cramponna plus fermement à la femme à laquelle il faisait bel et bien confiance.

Sa mère alla se poster devant eux, ouvrant grand les bras.

—Madame Jordan, je vous ordonne de vous arrêter !

—Je suis désolée, ce n'est pas à vos ordres que je réponds. Écartez-vous de notre chemin.

Busick eut envie de sourire, mais le moindre mouvement le faisait souffrir.

Il eut l'impression qu'il leur fallait une éternité pour regagner sa voiture. Patience fit signe aux palefreniers, qui le hissèrent à l'intérieur, puis elle monta à son tour, posa la corbeille de Lionel sur le plancher et s'agenouilla auprès de sa banquette.

—Êtes-vous sûr de ne pas vouloir rester, Repington ? Vous allez être secoué jusqu'à Hamlin, dans cette voiture.

Il tendit le bras et lui posa une main sur la joue.

—Vous êtes la seule femme en laquelle j'aie confiance, Patience Jordan. Ramenez-moi à Hamlin et soignez-moi jusqu'à ma guérison.

—Je suis sérieuse…

Il retint son souffle et croisa les bras sur son torse.

—D'ailleurs, je vous demanderai de mettre une jolie tenue. Je me rétablirai plus vite si je vous pourchasse en pensée.

—Une belle robe vous aidera à guérir ?

—Oui, une belle robe, et le fait que vous acceptiez de m'épouser aussi.

—Cette fois, je suis sûre que vous vous êtes cogné la tête en tombant.

Elle lui toucha les tempes comme pour voir s'il avait de la fièvre.

—Vous devez arrêter de dire des choses insensées. Nous allons vous ramener à Hamlin, vous allez vous rétablir, et tout rentrera dans l'ordre.

Rien ne rentrerait dans l'ordre pour lui, mais il n'avait pas la force de la convaincre du sérieux de sa proposition. Il dut se concentrer pour ravaler la douleur que lui causaient les cahots de la voiture, dont les roues se cognaient dans toutes les mottes de terre sur la route.

—Très bien. Je préfère être un infirme à Hamlin Hall que n'importe où ailleurs.

Il ferma les yeux. Il ne voulait pas lire le doute sur le visage de Patience. Pour la première fois depuis bien longtemps, il savait exactement ce qu'il voulait. Qu'il puisse ou non marcher, il recouvrerait ses forces et conquerrait Patience.

# 27

# Prendre soin du duc

Je me tenais devant la porte de la chambre de Repington, m'inquiétant comme je le faisais depuis trois jours. En arrivant à Hamlin, j'avais envoyé chercher le médecin de lady Shrewsbury. Cela allait à l'encontre des ordres du duc, mais je devais à tout prix savoir quelle était l'étendue de ses blessures. Je n'avais pas compris tout ce que le médecin avait dit, mais il avait prescrit du laudanum au duc et il lui avait donné l'ordre de rester allongé et isolé.

Repington haïssait l'idée, et c'était à contrecœur qu'il suivait les instructions du médecin.

Lord Gantry sortit de la chambre et referma la porte derrière lui.

—Le duc se sent-il mieux ?

Gantry secoua la tête.

—Il faut qu'il reprenne sa routine quotidienne.

Nerveuse et ne sachant que faire de mes mains, je tripotai mon tablier.

—Pourrait-il voir ses hommes à l'entraînement depuis la fenêtre ?

—Il le pourrait s'il avait la force d'aller à la fenêtre.

Son ton était bien trop résigné, comme s'il acceptait ce sort.

Je ne le pouvais pas, quant à moi.

Un homme qui avait réussi à remonter à cheval après avoir subi d'atroces blessures et qui avait entraîné un contingent à affronter Napoléon ne l'accepterait pas non plus.

Je regardai le vicomte.

—Dans ce cas, vous devriez peut-être entraîner ses hommes. Nous devons nous comporter comme si tout était normal.

Lord Gantry haussa les épaules et s'éloigna dans le couloir.

Personne ne pouvait remplacer le duc. J'aurais dû en vouloir à lord Gantry, mais il avait reçu une lettre qui l'avait rendu très sombre. Je savais à quel point une lettre pouvait être bouleversante, je savais qu'elle pouvait anéantir quelqu'un, alors je le laissai tranquille.

Rassemblant tout mon courage, j'entrouvris la porte, espérant voir le duc assis dans son lit, en train de manger le repas que je lui avais fait porter par son valet.

Hélas, il n'y avait pas touché. Le plateau intact était posé sur la table de chevet.

Repington était allongé sur le dos, à plat, sans oreillers, parfaitement immobile.

Il avait les yeux fermés. Cela me décontenançait de le voir aussi calme, de ne plus l'entendre donner d'ordres.

Je m'approchai du lit et arrangeai le voilage.

—Un mot. Je me contenterai d'un seul mot.

Pas de réponse. Mes espoirs étaient encore déçus.

Que pouvais-je bien faire ?

Je regagnai ma chambre, celle attenante à celle de Repington, pour aller voir comment se portait Lionel. Nous n'étions pas retournés nous installer au troisième étage depuis qu'il nous avait installés là, après la chute du grand lustre. Je ne pouvais plus rester éloignée du duc.

Mon bébé ne souriait pas. Peut-être était-ce le fruit de mon imagination, mais il me semblait que mon garçon remarquait la différence dans l'atmosphère de la maison.

Jemina entra alors dans la pièce, le carnet de Colin à la main.

—Comment va le duc ? Son état s'améliore-t-il ?

—Je n'en suis pas sûre.

Mon amie s'adossa à la porte.

—La nuit des maisons de jeu a changé tant de choses… Nous avons trouvé Sullivan, nous sommes au courant de l'extorsion, mais le duc et toi n'êtes plus les mêmes.

—Il est blessé, bien sûr que les choses ont changé !

—Mais tu n'es pas blessée, toi. Et pourtant, tu es hésitante, tu marches tout le temps sur la pointe des pieds… Tu n'es pas toi-même.

C'était vrai. Je n'étais pas moi-même.

Je ne savais plus qui j'étais.

Jemina me prit par la main et me fit asseoir devant ma coiffeuse.

—Tu parles dans ton sommeil, tu sais ?

—Vraiment ?

—Oui. Tu fais des cauchemars à propos de Colin Jordan, et maintenant, tu parles du duc.

Elle me fit pivoter vers le miroir.

—Où est passée la jeune femme intrépide qui pénétrait dans Hamlin Hall en cachette ? Qui s'éclipsait toutes les nuits en dépit des ordres de la comtesse et des menaces de Markham ?

Je regardai fixement mon reflet, la fille des îles effarouchée qui soutenait mon regard dans la glace.

Jemina se pencha vers moi.

—Je vois la maîtresse de Hamlin Hall. Elle doit tenir cette maison, et elle doit s'occuper du duc.

Elle avait raison : j'avais peur.

N'essayais-je pas de prétendre que nous n'avions pas franchi une limite dans sa voiture ? Que ce n'était pas en venant me chercher qu'il s'était blessé ? Et, surtout, que je n'avais pas rejeté sa demande en mariage ?

Qu'est-ce qui pourrait bien me pousser à me remarier, pour être à nouveau obligée de marcher sur des œufs ? Lionel et moi étions faits pour marcher sur les plages du Démérara.

— Tout est ma faute. Je lui ai fait perdre les bonnes grâces de Jupiter avec toutes mes mascarades ! Sinon, pourquoi serait-il blessé, maintenant ?

Jemina me prit le visage au creux des mains.

— Le duc et toi vous ressemblez beaucoup, vous êtes tous deux très entêtés. Ne laisse pas la peur vous séparer. Tu mérites d'être heureuse. Pour une femme, cela nécessite d'être courageuse, et pour une veuve, cela demande encore plus de courage, et de l'intelligence.

Elle avait raison.

Mes peurs, ma culpabilité me poussaient à mener à nouveau cette vie discrète, comme quand j'errais dans Hamlin en me demandant comment satisfaire Colin.

Cependant, Repington n'était pas Colin ; et j'avais une idée pour lui mettre un peu de baume au cœur.

— Aide-moi à trouver une belle robe. C'était là la requête du gardien de Hamlin.

Mon amie hocha la tête et ouvrit l'une de mes malles. Après avoir mis de côté une chemise de nuit et quelques vêtements, Jemina sortit une robe en mousseline à la jupe argentée. De la dentelle bordait l'ourlet et le corsage.

Elle était belle, parfaite pour un dîner auquel j'avais cru que Colin et moi assisterions, mais ses couleurs éteintes, son aspect vaporeux, sa taille minuscule alors que j'avais les hanches larges, ne conviendraient pas.

— Regardons dans l'autre malle.

Jemina l'ouvrit, et il me sembla sentir la mer.

Elle plongea les mains dans les soieries, dans l'arc-en-ciel de couleurs, et sortit de la malle la dernière robe que ma mère m'avait confectionnée.

C'était une robe magnifique, à manches longues, faite dans une soie douce et brillante, dont l'éclat reflétait la lueur des bougies. J'avais toujours trouvé parfaites sa teinte orangée et ses fronces à la taille, parfaites, et elles avaient valu tous les essayages et les admonestations de Maman parce que je gigotais. Je l'adorais. Elle était mon grand lustre, la grande dame éclatante qui baignait de lumière tout ce qu'elle touchait.

Je voulais être comme elle, apporter la lumière à mon fils, et à mon duc.

—Repington ne pourra pas m'ignorer dans cette robe.

Mon amie acquiesça d'un hochement de tête et étala la robe sur le lit en prévision du repassage.

Cette robe sophistiquée, traditionnelle du Démérara, parlerait pour moi si les mots venaient à me manquer.

Retenant mon souffle, j'ouvris la porte de communication entre nos chambres à coucher.

Le duc remua.

—Je ne veux pas être dérangé. Veuillez partir, s'il vous plaît.

J'allai jusqu'au pied du lit et regardai à travers le voilage.

—Non. Je ne vous ai laissé mijoter que trop longtemps.

Dans un battement de paupières, il ouvrit les yeux, les referma, puis les rouvrit.

—Devez-vous m'imposer la visite d'un autre médecin ? Venez-vous m'avertir ?

—Je vous ai imposé la visite d'un médecin pour votre sécurité. Il fallait que je sache si vous étiez grièvement blessé.

—Je savais déjà ce qu'il en était. C'est mon corps. Mon dos douloureux. Je savais ce qu'il dirait, et je savais qu'il me forcerait à prendre du laudanum. Je déteste le laudanum.

—Vous sentez-vous mieux ? Le reste…

— Je ne peux pas me lever. Je dois attendre que cela passe. Je préférerais le faire avec un certain sentiment de contrôle.

Je fis bruire le jupon de ma robe et ajustai autour de mes épaules le foulard en madras aux couleurs vives, dans des teintes orange et rouille, me préparant à ce que le duc me voie. Je savais que mon apparence était très éloignée du grand deuil ou même du demi-deuil. Pour l'Angleterre, j'étais un scandale ambulant.

— Il faut que je vous parle, Repington.

Il me sembla qu'une éternité s'écoulait avant qu'il ne remue à nouveau.

— Je vous écoute, Patience.

Je contournai le lit et allai me placer à l'endroit exact où étaient posées ses bottes et où j'avais trébuché le jour où j'étais tombée sur lui, des semaines plus tôt.

— J'avais besoin de vous voir.

Allongé sous les draps, il avait les yeux fermés et les mains posées à plat sur le matelas. Sa chemise entrouverte dévoilait un peu son torse.

Une barbe de trois jours couvrait sa mâchoire. Cet aspect sauvage changeait radicalement de son apparence soignée habituelle, mais ne me déplaisait pas.

— Eh bien, vous m'avez vu, répondit-il. Malheureusement, je suis dans la même posture que lorsque nous sommes revenus de Londres.

Il poussa un profond soupir. Son visage demeurait inexpressif.

— Vous allez me dire que je serais déjà rétabli si nous étions restés chez lady Bodonel.

— Non.

— Vous allez me dire que j'aurais dû prendre ma béquille pour emmener Lionel en ville ?

— Non.

— Vous n'allez pas me dire que tous mes entraînements ridicules en prévision de la reprise du combat n'auront servi à rien ?

— Jamais. Tout est ma faute. C'est à cause de moi que vous êtes blessé. À cause des risques que j'ai pris.

Il ouvrit les yeux.

— Pardon ?

— Vous êtes venu me chercher. Si je n'étais pas partie à la poursuite de Colin…

— Colin est mort. Il n'y a personne à poursuivre, sauf si vous croyez aux fantômes.

— Je ne sais pas en quoi je crois.

Je secouai la tête et me repris :

— Non, c'est faux… Je crois en vous.

Il leva une main comme pour me faire signe d'approcher, mais laissa retomber son bras avec une grimace de douleur.

— Eh bien, soyez rassurée : je n'irai nulle part. Vous m'avez vu. Arrêtez de vous inquiéter. Je ne dépéris pas.

— Vous n'avez pas mangé.

— Le bouillon ? C'est de la nourriture de malade. Un prisonnier n'a-t-il pas droit à du pain de contrebande ?

Il rit et grimaça encore.

— Je vous apporterai du pain. Tout ce que vous voudrez.

— Tout ce que je voudrai ?

Il avait maintenant les yeux grands ouverts.

— Venant de vous, c'est un miracle… mais, sapristi ! vous êtes très jolie, Patience.

— Cela vous plaît ?

— Oui, jeune femme ! Si mon Dieu pouvait exaucer mon unique prière, je vous prouverais à quel point.

— J'ai du mal à accorder ma confiance. Les choses sont si différentes ici de ce qu'elles sont là où j'ai été élevée ! Il n'y a pas grand-chose de commun entre le Dieu des Anglais et les déités des Antilles. Quant aux dieux de marbre du hall, ce sont des incapables, vous devriez les jeter dehors.

Il eut un petit rire et son visage se crispa.

—Ne me faites pas rire ! Cela me fait mal.

Je passai les mains dans les rideaux du lit.

—Je crois qu'un homme qui a si bon cœur, qui agit si bien, sera récompensé.

—Ici-bas ? Ou dans l'autre monde ?

—Les deux, j'espère, monsieur le Duc.

—J'ai déjà su marcher, je saurai à nouveau, sapristi !

—Si vous le savez, pourquoi me dire de m'en aller ? Dites-moi n'importe quoi d'autre.

—N'importe quoi, encore ? Patience, vous n'étiez pas si douée pour suivre mes ordres quand vous étiez à mon service.

—C'est difficile d'écouter et de faire confiance.

—Je le sais. Je suis content que vous soyez venue, mais maintenant que vous m'avez vu, vous pouvez partir. Dans une semaine ou deux… je déterminerai ce qui se passera ensuite.

*Ensuite ?* Faisait-il allusion à sa demande en mariage ?

Je savais que m'en aller n'était pas la chose à faire. J'avais évité les derniers jours de Maman parce que je ne pouvais pas affronter la vie sans elle.

Le duc n'était pas mourant, mais son courage l'était. Je ne pouvais pas le laisser seul comme j'avais laissé Colin, espérant que les choses s'arrangeraient d'elles-mêmes. Pas cette fois, pas alors que je pouvais faire mieux.

Prétendant me diriger vers la porte de communication, je contournai le lit, écartai les rideaux, et m'allongeai sur le lit. Je ne voulais surtout pas lui faire mal au dos, mais j'avais besoin d'être à ses côtés.

Il émit un grognement.

—Que faites-vous ?

—Je veux regarder dans la même direction que vous. Autrefois, je restais allongée ici et j'observais le baldaquin, je comptais les points, avec l'espoir d'entendre arriver l'attelage de Colin. Il partait pendant des semaines. Il avait toujours une raison de s'absenter.

—Eh bien, moi, vous saurez où me trouver si vous me cherchez.

L'incertitude dans sa voix me serra le cœur. Je ne savais pas comment lui parler, comment lui faire part de toutes les pensées qui se bousculaient dans ma tête.

J'arrêtai de réfléchir, j'arrêtai d'écouter des excuses.

Je saisis sa main, me tournai vers lui et lui déposai un baiser sur la joue, puis un autre sur le nez.

Enfin, je m'accroupis et posai mes lèvres sur les siennes, pour goûter cette bouche délicieuse, cette merveille qui exprimait tant de doutes.

—Vous savez bien où je suis, Patience.

Il posa une main sur ma nuque et caressa la peau exposée sous le turban en soie qui cachait mon chignon tressé.

—Vous n'allez pas me laisser dépérir… Vous allez me forcer à vivre, n'est-ce pas ?

—Oui, mais j'aime savoir où vous êtes, et savoir que vous n'allez pas me quitter. J'aime encore plus ne pas avoir peur de vous toucher.

Je lui caressai la joue du bout du doigt.

—Vous êtes très différent, plus sauvage, quand vous laissez les règles de côté.

Il frotta les articulations de mes doigts contre ses lèvres.

—Cette barbe ne va pas durer. Ne vous y habituez pas.

Ses yeux d'un bleu limpide se posèrent sur moi. Les ombres que j'y avais vues dans sa voiture et quand je m'étais tenue au pied de son lit semblaient s'être atténuées.

Pourtant, une ombre restait une ombre. Le regret ou la méfiance demeurait. Le moment des aveux était venu ; ou, du moins, d'avouer ce que je savais de la vérité.

—Je me suis rendue dans deux maisons de jeu, accompagnée de l'avocat, à la recherche d'un homme appelé Sullivan. Nous l'avons trouvé. Il accorde des crédits à la maison de jeu de Piccadilly. Je pense qu'il falsifie les sommes dues et qu'il empoche la différence. Je crois que Markham et Colin lui extorquaient de l'argent.

—C'est là une accusation très sérieuse. Les dettes d'un homme sont une affaire d'honneur.

—Colin conservait un compte rendu de ces transactions. Nous avons trouvé un carnet. Ce qui y est écrit est déroutant. Je veux croire que la mélancolie de Colin a eu raison de lui. Les dernières pages montrent que sa main tremblait, certainement à cause de l'aggravation de son état.

—Mon cousin s'enorgueillissait de son écriture. Êtes-vous sûre qu'il n'y a pas quelque malentendu avec Sullivan ? Je ne pense pas que Colin aurait menacé quelqu'un pour de l'argent.

—Markham en est tout à fait capable, lui. Je crois que c'est pour cette raison qu'il devait se débarrasser de moi. Je suis en mesure d'identifier Sullivan. J'ai été témoin de la conspiration.

Il referma une main sur la mienne.

—Vous vous balancez. Blottissez-vous contre moi, et ne bougez plus.

C'étaient là des ordres auxquels je pouvais obéir. Allongée à côté de lui, je posai ma joue contre son épaule.

—Débitez d'autres ordres et trouvez une stratégie pour gagner ce combat et prouver la culpabilité de Markham.

—Je vais y réfléchir et consulter ce carnet… mais la bonne volonté que vous mettez soudain à suivre les ordres m'intrigue, Patience.

Je posai le menton sur son épaule et n'offris aucune résistance quand il m'enlaça.

La robe que j'avais repassée, chaque fronce du corsage, les manches bouffantes ornées de dentelle, allaient se froisser et s'aplatir à la chaleur de son étreinte, mais je ne m'en souciais pas.

Les battements de son cœur suivaient le rythme que je sentais au plus profond de mon âme meurtrie.

Tandis qu'il me serrait contre lui, il émit un gémissement qui n'avait rien d'un gémissement de plaisir. Il s'était forcé à bouger pour effleurer ma joue du bout des lèvres, jusqu'à ce que celles-ci trouvent ma bouche.

Je voulais qu'il m'ordonne quoi faire pour faire disparaître sa douleur. Dans le cas présent, je l'aurais laissé faire de moi la femme dont il avait besoin.

Il poussa soudain un autre gémissement. Il se laissa retomber en arrière.

—Eh bien, j'ai eu assez de séduction comme cela ! Je suis content que vous soyez venue me trouver. J'en suis content, mais vous pouvez partir, maintenant.

M'agenouillant à nouveau au-dessus de lui, je posai les mains sur ses côtes, tout doucement. Toutes ces années passées à agir avec circonspection s'avéraient enfin utiles.

—Vous savez très bien que je n'obéis pas bien aux ordres.

Je me cambrai et me penchai alors vers lui pour finir ce baiser que je devais absolument lui donner. L'inquiétude que je m'étais faite pour lui et le sentiment de culpabilité que m'avait inspiré son état au cours des trois derniers jours se dissipèrent dès que je goûtai ses lèvres.

—Avec vous pour me redonner la santé, j'arriverai à marcher à nouveau.

Il me posa une main sur la taille et, de l'autre, me caressa le dos de ses doigts experts. Ses ordres tacites m'encouragèrent à continuer.

—Je ne vous fais pas mal ?

—Bien sûr que si, mais cela ne signifie pas pour autant que je veux que vous arrêtiez. La douleur accompagne parfois le plaisir. Je vous le ferai savoir quand j'en aurai assez.

Soudain, Lionel se mit à pleurer dans la chambre voisine.

—Ou bien c'est lui qui nous le fera savoir ! Prenez soin de mon garçon… Dites-lui de profiter des bonnes choses.

Je me laissai glisser avec délicatesse du matelas et défroissai ma robe, mais avant que je n'aie eu le temps d'aller voir mon fils, il s'arrêta de pleurer. Je jetai un coup d'œil par l'entrebâillement de la porte : il s'était rendormi, avec le pouce dans la bouche.

Le duc eut un petit rire.

—Je vais devoir lui parler de la notion de partage… Je commence à prendre ces interruptions personnellement !

J'avais les joues toutes rouges, mais je souris quand même. Comment aurais-je pu m'en empêcher ?

Je n'avais pas passé de meilleur moment dans cette chambre que ce moment d'intimité.

Repington eut l'expression qui indiquait qu'il dissimulait sa douleur. Le flacon de laudanum était posé sur la commode, mais il y avait également sa flasque de rhum. Je remplis un tout petit verre de l'alcool délicieusement parfumé du Démérara, puis un autre de laudanum, et lui tendis les deux.

—Pour la douleur que vous cachez.

—Posez-les sur la table. Je vais voir combien de temps je peux tenir sans avoir besoin de l'un ou de l'autre.

Ne mettant plus en doute la façon dont il choisissait de gérer ses blessures, je posai les deux verres sur la table de chevet.

—Vous pensez manger quelque chose, demain ?

Lionel se remit à pleurer.

—Je ferais mieux d'aller m'occuper de lui.

—Faites-moi monter du pain, demain. Une belle grosse tranche de votre pain à la noix de coco. Il paraît que les femmes font du pain quand elles sont heureuses.

Je me dirigeai vers la porte de communication d'un pas allègre.

Prenant dans mes bras mon garçon affamé, je m'aperçus que j'arrivais facilement à ajuster ma robe pour qu'il puisse téter. Le duc m'avait apparemment aidée à l'avance en défaisant quelques boutons.

Mon bébé ne tarda pas à avoir le ventre plein.

Il fit son rot et émit une sorte de petit rire, puis je le reposai dans son berceau et lui chantai sa berceuse, en français et en anglais. Pendant un petit moment, j'entendis une voix de baryton me faire écho.

Puis, comme mon bébé s'endormait, un ronflement s'éleva dans la chambre attenante.

C'était une très bonne chose. Le duc avait simplement besoin de récupérer.

Soudain, une cacophonie de jurons retentit dans le grand hall.

Un vacarme, des claquements de portes s'ensuivirent.

Des pas précipités martelèrent l'escalier et s'arrêtèrent en bas dans un crissement.

Reboutonnant ma robe le plus vite possible, je sortis de ma chambre et courus en direction du grand hall.

Je m'immobilisai en entendant la voix de Markham.

Une partie de moi était tentée d'aller chercher Lionel et de me cacher avec lui dans le lit du duc, mais ils avaient tous les deux besoin que je sois forte.

Il me vit et fit suivre mon nom d'un juron.

Il se tint là et blasphéma, devant les dieux de marbre inutiles, qui le laissèrent se comporter ainsi au lieu de le foudroyer. C'était à moi de faire quelque chose.

— Vous n'êtes pas le bienvenu ici, Markham. Allez-vous-en.

Je prononçai ces mots avec assurance, comme si j'avais un bouclier de pierre.

— Vous ! s'écria-t-il, pointant sur moi un doigt osseux. Comment êtes-vous revenue ici ? Vous êtes censée être à Bedlam !

Gantry arriva de l'arrière de la maison.

—Comment avez-vous fait pour entrer, Markham ?

—Quelle importance ? Disons que c'est le fantôme de Colin qui m'a laissé entrer… n'est-ce pas, madame Jordan ? Vous l'avez vu… Comment pouvez-vous autoriser cette folle à être ici ?

Je refermai mes mains tremblantes sur la rampe de l'escalier.

—Vous êtes entré par effraction. Allez-vous-en !

Ma voix était forte et les hommes de Repington prirent leurs armes et les braquèrent vers le vilain visage de Markham.

Gantry tira son épée et fit signe à d'autres soldats d'avancer.

—Partez immédiatement, avant d'avoir un aperçu de ma dextérité.

Markham recula. Il se tenait maintenant à l'endroit où l'ombre du grand lustre aurait dû l'engloutir.

—Elle n'a pas sa place ici. Je vais vous envoyer les administrateurs de Bedlam, à vous tous ! Où est Repington ? Sa mère dit-elle la vérité ? Le duc est tombé et ne peut plus se relever ?

Sans réfléchir, je me laissai glisser sur la rampe. Ma belle robe chatoyante voleta comme les ailes d'un papillon. J'atterris devant Markham et lui giflai le visage.

—Repington vous arrêtera. Il ne se laissera pas manipuler comme Colin. Vous n'êtes pas le bienvenu dans cette maison. Disparaissez, être immonde !

Gantry hocha la tête et deux hommes flanquèrent aussitôt Markham, le saisirent par les bras et le traînèrent vers la porte.

—Le duc est un imbécile et il ne sait pas que vous représentez un danger pour cette mine d'or. Faites descendre Repington au salon ! Je dois récupérer mes affaires.

—Il n'y a rien ici qui vous appartienne. Vous ne serez jamais le bienvenu ici, démon !

Gantry ouvrit les portes.

—Gardes, emmenez cet homme et jetez-le bien au-delà du portail. Si vous pénétrez encore par effraction dans cette propriété, vous tâterez de mon épée.

—Ce n'est pas terminé ! Je vais envoyer les administrateurs chercher Mme Jordan et Repington. Dites-lui que je n'en resterai pas là…

Il eut un rictus méprisant et j'eus envie de le gifler de plus belle.

Il se débattit, mais les soldats le maîtrisèrent.

—Faut-il que le duc soit fou pour prendre le parti de Mme Jordan au lieu de veiller à la sécurité de l'enfant ? Vous savez très bien ce que vous avez fait à ce bébé… Vous savez ce que vous avez laissé arriver à Colin. Qu'il continue à vous hanter !

C'était une malédiction, sur Colin, que de lui souhaiter de ne pas reposer en paix, de continuer à souffrir.

Les soldats s'exécutèrent et emmenèrent Markham. Je vis bientôt disparaître ses bottes crottées.

Toutefois, cette victoire n'était que passagère. Hamlin n'était plus un lieu sûr.

Le duc étant alité, ses hommes s'étaient relâchés.

—Vous aviez raison, madame Jordan. Nous devons reprendre l'entraînement et renforcer la sécurité.

J'entendis à peine les paroles de Gantry. Les menaces du malfaisant Markham résonnaient dans ma tête, encore et encore.

Il ne s'en prendrait pas uniquement à moi et à Lionel ; il s'attaquerait aussi à Repington.

# 28

## Anciens rêves, nouveaux rêves

Je me redressai brusquement dans mon lit.

Mon cœur martelait ma poitrine. J'avais peine à respirer. Le souffle court, je vis mon Lionel qui dormait profondément dans le berceau, à côté de moi.

Il était en sécurité, mais j'avais quand même envie de partir en courant avec lui, de repousser vivement les couvertures et de m'enfuir.

Cependant, où aurais-je bien pu aller sans emporter avec moi mes horribles cauchemars, le sentiment de culpabilité qui me taraudait ?

*Colin...*

Deux jours plus tôt, cette canaille de Markham l'avait appelé pour qu'il revienne me hanter.

Je me laissai retomber sur mon oreiller et m'aperçus qu'il était humide. Avais-je encore pleuré dans mon sommeil ?

Je m'essuyai les yeux.

Le regard fixé sur le plafond, je n'osais clore à nouveau les paupières, sachant qu'il réapparaîtrait et me hurlerait les mots de sa dernière lettre. *Ta faute ! C'est ta faute.*

—Je ne l'ai pas fait exprès ! Je ne voulais pas…

—Patience… Patience !

Ce n'était pas la voix de Jemina, qui dormait au troisième étage. Je me trouvais dans la chambre attenante à celle du duc.

Ne sachant pas qui m'appelait, je cherchai mon couteau à tâtons sur la table de chevet. Je le pris et me dirigeai vers la lumière qui filtrait sous la porte de communication.

—Patience ?

Mon esprit embrumé s'éclaircit. C'était la voix de Repington. Était-il en difficulté ?

J'ouvris la porte qui nous séparait.

Le duc s'était redressé de quelques centimètres et semblait avoir essayé de se lever. Il gémit de douleur et se laissa retomber sur le matelas.

—Venez me voir.

Je plongeai sur le lit et il m'accueillit dans ses bras.

—Je suis là. Vous ne craignez rien. Parlez-moi, Patience.

Ses lèvres se posèrent sur mon front brûlant et je me cramponnai à lui.

—J'ai entendu des bribes de votre cauchemar.

—Ce n'est rien, rien du tout…

—Ma plus grande peur est de ne pas vous être utile, à vous, à Lionel ou à mes hommes. Parlez-moi, à moins que tous vos encouragements n'aient été qu'un subterfuge.

Je n'avais pas envie de parler. Je m'enfouis dans sa chemise de nuit pour me cacher.

Il me posa une main sur la joue.

—Soit vous avez confiance en moi, soit vous n'avez pas confiance en moi. Confiez-moi vos secrets.

Ce n'était pas un ordre. Je savais quelle voix il prenait pour donner un ordre, une voix dure, un ton brusque ; et quand il le faisait, ses fossettes disparaissaient. Il ne s'agissait pas de cela.

Je choisis de me fier à mon cœur.

—Markham m'a fait interner parce que, d'après lui… je représentais un danger pour Lionel.

— Pourquoi ?

— J'ai vu Colin. Son fantôme a fondu sur moi. Peu de temps avant sa mort, je lui ai écrit une lettre pour lui dire tout ce qui n'allait pas dans notre mariage. C'est pour cela qu'il s'est tué. C'est ma colère qui l'a poussé dans la Tamise. C'est pour cela qu'il me hante.

— Ce n'est pas votre faute.

— Si. J'ai dû me libérer de la chambre d'enfant où Markham me tenait captive. Le fantôme de Colin s'en est pris à moi. Ma vue s'est troublée, mais j'ai couru à toute allure. Markham, les domestiques, tout le monde a dit que j'avais essayé de glisser sur la rampe pour échapper à son fantôme. J'aurais pu tuer Lionel si j'étais tombée.

Le duc poussa un profond soupir. Je sentis les muscles de son bras se détendre.

— Vous étiez enfermée dans la chambre d'enfant sous la contrainte. Markham joue des tours, il pousse les gens à douter de leur force et de leur santé mentale. Le soir où j'ai pris le contrôle de Hamlin, il avait drogué la nourrice pour abuser d'elle. Patience, vous me dites que votre vue s'est troublée… Quelqu'un a-t-il remarqué que vos yeux étaient brillants, vos pupilles dilatées ?

— Peut-être.

— Vous n'êtes incontestablement pas folle.

Il me posa un doigt sous le menton et me fit lever le visage vers lui.

— Je vous connais. Vous êtes tout à fait digne de confiance.

Je m'agrippai encore à lui et me mis à pleurer. Je ne me sentais pas digne de confiance, pas avant de plonger mes yeux dans les siens et d'y voir sa sincérité.

Abritant une Patience toute tremblante entre ses bras, Busick la fit glisser sous les couvertures, tout en dressant dans sa tête la liste de toutes les choses qu'il allait devoir faire une fois qu'il serait rétabli et pourrait sortir de ce lit.

Premièrement, il lui faudrait retrouver le jardinier devenu majordome qui travaillait déjà à Hamlin du temps de son grand-père, pour confirmer la trahison de Markham.

Deuxièmement, commander quelques tonneaux de rhum, de très bon rhum.

Troisièmement, passer l'une des bagues des Strathmore à l'annulaire de Patience. Il était temps de la faire sienne, comme il s'en fit la réflexion en entrelaçant leurs doigts.

Il fit glisser son pouce sur l'arête de son nez.

—J'ai besoin que vous m'épousiez.

—Suis-je à ce point hystérique que vous éprouviez l'envie de faire des plaisanteries pour m'égayer ?

—Nous sommes bien plus que des cousins. Je vous ai demandé de m'épouser. J'étais sérieux.

—Je présume que c'est un peu trop de me trouver au lit avec vous deux fois en trois jours.

—Le problème, c'est que ce n'est pas assez !

Il prit sa main dans la sienne.

—J'essaie de mener une vie très morale.

—Cette fois, vous essayez de me faire rire.

—Eh bien, puisque j'ai un pupille et que vous n'arrêtez pas de venir vous affaler sur mon lit, peut-être vaudrait-il mieux qu'il y ait une raison légale à tout cela. Épousez-moi.

—Si je dis non, me ferez-vous quitter cette chambre ?

—Oui, Madame, répondit-il, embrassant un endroit de son cou qui semblait particulièrement sensible à ses baisers.

—N'est-ce pas quelque chose dont nous devrions discuter quand nous serons tous les deux en mesure de nous lever et de partir ? Je ne suis pas un lot de consolation. Le mariage ne résout pas tous les maux. Je croyais qu'épouser Colin atténuerait la douleur du deuil de ma mère. Cela m'a juste apporté une tristesse différente.

—Gantry m'a fait part de la visite de Markham. Ma mère et lui se concertent.

—Je croyais que lady Bodonel partait en voyage.

—L'occasion de me régenter l'aura fait reléguer ses amitiés au second plan.

—C'est bien dommage. Elle avait l'air de se faire une joie de partir.

—Oui, je regrette qu'elle ne soit pas partie, moi aussi. Maintenant, il y a de fortes chances qu'elle nous rende visite. Je n'aime pas cela.

Elle fronça les sourcils. Cette femme au cœur tendre se souciait même de lady Bodonel, alors que cette dernière l'avait dédaignée.

—Je voudrais que ma mère trouve ce qu'elle cherche, mais vous essayez de me décourager. Cela ne fonctionnera pas. Ce n'est pas parce que vous me ferez bavarder que j'en oublierai mon offre.

—Je ne suis pas celle que les gens de votre monde s'attendent à voir l'un des leurs – un duc, qui plus est – épouser.

—Vous êtes différente, vous êtes unique, c'est pour cela que vous me plaisez.

Elle se retourna, lui présentant son dos.

—Je ne suis pas prête à m'entendre dire que j'ai profité du duc de Repington pendant qu'il était souffrant. Que je lui ai fait prendre du laudanum pour arriver à mes fins.

—Je déteste le laudanum, mais personne ne profite de moi. Vous êtes une débauchée en herbe ; je suis expérimenté.

—Je ne ressemble pas à ce que l'on veut pour vous. La duchesse à la peau brune, l'épouse difficile du duc, son épouse différente. Je serais plus en sécurité au Démérara, nous le serions tous. Vous aimeriez la maison de mon père. L'air de la mer serait bon pour votre rétablissement. Je vous imagine très bien en train de vous balancer dans un hamac avec Lionel dans les bras.

— C'est charmant, mais je dois vous dire…

— Chut…

Elle le fit taire en lui déposant un baiser sur les lèvres, un baiser qui avait le goût de ses larmes et la douceur de son pain à la noix de coco. Elle lui était si chère ! Cela l'anéantissait de lui briser le cœur.

— Dites-moi que vous y réfléchirez, Repington. Nous pourrions être en sécurité. Je n'aurais plus jamais à avoir peur. Markham veut s'en prendre à vous.

Patience tenait à lui, Busick le savait. Quelque part sous son turban soyeux et ce magnifique chignon tressé, il y avait de la bravoure, de la dignité, et des espoirs au sujet de leur avenir.

Il était de son devoir de lui dire la vérité.

— Vous serez ma merveilleuse épouse, Patience Amelia Strathmore, une femme instruite par les meilleurs professeurs particuliers, et parlant couramment deux langues.

Plongeant ses yeux dans les siens, il s'apprêta à lui annoncer le pire.

— La belle Patience, fille du défunt Wilhelm Thomas.

— *Défunt... ?*

— Oui. Ses frères ont vendu sa plantation. Toutes les dispositions qu'il avait prises pour vous en Angleterre restent inchangées.

Sa mâchoire tremblota, puis elle fondit en larmes.

Busick mit en péril les forces qu'il commençait à recouvrer pour la prendre dans ses bras.

— Je suis vraiment désolé… En route pour la maison de jeu, lady Shrewsbury et moi avons eu une longue conversation à votre sujet. Puis Gantry a fait quelques vérifications. Mes avocats sont très doués, aussi doués que M. Thackery, qui s'est bien renseigné sur Colin mais n'a fait aucune recherche sur vous. Je me demandais pourquoi un père, un père influent, ne rendrait pas visite à sa fille en deuil.

Secouée de sanglots, elle haletait. La voir ainsi lui fendait le cœur.

— Quand est-ce arrivé ?

— Il y a quelques années.

— Est-ce pour cela que Colin n'a pas envoyé mes lettres ? Se peut-il qu'il ait été au courant et qu'il ait cherché à me protéger ?

Busick n'en savait rien, mais il ne lui ôterait pas le réconfort que pouvait lui apporter l'idée que Colin ait pu faire cela pour tenter maladroitement de la protéger et non pour exercer sur elle un contrôle malsain.

— Et mes sœurs ?

— Nous sommes encore à leur recherche. Nous les retrouverons. Je vous le promets.

Elle sanglota de plus belle.

Quand ses pleurs se calmèrent un peu, il soupira tout contre sa tempe.

— Écoutez-moi très attentivement. J'ai mûrement réfléchi à la question, aux avantages et aux inconvénients. Je suis arrivé à la conclusion que nous marier serait dans notre intérêt.

— Comment cela ?

— Patience, si je meurs, Markham deviendra le tuteur de Lionel. Si quelqu'un soudoie un avocat pour qu'il déclare que je suis inapte parce que je suis infirme, Markham obtiendra le garçon. Lionel sera toujours en danger si je ne suis pas en mesure de le protéger. Et vous serez en danger aussi. Je ne tolérerai pas cela.

— Et nous marier arrangerait tout ?

— Je le crois. Je peux me marier avec vous sans bouger d'ici, et cela m'arrachera à cet état dans lequel je suis, où je vous veux et dois me contenter d'un morceau de votre grand cœur. Je ne peux plus me satisfaire d'un avant-goût.

Elle secoua la tête et le mouvement fit vibrer sa colonne vertébrale endolorie.

— Je me sens un peu seul dans ce grand lit quand je sais que vous êtes éveillée dans la chambre voisine.

— Je ne suis pas bien loin.

— Vous l'êtes quand je ne peux pas venir à vous, quand je ne peux pas vous prendre dans mes bras et vous dire que tout va s'arranger. J'ai entendu vos cauchemars. Je les avais déjà entendus, quand vous avez risqué votre vie pour me sauver. Laissez-moi maintenant prendre ce risque pour vous.

La peur se lisait dans ses yeux topaze. Il n'avait encore jamais vu cette jeune femme intrépide s'effrayer de l'une de ses requêtes.

— Je ne sais pas quoi dire.

— Dites oui. Voilà une réponse d'un seul mot qui serait appropriée !

— Me voyez-vous telle que je suis ? Êtes-vous sûr de vous ?

Il la voyait telle qu'elle était, il voyait ses forces, ses défauts, son cœur, et il voulait tout cela. Il posa leurs mains jointes sur sa cuisse, sur sa jambe amputée au-dessus du genou.

— Vous m'avez d'abord vu tel que je suis. Le mariage me protégera aussi si je deviens véritablement infirme.

Il avait plus de force dans les mains que la veille, et il caressa la silhouette qu'il convoitait.

Elle lui donna une tape sur les doigts.

Il rit.

— Vous voyez, il faut bien que je vous épouse pour bénéficier des mêmes privilèges que Lionel !

Le visage de Patience rayonnait à la lueur des bougies. Il aimait ce visage… Il y avait tant de choses à aimer, chez elle !

— Prenez soin de moi, Patience, à la façon de votre choix, même de manière fantaisiste ! Je préférerais de beaucoup cela à laisser qui que ce soit d'autre prendre des décisions pour moi.

Elle se redressa brusquement.

—Mais je ne suis même pas encore en demi-deuil ! J'ai vu Colin pour la dernière fois au mois de juillet, mais il n'est mort qu'en décembre… C'est très précipité.

—Vous l'envisagez si vous songez à des règles ridicules.

—Et si j'avais vraiment vu son fantôme ? Et s'il revenait me hanter ? Il n'était pas heureux. Comment prendrait-il la chose s'il nous savait ensemble ?

—Colin est libre. J'espère qu'il serait heureux pour son fils. Vous devez vous libérer du sentiment de culpabilité qui vous ronge. Je vous connais. Je sais que vous avez essayé de rendre plus belle la vie de mon cousin, mais un homme doit *vouloir* la paix.

—Vous regretterez de vous être rangé.

—C'est ce que je veux.

—Lady Shrewsbury dit que vous avez changé d'avis un grand nombre de fois.

—Ce n'est pas tout à fait vrai. Mes séparations se sont faites d'un commun accord. Mes objectifs et ceux de la personne concernée n'étaient pas compatibles. Vos objectifs et les miens le sont. Et puis, si vous devez me pousser à me comporter en mari brimé qui vous court après dans Londres, faites-moi profiter des avantages d'un mari brimé !

—À vous entendre, tout cela serait tellement logique…

—La logique et la stratégie sont mes points forts. Faut-il que lady Shrewsbury nous surprenne ainsi pour obtenir un compromis à l'ancienne ?

—Mon père étant… Mon père n'étant plus là, qui pourrait vous forcer la main ? Je ferais mieux de regagner ma chambre.

Elle s'essuya les joues et se libéra de son étreinte.

—À demain matin, monsieur le Duc.

—Busick, Patience. Ma femme devrait m'appeler par mon prénom, c'est plus intime.

—Je n'ai pas accepté.

—Restez jusqu'à ce que vous acceptiez. Moi, je reste ici.

—Même si Wellington annonce qu'il a besoin de vous ?

—Il devra apprendre à me partager comme Lionel doit apprendre à vous partager avec moi.

—Pas de plaisanterie. Aucune plaisanterie, s'il vous plaît.

Elle se détourna lentement, mais il espérait qu'elle comprenait qu'il la choisirait elle, qu'il *les* choisirait, elle et Lionel, plutôt que Wellington.

—Avant que vous ne partiez, tenez, Madame Jordan... J'ai établi un nouvel emploi du temps.

Avec un grognement de douleur, il tendit le bras et attrapa la feuille de papier posée sur le carnet de Colin, sur la table de chevet, et il la lui donna. Elle la prit d'une main tremblante.

—Vous bougez peut-être un peu plus facilement ? Vous ne tarderez pas à pouvoir marcher. Nous n'avons pas besoin de parler mariage.

—Si. Regardez l'emploi du temps.

Elle s'exécuta. Il vit ses yeux s'emplir à nouveau de larmes.

—Comme vous pouvez le voir, un mariage est prévu pour quatorze heures, cet après-midi. Veuillez y assister, s'il vous plaît. Veillez à ce que Lionel soit prêt. Lui et Gantry seront mes témoins. Wellington n'est pas invité.

—Comment pourrais-je refuser...

—Patience, un mariage de convenance règle notre petit problème. Si vous m'embrassez et que j'y prends plaisir, c'est un avantage supplémentaire, en réalité. L'attirance que nous éprouvons l'un pour l'autre ne fera que s'intensifier, et je sais que vous me faites confiance. Je vous fais confiance. Nous unir sera bénéfique pour le petit garçon que nous aimons tous les deux. Et s'il devait m'arriver quoi que ce soit, je serais en paix, sachant que vous êtes protégée. Accordez-moi ceci… En tant qu'homme, j'en ai besoin.

—Repington… Busick.

—Obéissez aux ordres, Jordan. Je m'attends à vous voir ici à quatorze heures, avec Lionel. Cette porte entre nous ne sera ensuite plus jamais fermée. Je pense que nous dormirons mieux tous les deux quand il n'y aura plus rien pour nous séparer.

—Ce n'est pas une déclaration d'amour… mais j'en ai déjà eu une, et au bout du compte, elle signifiait bien peu. Vous me proposez un arrangement pratique.

—Avec des avantages. Mon titre, notamment.

Il agita les sourcils, espérant qu'elle rirait ou, au moins, sourirait.

—C'est insensé, Commandant, mais puisque je suis une ancienne internée de Bedlam, pourquoi pas ? Oui, je respecterai votre emploi du temps.

Il plaça ses mains derrière sa tête et la regarda s'éloigner vers la chambre attenante, flageolant un peu sur ses jambes.

Elle laissa la porte de communication grande ouverte. Il espérait que c'était un signe prometteur.

Il prit le carnet de Colin, cherchant les derniers indices qui libéreraient Patience.

# 29

# Un mariage de raison

Je n'aurais jamais imaginé que je me remarierais un jour.

Ni que l'une de mes demoiselles d'honneur serait une chatte. Athena, la minette de la comtesse s'était emparée du bouquet de mouron que Jemina était allée cueillir au jardin, et elle s'était faufilée sous le lit du duc avec les fleurs.

Je me mis à genoux et essayai de la persuader de sortir de sa cachette.

—Viens, petite… Il faut que tu *sorrtes* de là, ma *chérrie…*

Je butais sur mes mots, trahissant ma nervosité.

La comtesse claqua des doigts, mais Athena s'amusait bien trop à déchiqueter les pétales rouges et jaunes pour s'en soucier.

Eh bien ! Cela ajoutait de la couleur à la cérémonie.

Le duc rit.

—Laissez-la ! dit-il, de bonne humeur. Gantry a les alliances. Athena peut bien éparpiller ces pétales pour décorer cette charmante chambre à coucher pour en faire notre chapelle de mariage de fortune !

Il me prit la main.

—Allez-y, Monsieur.

Le pasteur de la paroisse commença son discours.

Lionel était allongé à côté du duc. Il avait roulé sur le ventre, sûrement grâce aux exercices auxquels il était accoutumé.

De ma main libre, je lissai ma robe, une grande robe de gaule blanche, agrémentée d'un foulard rouge et or m'enveloppant la taille. Elle évoquait le Démérara, ma patrie perdue. Je portais un chapeau, une coiffe fine de couleur crème, très anglaise, tout à fait ce qu'une femme libre porterait sur l'île. Cette tenue honorait la mémoire de mon père.

Je ne porterais plus de gris ni de noir. Je n'étais plus en deuil.

Le pasteur, un homme au visage très pâle qui portait une perruque poudrée, me faisait rire, car il me rappelait mes mascarades. Cependant, je ne jouais pas la comédie, cette fois. J'épousais mon duc.

—Busick Strathmore, voulez-vous prendre pour épouse Patience Jordan ? demanda le pasteur.

Le duc était légèrement redressé, la veste de son uniforme cramoisi sur les épaules. Il portait la médaille que Lionel aimait tant.

—Oui, je le veux.

Il prit mon fils dans ses bras, grimaçant un peu. Il semblait prêter davantage attention au bébé qu'aux paroles du pasteur, qui nous liaient pourtant l'un à l'autre.

—Patience Jordan, voulez-vous prendre cet homme pour époux ?

—Oui.

Jemina me donna un petit coup de coude.

—Oh, je veux dire, oui, je le veux.

La petite assemblée rit en chœur.

C'était un mariage de convenance. Admettre autre chose aurait tout gâché. Le fait que mon cœur se serrait quand je regardais Busick deviendrait mon nouveau secret.

Athena passa en courant, laissant tomber des pétales à mes pieds. La comtesse émit un petit *Pst !* pour l'attirer.

Jemina et lord Gantry ne purent s'empêcher de rire de plus belle.

Je décidai de les ignorer et reportai mon attention sur la nouvelle alliance à mon doigt.

C'était un anneau simple, en or jaune, tout lisse, sans inscription ni initiales sophistiquées. Il était différent de l'anneau en argent que lady Shrewsbury m'avait donné pour remplacer l'alliance que Markham m'avait prise.

Cette alliance-ci me plaisait. Elle symbolisait la force et l'esprit pratique.

Je serais une bonne épouse pour le duc.

Lord Gantry sortit un papier de la poche de sa veste.

—Voici l'autorisation spéciale pour l'archevêque.

—Eh bien, voilà, c'est fait, madame la Duchesse ! dit Busick en prenant sa montre sur la table de chevet. Et en un rien de temps ! Qui aurait cru qu'une cérémonie puisse être aussi courte ?

Il y avait un sourire dans ses beaux yeux clairs, ses doux yeux bleus, et je m'y voyais, aussi.

Je voyais une Strathmore, la duchesse de Repington.

Lady Shrewsbury me déposa un baiser sur la joue.

Jemina me serra étroitement dans ses bras.

Soudain, des coups de feu se firent entendre.

Mon cœur fit un bond dans ma poitrine et ma gorge se serra.

—Markham ?

—Non, ma chérie, dit le duc avec un grand sourire, ses fossettes apparaissant au creux de ses joues. Ce sont mes hommes. Ils nous rendent hommage.

Jemina prit Athena et le bouquet dépourvu de fleurs et alla se tenir à la fenêtre.

—Et quel hommage, monsieur le Duc, madame la Duchesse !

La petite boule de neige lécha les doigts de ma chère amie.

On n'avait encore jamais tiré une salve d'honneur pour moi. Colin et moi avions pris le bateau tout de suite après nous être mariés. Si j'avais su que c'était la dernière fois que je voyais mon père, je ne serais pas partie. Je l'aurais étreint bien plus longtemps sous le soleil du Démérara.

Un mélange de chagrin et d'espoir emplissait mon cœur. Lequel de ces deux sentiments l'emporterait ?

Me détournant de la fenêtre, je regardai le duc jouer avec mon garçon, le laisser frapper sa médaille. Je sus alors que l'espoir était le plus fort. Ce serait lui qui serait victorieux.

Lady Shrewsbury prit le bras de Jemina et le mien.

—*Félicitations,* monsieur le Duc, madame la Duchesse ! Raccompagnez-moi, Mesdames.

Le duc hocha la tête et chuchota quelque chose qui sembla amuser Lionel, qui montra ses gencives et bava un peu.

Dans le grand hall, je sursautai en entendant un autre coup de feu.

—Alors, cela compte-t-il comme une victoire pour La Providence de la veuve ? Vous m'aviez promis d'obtenir que la garde de Lionel me soit rendue… C'est ce que fait ce mariage.

—J'ai appris à vous connaître, Patience, aussi bien que je connais Repington. Je savais que vous étiez bien assortis, mais cette union est une bénédiction inattendue. Puisse-t-elle guérir votre cœur ! Toutefois, faites attention : Markham n'a pas dit son dernier mot. Vous êtes en sécurité, mais Lionel reste vulnérable. Mon neveu m'a dit que Markham se faisait entendre dans le milieu juridique.

La joie à laquelle j'essayais de me cramponner me glissa entre les doigts. Je croisai les bras sur ma poitrine et refermai les mains sur mes coudes, aplatissant les manches bouffantes de ma robe.

—Faudra-t-il toujours que j'aie peur ?

—Dans un peu plus de trois semaines, le paiement du fidéicommis de votre père sera versé à Repington. Markham n'aura alors plus aucune raison de se battre. Il finira par renoncer. Il n'aura plus besoin d'obtenir la garde de Lionel. Mme Saint-Maur restera ici pour vous aider à être vigilante.

Jemina intervint.

—Je pense que Markham veut récupérer ce carnet. Sans lui, il ne peut plus extorquer d'argent à Sullivan.

Jemina avait raison. Ce devait être pour cela qu'il avait espéré retourner dans le salon. Sans le carnet et sans le paiement de mon père, il n'avait aucun moyen d'obtenir de l'argent.

—Restez sur vos gardes, mais ne laissez pas les incertitudes, quelles qu'elles soient, vous priver de votre joie. Les veuves doivent faire preuve d'intelligence, mais elles ont également besoin de paix.

La bravoure, l'intelligence… Je croulais sous le poids de toutes ces choses dont j'étais censée faire preuve.

Les gardes ouvrirent les deux battants de la porte d'entrée.

L'angora dans une main, son châle dans l'autre, la comtesse descendit les marches de Hamlin Hall en direction de sa calèche. Le bas de sa robe mordorée et sa cape assortie voletaient dans la brise légère.

—Restez vigilantes !

Jemina et moi lui f*îm*es au revoir de la main.

L'air sentait la neige et la poudre.

Je regardai les marches. Je n'imaginais plus Colin se tenant là, mais le duc ; je me revoyais l'aider à avancer, le soir de notre rencontre.

Les portes se refermèrent.

Revenant sur nos pas, Jemina et moi crois*âm*es de nombreux soldats. Ils étaient de bonne humeur et buvaient le punch de fleurs d'hibiscus que j'avais préparé.

—Mon Démérara n'est plus.

Jemina me déposa un baiser sur la joue.

—Tu as un nouveau foyer, ici.

Mon amie continua à monter l'escalier en direction du troisième étage.

J'entrai quant à moi dans la chambre à coucher principale, et trouvai le duc endormi, avec Lionel sur la poitrine.

Mon petit garçon dormait profondément, lui aussi.

Je le pris dans mes bras et remis la couverture sur mon mari, mon Busick, puis je poussai la porte de communication entre nos deux chambres et la laissai ouverte.

Tout en chantant pour mon bébé, je m'assis sur mon lit et le nourris, mais mes regards ne cessaient de se porter vers la chambre de Busick.

La nuit tomba. Je n'aimais pas le calme de ma chambre, je n'aimais pas être si loin de Repington.

J'avais gardé la grande corbeille à pain. Je déposai Lionel dedans, enfilai ma robe de nuit et emmenai mon bébé dans la grande chambre à coucher voisine.

Je posai la corbeille à côté des bottes du duc, là où il pourrait la voir, puis contournai le lit d'un pas rapide et me glissai entre les draps de l'autre côté.

À peine eus-je posé la tête sur mon oreiller que Busick prit ma main dans la sienne.

—Notre garçon est-il endormi, madame la Duchesse ?

Sa voix était somnolente et rauque.

—Oui, et il a le ventre plein.

—Bien.

Je retins mon souffle et m'enfouis plus profondément sous les couvertures, plus près de lui.

Un sourire amusé dansait sur ses lèvres.

—Je ne peux toujours pas bouger beaucoup, vous savez… Mon dos va se débloquer d'un jour à l'autre. Que ferez-vous alors de moi ? Vous ne pourrez plus prendre toute la place sur ce matelas !

Je levai les yeux vers lui et découvris sur son visage quelque chose que je n'y avais encore jamais vu. Ce n'était pas exactement de la vulnérabilité, mais ce n'était pas non plus sa bravade habituelle ; c'était quelque chose à mi-chemin entre les deux.

Il retira mon turban, glissa les doigts dans mes tresses et me caressa l'oreille avec le pouce.

—Il m'arrive de ronfler, vous savez, dans les moments où vous n'essayez pas de me séduire…

Il porta ma main à ses lèvres et y déposa un baiser.

—Vous n'êtes pas obligée de rester avec moi, continua-t-il. Ma mère n'a plus jamais partagé la chambre de mon père quand il est tombé malade. Vous n'avez pas à…

M'agenouillant et frottant doucement mon nez contre le sien, je l'embrassai pour faire taire les absurdités qui franchissaient ses lèvres délicieuses.

Il devait tout de même savoir que je n'étais pas comme sa mère.

Il glissa ses mains sous la dentelle de ma chemise de nuit. Je me pelotonnai au creux de son épaule, dans la même position que d'habitude, à cet endroit qui était devenu mien, côtes contre côtes.

Le gémissement que poussa Busick égalait celui que je réprimai. Cette petite étincelle devait être étouffée, pour être ranimée plus tard.

—Ce n'est pas exactement la nuit de noces que j'imaginais, Patience.

—Je présume que vous êtes habitué à un peu plus d'animation.

Il fit semblant de bâiller, et je me blottis plus étroitement contre lui.

—Eh bien, j'attendrai avec impatience !

Il émit un gémissement.

—Attendre est censé être agréable.

J'étais en paix, sachant que Busick serait là le lendemain matin, et cette fois, ce n'était pas un gémissement de douleur qui lui avait échappé, mais un gémissement d'impatience.

Mon guerrier était frustré. Il renonça à son verre de rhum et but le laudanum, fermant les yeux et serrant les paupières de toutes ses forces.

—Busick ?

Il me tapota la main avec condescendance et détourna la tête. Qu'aurais-je pu dire pour lui assurer que j'étais satisfaite de la situation telle qu'elle était ? J'avais besoin de sa présence à mes côtés plus que je ne désirais de la passion.

Le voyant ainsi, les yeux fermés et le visage crispé, je n'étais pas sûre qu'il ressente la même chose.

# 30

## Un mariage de déraison

Busick était assis à côté de la fenêtre et il regardait Gantry mener ses hommes, qui marchaient au pas dans la neige fraîche et avaient fière allure. Cela lui nouait le ventre de ne pouvoir être dehors avec eux. Une semaine s'était écoulée depuis le mariage, et il pouvait enfin s'asseoir sans éprouver des douleurs atroces dans tous les muscles. Cependant, rien de tout cela n'était suffisant pour un homme qui avait autrefois vécu pour atteindre l'excellence.

Les soldats exécutèrent un quart de tour imparfait. C'était leur premier échec, et Gantry ne les corrigea pas. Il était trop loin en avant sur son cheval pour s'en être aperçu.

La place de Busick était auprès d'eux. Il tapa du poing sur le côté de son fauteuil roulant.

Le poing toujours serré, il leva les yeux et vit Patience dans l'embrasure de la porte, les bras chargés de ballots de linge.

—Ma femme n'a pas à faire la lessive.

—La duchesse que je suis fait la lessive. Lionel prouve activement qu'il a besoin de linge propre.

Elle s'approcha et posa le linge sur le lit.

—Vous avez l'air tendu, monsieur le Duc. Vous êtes-vous fait mal en vous levant ?

Bien sûr que se lever lui avait été douloureux. C'était horrible de la voir porter une autre robe qu'il trouvait magnifique, une robe qui s'évasait à la taille, sur les hanches, les cuisses, et… et de ne pas pouvoir la connaître plus intimement.

Il se passa une main sur la bouche et poussa sur les roues de son fauteuil pour le faire avancer.

—J'avais besoin de me lever. Vous ne m'avez pas couvé jusque-là, Patience… Ne commencez pas maintenant.

—Je suis désolée.

Son sourire s'évanouit.

Il fallait qu'il prenne une voix plus douce pour lui parler. Elle n'était pas responsable.

Y avait-il pour lui, dans ses yeux de topaze, sinon une lueur de désir, tout au moins une vague curiosité ?

Il arrêta son fauteuil tout près d'elle.

—Je vous ai dit qu'il était temps pour moi de me lever, et je me suis levé… Vous devez m'écouter davantage.

Elle haussa les sourcils.

—Pensiez-vous que le mariage allait changer cela ?

—Je pouvais espérer que vous arrêteriez d'entendre seulement ce que vous avez envie d'entendre.

—Pourquoi avez-vous l'air à ce point en colère ?

Ce n'était pas le moment d'avoir cette discussion. Mieux valait attendre qu'il puisse donner suite à ses désirs. Il dirigea son fauteuil roulant vers la porte.

—Est-ce Lionel que j'entends ? Je crois qu'il pleure…

—Non. Ou alors il est en train de s'endormir.

Elle lui posa une main sur l'épaule. La chaleur de ses doigts transperça sa chemise.

—Qu'y a-t-il ? lui demanda-t-elle.

—Vous n'avez pas dormi dans notre chambre, cette nuit.

—Lionel est resté éveillé très tard. J'ai dû m'endormir. Nous avons descendu le fauteuil à bascule. C'est très confortable.

Il pivota et la regarda d'un œil noir.

—C'est bien dommage. Cela m'a manqué d'entendre vos pensées. Vous communiquez davantage les yeux fermés... Vous êtes très bavarde dans votre sommeil.

Elle resta un instant bouche bée.

—Qu'ai-je fait ? Quelle règle ai-je enfreinte ? Je vais y remédier.

—Je sais que vous avez peur. Dites-moi pourquoi. Vous êtes en sécurité à Hamlin. Dites-moi ce qui se passe dans votre tête.

Elle baissa les yeux et croisa les bras.

—Vous m'avez entendue parler dans mon sommeil. De quoi s'agit-il, à votre avis ?

—Je pense que vous êtes encore amoureuse de Colin. Qu'il vous manque.

—C'était mon mari. N'aurais-je pas dû l'aimer ?

—Bien sûr que si. C'est le père de Lionel. Mais vous continuez à l'appeler. Vous avez couru après un homme qui le connaissait. Vous êtes toujours sous l'emprise du passé. Est-ce parce que je suis empêché physiquement, quant à moi ?

Refermant ses mains sur ses coudes osseux, elle s'assit sur le lit, ce lit où il rêvait de la prendre dans ses bras et de la faire sienne.

—Je ne veux pas de Colin, mais il continue à hanter mes pensées. Je ne sais pas comment le faire cesser.

Il poussa à nouveau son fauteuil vers elle.

—Que puis-je faire pour que vous vous sentiez en sécurité ? Vous avez mon nom, ma protection. Vous devez savoir à quel point je vous désire. Que voulez-vous d'autre ?

Elle s'approcha de lui, s'agenouilla et posa la tête sur ses genoux.

—Je ne sais pas. Lady Shrewsbury dit que tant que le paiement de mon père n'a pas été effectué, Markham peut attaquer. Il reste encore deux semaines… deux semaines pendant lesquelles je vais continuer à vaquer à mes occupations et à faire semblant de ne pas m'attendre à voir ce monstre surgir des souterrains pour s'emparer de Lionel ou vous faire du mal.

Il lui fit lever le visage, posant un doigt sur cette jolie fossette au creux de son menton tremblant.

—J'ai des troupes en patrouille. Gantry est là, dehors. Il est tout à fait capable de vous protéger.

Elle plissa les yeux.

—Croyez-vous que j'aie peur parce que vous ne pouvez pas marcher ? Ne me dénigrez pas ainsi. Vous me connaissez mieux que cela.

—Je crois vous connaître, mais vous êtes la seule à avoir réussi à me duper à deux reprises. J'ai besoin de savoir ce que vous avez en tête, sans avoir à me fier à vos rêves.

Elle se releva, le dominant de toute sa hauteur, telle la reine qu'elle était, et, levant le menton, elle alla dans la chambre attenante.

Il l'entendit ouvrir des tiroirs et fouiller dedans.

Enfin, elle réapparut et lui mit dans la main une feuille de papier froissée.

—La dernière fois que j'ai dit ce que je pensais à un homme, il s'est jeté dans la Tamise.

—Je ne suis pas Colin.

—Je ne veux pas que vous le soyez. Je remercie le ciel que vous ne soyez pas comme lui. Mais nous ne sommes pas libres, Busick. Nous ne le sommes pas. Attendre que Markham ou que le fantôme de Colin apparaisse va me pousser à boire votre rhum. Je ne sais pas comment rester auprès de vous sans être la cause de votre souffrance.

—Ce n'est pas vous…

—Lisez cette lettre. Vous connaîtrez mes pensées. Elles ont tué Colin.

Busick déplia la feuille de papier et vit la lettre bien écrite adressée à son cousin. Quelques mots le frappèrent – *déteste, ne peux pardonner, épuisée, partir.*

—Je la lui ai envoyée quand il m'a à nouveau abandonnée, au cours de l'été. Je lui ai dit que j'en avais assez d'être seule, que je voulais rentrer chez moi. Il aurait dû s'amuser de cette idée, sachant qu'il n'y avait plus rien pour moi au Démérara. Les frères de mon père – je ne peux me résoudre à les appeler mes oncles – croient en l'esclavage. Mes sœurs ont peut-être toutes été asservies.

—Je découvrirai ce qu'elles sont devenues, Patience. Je le ferai, pour vous.

Son expression, la moue de colère qu'elle faisait quand elle croyait que personne ne la voyait, quand elle pétrissait à coups de poing la pâte à pain, le fit se sentir encore plus mal.

—Je ne veux pas que mes mots vous tuent, monsieur le Duc.

—Dites-moi en face vos déceptions. Faites-m'en part. Pas de secrets, pas de faux-semblants. Parlez-moi, Patience. C'est un ordre.

—Que voulez-vous entendre ? Vous voulez savoir à quel point j'aime vous entendre respirer à mes côtés ? À quel point j'ai horreur que vous ne puissiez pas marcher parce que cela vous contrarie tant ? Savez-vous que je suis soulagée que vous ne parcouriez pas les maisons de jeu en compagnie de Markham, soulagée de ne pas avoir à attendre qu'il vienne à Hamlin Hall pour m'annoncer votre mort, comme il l'a fait pour m'annoncer celle de Colin ?

—C'est Markham qui vous a prévenue ? Pas un magistrat ?

—Halte ! s'écrièrent soudain des voix d'hommes, au-dehors.

Busick prit la main de Patience dans la sienne, puis il se dirigea vers le couloir pour voir le grand hall et la pelouse.

—Courage ! Peut-être est-ce un mot de Markham annonçant qu'il abandonne.

Il poussa son fauteuil en direction de l'escalier.

Patience se plaça derrière lui et posa une main sur le fauteuil comme si elle s'apprêtait à l'aider.

Il lui prit la main et y déposa un baiser.

—Je vais me débrouiller.

—Il doit y avoir une règle qui vous empêche d'accepter mon aide.

Avant qu'il n'ait pu répondre à cette pique, il vit un cavalier qui remontait l'allée. L'homme ne portait pas l'uniforme, mais cela ne signifiait pas pour autant que ce n'était pas un soldat venu lui remettre un message de Wellington.

—Je vous remercie, Patience, de ne vous être jamais déguisée en soldat. Je pense encore à vos hanches dans un pantalon.

—Pourquoi me faites-vous rire quand je suis en colère ?

—Je suis content de savoir que je ne vous laisse pas indifférente, Patience, et l'humour est le meilleur moyen de rasséréner les cœurs troublés.

Il fit signe aux gardes de laisser entrer l'homme qui approchait, et l'un d'eux alla à la rencontre du cavalier.

—Vous croyez que c'est un messager de Wellington ? demanda Patience. Voulez-vous descendre ? Je pourrais appeler des soldats, ou lord Gantry…

Il s'écarta de la balustrade.

—On ne me traînera pas en bas comme si l'on me portait hors d'un champ de bataille, pas même pour Wellington.

*Sans uniforme, incapable de se lever pour accueillir le cavalier... Certainement pas.* Busick prit sa montre.

—C'est l'heure de l'histoire de Lionel. Prenez le message pour moi.

—Pardon ?

—Ma duchesse peut gérer cela.

Il la laissa là, sachant qu'elle ferait cela très bien, et alla voir Lionel.

Le bébé était réveillé. Il sembla esquisser un sourire quand Busick s'approcha du berceau.

—Mon petit soldat, dit Busick en tendant les bras pour le prendre sur ses genoux, es-tu prêt à commencer ton après-midi ?

Lionel répondit par ce petit bruit de succion qu'il faisait quand il plissait les lèvres.

Busick tint le petit garçon à hauteur d'yeux.

—Nous allons attendre ta maman, pour cela. Je capitule devant ton aversion pour la bouillie. Qu'est-ce qui te ferait plaisir ? Marcher à quatre pattes ou écouter une histoire ?

Le bébé poussa des cris.

—Je suppose que cela veut dire non. As-tu envie que je te raconte la bataille d'Assaye ? Tu veux savoir comment ce bon vieux Repington, qui n'était encore qu'un modeste lieutenant général à l'époque, a contribué à gagner la campagne ? Wellington pouvait compter sur moi.

Lionel plissa le front, mais ses petits doigts se tendirent vers la cravate pendante de Busick.

Busick serra contre lui le petit garçon qu'il aimait tant et fredonna la chanson sur le naufrage.

—Je ne crois pas que mon cœur puisse imaginer plus belle scène.

Il leva les yeux vers l'embrasure de la porte. Patience était appuyée contre le chambranle, une enveloppe à la main, haletante après avoir descendu et remonté l'escalier en courant.

Elle était ravissante. Elle aurait dû troquer sa robe gris foncé, qui voletait autour de ses chevilles fines, pour une robe de couleur. Il fallait qu'elle soit libérée du deuil.

—Mes contrariétés vous ont jetée dans l'ombre, une fois de plus. Vous méritez mieux, femme. Votre lumière doit briller.

Tenant fermement Lionel contre lui, il se dirigea vers elle.

—Ouvrez cette enveloppe. Vous avez ma permission.

Berçant doucement son petit soldat, il attendit d'entendre que Wellington rejetait sa demande de retour.

J'avais besoin de savourer encore un peu cette image de Busick et de Lionel. Mon fils avait un père qui l'aimait, quelqu'un de fort comme mon propre papa, mais à en juger par les cernes sous les yeux du duc, par la colère dont sa voix était empreinte, cela ne durerait pas.

Cette lettre viendrait mettre fin à tout cela, à la paix de ce bref mariage.

—Je ne veux pas tout faire disparaître en ouvrant cette lettre.

Busick me foudroya du regard, sa bouche se crispa.

—Allez-y, Patience, lisez-la. On ne doit jamais faire attendre les nouvelles.

Ne voyait-il donc pas les larmes qui m'emplissaient les yeux, ne s'apercevait-il pas que j'arrivais à peine à parler tant j'avais la gorge serrée ? Je lui tendis la lettre.

—Non.

—Très bien. Dans ce cas, nous l'ouvrirons plus tard. Cela faisait deux semaines que je n'avais pas été assez en forme pour passer du temps en tête-à-tête avec ce garçon. Nous avons quelques négociations à mener en privé.

Je brandis à nouveau l'enveloppe cachetée à la cire rouge sang, juste sous son nez.

Il la prit et la mit de côté, avec ma lettre à Colin, les recouvrant toutes deux de la couverture de madras que j'avais faite pour son fauteuil.

—Cela attendra.

—Regardez ce que veut Wellington, monsieur le Duc.

Tenant Lionel d'un bras et propulsant son fauteuil de l'autre, il alla à la fenêtre.

—Vous attendez cela depuis si longtemps ! insistai-je. Vous voulez laisser une autre journée s'écouler sans savoir si l'on a besoin de vous au front ?

Il écarta les rideaux couleur crème.

—Regarde ton domaine, Lionel. Il semblerait que mes hommes aient encore laissé la neige s'accumuler. Cela ne va pas du tout ! Il faut prendre soin des détails. C'est important.

Je m'avançai derrière eux.

—Je pourrais leur dire de déneiger les allées ?

—Pourquoi ne l'avez-vous pas fait ? Trop de lessive ?

—Je n'y avais pas pensé.

—Vous êtes trop occupée à vous tourmenter.

Avais-je dit quelque chose pour l'offenser ?

—Vous accordez plus d'importance aux élucubrations d'une femme qui parle dans son sommeil qu'à ce que dit une femme éveillée ?

—Quand vous êtes éveillée, vous ne dites rien, et quand vous dormez, vous allez dormir dans un fauteuil et je ne peux même pas être à vos côtés pour vous réconforter quand vous faites un cauchemar… Le choix est difficile.

Allais-je à nouveau devoir faire preuve de circonspection parce que j'avais dit quelque chose de particulier dans mon sommeil ? Je croisai les bras.

La peur m'abandonna, laissant la place à une colère noire.

—Vous êtes aussi exaspérant dans ce fauteuil que lorsque vous vous tenez debout ! Ouvrez cette lettre, faisons face ensemble à ce qu'elle annonce.

Il berça mon bébé, qui bâillait, dans ses bras.

—Serait-ce un ordre, Madame ?

Je rassemblai mes efforts pour faire pivoter le fauteuil de sorte qu'il me voie.

— Oui.

— Peu importe que Wellington accepte ou refuse que je reprenne du service. La sieste de Lionel a la priorité. C'est une chose dont je peux m'occuper, que je peux contrôler depuis ce fauteuil.

— Ne venez-vous pas de me dire de vous parler en face ? Sans secrets, sans faux-semblants ?

Il fit la grimace, reprit la lettre et me la mit dans les mains.

— Dans ce cas, c'est vous qui l'ouvrirez, madame la Duchesse. Donnez-moi mes ordres sans détour. N'atténuez rien. Si Markham et lady Bodonel connaissent mon infirmité, tout le monde la connaît.

Rien sur l'enveloppe n'indiquait que la lettre provenait de Wellington, ni qu'elle était de nature militaire. Elle n'avait pas été oblitérée en Espagne.

Je fis sauter maladroitement le cachet de cire.

Le duc referma une main sur la mienne, couvrant la lettre de sa paume.

— Je vous ai demandé de me suivre sur le champ de bataille. Vous êtes ma femme, maintenant, mais vous n'êtes pas…

— Oui.

— Comment cela, oui ?

— Oui, je vous accompagnerai. Je marcherai à vos côtés. Je vous suivrai n'importe où. Vous devez seulement me promettre de faire attention à vous, de n'être jamais imprudent.

— L'imprudence est votre spécialité.

Il sourit, mais j'avais quant à moi le ventre noué. Je commençais à me sentir chez moi à Hamlin, je n'avais plus d'autre chez-moi, et nous allions devoir partir.

Il me lâcha la main.

— Allez-y, soldat, lisez !

Mon cœur martelait ma poitrine. Je dépliai la lettre.

—Ce sont les avocats de mon père... Markham conteste votre rôle de tuteur et prétend que la garde de Lionel ne vous revient pas. On vous demande d'amener le bébé à Londres.

Les épaules du duc s'affaissèrent. Il serra mon fils contre lui.

—Ce n'est pas Wellington...

Il donna une tape sur le côté de son fauteuil.

—J'ai encore du temps devant moi.

J'aurais dû me réjouir pour lui, mais mon cœur fragile se serra.

—Vous voyez ? Markham continue à se démener pour obtenir la garde de Lionel. Il n'a pas dit son dernier mot.

—Ce ne sont que des tractations. Je vais demander à mon avocat de s'en charger.

Roulant la lettre en boule, je reculai.

—Mettez le bébé au lit. Veillez sur lui, pour que cet homme malfaisant ne mette jamais la main sur lui.

—Patience, attendez...

Je ne pouvais ni attendre, ni rester. Fuir était la seule solution. Je fis un salut, tournai les talons et m'en allai en courant.

Je courus jusqu'en bas de l'escalier et me réfugiai dans la niche, me cachant derrière les dieux de marbre inutiles. Là, personne ne pourrait me voir céder à la faiblesse.

Car j'étais faible.

Wellington voulait l'esprit de Busick.

Lionel voulait ses bras et ses chansons.

Mais moi, je le voulais – esprit, corps et âme – en sécurité. C'était aux côtés de Busick que je me sentais chez moi, que je me sentais protégée.

Nous devions absolument quitter l'Angleterre. Battre en retraite maintenant, et gagner cette guerre plus tard.

Étais-je assez forte pour dire franchement au commandant de se replier – ni par lettre, ni en parlant dans mon sommeil, mais en face et à haute voix ?

Je ne pouvais laisser en moi bouillonner le sang de mon père, la bravoure de ma mère. Je dirais à Busick de quoi j'avais besoin. Tous ces sentiments dans mon cœur devaient absolument gagner.

# 31

## Confiance et obéissance

Cela faisait deux heures que Busick faisait des allées et venues dans son fauteuil entre la fenêtre et la commode de sa chambre à coucher, regardant la porte fermée qui donnait sur la chambre de Patience.

Enfin, il entendit du bruit. Elle traînait quelque chose. La porte ne s'ouvrit toujours pas.

Les pleurs de Lionel lui fournirent le prétexte dont il avait besoin.

Il poussa la porte et entra dans la pièce.

Assise sur une malle, Patience donnait le sein au bébé. Des vêtements, notamment la robe ravissante qu'elle portait pour leur mariage, étaient étalés sur le lit.

—Vous faites vos bagages, Patience ?

—Oui.

Il s'approcha d'elle, suffisamment pour voir le dessus de la tête de Lionel, ses cheveux noirs contre la peau brune de Patience.

—Vous savez, si vous vouliez me quitter, vous auriez dû le faire avant le mariage, comme les autres.

—Oui.

—Encore des réponses d'un seul mot. Elles sont toujours aussi agaçantes, même quand elles franchissent vos douces lèvres.

—Nous devrions mettre au point une stratégie de combat.

L'écoutant d'une oreille distraite, regardant fixement sa poitrine partiellement dévoilée, il agrippa les accoudoirs de son fauteuil.

—De quoi parlez-vous ?

—Rejoignons Wellington. Allons-y tout de suite.

—C'est impossible, Patience ! On ne se présente pas sur un champ de bataille comme au théâtre ou à une réception à laquelle on aurait été invité.

—Je ne suis jamais allée au théâtre ou à une réception ici, en Angleterre. Le fantôme dont vous êtes si jaloux ne m'y a jamais emmenée.

—Peut-être que je veux que vous rêviez de moi. Peut-être que je vous vois marcher sur la pointe des pieds autour de moi et que je voudrais que vous réagissiez, que vous exprimiez la frustration que vous inspire notre situation. Que vous vous querelliez avec moi, comme avant, même si je ne peux pas vous faire la chasse.

—Vous m'avez fait la chasse, vous avez *rroulée* jusqu'ici.

Elle essuya la bouche de Lionel, et l'espace d'un instant, elle fut exposée à ses regards, essence exquise de la maternité, de la féminité, véritable déesse.

—Excusez-moi, de quoi parlions-nous, Patience ?

Elle secoua la tête.

—Tu es repu, Lionel ?

Le bébé bâilla.

Busick savait reconnaître ces signes de contentement. Il lui prit le petit garçon des bras et, après avoir vérifié qu'il ne fallait pas changer sa couche, il le déposa dans son berceau abaissé.

—Voilà, mon petit…

—Merci, dit Patience lorsqu'il se tourna à nouveau vers elle.

Toutefois, il n'avait pas fini d'être le compagnon dont elle avait besoin. Il la prit par la main et l'attira sur ses genoux. Elle enroula ses longues jambes autour de sa jambe valide, et il fit rouler le fauteuil à reculons jusqu'à sa propre chambre, laissant la porte de communication entrebâillée.

—Notre garçon va dormir quelques heures, ce qui devrait me laisser le temps de m'amender.

Elle se détendit et posa la tête sur son épaule. Elle sentait bon le savon et la lavande.

Il voyait bien qu'elle avait pleuré ; cela n'allait pas, cela n'allait pas du tout.

—Je suis désolé, Patience.

Elle le serra étroitement contre elle, lui passant les bras autour cou, d'abord, puis les refermant autour de ses épaules.

—Pourquoi n'êtes-vous pas heureux avec moi ?

—Vous méritez d'être adorée et prise sauvagement. Je n'arrive pas à vous donner un sentiment de sécurité... sans doute parce que je suis dans ce fauteuil.

—Non, parce que vous croyez que je vous mens si je vous dis que je suis heureuse dans vos bras.

Elle l'embrassa dans le cou et se blottit contre lui, aguicheuse, tentante.

—Patience, ce fauteuil ne change rien à vos yeux ?

—Rien.

—C'est gentil, mais vous savez ce que je pense des réponses laconiques. Parlez-moi... Je ne suis pas fragile. Vous avez le droit d'être déçue ou contrariée par la situation.

Elle agrippa son col.

—Vous voulez que je donne libre cours à mes sentiments ?

—Oui.

— J'ai peur, comme je n'ai encore jamais eu peur.

— À cause de Markham ?

— À cause de Colin. Je n'ai jamais réussi à le rendre heureux. Il ne voulait pas m'écouter. Et maintenant, c'est vous qui avez l'air malheureux… et vous refusez de m'écouter quand je vous dis que je suis heureuse.

— Vous ne saisissez pas la complexité de la situation : je suis heureux de vous avoir épousée, mais contrarié de n'être pas assez en forme pour que nous puissions consommer notre union.

— Si vous êtes heureux…

— Je suis satisfait pour le moment. Je vous veux tout entière. Je veux que mon nom soit le seul sur vos lèvres.

Il lui fit lever le menton et l'embrassa, espérant la pousser, à force de cajoleries, à avouer l'amour qu'il lisait dans ses yeux.

— Je vous écoute, maintenant, Patience.

Elle lissa sa chemise, puis posa les mains sur ses épaules.

— Je ne pouvais pas être moi-même avec Colin, de crainte de provoquer ses sautes d'humeur. Je ne veux pas de cela pour nous. Emmenez-nous auprès de Wellington, ou dans un autre endroit où Markham ne nous trouvera pas. Laissez-moi vous prouver que je ramasserais votre épée et me battrais pour vous.

— Non, dit-il, essuyant une larme qui avait coulé sur la joue de la jeune femme. Vous n'avez pas à me prouver quoi que ce soit. Je veux juste entendre votre voix, l'entendre me dire ce que vous ressentez.

Elle lui prit la main et la posa sur son cœur.

— Je crois en vous. Allons-nous-en ! Vous nous ramènerez chez nous quand le danger sera écarté.

— Hamlin est notre chez-nous ?

— C'est auprès de vous et de Lionel que je suis chez moi.

Il l'enlaça et la serra tout contre lui, le plus étroitement possible.

—Alors pourquoi faites-vous vos bagages ?

—J'avais besoin de m'occuper en attendant que vous veniez me chercher.

—C'était une embuscade, alors ? Vous voulez donc être stratège, maintenant ?

—Eh bien, je ne pourrais pas avoir de meilleur professeur que vous !

—Votre stratège à demeure sait comment faire de Hamlin Hall un lieu sûr. La solution se trouve dans le carnet de Colin… ou plutôt, de Markham et de Colin.

Elle le regarda d'un air intrigué, les yeux plissés. Il lui lissa le front du bout du doigt.

—C'est l'écriture de Colin sur les premières pages, mais dans la seconde moitié, c'est celle de Markham. Elle est très proche de celle de Colin, elle lui ressemble beaucoup.

—Celle de Markham ?

—Oui. Il manipulait Colin, et maintenant, il vous manipule, *vous*. J'ai un plan pour nous débarrasser de lui. Il présente des risques, mais vous n'aurez pas à vous déguiser… Nous n'avons qu'une seule chose à faire, une chose que vous détestez : attendre. Nous devons prendre patience et attendre qu'il se manifeste.

—Dans ce cas, c'est voué à l'échec, Busick.

—Rien n'est voué à l'échec si nous faisons équipe.

—Rien ?

—Rien, Patience. Maintenant, il est temps pour moi de vous mettre au lit.

—Busick, j'avais l'intention de dormir dans l'autre chambre… Je ne veux pas dire quelque chose qui pourrait vous blesser.

—Eh bien, les intentions sont de bien belles choses, mais j'ai besoin de vous.

Le visage de Patience s'éclaira et elle répéta ce qu'il venait de dire, remuant les lèvres silencieusement.

—Oui, le commandant a besoin de vous, telle que vous êtes. Maintenant, venez m'aider à me mettre au lit, j'ai congédié mon valet de bonne heure.

Elle descendit de ses genoux et l'aida à se lever, se calant sous son bras pour le guider jusqu'au matelas.

Il émit un grognement. La douleur provoquée par le mouvement vif qu'il dut faire pour se mettre debout fut un peu compensée par le plaisir de sentir sa poitrine tout contre lui, la cambrure de son dos. Haletant, il se laissa tomber sur le lit avec elle, au-dessus d'elle.

—De toute évidence, ma chère, nous avons besoin d'entraînement. Ce sera notre nouvel exercice du soir, quelque chose à ajouter à notre emploi du temps…

—Imposant ! Vous êtes imposant.

Bloquée en dessous de lui, elle se tortilla et essaya de se dégager.

Cependant, le vrai stratège qu'il était avait autre chose en tête. Il prit le temps de faire courir ses mains sur ses formes généreuses avant de pivoter lentement pour s'allonger à côté d'elle et de soulager son dos.

—Oui, chaque soir, nous travaillerons à améliorer notre technique, pour pouvoir…

Elle l'embrassa.

—Vous parlez trop.

Il aurait aimé l'embrasser encore, couvrir de baisers sa bouche, son cou, sa poitrine, mais elle avait tort : il n'en avait pas assez dit. Il lui dirait tout, lui ferait part de tous les espoirs qui l'animaient et la concernaient, elle, sa chère épouse. Une fois qu'il aurait fait de Hamlin Hall le foyer sûr dont elle avait besoin, il lui dirait tout.

# 32

## La stratégie du commandant

Je laissai mon mari mettre à exécution son plan et regardai la vie que Busick et ses hommes avaient apportée à Hamlin disparaître.

On éteignit les lumières.

On ferma les rideaux.

Les bavardages amicaux dans les couloirs se dissipèrent comme de la brume.

Il avait renvoyé presque tout son contingent, ne conservant que deux gardes, les deux qui n'avaient nulle part où aller car la guerre avait fait d'eux des veufs. Ils restèrent donc, et s'entraînèrent dans le grand hall, pour suivre le programme que Busick avait mis au point pour les aider à se rétablir.

Les traces de leurs bottes sur les carreaux ne me dérangeaient pas. Voir leurs yeux briller parce qu'ils avaient un but me suffisait.

Jemina me rejoignit au pied de l'escalier, et nous montâmes les marches bras dessus, bras dessous.

—La maison est si différente, sans toutes ses lumières…

C'était vrai. J'avais hâte que tout soit terminé.

—Le duc fera revenir son armée dès que possible.

Mon amie hocha la tête.

—Cela devrait rendre permanent le sourire qu'il met sur ton visage.

Est-ce que je souriais ? Je ne m'inquiétais pas comme j'aurais dû le faire, je souriais au lieu de faire la moue.

Refermant une main sur la rampe, je baissai les yeux vers les dieux de marbre.

—Lord Gantry est allé en ville pour parachever la ruse du duc. Cela ne me rassure pas. Markham est roublard, et s'il essaie bel et bien de revenir à Hamlin…

—Cela va fonctionner. Si Markham veut s'emparer de Lionel, il suivra Gantry, mais s'il veut le carnet de Colin, alors il viendra ici, maintenant qu'il croit que tout le monde est parti pour Londres.

Sur le palier, Jemina me prit dans ses bras et me serra contre elle.

—Allez, va voir comment se porte notre intrépide commandant !

Elle continua à monter l'escalier d'un pas léger, le bas de sa robe grise voletant à chaque marche. Elle était belle aussi en robe cintrée.

Derrière la porte de la chambre à coucher principale, j'essuyai mes mains moites. Il fallait en finir.

J'entrai.

—Monsieur le Duc, je pense…

Il était torse nu.

Assis dans son fauteuil, vêtu en tout et pour tout d'un pantalon, il était sublime. Il tirait sur une barre attachée à des cordes, à des poids et aux poulies du vieux lustre.

—Oui, ma chère ? Que pensez-vous ? Je veux l'entendre.

Avec un grognement, il souleva la barre, l'abaissa, recommença plusieurs fois. Le rythme était hypnotique. Je le sentais de l'autre bout de la pièce.

Busick s'arrêta et se tourna vers moi dans son fauteuil.

—S'est-il passé quelque chose ?

Rien de nouveau, simplement l'envie irrépressible d'être dans ses bras, tout contre ce torse puissant, fait pour être caressé par mes doigts ; l'envie d'entendre son rire rocailleux, la sérénité de sa voix dans ses prières pour la santé de Lionel, pour ma sûreté et pour ma tranquillité. Je le désirais de toutes mes forces.

— Patience ?

Comment exprimer cela ? Comment lui dire que nos entraînements, chaque soir, nos gestes rituels pour nous mettre au lit – quand il m'enveloppait dans ses bras, mon cœur tout contre le sien – me laissaient haletante, submergée de désir pour lui ?

— Venez me voir, Patience.

Je courus jusqu'à lui. Il me prit dans ses bras et m'attira sur ses genoux.

Il m'enlaça, me prenant par la taille, tandis que j'effleurais ses cicatrices du bout des doigts.

C'était indéniable : il était mon bien-aimé, et j'étais la sienne.

Du moins, j'espérais l'être.

— Mon plan va faire sortir Markham, Patience. Gantry a raconté à qui voulait l'entendre que j'étais à Londres. Inviter ma mère à dîner avec ses amis en fin de semaine à mon hôtel particulier devrait faire jaser. Tout le monde croira que je suis là-bas avec Lionel, et non ici avec une déesse à ma disposition.

C'étaient là des paroles audacieuses, mais elles me grisaient. Pour la première fois depuis bien longtemps, j'étais moi-même, simplement moi-même ; et c'était pour lui que je l'étais.

Ses beaux yeux clairs et pétillants me laissaient à penser qu'il le savait.

— Vous continuez à parler dans votre sommeil, mais cette fois, j'ai entendu mon prénom.

Mes joues s'empourprèrent.

— Je suis désolée. Je déteste être si bavarde.

— Au contraire ! J'en suis ravi. Cela m'aide à savoir que je fais bien les choses.

Il déposa un baiser au creux de ma gorge, puis ses lèvres remontèrent sur la peau particulièrement sensible de mon cou, si souvent cachée par mes cheveux.

— Vous voyez, je n'aurais jamais pu savoir à quel point cela vous plaisait si vous n'aviez pas murmuré dans votre sommeil que cela vous donnait des frissons… Je ne peux pas imaginer d'interrogatoire plus agréable pour découvrir vos secrets… À moins que…

Rattrapée par mes peurs, j'étais à l'agonie, et lui s'amusait ! J'essayai de me relever mais n'y parvins pas. Il avait déplacé ses mains sur mon corps, et il me chatouillait, me caressait, me rendait folle. Je m'étais laissée glisser sur la rampe raide du cœur, et je m'étais envolée. J'aimais Busick.

— Dites-moi. Parfaitement réveillée, en me regardant dans les yeux… Que pensez-vous de nous ?

J'avais envie de tout lui avouer, de lui dire que je voulais son amour, mais au lieu de cela, je me contentai de l'embrasser. Mes actes devraient confirmer ce qu'il avait besoin de savoir.

Il me rendit mon baiser avec une ardeur qui n'avait d'égale que la mienne, avec le même désir de faire plaisir et de montrer les leçons que nous avions apprises, les choses auxquelles nous nous étions exercés.

Je savais qu'il aimait que je pose les mains sur son torse, jamais sur ses épaules ou sur sa cuisse.

Lui semblait savoir que j'aimais qu'il me serre étroitement contre lui, assez pour que je ne sente plus que son parfum – un mélange de bois de santal et d'amidon, et un zeste de rhum.

—Je me sens fort, Patience. Je crois que nous devrions discuter de quelques-unes des clauses légales de notre mariage.

*Quoi ?* Les mises en garde de lady Shrewsbury, qui insistait sur l'importance de lire tout document administratif avant de le signer, me revinrent brusquement en mémoire, et mon ventre se noua.

Soudain, un cri strident s'éleva.

Puis, nous entendîmes un juron, un juron sonore et très grossier, prononcé par Markham.

Des bruits de pas précipités.

Des ordres émis d'une voix tonitruante.

Busick me posa sur mes pieds et pointa le doigt vers son épée.

Je la pris et lui montrai le couteau de mon père, que je gardais toujours dans ma poche.

—Gardez-le. Restez ici, avec Lionel.

—Mais je devrais venir avec vous…

—Je vous ai épousée pour vous protéger, pas pour vous mettre en danger. Allons ! C'est un ordre. Ne bougez pas d'ici.

Je n'étais pas d'accord, mais je fis néanmoins un salut.

—Oh… J'ai bien l'intention de revenir pour reprendre cette conversation… Un homme se doit de prouver à sa femme à quel point il l'aime, mais après avoir terrassé le dragon pour elle !

Il attrapa sa chemise sur la colonne du lit et l'enfila, puis il prit son épée et poussa son fauteuil en direction de la porte.

Il avait laissé sa béquille à côté de la table de chevet.

*Mon fils.*

Lionel était dans la chambre voisine. J'ouvris vivement la porte de communication, le pris dans son berceau et le déposai dans la corbeille, puis je retournai avec lui dans la chambre principale.

Au pied du lit, je priai pour que mon mari soit sain et sauf, pour que Markham ne nous nuise plus.

Puis, regardant fixement le loquet de la porte, je me forçai à me répéter que Busick m'avait dit qu'il m'aimait, et admonestai mes lèvres pleines de lâcheté pour ne pas lui avoir répondu que je l'aimais aussi.

# 33

# Le carnet révèle tout

Patience avait dit qu'elle aimait Busick alors qu'elle dormait à ses côtés, la nuit précédente. Elle l'avait murmuré entre de bons vœux pour Lionel et les ingrédients d'une recette de pain.

Du moins, il lui semblait qu'il s'agissait d'une recette de pain. De toute évidence, il était très important pour elle pour figurer au même niveau que son délicieux pain.

Elle incarnait tout ce dont il avait besoin, et elle le voulait tel qu'il était, qu'il puisse ou non marcher. Une fois qu'il aurait pourfendu cet affreux dragon, plus rien ne pourrait les arrêter.

Leur amour ne faisait que commencer.

Soudain, des jurons et des bruits de pas se firent entendre, en bas. Il regarda par-dessus la balustrade et vit ce scélérat de Markham, pistolets pointés sur lui. Il approcha encore son fauteuil de la balustrade, et posa une main sur le noyau de l'escalier.

—Faites monter le vaurien.

—Repington, dites à vos bouffons de me lâcher !

—Il s'agit d'un colonel et d'un lieutenant. Le seul bouffon à Hamlin Hall, c'est vous. Vous n'avez aucun droit d'être ici.

Mme Saint-Maur descendit du troisième étage et s'arrêta au milieu de l'escalier.

—J'ai entendu du bruit…

—Nous avons surpris un cambrioleur, Madame. Regagnez votre chambre.

Elle fit une révérence et s'enfuit.

—Vous avez débarrassé l'endroit de Mme Jordan, et vous avez déjà une nouvelle gigolette… Vous êtes tellement prévisible !

—Eh bien, j'ai toujours été populaire ! Contrairement à vous, je n'ai pas à droguer les femmes pour obtenir leur amitié.

Au milieu de l'escalier, Markham se démena mais ne parvint pas à se libérer.

—De quoi parlez-vous ?

—De la belladone que vous avez fait prendre à Mme Kelly et à Mme Jordan. Mon ami Gantry a eu une longue conversation avec le jardinier devenu majordome, au village. Apparemment, le soir où Mme Jordan a été envoyée à Bedlam, ses pupilles étaient dilatées. Une drôle de couleur pour de beaux yeux de topaze… Pensiez-vous pouvoir la séduire avant de la faire enfermer à l'asile ?

—Je n'ai rien à avouer. Ordonnez à vos hommes de me relâcher ! Je suis venu chercher quelque chose que j'ai laissé ici.

Prenant le carnet sous le coussin de son fauteuil roulant, Busick le tint en l'air.

—Vous parlez de ceci ?

Il feuilleta le carnet.

—Qu'y a-t-il là-dedans qui vous pousse à cambrioler Hamlin ? Vous savez que les intrus peuvent être fusillés sur place ?

Il agita le carnet d'un geste exagéré.

—C'est l'écriture de Colin, sur ces pages. Ce carnet appartient à mon pupille. Amenez-moi cet imbécile pour que je puisse lui montrer pourquoi il va finir en prison, et tout cela pour rien.

Se débattant entre les soldats qui le maintenaient, Markham arriva sur le palier du deuxième étage, furieux.

Busick poussa sur les roues de son fauteuil pour le faire reculer afin d'attirer Markham plus près de la chambre à coucher. Il voulait que Patience entende ce qui allait se dire ensuite. Il en allait de sa liberté.

—Vous êtes un invalide. Lady Bodonel avait raison…

—J'ai juste un peu mal au dos. J'ai été bien occupé avec la veuve de mon cousin.

—Écœurant. Colin vous en voudrait à mort d'avoir couché avec sa femme. Ce pauvre idiot l'aimait vraiment ! Il était prêt à gâcher tout ce pour quoi nous avions œuvré à cause d'une lettre ridicule qu'elle lui avait écrite. Je sais que vous savez ce que je trame… Vous étiez à Piccadilly. Vous avez découvert l'extorsion grâce à mon carnet.

La porte de la chambre s'entrouvrit. *Ne bouge pas, ma chérie. C'est presque terminé…*

—Ce carnet appartenait à Colin, dit Busick, le tenant assez loin de Markham pour que celui-ci ne puisse pas le lui prendre des mains. Regardez, c'est son écriture…

—Colin a écrit quelques-unes des annotations, mais c'est moi qui ai écrit le reste. C'est *mon* carnet.

—Eh bien, mon cousin n'est pas là pour le confirmer. Je maintiens ce que j'ai dit. Vous vous êtes introduit par effraction dans cette maison pour rien.

—Vous savez très bien que ce que je dis est vrai. Vous savez que c'est moi qui ai appris à Colin à écrire quand il était enfant. Vous auriez dû me dire que vous manquiez de fonds… Votre folle de mère vous a saigné à blanc. Je sais que vous et votre compagnon, ce LaCroy, essayez de vous insinuer dans mon affaire.

Oui, LaCroy était bien sa compagne, sa vie. Busick fit légèrement pivoter son fauteuil.

—Que voulez-vous dire ?

—Vous avez compris que Colin et moi soutirions de l'argent à Sullivan, l'un des croupiers de la maison de jeu… Il lèse le club en faisant payer les clients pour réduire leurs dettes de quelques guinées par-ci, par-là. Ce carnet consigne plus d'une année d'escroqueries, dont la somme totale s'élève à plus de trente mille livres.

—Trente mille quatre cent vingt-six livres, exactement, déclara Mme Saint-Maur d'une voix de stentor.

Comme Patience, elle n'aimait pas obéir aux ordres.

—Merci, Madame, mais je vous ai demandé de vous retirer dans votre chambre.

Markham eut un rictus méprisant.

—La belladone rend les femmes dociles. Vous devriez essayer.

—Dociles, et suicidaires. Et les hommes aussi. Nous savons aussi bien l'un que l'autre que Colin ne s'est pas suicidé. C'est vous qui l'avez tué.

—Qu'est-ce que vous racontez ? Je l'aimais comme un fils.

—Colin voulait mettre un terme à vos manigances. Il voulait être un homme meilleur pour Mme Jordan et pour leur enfant à naître. La lettre qu'elle lui a écrite l'a ébranlé, mais remis dans le droit chemin.

Markham haussa les épaules mais son sourire trahissait sa fierté, comme s'il prenait plaisir à entendre le récit de ses exploits.

—Vous dites n'importe quoi, Repington.

—Mme Jordan a interrompu une entrevue entre vous, Sullivan et Colin. Elle a entendu vos menaces et celles de Sullivan, mais elle s'est concentrée sur celles de ce dernier. Elle croyait que vous aimiez trop Colin pour envisager sérieusement de le tuer s'il ne prenait plus part à vos machinations… mais je sais comme vous ce qu'il en est. Colin n'était que votre pion, et vous l'avez tué.

—Il était accommodant… jusqu'à ce qu'elle se mette à le contrôler, avec son vaudou d'étrangère.

Tendant son épée, Busick s'approcha de Markham.

—Vous saviez que si elle répétait un jour les menaces qu'elle vous avait entendu proférer, tout le monde vous soupçonnerait de meurtre, d'autant plus que vous avez affirmé que Colin s'était noyé dans la Tamise au mois de décembre, alors qu'elle était gelée. L'écriture de Colin est remplacée par la vôtre à partir du mois de juillet… La dernière lettre de Mme Jordan est datée du mois de juillet. C'est à ce moment-là que vous l'avez tué.

—Tout ce pour quoi nous avions œuvré, il allait tout gâcher pour elle ! Et vous êtes là, à défendre cette femme, dans un fauteuil d'infirme… Cette sorcière vous a-t-elle eu, vous aussi ?

—Oui. Elle m'a ouvert les yeux, et c'est pour cela que je l'aime.

Elle porte de la chambre s'ouvrit brusquement et Patience sortit de la pièce en courant, agitant son couteau.

—Espèce de monstre ! cria-t-elle à Markham. Colin vous faisait confiance ! C'est vous qui avez dû écrire ce mot d'adieu… Infâme personnage !

—Que fait-elle ici ? Vous aimez coucher avec une folle, une pu…

Busick posa la pointe de son épée sur la gorge de Markham pour le faire taire. Il ne le laisserait pas déshonorer celle qu'il aimait.

—Oui. J'aime sa témérité, sa réticence à suivre les ordres, son grand cœur. Oui, elle fait une merveilleuse épouse.

Markham recula et porta une main à son cou.

—Vous avez épousé cette sorcière ?

Voyant Patience avancer, Busick abaissa son épée et se plaça devant elle pour lui barrer le passage.

—Il a tué Colin ! s'écria-t-elle.

Markham parvint soudain à échapper aux gardes distraits. Il se mit à courir, mais s'arrêta brusquement.

—Je n'ai plus un sou, plus rien…

Il se retourna.

—Oui, la tisane a bien fonctionné sur lui… Il a sauté dans la Tamise pour partir à votre recherche et à la recherche de votre bateau pour le Démérara. La tisane à la belladone vous a simplement fait courir et hurler… Ignoble femme, vous ne pouvez même pas être droguée correctement !

Patience fit un autre mouvement brusque vers l'avant. Busick laissa tomber son épée et l'attrapa par la taille.

—Une gifle ! Il mérite au moins cela ! Laissez-moi faire…

—Il n'en vaut pas la peine, Patience.

—J'admets que j'ai aimé vous voir souffrir à cause de cette lettre de suicide. Vous veniez juste de mettre au monde son bébé… Je croyais que cela vous anéantirait.

Elle tendit vivement le bras au-dessus de la tête de Busick, mais il la retint.

—Il finira à la potence, Patience. Nous avons entendu ses aveux.

Lionel se mit à pleurer.

—Le bâtard est ici, il n'est pas au troisième étage, dit Markham en s'élançant vers la chambre. Il devrait peut-être rejoindre son père, vous seriez alors libres, tous les deux…

Lâchant Patience, Busick saisit le manteau de Markham comme il passait devant lui, et ils s'empoignèrent.

Les mouvements désordonnés de Markham firent bouger les roues du fauteuil, qui recula, mais Busick passa un bras autour du cou de Markham et ils continuèrent à se battre.

Tous deux étaient dangereusement près de la balustrade. Un faux mouvement, et l'un ou l'autre aurait pu passer par-dessus et tomber sur les statues.

Les gardes pointaient leurs pistolets, mais ils ne tireraient jamais d'aussi près.

—Arrêtez, Markham ! Laissez le duc tranquille !

Patience s'avança vers eux. Elle avait lâché son petit couteau et ramassé la lourde épée de Busick, et elle la pointait maintenant sur l'épaule de Markham.

—Reculez, ou je vous tue.

—Vous n'avez pas la force de me tuer, gueuse, alors écartez-vous ! C'est un combat d'hommes…

Busick fit un mouvement brusque en arrière, attrapa la main de Patience et plongea son épée en avant, dans la poitrine de Markham.

—Elle n'en a peut-être pas la force, mais ensemble, nous l'avons !

Il donna à Markham un coup ultime.

L'homme haletant tomba par-dessus la balustrade.

Il y eut un cri, puis le silence se fit.

Busick fit tourner Patience vers lui. Il avait l'habitude de voir des morts, mais elle n'avait pas besoin d'être témoin de ce spectacle.

Cependant, elle se retourna et vit le corps de Markham empalé sur la lance affûtée du plus grand soldat romain.

—Agassou n'est peut-être pas inanimé, après tout, monsieur le Duc.

—Eh bien, ma chère, les statues de mon grand-père ont fini par servir à quelque chose.

Il lui prit le visage au creux des mains et l'attira vers lui.

—Le pire ennemi de ma famille n'est plus. Vous êtes libre. Nous sommes libres.

Il la serra contre lui tandis qu'elle lui passait les bras autour du cou, inébranlable, comme un bouclier. Elle était un bouclier, un refuge qui abritait son cœur. Il l'aimait tant…

—Soldats, envoyez chercher le magistrat et le coroner. Ensuite, nous nous occuperons des retombées de tout cela.

Par-dessus la tête de Patience, il vit Mme Saint-Maur assise dans l'escalier. La pauvre femme était restée et avait manifestement été témoin de la chute de Markham. Toutefois, à en juger par son expression, elle avait connu d'autres tragédies.

—Venez tenir compagnie à ma femme, Madame. Patience, allez dans la chambre avec Lionel pendant que nous nous débarrassons du corps. C'est un ordre, Mesdames.

Elles s'exécutèrent et, bras dessus, bras dessous, se réfugièrent dans la chambre.

Busick ferma un instant les yeux, soulagé que Markham ne représente plus une menace pour sa famille. Néanmoins, il se demandait si Patience était tout à fait libérée du sentiment de culpabilité qui lui étreignait le cœur.

Dans la grande chambre à coucher, je couchai mon fils. Il avait tété avec plus d'avidité que jamais. Il était libre, enfin, véritablement libre.

Soigneusement bordé dans la corbeille, en sécurité, au sec et bien au chaud, il s'endormit tranquillement.

Jemina était assise par terre, adossée au pied du lit. Elle avait assisté au combat mais n'avait pas de duc pour la réconforter.

Je m'agenouillai à côté d'elle, comme je le faisais quand nous étions à Bedlam, en haillons.

Elle serra ma main dans la sienne.

—Il méritait de mourir, Patience. Markham méritait de mourir. Il y a des gens qui meurent mais qui ne le méritent pas.

Sa voix était basse mais assurée. Je compris alors que ce n'était pas la première fois qu'elle voyait quelqu'un mourir.

—Colin a été assassiné au mois de juillet... Je ne le savais pas. Je croyais que ma lettre l'avait mis en colère, que c'était pour cela qu'il ne revenait pas.

—Markham savait que tu avais donné naissance à un garçon et il croyait qu'il pourrait obtenir le paiement de ton père sans que personne pose de questions. Heureusement que le duc est intervenu !

—Oui, heureusement.

J'étais tellement soulagée que tout soit terminé ! Je me levai et pris Jemina par la main.

—Nous sommes libres.

Elle avait ce regard doux et lointain qu'elle avait parfois.

—Tu es libre, et j'en suis très heureuse. Je le serai aussi, un jour.

—Tu m'as, moi, tu as La Providence de la veuve, et je soupçonne le duc de chercher à t'aider.

La porte s'ouvrit et mon duc entra.

Il se déplaçait lentement dans son fauteuil roulant, et je craignais qu'il se soit à nouveau blessé le dos.

—Nous nous sommes occupés de tout dans le grand hall. Madame Saint-Maur, je suis navré que vous ayez été témoin de…

—Tout va bien, monsieur le Duc. Je vais retourner dans ma chambre.

Je vis mon couteau, propre et brillant, dans la main de Busick. Je le pris et le donnai à Jemina.

—Bonne nuit, mon amie.

Jemina prit mon couteau, hocha la tête et quitta la pièce.

Une partie de moi avait envie de la suivre, mais l'expression du duc semblait vouloir dire : *Non. Ne vous avisez pas de bouger ni même de respirer sans ma permission.*

Je n'avais pas pour habitude d'obéir aux ordres, mais cette fois, je ferais une exception.

—Souffrez-vous beaucoup, Busick ?

—Si le fait de penser que vous pourriez accéder à une requête pouvait faire souffrir, je serais à l'agonie.

—Mais les promesses que vous me savez incapable de tenir ne signifient rien.

—C'est vrai. Je suis un homme aux espoirs déçus.

Je m'agenouillai à côté de lui.

—Moi, je ne suis pas déçue. Comment pourrais-je l'être, quand le meurtrier de Colin n'est plus, et quand vous et Lionel êtes sains et saufs ?

Il m'attira sur ses genoux et me serra contre lui. La force de ses bras représentait tout pour moi. Les battements de son cœur semblaient dire à mon propre cœur que j'avais trouvé mon chez-moi.

—Je n'aurais pas pu endurer que vous soyez blessée, Patience. Comment Lionel pourrait-il supporter de vous perdre ? Vous savez bien qu'il n'aime pas du tout la bouillie, ajouta-t-il avec un petit rire.

Je lui donnai une tape sur le bras.

—Je n'ai pas été blessée et je sais que je me suis rendue utile.

—Ce qui serait utile, ce serait que vous écoutiez, pour une fois.

—J'écoute, mais j'écoute avant tout avec mon cœur.

—Eh bien, c'est un bon endroit où demander conseil. Votre cœur est honnête et il recèle mon bonheur.

Il me prit le visage au creux des mains et me déposa un baiser sur les lèvres.

Je perdais la raison quand il m'embrassait, comme cela.

—Mettons Lionel dans son berceau…

Il ramassa la corbeille et me la mit entre les mains, puis il nous emmena dans la chambre attenante et je déposai mon bébé endormi dans son berceau.

—Je t'aime, Lionel, dit Busick.

Plaçant une main sur le front de mon enfant, il dit une prière. Je l'entendis murmurer le prénom de Colin et promettre à Lionel de nous protéger tous les deux.

La respiration régulière de notre petit garçon était si apaisante !

Busick reporta ensuite son attention sur moi.

—Je vous aime, vous aussi.

Sa voix était énergique, son ton direct, percutant, comme s'il s'agissait d'un ordre.

Mon cœur obéit. Je l'aimais.

—Vous n'êtes rien de ce qu'a dit Markham. Vous êtes une femme bonne et digne de confiance. Vous êtes belle. Et vous êtes mienne.

Tout en parlant, il nous avait amenés au bord du lit.

—Je suis vôtre. Je vous aime tant, Busick... J'ai confiance en vous, et je vous honorerai toujours.

Ses lèvres sur les miennes ne cherchaient pas, elles affirmaient – elles affirmaient que j'étais sienne, qu'il était mien, et que le bonheur et la sécurité auxquels j'aspirais et qui me faisaient défaut depuis si longtemps étaient enfin à moi.

Je n'aurais jamais à me sacrifier pour trouver la paix.

Me prenant par les hanches, il me déposa sur le lit.

Pourtant, ce n'était pas ma place, pas sans lui. Je me relevai d'un bond et allai me placer à côté de lui, sous son bras, pour l'aider à se lever du fauteuil.

—Ma béquille préférée... Je crois que c'est ainsi que je vous préfère : déshabillée, prête à aller au lit !

Comme nous nous étions entraînés à le faire, nous nous couchâmes ensemble sur le matelas, ni trop vite, ni trop lentement. Puis Busick prit le commandement, et je le laissai faire. Sous ses baisers, sa peau contre la mienne, je m'abandonnai.

Ce lit accueillit notre amour. Nous ne faisions plus qu'un, la passion brûlante qui nous animait prenant peu à peu de l'ampleur, l'étincelle se changeant bientôt en un brasier ardent.

Je me consumai.

J'étais la femme que Busick aimait. Je l'aimais, car il apportait à ma vie davantage de beauté. Ce partage de nos esprits était pur, pur comme l'or.

# Épilogue

*3 mai 1814*
*Hamlin Hall*

Le grand lustre que Busick avait conçu entamait son ascension inaugurale pour trôner au-dessus du grand hall. Je regardai s'élever l'imposant dispositif en fer forgé, orné de globes de verre scintillants. Des éclats de lumière dansaient tout autour de moi.

Le duc, mon bien-aimé, était assis un peu à l'écart avec Lionel sur les genoux, et il montrait du doigt les poulies et les chaînes.

— Tu vois, mon garçon, dit-il, c'est comme cela qu'on illumine le hall !

À ce moment-là, la porte d'entrée s'ouvrit et Gantry entra en courant. Il s'inclina devant moi pour me saluer et alla trouver le duc.

Busick se leva avec précaution. Les modifications qu'il avait apportées à sa prothèse amélioraient grandement son équilibre. Il pouvait se mettre debout avec Lionel bien en sécurité dans ses bras.

En revanche, la minette Athena prenait maintenant soin de ne pas s'approcher de lui quand la comtesse venait en visite.

— Gantry, qu'y a-t-il ?

— Lady Bodonel me suit dans sa calèche. Elle vient vous rendre visite.

— Quoi ?

Gantry baissa la tête.

—Elle a vu lady Gantry… Il fallait bien que je la soudoie avec quelque chose !

Je m'éloignai du grand lustre pour m'approcher du cher ami de Busick.

—L'avez-vous trouvée ? Avez-vous retrouvé votre épouse ?

—Non, mais je vais la retrouver. Elle n'a pas pris le bateau pour le Démérara. Elle est encore à Londres.

Si le vicomte était aussi déterminé que Busick, il la retrouverait, j'en étais sûre.

Mon mari fronça les sourcils et se rassit dans son fauteuil roulant.

—Que lui avez-vous dit, au juste ?

—Que vous envisagiez de partir en voyage. Elle veut que vous l'invitiez à se joindre à vous.

Busick me regarda et je hochai la tête. Tacitement, il m'avait demandé quelque chose et je lui avais répondu : je recevrais lady Bodonel quand elle arriverait pour permettre à mon duc de s'échapper.

Je lui pris Lionel des bras et lissai les revers de la veste de mon amour, que notre garçon avait froissés. Il était si beau dans son habit gris perle !

L'homme en uniforme me faisait toujours tourner la tête, mais maintenant que la guerre péninsulaire était finie, il n'éprouvait plus le besoin de porter son uniforme si souvent. Il le réservait pour les grandes occasions, comme quand j'aurais envie de le voir sortir du salon et s'avancer sous la lumière du grand lustre, ou quand il recevrait des vétérans pour les entraîner.

Wellington envoyait à Busick ses officiers blessés pour qu'il les aide à se remettre en selle le plus tôt possible. Il envoyait d'autres hommes à Hamlin pour qu'ils y apprennent la tactique militaire. Napoléon était en exil, mais l'ancien commandant de mon mari avait le sentiment qu'il ressurgirait.

Busick me prit la main et la serra tendrement dans la sienne.

—Vous devez vraiment m'aimer, Patience.

—Quel genre de déclaration est-ce là ?

Il se tapota la joue et je déposai de bonne grâce un baiser au creux de sa fossette, puis j'embrassai aussi Lionel.

—Ma duchesse est tellement patiente, Gantry ! Elle a bien du mérite à supporter ma mère pour le thé. Celle-ci prétendra bientôt que c'est pour voir Lionel qu'elle nous rend visite de plus en plus fréquemment, mais je ne sais pas si elle ira jusqu'à jouer son rôle de grand-mère…

—Cela l'a touchée que vous lui offriez les dieux de marbre pour sa maison de Londres. Je suis contente qu'ils soient partis d'ici.

Il entrelaça nos doigts.

—Il n'y a plus rien pour vous donner des cauchemars… mais j'aime vous entendre parler de moi dans votre sommeil !

Gantry se couvrit le visage d'une main.

—Monsieur le Duc *! Je vais au salon, me servir un verre de votre* brandy. Je vous laisse à vos roucoulements.

Le pauvre homme s'éloigna avec un sourire empreint de tristesse. J'espérais qu'il retrouverait lady Gantry, et qu'ils pourraient régler leurs différends et s'aimer aussi profondément que Busick et moi.

Mon amour m'attira entre ses bras. Il n'aimait toujours pas utiliser sa prothèse de Potts trop longtemps ; mais ce n'était de toute façon pas nécessaire puisqu'il pouvait me faire tournoyer mieux que n'importe quel danseur.

Pelotonnée sur ses genoux, je me détendis et blottis Lionel entre nous.

—Tenez bien notre fils, et allons examiner le grand lustre avant que votre invitée n'arrive.

Je levai les yeux vers la lueur scintillante des bougies et aperçus Jemina assise sur le palier du deuxième étage. Elle avait à la main la feuille de papier ministre que lady Shrewsbury lui avait apportée le matin même.

Jemina était restée silencieuse depuis le petit d*éjeuner, mais je savais qu'elle me dirait ce que* racontait cette lettre. Elle était mon amie, ma sœur. J'étais bien décidée à l'aider à se rétablir.

Car je faisais toujours partie des membres de La Providence de la veuve, et nous n'abandonnions jamais, nous faisions tout pour aider les nôtres à trouver la sécurité.

Busick fit tournoyer rapidement son fauteuil au centre du grand hall.

Je m'accrochai à lui, mais tendis l'oreille pour m'assurer que je n'entendais ni craquements, ni gémissements.

—Nous n'avons jamais réussi à savoir si Markham avait eu quelque chose à voir avec la destruction de l'ancien lustre, ni si c'était lui qui était à l'origine des objets disparus et des bruits étranges.

—Est-ce important ? Je suis heureux d'avoir ce nouveau lustre, qui nous fait penser à votre père puisque c'est grâce à l'argent qu'il nous a légué que nous avons pu nous l'offrir.

Il me prit la main et la posa sur son cœur.

—J'ai écrit à ses successeurs pour découvrir ce que sont devenues vos sœurs. Je suis bien décidé à les retrouver.

Busick ferait ce qu'il disait, cela ne faisait pas l'ombre d'un doute, pour moi. Il m'avait déjà donné une assez grande partie de son cœur pour réparer le mien.

—Faites-nous tournoyer plus vite, mon amour ! Encore un tour avant que lady Bodonel n'arrive !

Lionel babilla de joie.

—Encore une fois, et ensuite, Lionel et moi rejoindrons Gantry dans le salon pour l'entraînement à la marche à quatre pattes.

—L'entraînement à la marche à quatre pattes ? Il a six mois, Busick.

—Il a six mois, et il excelle.

—Quoi ? Busick Stra…

Il fit taire mes protestations avec l'un de ses baisers de débauché, sa façon de se faire pardonner comme lui seul savait le faire. Prendre le thé avec sa bavarde de mère n'était pas si cher payé pour le bonheur que Busick ajoutait à ma vie et à celle de Lionel.

Toutefois, j'avais bien l'intention d'assommer mon duc de paroles dans mon sommeil, à la nuit tombée.

## Recette

# Le pain à la noix de coco de Patience

Busick et ses hommes ont raffolé du pain à la noix de coco de Patience, et j'ai pensé que vous aimeriez peut-être savoir comment le préparer. Vous trouverez entre parenthèses, ci-dessous, des suggestions pour alléger la recette ou la rendre un peu plus saine.

### Ingrédients

***Pour le pain***

- 3 tasses rases (360 *g* environ) de farine de blé
- 1/2 cuillère à café de bicarbonate de soude
- 1/2 cuillère à café de sel
- 2 sticks (1 stick = 113 *g*) de beurre doux (ou, pour un pain plus moelleux, la moitié de beurre et l'autre moitié d'huile de pépins de raisin)
- 2 tasses ¼ de sucre cristallisé
- 2 gros œufs (ou 2 œufs moyens et 1 blanc d'œuf)
- 1 tasse de babeurre (allégé)
- 1/2 tasse de noix de coco finement hachée et grillée – pour la faire vous-même, prenez de la noix de coco râpée et passez-la au four pendant 10 minutes à 150 °C ; la noix de coco grille rapidement, alors surveillez-la, et mélangez
- 2 cuillères à café de jus de citron frais
- 4 cuillères à café d'extrait de noix de coco

*Pour le sirop*

- 1/3 de tasse d'eau
- 1/3 de tasse de sucre cristallisé
- 4 cuillères à café de jus de citron frais
- 2 cuillères à café d'extrait de noix de coco

*Pour le glaçage (facultatif)*

- 1 tasse de sucre glace
- 4 cuillères à café de jus de citron frais
- 2 cuillères à café d'extrait de noix de coco
- 1/2 cuillère à café de noix de coco finement hachée et grillée
- 1 cuillère à café de beurre doux fondu

### Instructions

Placez la grille du four à mi-hauteur et faites préchauffer le four à 160 °C.

Graissez deux moules rectangulaires de 20 x 10 cm et chemisez-les.

Dans un saladier de taille moyenne, mélangez la farine, le bicarbonate de soude et le sel, puis réservez.

Dans un autre saladier, mélangez le beurre et le sucre jusqu'à l'obtention d'un mélange homogène et onctueux. Raclez les parois du saladier. Ajoutez les œufs un à un (puis le blanc d'œuf si vous suivez la recette plus légère). Mélangez bien après chaque ajout.

Raclez à nouveau les parois du saladier.

Dans un troisième saladier, mélangez le babeurre, la noix de coco, l'extrait de noix de coco et le jus de citron.

Avec un batteur à faible puissance, mélangez un quart du mélange farine-bicarbonate-sel, puis un tiers du mélange à base de babeurre.

Incorporez un autre quart du mélange à base de farine, puis un autre tiers du mélange à base de babeurre.

Incorporez un autre quart du mélange à base de farine et le reste du mélange à base de babeurre.

Incorporez le reste du mélange à base de farine.

À l'aide d'une cuillère en bois, mélangez le tout pour vérifier que tous les ingrédients ont bien été mixés.

Versez la pâte épaisse dans les moules graissés et chemisés et lissez à l'aide d'une spatule. Enfournez pour 50-55 minutes. Au bout de 45 minutes, pour vérifier la cuisson, enfoncez une lame de couteau dans le pain ; elle doit ressortir sèche.

Laissez refroidir les pains dans leurs moules hors du four pendant une dizaine de minutes.

Pendant ce temps, préparez le sirop. Mélangez l'eau et le sucre dans une casserole et portez à ébullition. Retirez du feu et incorporez le jus de citron et l'extrait de noix de coco.

Retournez les pains sur une grille.

Glissez une grande feuille de papier sulfurisé sous la grille pour laisser s'égoutter le sirop.

Versez petit à petit le sirop chaud sur chaque pain pour les en imbiber. Prenez votre temps. Ne vous précipitez pas.

Laissez les pains refroidir complètement. Cela prend généralement une heure.

Une fois qu'ils sont froids, posez-les sur des plats de service.

Pour le glaçage, mélangez le sucre glace, le jus de citron, la noix de coco, l'extrait de noix de coco et le beurre fondu dans un bol de taille moyenne, jusqu'à l'obtention d'un mélange onctueux. Ajoutez davantage de sucre ou de citron si nécessaire, pour obtenir un glaçage épais mais que vous pourrez verser sur le pain. Il doit avoir la consistance d'un miel épais. Étalez-le à la cuillère sur chaque pain.

Coupez une tranche et dégustez.

# Notes de l'auteur

Cher Lecteur,

J'espère que vous avez aimé l'histoire d'amour de Patience et de Busick ainsi que les frasques de La Providence de la veuve. J'ai eu plaisir à écrire cette histoire amusante et émouvante de femmes qui prennent le contrôle de leurs destinées, et d'hommes qui les aiment et les soutiennent, et de la façon dont, en s'unissant, dans la grâce et dans la joie, ils rendent leurs mondes meilleurs.

Ce récit aborde de nombreux thèmes et présente l'un des aspects de la Régence anglaise, le sort réservé aux handicapés, et le pouvoir accordé aux femmes. Mon espoir est que vous trouviez, dans l'aventure de Patience et de Busick votre propre lumière, et que celle-ci mette de la beauté sur vos pas. *La lumière luit dans les ténèbres, et les ténèbres ne l'ont point reçue* (Jean 1, 5).

Pour en apprendre davantage, visitez mon site internet : http://vanessariley.com. N'hésitez pas à vous abonner à ma newsletter pour être tenu informé de la parution de mes prochains livres, des événements, des concours, etc.

## Les dieux des îles et d'Afrique sous la Régence

Le mélange de gens différents venus de différentes parties du monde a permis à de nombreuses croyances de fleurir aux Antilles. Erzulie Dantor est la déesse des femmes, et on parle parfois d'elle comme étant la protectrice vengeresse des femmes. Agassou est l'esprit protecteur. Erzulie Gé-Rouge est la déesse aux yeux rouges de la vengeance.

### Les prothèses de Potts

L'Angleterre prenant part à tant de guerres, le nombre des vétérans blessés ne cessaient d'augmenter. Les progrès de la technologie médicale ont permis la création de prothèses. En 1816, James Potts a conçu une prothèse pour le marquis d'Anglesey, qui avait dû être amputé d'une jambe après s'être battu aux côtés de Wellington, lors de la bataille de Waterloo (en juin 1815). La prothèse en question était confortable à porter et sculptée de sorte à être très réaliste. Creuse, elle était plus légère que les modèles antérieurs, et elle possédait un genou articulé, une cheville et des orteils articulés, pour faciliter la marche et la faire paraître plus naturelle. Des boyaux de chat y avaient été ajoutés pour imiter les tendons, de sorte qu'elle ne produisait plus le cliquetis des modèles précédents. Cette nouvelle prothèse était appelée la « jambe d'Anglesey ».

### Le fauteuil roulant

Les fauteuils roulants autopropulsés pour les handicapés remontent au XVIIe siècle. Le plus célèbre date de 1655. Johann Hautsch a inventé un fauteuil à trois roues actionné par une poignée rotative sur la roue avant. Pour la plupart, les fauteuils roulants étaient munis de grandes roues devant et de roulettes à l'arrière.

### La guerre péninsulaire

La guerre péninsulaire, 2 mai 1808-17 avril 1814 consista en une succession de campagnes militaires entre l'Empire de Napoléon, l'Espagne, la Grande-Bretagne, l'Irlande et le Portugal, qui se disputèrent le contrôle de la péninsule

Ibérique lors des guerres napoléoniennes. Napoléon ne fut vaincu que lors de la bataille de Waterloo, en 1815.

### Le siège de Badajoz

Le siège de Badajoz, 16 mars 1812-6 avril 1812, fut l'une des victoires les plus coûteuses pour les Britanniques : plus de quatre mille soldats de leurs forces armées y ont laissé la vie. C'est également à Badajoz, en Espagne, qu'un grand nombre de soldats britanniques perdirent le contrôle après la bataille, violant, attaquant et tuant quatre mille civils.

### La bataille d'Assaye

La bataille d'Assaye, le 23 septembre 1803, fut une victoire importante, survenue très tôt dans la carrière militaire d'Arthur Wellesley, duc de Wellington, lors de la guerre contre l'Empire marathe, au cours de laquelle la stratégie fut la clef de la victoire.

### Les maisons de jeu

Les maisons de jeu étaient des clubs où l'on jouait pour de l'argent. Certaines d'entre elles étaient d'épouvantables établissements qui avaient très mauvaise réputation, tandis que d'autres étaient des clubs huppés pour messieurs. On y jouait aux dés, au crib et à d'autres jeux de cartes. La maison de jeu de Piccadilly est inspirée de la très sélecte maison de jeu de William Crockford, le Fishmonger's Hall, où la cuisine raffinée et le vin offerts par des serveurs attiraient les joueurs fortunés prêts à miser de grosses sommes d'argent.

### Le duc de Wellington

Arthur Wellesley, duc de Wellington, fit une carrière militaire remarquable au service de la Couronne. Ses exploits sur le terrain entraînèrent l'avancement suivant en grades et en titres :

- major-général Wellesley – septembre 1802 ;
- vicomte de Wellington – 26 août 1809 ;
- général, vicomte de Wellington – 31 juillet 1811 ;
- comte de Wellington – 22 février 1812 ;
- marquis de Wellington – 18 août 1812 ;
- duc de Wellington – 3 mai 1814.

## Remerciements

Je remercie mon Père, qui est aux cieux ; c'est par Ta grâce que je possède et accomplis toute chose.
Merci à mon éditrice bien-aimée, Esi Sogah ; ta foi en cette série compte énormément pour moi. Tu me rends meilleure.
Merci à ma merveilleuse agente, Sarah Younger ; je suis reconnaissante de t'avoir pour partenaire. Tes conseils et ton soutien brillent d'un éclat si vif que mes journées sont rarement sombres.
Merci à ceux qui inspirent ma plume : Beverly, Brenda, Sarah, Julia, Maya, Lenora, Sophia, Joanna, Grace, Kristan, Alyssa, Laurie Alice, Julie, Cathy, Katharine, Carrie, Christina, Georgette, Jane, Linda, Margie, Liz, Lasheera, Felicia, Alexis, et Jude.
Merci à ceux qui inspirent mon âme : l'évêque Dale et le docteur Nina, le révérend Courtney, Piper, Denny, Eileen, Rhonda, et Holly.
Enfin, merci à mon propre *happy ending* : Frank et Ellen. Je vous aime tant !
Salut, Maman ! Nous avons réussi. Je t'aime, pour toujours.

Achevé d'imprimer en août 2021
sur les presses de la Nouvelle Imprimerie Laballery
58500 Clamecy
Numéro d'impression : 107954

*Imprimé en France*

La Nouvelle Imprimerie Laballery est titulaire de la marque Imprim'Vert®